Kirwatanz

Fabian Borkner, 1976 in Rosenheim geboren, schlug nach dem Abitur eine Laufbahn als Unterhaltungskünstler ein und tritt bis heute als Sänger mit seiner Gitarre auf. Er schrieb und produzierte mehrere Comedy-Shows für den Rundfunk und arbeitet als freier Redakteur. Er ist Preisträger des BLM-Hörfunkpreises für die beste Comedy und Unterhaltung.

FABIAN BORKNER

Kirwatanz

OBERPFALZ KRIMI

emons:

© Emons Verlag GmbH
Cäcilienstraße 48, 50667 Köln
info@emons-verlag.de
Alle Rechte vorbehalten
Umschlagmotiv: mauritius images/Alfred Albinger
Umschlaggestaltung: Nina Schäfer, Tobias Doetsch
Gestaltung Innenteil: César Satz & Grafik GmbH, Köln
Lektorat: Susanne Bartel
Druck und Bindung: Books on Demand GmbH, Norderstedt
Printed in Germany
Erstausgabe 2017
ISBN 978-3-7408-0166-3
Oberpfalz Krimi
Originalausgabe
4. Auflage

Unser Newsletter informiert Sie
regelmäßig über Neues von emons:
Kostenlos bestellen unter
www.emons-verlag.de

Dieser Roman wurde vermittelt durch die
Verlagsagentur Lianne Kolf, München.

Für Tina,
die daran glaubte, als ich es nicht tat

Montag

»Oberpfalz?« Agathe Viersen runzelte skeptisch die Stirn. »Nördliches Rheinland, oder was?«, fragte sie patzig.

Agathes Chef lächelte amüsiert, erhob sich aus seinem knautschigen Ledersessel und ging ans Fenster. Er kippte es und ließ die milde Oktoberluft sowie den Münchener Stadtlärm in sein Büro. »Die Oberpfalz liegt nicht im Rheinland, Agathe«, sagte er mit nicht allzu viel Strenge in der Stimme. »Selbst Sie als Nordlicht sollten inzwischen wissen, dass die so bezeichnete Gegend einer der sieben Regierungsbezirke von Bayern ist. Sie sind doch jetzt schon im vierten Jahr bei uns.«

»Aber bayerische Geografie habe ich nicht studiert. Ich bin ja schon froh, dass ich den Unterschied zwischen Pasing und Neuperlach kenne.«

Der Chef unterdrückte ein weiteres Lächeln. Als er in der Diensteinteilung Agathe Viersen für den Auftrag eingeplant hatte, hatte er mit einer schnippischen Antwort von ihr gerechnet.

Zum wiederholten Male blätterte Agathe durch die Unterlagen, die sie eben von ihrem Chef erhalten hatte. Einer der sieben Regierungsbezirke also. Und wieder ein Detail mehr über Bayern, das ihr noch unbekannt gewesen war. Wann immer Agathe seit ihrem Umzug nach Bayern das Gefühl hatte, sich nun ausreichend auszukennen, kam wieder ein bayerisches Schmankerl daher, das sie aussehen ließ wie die dumme Parade-Preußin bei irgendeiner billigen Komödie im Bauerntheater. Wie damals, als sie sich mit ihrer ersten Schweinshaxn abgemüht hatte und die krosse Kruste zuerst gar nicht, dann aber in einem Ruck vom Fleisch hatte lösen können, was dafür sorgte, dass sie sich von oben bis unten mit Soße bekleckerte. Der ältere Herr, der mit am Tisch saß, lachte noch nicht einmal über dieses Missgeschick. Aber als Agathe dann auch noch den Kartoffelknödel säuberlich mit Messer und Gabel zerschnitt, erging sich der Münchener in endlosen Erklärungen darüber, dass ein bayerischer Kloß gerissen und nicht geschnitten gehöre, weil nur so über die Kapillarkräfte ausreichend Soße ins Kloßinnere gelangen könne. Da der Mann nicht zu beruhigen war, hatte Agathe schließlich bezahlt, ohne aufzuessen.

Sie konzentrierte sich wieder auf ihren Beruf. »Wirkendorf, Oberpfalz …«

»Das liegt im Landkreis Schwandorf«, sagte der Chef. »Ist zugegebenermaßen ein bisschen abgelegen.«

»Und wie komme ich dahin? Gibt es dort Autobahnen?«

Ihr Chef grinste mitleidig. »Bei Weitem nicht überall. Ich sagte ja bereits, dass Wirkendorf ein wenig ab vom Schuss liegt. Sie werden sich auf Fahrzeit einstellen müssen.«

Agathe schob lustlos die Unterlippe nach vorn.

Als ihr Chef das bemerkte, meinte er kumpelhaft: »Vor einiger Zeit musste ich mal meinen Schwager da oben besuchen, knapp hundert Kilometer nördlich von Regensburg.«

»Und? Wie war es da so?«, fragte Agathe hoffnungsvoll.

Der Chef suchte nach Worten. »Dort gibt es sehr viel … nun ja, Landschaft.«

Agathes Schultern sanken nach unten.

»Ich will Ihnen nichts vormachen, Agathe. In der Oberpfalz ist tatsächlich nichts los. Rein gar nichts. Da würde ich nicht mal tot über dem Zaun hängen wollen. Trotzdem kann ich nun mal nichts daran ändern, dass sich ausgerechnet dort Arbeit für unsere Gesellschaft ergeben hat.«

Sie ließ ihren Blick genervt über die Unterlagen wandern. »Schon dieser Name … Servatius Hirneis …«

»Klingt wie beim Komödienstadel, ich weiß. Ich könnte mir vorstellen, dass sich dort droben einige Klischees, die Sie über Bayern gehört haben, bestätigen.«

Agathe kniff die Augen zusammen, merkte sich die Adresse in Wirkendorf, um sie später in ihr Navigationsgerät einzutippen, und klappte dann entschlossen den Aktendeckel zu. »Das heißt im Klartext, ich werde nach Gülle stinkenden Landburschen und Bauersfrauen mit Kopftüchern und schmutzigen Händen begegnen und sollte besser keine Armanis, sondern Gummistiefel anziehen?«

Der Chef zog entschuldigend die Schultern hoch und gab einen gespielt hilflosen Seufzer von sich. »Darauf wird's wohl hinauslaufen …«

Agathe nickte kurz und wandte sich zur Tür.

»Ich weiß, es ist nicht das, was Sie in der Vergangenheit für unsere Gesellschaft getan haben …«

Agathe blieb stehen und drehte sich zu ihrem Vorgesetzten.

»… aber es geht um knapp einhunderttausend Euro. Wenn am Fall Hirneis wirklich etwas faul ist, dann müssen wir das rausfinden. Und das kann bei uns niemand so gut wie Sie.«

Ohne dass sie es wollte, fühlte sich Agathe geschmeichelt. Ihre verkrampften Gesichtsmuskeln entspannten sich, als ihr Chef jovial mit der Hand durch die Luft fuchtelte und weiterredete.

»Ich glaube nicht, dass der Fall besonders arbeitsintensiv wird. Sie werden im Handumdrehen herausfinden, wo der Hase im Pfeffer liegt, und dadurch unserem Haus die Zahlung von einhunderttausend Euro sparen. Und ganz nebenbei können Sie ein paar Tage das ruhige und beschauliche Leben in der Provinz genießen.«

Agathe wusste, dass das unterschwellige Kompliment ernst gemeint war, und hätte es durchaus genießen können, hätte sich der letzte Satz ihres Chefs nicht so furchtbar angehört.

Kurz darauf verließ sie das Hochhaus der Jacortia-Versicherung, seit über drei Jahren ihr Arbeitgeber. In der Tiefgarage des Gebäudes nebenan warf sie die Unterlagen auf den Rücksitz ihres weißen BMW X5 neben ihren kleinen mattsilbernen Hartschalenkoffer. Sie hatte ihn gestern Nacht gepackt, weil ihr Chef ihr die Dienstreise am Freitag noch nach Feierabend telefonisch für heute angekündigt hatte. Agathe war sehr praktisch veranlagt und stellte die Kleidung für Dienstreisen immer nach dem Kriterium der Funktionalität zusammen. Große Schrankkoffer voller modischer Outfits und unnützer Accessoires waren ihr verhasst.

Sie tippte die Zieladresse in das Display des Navis und wartete gespannt, was das Gerät ihr verkünden würde. Genau einhundertfünfundsiebzig Kilometer. Agathe schnaufte tief durch und trat ihre Fahrt an.

Zu ihrem Glück führten insgesamt sogar drei Autobahnen in Richtung Oberpfalz. So stellte die verhältnismäßig kurze Strecke durch die Münchner Innenstadt den beschwerlichsten Teil ihrer Reise dar, bevor sie an diesem Montagmorgen gut zwei Stunden später auf dem Wirkendorfer Dorfplatz den Motor ihres Wagens wieder abstellte. Als sie den BMW verließ, warf sie einen missmutigen Blick nach oben. War das Wetter bei ihrem Aufbruch in München wegen des Alpenföhns noch recht mild gewesen, so tünchten die Wolken im Herzen der Oberpfalz den Himmel in kaltes Grau, und der Nieselregen gehörte zu der widerwärtigen Sorte, die ihren Weg durch sämtliche Kleidungsstücke fand. Agathe fröstelte.

Konzentriert ließ sie ihren Blick umherschweifen, bis er am Dorfwirtshaus hängen blieb. Es wirkte zwar alteingesessen, aber nicht runtergekommen. »Brauereiwirtschaft«, las sie auf dem Schild über der weit offen stehenden Eingangstür, durch die laute Blasmusik auf die Straße drang. Direkt davor hatte man einen mit Kränzen und Fahnen geschmückten Baum aufgestellt. Er musste mindestens dreißig Meter hoch sein, schätzte Agathe. Auf einer kleinen Wiese neben der Wirtschaft drehte sich ein Kinderkarussell. Seine bunten Lichter sowie die an dem Luftgewehrschießstand und der Süßigkeitenbude bemühten sich vergeblich darum, der wetterbedingten Trübheit ein wenig Farbe entgegenzusetzen.

Agathe streifte sich ein grau gemustertes Cape über ihre weiße Bluse und ging in Richtung der Wirtschaft. Verschiedenfarbige Papierfähnchen und -servietten am Boden vermengten sich mit dem Regen zu einem klebrigen Brei, durch den sie sich in schmatzenden Schritten ihren Weg bahnte. Agathe trug zwar keine Armani-Schuhe, hatte aber trotzdem auf Gummistiefel verzichtet. Zu ihren robusten, doch eleganten Blue Jeans hatte sie solide Halbschuhe gewählt.

Während der Autofahrt hatte sie genügend Zeit gehabt, im Geiste das Gespräch mit ihrem Boss nochmals durchzugehen. Die Bilder, die sie sich von der Gegend hier gemacht hatte, hatten an Grobschlächtigkeit und Tristesse nur noch mehr zugenommen. Dass hier an einem Montagmittag offenbar gefeiert wurde, hatte sie nicht erwartet. Sie fasste sich ein Herz und sprang die ersten Treppenstufen zur Brauereiwirtschaft hinauf.

»Da sollten S' besser nicht raufgehen, Fräulein!«

Agathe blickte über ihre Schulter und sah drei Frauen, die mit dampfenden Tassen am Stehtisch unter dem aufgeklappten Dach einer Holzbude standen. Hinter deren Theke qualmte etwas auf einem unbemannten Gasgrill. Ein Schild verriet, dass dort Bratwurstsemmeln zum Preis von zwei Euro fünfzig angeboten wurden.

»Warum denn nicht?«, fragte Agathe freundlich.

Die drei Frauen verzogen keine Miene, als eine antwortete: »Heut ist Kirwamontag.«

Agathe wartete auf weitere Erklärungen; aber vergeblich. In Wirkendorf genügte es anscheinend, wenn man nur den »Kirwamontag« erwähnte. Für Agathe war das freilich nicht genug. Sie setzte ein verbindliches Lächeln auf, sagte: »Irgendwo in der Ecke werde ich schon noch ein Plätzchen finden«, machte kehrt und ging die restlichen Stufen hinauf.

Als sie in der Tür verschwunden war, blickten die drei Frauen in ihre Tassen. Während sie auf das heiße Getränk pustete, meinte die erste: »Die muss aus der Stadt kommen.«

»Das könnt lustig werden«, sagte die zweite und biss beherzt in eine Schmalznudel, welche in der Oberpfalz »Käichl« hieß. »Am Kirwamontag hat sich schon lang keine Frau mehr in den Saal getraut. Und dann noch a Preißin. Was sagts ihr?«

»Ich geb ihr fünf Minuten.«

Die dritte Frau nahm einen Schluck aus ihrer Tasse, stellte sie auf dem Stehtisch ab und sah auf ihre Armbanduhr. »Gleich Mittag. Die sitzen schon drei Stunden oben.« Kopfschüttelnd ging sie in die Holzbude. »Dann dauert's keine zwei Minuten. Ich richt amal ein Stamperl Schnaps her. Das wird sie gleich brauchen …«

Über eine steile Holztreppe stieg Agathe zum Saal der Brauereiwirtschaft hinauf. In dem engen Aufgang wuchsen die Geräusche aus dem Saal zu einem gigantischen Brummen an. Agathe öffnete die Schwingtür und hatte das Gefühl, gegen eine Wand zu prallen. Ein Schwall schweiß- und bierdurchtränkter Luft umfing sie, sodass ihr für einige Sekunden der Atem wegblieb. Sauerstoff schien hier drinnen nicht zu existieren. Obwohl das gestrenge Rauchverbot bereits seit anno 2008 in Kraft war, hingen trübe Schwaden in der Luft. Dazu drang Agathe der Geruch von saurem Zwiebelsud in die Nase.

»Oh weh, oh weh, Mäderl! Hast du dir das auch wirklich gut überlegt?«, donnerte eine tiefe Stimme von der Seite.

Agathes Trommelfelle waren kurz davor zu platzen, als sie den dazugehörigen Mann erblickte. Nein, keinen Mann – einen Hünen! Er war knapp zwei Meter groß und hundertfünfzig Kilo schwer. Einen solchen Riesen hatte Agathe noch nie gesehen. Als er auf sie zugewalzt kam, wich sie instinktiv zurück.

Er packte sie am Arm. »Jetzt komm nur rein, wenn du schon da bist!«, brüllte er, bevor er in sadistisches Gelächter ausbrach. Dann schob er sie mit seinen Händen, die Baggerschaufeln ähnelten, in die Mitte des Saals.

Erst jetzt wurde Agathe gewahr, dass sie ausschließlich von Männern umgeben war. Sie fühlte sich wie ein Entdecker im afrikanischen Busch, der von einem Stamm Eingeborener umzingelt ist.

Der Erste rief: »Leck mich doch am Arsch! Ein Weib!«, und wie auf Kommando drehten sich alle Köpfe im Saal zu Agathe. Schrille Pfiffe gellten durch die Luft. »Pfui!« – »Ja, was ist denn das?« – »Seit hundert Jahren hat sich da keine mehr hergetraut!«

Agathe sah sich hilfesuchend um. Die würden hier doch keine Menschenopfer mehr darbringen – oder?

Die Musikanten auf der Bühne hatten gerade Pause und beobachteten belustigt, wie ihr der Lynchprozess gemacht wurde.

Rückwärts suchte Agathe den Weg zum Ausgang, als hinter ihr eine Bedienung mit einem vollen Tablett leerer Gläser im Stechschritt vorbeiging und erbost rief: »Schau, dass du zur Seite gehst, du Trutscherl!«

Als Agathe ihre Flucht beschleunigte, stieß sie mit einem Mann zusammen.

»Jetzt mal schön langsam, Herzerl!«, bellte er. In seiner Hand hatte er eine Holzkiste, die er mit lautem Scheppern auf- und abschüttelte. »Kohle raus!«

»Ich … ich wusste nicht …«, stammelte Agathe.

»Das ist uns wurscht!«, erwiderte der Mann. »Jetzt bist du da, und das kostet was!«

»Jawohl!«, »Pfui!«, »Buh!« und das nicht enden wollende Pfeifkonzert machten jeden Versuch Agathes, einen klaren Gedanken zu fassen, zunichte.

Zur Pause hatte Gerhard Leitner sein Tenorhorn zur Seite gestellt und musste nun die bisher konsumierten dreieinhalb Liter leichten Weißbieres dem Kreislauf der Natur zurückgeben. Auf dem Münchner Oktoberfest nach einem Heimspiel FC Bayern gegen Dortmund, das, sagen wir, 3:1 ausgegangen war, hätten die Toiletten nicht überlaufener sein können als jetzt, mittags in der Wirkendorfer Brauereiwirtschaft. Auf dem Fußboden hatten sich bereits Rinnsale gebildet, die von den einzelnen Pissoirs in die Mitte des Raums liefen, um sich am Abfluss schließlich zu einer großen Lache zu vereinigen.

An einem der Pinkelterminals erblickte Leitner Franz Grabacek und musste grinsen. Grabacek hob gerade zu einer seiner Reden an, für die er in Wirkendorf bekannt war. Ein Gerücht besagte, dass, wenn man einen Abend lang neben Grabacek gesessen hatte, einem am Schluss ein Ohr und zwei Stunden fehlten, in denen man an anderen Gesprächen nicht mehr hatte teilnehmen können. Im Augenblick war sein Thema Jura.

»Das ist ein Kaufvertrag!«, schrie er seinen Nachbarn an. »Wenn du ein Bier bestellst, dann ist das Paragraf 433 fortfolgende!«

»Jaja, passt schon«, erwiderte der Nebenstehende und drückte die Spülung.

Leitner nutzte die Chance, einen freien Platz zu ergattern, und quetschte sich neben Grabacek.

Dem war generell egal, wer in den Genuss seiner Vorlesung

kam, und so schrie er nun Leitner an: »Erfüllung Zug um Zug! Du bestellst, und die Johanna bringt es dir! Synallagma, so nennt man das!«

»Ach, so ist das also«, erwiderte Leitner mit gespieltem Interesse, denn er kannte Grabacek lange genug, um zu wissen, wie der reagieren würde.

»Gegenseitige Erfüllung! Im Gegensatz zu Darlehen und Leihe! Paragraf 488! Paragraf 598! Kannst du vergessen!«

Leitner drückte die Spülung. »Dann leih ich mir das Bier immer bloß, weil ich's dem Wirt gleich wieder dalass?«

»Ihr habts ja alle keine Ahnung«, hörte Leitner den Grabacek noch schimpfen, als dieser die Toilette verließ, um vor der Eingangstür der Wirtschaft eine seiner HBs zu rauchen.

Leitner wusch sich die Hände und trat in den Korridor. Dort schrien sich zwei junge Männer um die zwanzig erbost an.

»Das geht dich einen Scheißdreck an! Wenn wir's ausgemacht haben, gehe ich da auch hin, ganz einfach!«

»Super! Toll! Ist ja wurscht, wenn ihr am Samstag so viel sauft, dass ihr am Sonntag nicht mehr gerade auf dem Platz stehen könnt! Dann braucht ihr am besten überhaupt nicht mehr ins Training kommen! Dann schenken wir den Pokal einfach gleich den Jungs aus Gleiritsch und sperren zu!«

»Lass mir halt meine Ruhe!« Der Kleinere der beiden versetzte dem anderen einen gehörigen Rempler an die Schulter, sodass dieser gegen die Bilderrahmen an der Korridorwand knallte.

»Meine Herren!«, mischte sich Leitner mit ruhiger Stimme ein. »Bitte um etwas mehr Beherrschung!«

Seine natürliche Autorität – er war der Dirigent und Leiter der Kirwamusikanten – bewirkte, dass die beiden Männer ihre Meinungsverschiedenheiten sofort beilegten. Stattdessen sahen sie nun fast so aus, als würden sie sich vor Leitner schämen. Der trat an einen der Bilderrahmen und rückte ihn wieder gerade. »So geht man nicht mit den Sachen um. Das sind schließlich historische Dokumente.«

Die beiden Streithähne blickten unsicher zu den alten Zeitungsausschnitten, die der Wirt eingerahmt hatte.

»So, jetzt passt's wieder«, sagte Leitner und war mit seinem Werk zufrieden. »Und ihr geht jetzt zurück in den Saal zu eurem Bier. Heute ist Kirwa und nicht Fußball. Nach dem Frühschoppen würdet ihr beide nicht mal gegen Dachelhofen ein Tor schießen, selbst wenn der Torwart mit der Syphilis zu Hause liegen tät.«

Die zwei Männer maulten freilich noch ein bisschen, trollten sich aber wieder in Richtung Saal. Auch Leitner machte sich auf den Weg zurück zur Bühne, als er Pfiffe und Buh-Rufe hörte. Kurz blieb er auf der Treppe stehen, weil ihm der Geräuschpegel selbst für den traditionellen Männerfrühschoppen am Kirwamontag zu hoch war. Normalerweise wurden an diesem Tag keine Pfiffe ausgestoßen. Das konnte eigentlich nur eines bedeuten …

»Da wird sich doch nicht etwa eine Frau …«, murmelte er, nahm zwei Stufen auf einmal und riss die Tür auf. Tatsächlich sah er eine Frau im Saal stehen, die – wie hätte es anders sein sollen – von den Männern belagert wurde. Der Kleidung nach stammte sie nicht aus dem Dorf, sondern aus der Stadt, und hatte sich in den Raubtierkäfig verirrt! Leitner wusste, dass nach drei Stunden Frühschoppen eine gewaltige Portion Übermut im Saal herrschte, gegen die sich das arme Hascherl wahrscheinlich nicht zur Wehr würde setzen können. Flink bahnte er sich seinen Weg zu der Verängstigten, packte sie am Arm und flüsterte ihr zu: »Ich lenk die ab, und dann schauen Sie, dass Sie von hier verschwinden, sonst sitzen Sie gleich ziemlich in der Scheiße.«

Sein entschlossener Tonfall gab Agathe wieder einen gewissen Rückhalt. »Okay, mach ich.«

Leitner sprang auf die Bühne, griff sein Tenorhorn, schnappte sich vom Schlagzeuger einen Stick und schlug damit dreimal fest auf eins der Becken.

Die Meute wurde tatsächlich ein wenig ruhiger.

»Jetzt hörts einmal alle her!«, rief Leitner.

Die Männer befolgten seine Anweisung.

»Das erste Mal seit Jahrhunderten haben wir heute wieder einmal Damenbesuch am Kirwamontag!«

Die Menge grunzte wieder ein »Pfui!«, jedoch ein nicht mehr ganz so lautes wie noch vor wenigen Minuten. »Bisher war die einzige Dame, die am Kirwamontag den Saal betreten durfte, die alte Gräfin!«

»Und wir!«, rief eine Bedienung zur Bühne hinauf.

»*Damen*, hab ich gesagt!«

Der ganze Saal lachte.

»Na warte, dein nächstes Bier kannst du dir selbst holen!«, drohte die Kellnerin in gespieltem Zorn und hob ihre Faust.

Leitner fuhr fort: »Wie gesagt, bis jetzt galt diese Ausnahme nur für die alte Frau Gräfin, aber heute haben wir sogar eine Frau Preißin unter uns! Und die werden wir nun mit lautem Gesang verabschieden. Zwei, drei, vier!« Leitner spielte die ersten Takte von »Muss i denn, muss i denn« an, woraufhin seine Band-Kollegen sofort mit einstimmten. Schließlich fing der ganze Saal an zu klatschen und grölte den Text mit.

Agathe nutzte die Chance und schlüpfte geschwind zur Schwingtür hinaus.

Sie rannte die Treppe hinunter und stolperte fast dabei. Auf der Straße schnaufte sie erst einmal tief durch. Ihr Pulsschlag glich immer noch dem eines Eichhörnchens beim Anblick eines Fuchses, als eine der drei Damen vom Grill sagte: »Kommen S' her!«

Misstrauisch ging Agathe zu der Würschtlbude.

»Den können S' jetzt bestimmt brauchen«, sagte eine Frau und reichte ihr ein Glas Schnaps.

Ohne nachzudenken griff Agathe nach dem Stamperl und kippte den Williamsgeist in einem Zug hinunter. Tatsächlich breitete sich sofort so etwas wie Ruhe in ihr aus. »Danke«, raunte sie.

»Respekt«, erwiderte die Frau. »Da gehört schon etwas dazu, sich in Wirkendorf am Kirwamontag als Frau ins Wirtshaus zu trauen.«

»Ich wusste ja nicht, dass das verboten ist«, gab Agathe trotzig zurück.

»Ja mei«, erwiderte die Frau, »ihr in der Stadt wissts halt eben doch nicht alles.«

»Und du kommst nicht mal aus Regensburg, oder?«, wollte die zweite der drei Frauen wissen. »München?«

Agathe nickte.

»Aber auch nicht gebürtig?«

»Lübeck.«

»Marzipan …«

Die entstandene Pause nutzte Agathe. »Und wie geht das jetzt weiter? Die bleiben da in ihrem Saal sitzen und löten sich weg, bis der Arzt kommt, oder wie?«

»Jetzt geh erst mal auf die Seite. Kennst du das Lied, was sie gerade spielen?«

Agathe konzentrierte sich auf die immer noch deutlich zu hörende Blasmusik, zu der jetzt der Wirkendorfer Kirwamontagsmännerchor erklang: »… ooond erhalte dir die Farben deines Himmels, weiß und blaaaooo!«

»Ein Traditionslied?«, riet Agathe.

»Die Bayernhymne. Jetzt ist Mittag. Gleich kommen die runter. Da solltest du am besten nicht im Weg stehen.«

»Und was passiert dann?«

»Dann tanzen sie um den Baum und ziehen anschließend durch das Dorf.«

»Und dabei dürfen dann auch Frauen mitmachen?«

»Beim Tanz noch nicht, da verkleiden sich unsere Männer als Frauen. Aber es ist in Ordnung, zuzuschauen und später mitzugehen.«

Agathe dachte an das Gespräch mit ihrem Chef am Morgen zurück. Nichts los da oben … ja, genau! »Und wohin gehen die dann?«

»Erst rauf ins Schloss, um die alte Gräfin hochleben zu lassen, und anschließend zu den anderen Wirtshäusern im Dorf. Eins nach dem anderen klappern die dann ab.«

Von der Eingangstür drang bereits der dumpfe Klang von einer sich nähernden Elefantenhorde zu den Frauen, so laut war das Stampfen der vielen Männer auf den Holzstufen.

»Was wollen Sie eigentlich hier in Wirkendorf?«, fragte die jüngste der drei.

»Ich … suche einen Bekannten.«

»Soso«, brummte die Älteste. »Wen denn?«

»Den … kennen Sie bestimmt nicht«, wich Agathe aus.

»Na ja, wichtig ist, dass *du* ihn kennst. Wer da oben im Saal war, erkennt am Mittag im Normalfall noch nicht mal seinen Nachbarn.«

»Was ist das eigentlich für eine Feier? Das macht ihr doch nicht jeden Montag.«

Die drei Frauen sahen Agathe stumm an.

»Oder …?«

Die ersten Männer stoben auf die Straße. »Mach einmal gleich zehn Bratwurstsemmeln!«, brüllte der Frontmann.

»Mir auch!«, rief ein weiterer.

»Mei, Herzerl«, seufzte die älteste, schob Agathe beiseite und ging an den Grill, »das ist halt die Wirkendorfer Kirwa!«

Damit war Agathe zwar genauso schlau wie vorher, aber auf ihrem Gebiet war sie Profi. Sie wusste: Wo gefeiert wurde, da waren auch Informationen.

Agathe wartete zunächst an der Würschtlbude, bis sich die Meute der angeheiterten Männer aus dem Saal auf die Straße ergoss. Darunter waren doch tatsächlich einige, die in zerlumpte alte Frauenkleider gehüllt waren. Diese wurden von ihren »Kirwaburschen« zum Tanzpodium unterhalb des Kirwabaumes geführt, und die Blaskapelle gab das dazu passende Standkonzert. Als sich unter die Männerherde immer mehr Frauen mischten, die zusahen, wie sich die Männer zum Affen machten, wagte sich auch Agathe näher. Schließlich setzte sich die gesamte Menschenmenge unter den zackigen Klängen der Wirkendorfer Kirwamusikanten in Bewegung, um durch das Dorf zu ziehen.

Als die Gruppe etwas später im Innenhof des Wirkendorfer Schlosses angekommen war, bildete sich um die Freitreppe, die in zwei Bögen links und rechts von dem etwa vier Meter hoch gelegenen Eingangsportal nach unten schwang, ein großer Halbkreis. Im Zentrum erspähte Agathe eine betagte Frau im Rollstuhl. Sie war tadellos in einen grünen Lodenjanker gekleidet, unter ihrem perfekt sitzenden Filzhut zeigten sich Spitzen ergrauten, aber gepflegten Haares.

»Unsere alte Frau Gräfin, sie soll leben!«, brüllte ein Mann, der vor der alten Dame stand. Er hob seinen überdimensionalen Bierkrug und animierte das Publikum, welches prompt in ein dreifaches »Hoooch!« ausbrach.

Das war also die »alte Gräfin«. Agathes Blick fiel auf einen Mann Mitte vierzig, der neben dem Rollstuhl stand. Nachdem der Schreier der Dame den Krug überreicht hatte, half dieser ihr, einen kleinen Schluck aus dem riesigen Gefäß zu nehmen. Vermutlich ihr Sohn oder sonst ein Verwandter. Als die Gräfin abgesetzt hatte, sagte sie mit leiser, aber sehr klarer und deshalb verständlicher Stimme: »Meine Herren, ich danke Ihnen für Ihre alljährliche Aufwartung. Sie werden verzeihen, wenn ich den Krug heute nicht ganz austrinke.«

Die Menge brach in schallendes Gelächter aus, denn Agathes Schätzungen nach musste der Krug mindestens drei Liter fassen.

»Auch den obligatorischen Tanz muss ich heute leider ablehnen.«

»Ach, kommen Sie, Frau Gräfin! Auf den hatte ich mich schon so gefreut«, spielte der Mann mit dem Krug den Beleidigten.

»Bei der Entscheidung habe ich ausschließlich an Ihre Gesundheit gedacht«, erwiderte die Dame. »Nach diesem wunderbaren Frühschoppen könnten Sie mit meinem Tempo vermutlich nicht mehr mithalten.«

Wieder lachten die Zuschauer, und in Agathe stieg unmittelbar Bewunderung für die alte Frau auf. Obwohl sie im Rollstuhl saß, strahlte sie eine fast greifbare Würde aus, und ihr feiner Humor verfehlte seine Wirkung nicht.

»Dann muss ich eben mit unseren ›Frauen‹ tanzen«, meinte der Mann. Er gab der Musik ein Zeichen, und die Kapelle hob zu einem schnellen Walzer an.

Agathe suchte nach dem Musiker, der ihr vorhin geholfen hatte, den Saal unbeschadet zu verlassen. Er war nirgendwo zu sehen, an seiner statt hielt ein anderer Mann das Tenorhorn mit dem Trichter nach unten fest. Sie suchte den Blickkontakt zu ihm und zeigte fragend auf das Instrument.

Mit seiner freien Hand gestikulierte der Mann, dass der Besitzer des Instrumentes wohl beim Verrichten seiner Notdurft war. Er wies auf eine gemauerte Ecke, die das Schlossgebäude vom hinteren Teil des Hofes trennte.

Unauffällig stahl sich Agathe von der Menschenmenge in Richtung des Gebäudevorsprungs davon und warf einen dezenten Blick dahinter. Dem Schloss war eine Landwirtschaft angegliedert. An dieser Stelle wurde wohl die Jauche zum Düngen angesetzt. Aus einem großen Tank, der abgesehen von den vielen braunen Dreckspritzern stumpf aluminiumfarben schimmerte, kroch ein beißender Gestank nach Exkrementen und verrottenden Abfällen. Der Tank war etwa anderthalb Meter über dem Erdboden angebracht, und aus seinem ovalen Spundloch war bereits eine große Lache übel riechender Flüssigkeit getropft.

Ihr Retter hatte sich hinter dem Tank positioniert und drehte sich nichts ahnend um. Gerhard Leitner stopfte sein Hemd in die Unterhose, der Latz seiner Lederhose war noch nicht wieder hochgeklappt.

»Den würde ich aber wieder zumachen, bevor Sie zu den anderen gehen«, riet Agathe.

Leitner erschrak, begann aber kurz darauf mit seinem Einknöpfungsversuch. »Sie haben großes Talent, dort zu erscheinen, wo Sie nichts zu suchen haben.«

Seine Stimme klang rau, was an den Festivitäten der letzten Tage liegen konnte, hatte aber einen sonoren Klang. Es war eine Stimme, die Agathe guttat. »Ich bin nicht aus der Gegend …«

»Ach was. Im Ernst?«

Agathe ging auf die Ironie nicht ein und fuhr fort: »… aber ich müsste mich dringend mit jemandem unterhalten, der sich hier auskennt.«

Leitner hatte seinen Aufzug wieder in Ordnung gebracht und schüttelte den Kopf. »Jetzt schon gleich überhaupt nicht, Madame. Jetzt geht's erst richtig los. Ich muss wieder vor, ohne mich ist die Kapelle nur halb so gut.«

Schnellen Schrittes wollte er in Richtung Schlosshof gehen,

doch einer seiner Lederhosenträger verfing sich am Verschlusshebel des Gülletanks und zog unglücklicherweise in die falsche Richtung. Mit einem lauten metallischen Klacken öffnete sich die Luke und ließ einem gigantischen Schwall seines Inhalts freien Lauf. Leitner wurde von der Wucht, mit der seine eigene Geschwindigkeit gestoppt wurde, zu Boden gerissen und fiel mitten in die große Lache Gülle, die sich fortwährend aus dem Tank ergoss.

Agathe kämpfte gegen die plötzliche Übelkeit, die in ihr hochstieg, während sie beobachtete, wie sich Leitner vergeblich auf dem Boden wälzte und sich somit nur noch mehr mit der Flüssigkeit besudelte. Als plötzlich aus der Luke auch noch mehrere Konservendosen ins Freie fielen, suchte sich Agathe einen Weg durch den Güllebach zu dem armen Tenorhornspieler.

»Wer von uns beiden steckt jetzt in der Scheiße, hm?«, konnte sie sich einen kleinen Seitenhieb nicht verkneifen. Sie wollte ihm gerade ihre Hand reichen, um ihn auf seine zwei Füße zu ziehen, da hörte sie aus dem Tank ein Scheppern und kurz darauf einen dumpfen Knall. Ein hühnereigroßer Ball fiel heraus, hüpfte klatschend durch den Dreck und kam vor Agathes Füßen zu liegen. Sie sah genauer hin, und ihr Herz blieb beinahe stehen. Denn der Ball, so dreckig er auch war, blickte zurück. Er sah beinahe aus wie ein Auge.

»Oh Gott …«, flüsterte Agathe und spürte, wie die Drüsen in ihrem Mund anfingen, Speichel zu produzieren. Sie drehte ihren Kopf zu der Luke, von wo aus ihr eine halb verweste menschliche Fratze mit ausgefransten Lippen entgegenlächelte. Eine der Augenhöhlen war leer.

Schnell ließ Agathe die Hand ihres ehemaligen Retters los. Sie brauchte ihre eigenen beiden, um sich den Bauch zu halten, während sie ihr Frühstück auf den Hof spie.

Kurze Zeit später trat im Wirkendorfer Schloss eine Dame um die fünfzig im dezent grauen Kostüm aus der Gesindeküche und schob einen messingfarbenen Servierwagen vor sich her.

Im Großen Salon lenkte sie ihn zu einem der ausladenden grünen Polstersessel, auf welchem Agathe Viersen Platz genommen hatte. Die Dame schenkte aus der Silberkanne auf dem Wagen eine Tasse Tee ein und reichte sie ihr.

»So, schauen S' her, den trinken S' jetzt in Ruhe, und dann wird Ihnen gleich besser!«

»Danke, Friedel«, sagte die alte Gräfin, die neben Agathe im Rollstuhl saß. »Ihr Kräutertee wird der jungen Dame bestimmt guttun.«

Friedel nickte kurz und verzog sich wieder in die Küche.

»Friedel sammelt eigenhändig sämtliche Kräuter im Schlosspark. Sie kennt deren Wirkung wie keine Zweite und weiß, wie man sie für verschiedene Zwecke kombinieren muss.«

Agathe blickte zu der alten Frau und trank den ersten Schluck Tee. Eigentlich mochte sie keinen Tee und war eher der Kaffeetyp, aber der warme Kräutersud schien ihre Magenwände tatsächlich zu beruhigen. Sie nutzte den wohligen Schauer, der sie durchfuhr, um sich ein wenig zu sammeln und sich im Salon umzusehen.

An jeder Wand hingen teilweise mehrere riesige Gemälde, allesamt Porträts. Die Männer waren mit strengem Blick in Uniform abgebildet, die Frauen in feinsten Kleidern. Über die Jahre hinweg hatte die feuchte Luft im Schloss die Holzrahmen aufquellen lassen, sodass die Bilder sich von den Wänden wölbten. Unter ihnen standen prächtige Möbel – ein Sekretär, zwei Kommoden, zwei Beistelltischchen, allesamt aus edlem dunklen Holz gefertigt. Im Kamin an der gegenüberliegenden Wand loderte ein wärmendes Feuer.

Ein rhythmisches Knarzen wurde immer lauter, und ein Mann in Jeans und rotem Pullover kam festen Schrittes herein. Hauptkommissar Deckert blickte kurz auf den Schreibblock in seiner Hand und rief dann durch eine weitere offen stehende Tür: »Ertl, ist die Spurensicherung fertig?«

»Die Leiche ist auf dem Weg nach Erlangen«, antwortete ein Polizeibeamter in Uniform, »und mit dem Boden sind sie auch schon fertig. Bloß der Dreck muss später noch weggemacht werden.«

»Haben sie alles mitgenommen?«

»Ja.«

»Auch die Konservenbüchsen?«

»Die auch. Aber den Inhalt kennen wir noch nicht, also, ob's Sauerkraut oder Ravioli oder sonst was ist. Etiketten waren entweder keine dran oder sind schon verfault.«

»Na, im Labor werden Sie dann hoffentlich mehr rausfinden.«

Ertl trat einen Schritt vor. »Das Zeug drinnen müsste man sogar noch essen können. So Büchsen halten ja ewig, selbst wenn die wochenlang in der Scheiße gelegen haben. Auf Kabel 1 habe ich mal gesehen, wie sie …«

Mit lautem Scheppern stellte Agathe ihre Tasse auf die Untertasse, und der Beamte unterbrach seine Schilderung.

»Danke, Ertl! Sie können dann verschwinden!«, herrschte Deckert seinen Mitarbeiter an. Es war nicht zu übersehen, dass die beiden Damen im Raum nicht besonders erfreut über dessen Erkenntnisse in puncto Haltbarkeit von Lebensmitteln waren. Er ging zu ihnen hinüber. »Ist Ihnen noch etwas eingefallen, was Sie bei Ihrer Aussage vorhin vielleicht vergessen haben, Frau Viersen?«

Agathe schüttelte langsam den Kopf.

»Nein. Es war alles so, wie ich Ihnen gesagt habe.«

»Tja«, brummte der Hauptkommissar und überflog seine Notizen, »das hilft uns natürlich nicht viel weiter. Aber Ihre Aussage und die vom Herrn Leitner sind deckungsgleich, von daher … müsste das eigentlich fürs Erste alles sein.«

»Wo ist er eigentlich … der Herr Leitner?«, fragte Agathe.

»Er wird gleich kommen.«

Agathe sah zu dem hochgewachsenen Mann, der in diesem Moment den Salon betrat.

»Ich habe nur ein paar Minuten nach passender Kleidung für den Unglücklichen suchen müssen. Ich bitte um Verzeihung. In der Hektik sind wir noch gar nicht vorgestellt worden. Gestatten, Sebastian Graf zu Söllwitz.«

»Mein Sohn«, ergänzte die Dame im Rollstuhl.

Agathe reichte dem schlanken eleganten Mann die Hand, auf die der Graf einen perfekt angedeuteten Handkuss hauchte.

»Der Gerhard ist noch in der Dusche«, sagte er. »Er muss gleich fertig sein.«

Auch Hauptkommissar Deckert wandte sich nun Graf Sebastian zu Söllwitz zu. »Wie lange besteht die Landwirtschaft neben Ihrem Schloss schon?«

»Du liebe Zeit!« Der Graf richtete die Augen zur Decke und grübelte. »Eigentlich so lange wie unser Herrensitz. Früher hat unser Anwesen hier ja wesentlich mehr Menschen beherbergt. Und jeder musste von etwas leben.«

»Dieses Silo ... eigentlich sieht es mehr nach einem Brauereitank aus.«

»Das ist richtig. Wir haben den Tank damals aus unserer Brauerei ausgemustert. Die Kleinbauern hier in der Gegend waren dankbar für eine zentrale Stelle, an der sie ihre Jauche loswerden konnten, und der Tank schien uns für diesen Zweck noch geeignet.«

»Uns?«

»Nun, meinem Vater und mir. Es ist ja schon einige Zeit her, dass wir die Brauerei modernisiert haben.«

Agathe entging das ermahnende Räuspern der Gräfin nicht.

Der Kommissar machte sich Notizen. »Das heißt, jeder kann herfahren, um seinen Mist in das Silo zu werfen?«

»Korrekt. In den Tank haben wir an der Oberseite einen Deckel hineingeschnitten. Das ist seit dreißig Jahren eine praktikable Lösung, noch dazu, da die Viehwirtschaft bei uns in der Region immer mehr abnimmt.«

»Sie verstehen sicher, warum mich das so interessiert. Es kommt ja nicht jeden Tag vor, dass jemand eine Leiche in ein riesiges Güllefass wirft. Theoretisch hätte also jeder ...« Deckert machte eine hilflose Geste.

»... jeder, der unser Schloss und unsere Anlage kennt, die Leiche dort entsorgen können«, beendete Graf Sebastian den Satz. »Also praktisch jeder Bewohner von Wirkendorf.«

»Ich sehe schon, wir kommen hier nicht weiter«, brummte Deckert. »Wenn Sie«, sein Blick fiel auf Agathe, »morgen Nachmittag vielleicht auf die Polizeiinspektion Schwandorf kommen könnten? Dann wissen wir hoffentlich schon mehr.«

»Selbstverständlich.«

»Und bringen Sie den Herrn Leitner mit. Wenn er bis dahin mit dem Duschen fertig ist.« Damit verließ Hauptkommissar Deckert den Großen Salon und wenige Minuten später Schloss Wirkendorf.

»Es ist immer eine sehr unerfreuliche Angelegenheit, die Behörden im Hause zu haben«, seufzte die Gräfin.

In diesem Satz lag so viel Tiefe, dass Agathe aus den Augenwinkeln die alte Dame neugierig betrachtete. Über ihrem dunklen Rock trug sie nun eine graue Bluse, darüber eine violette Weste, und um ihren Hals hing eine mächtige Perlenkette. Agathe hatte keinen Zweifel daran, dass es echte Perlen waren. Das graue Haar der Gräfin, das ebenfalls leicht violett schimmerte, war schwungvoll fixiert. Ein Hauch von Lavendelduft waberte in der Luft. Die Gräfin musste gut über achtzig sein. Alt genug also, dass sie die Zeiten noch miterlebt hatte, in welchen man Uniformträger und Behörden in Deutschland und Europa mit Todesangst fürchten musste. In diesem Zusammenhang kam Agathe das Wort »unerfreulich« schon fast sarkastisch vor.

»Bekommt Ihnen der Tee?«, erkundigte sich die Gräfin, für die zu der Sache mit der Polizei im Hause anscheinend alles Notwendige gesagt war.

»Es geht schon wieder. Wirklich. Es war nur, weil …«

»Ich kann Sie verstehen, junge Frau. Eigentlich machen Sie auf mich keinen schwachen Eindruck, aber es kam einfach zu plötzlich, zu unerwartet.«

»Ja.«

»Das ist doch der blanke Wahnsinn!«, ließ sich Graf Söllwitz vernehmen. »Wer macht denn so etwas? Einen Menschen in …«, mit Rücksicht auf seine Mutter wog er das nächste Wort trotz seiner Empörung sorgfältig ab, »Exkrementen zu versenken!«

In diesem Moment kam Gerhard Leitner zur hinteren Tür herein. »Erinnere mich bitte daran, dass ich bei euch nie wieder zum Bieseln gehe … oh!« Er verstummte, da er die alte Gräfin jetzt erst bemerkt hatte.

»Dafür gibt es in unserem Haus eigentlich auch Toiletten, Herr Leitner«, sagte diese. »Insgesamt sogar elf.«

»Passen dir meine Sachen?«, fragte Graf Söllwitz.

»Einigermaßen. Du bist halt doch einen Kopf größer als ich.« Leitner betrachtete die Absätze der ebenfalls geliehenen Schuhe, mit denen er bei jedem Schritt auf die zu langen Hosenbeine trat.

Agathe musste bei seinem Anblick in der zu großen Garderobe ein Lächeln unterdrücken. In den Lederhosen hatte Leitner phantastisch ausgesehen, aber die waren auch auf seine eins fünfundsiebzig ausgelegt gewesen.

»Ich bring dir die Sachen dann gereinigt wieder zurück, zu Hause ziehe ich mich eh gleich um. Alles, was recht ist, und an der Kirwa hab ich schon vieles erlebt, aber so ein Tag wie heute war noch nie dabei. Der ist echt konkurrenzlos.«

»Das kannst du laut sagen.«

»Möchte man wirklich nicht glauben, wo dieses Zeug überall reinfließt.« Leitner popelte mit einem kleinen Handtuch in seinem linken Ohr herum.

Agathe betrachtete ihn eingehend. In sein rundliches Gesicht war wieder eine gesunde Hautfarbe zurückgekehrt, die der Schock vorher vertrieben hatte. Auch seine braunen Augen strahlten wieder lebendig. Als er den Bart an seinem Kinn, welcher aussah, als hätte er ihn seit einer knappen Woche wachsen lassen, trocken rieb, erkannte Agathe durch das zu große Hemd des Grafen an seinem linken Oberarm die Ansätze von Tattoos. In seinem eigenen Outfit hatte Gerhard Leitner gut gebaut gewirkt; mit deutlicher Taille, kräftigen Armen und breiten Schultern, sein Kopf von schwarzbraunem schulterlangen Haar umspielte. Bei seinem Anblick in des Grafen Kleidern musste Agathe jedoch unweigerlich an Charlie Chaplin denken.

»Möchten Sie auf diesen Schreck ebenfalls eine Tasse Kräutertee, Herr Leitner?«

»Nein danke, Frau Gräfin. Das Einzige, was mir jetzt wirklich helfen könnte, wären ein paar Halbe Hopfentee.«

Nach einigen weiteren Minuten hatten sich Leitner und Agathe von der Adelsfamilie verabschiedet und standen nun im Schlosshof.

»Und wo müssen Sie heute noch hin?«, fragte der Musiker.

»Ich habe ein Zimmer im Dorfhotel gebucht. Wie heißt es doch gleich noch? Ach ja, ›Zum Schimmel‹.«

»Gut. Dann … ja, einen schönen Tag noch.«

Als er sich zum Gehen wandte, sagte Agathe: »Wir sollen morgen Nachmittag gemeinsam auf die Polizeiwache kommen. Anweisung vom Herrn Kommissar.«

Leitner gab eine Art Grunzen von sich, was wohl bedeuten sollte, dass er den Sachverhalt verstanden hatte, jedoch nicht übermäßig begeistert davon war. »Dann so gegen halb drei bei der Inspektion?«

»Gut, das passt.«

»Ich weiß wirklich nicht, was die noch von uns wollen. Sie haben Deckert doch auch schon erzählt, was passiert ist, oder?«

Agathe bejahte.

»Und ich auch. Aber vielleicht geschieht über Nacht ja ein Wunder, und sie können uns morgen schon sagen, wer dafür verantwortlich ist.«

Leitner wollte sich schon in Richtung Brauereiwirtschaft entfernen, als Agathe verschwörerisch sagte: »Vielleicht können sie uns auch etwas zunächst viel Wichtigeres sagen.«

Leitner verharrte in seiner verdrehten Position. »Und das wäre?«

»*Wessen* Leiche wir da heute Mittag aus ihrer schrecklichen Grabstätte befreit haben.«

»Wie Sie sehen, kann man den Leichnam nicht mit blankem Auge identifizieren«, sagte Hauptkommissar Deckert. »Dafür ist der Verwesungsprozess schon zu weit fortgeschritten.«

Agathe blätterte mit kühler Effizienz die grausigen DIN-A4-großen Fotos durch. Der Leichnam war aus allen möglichen Blickwinkeln abgelichtet worden. Die Gerichtsmediziner hatten offensichtlich versucht, den Toten so weit wie möglich zu reinigen, dennoch bestanden das Gesicht wie auch der übrige Körper nur noch aus zerfressenen Fleischfetzen.

»Wir haben nicht nur den Schädel, sondern auch den Rest vom Schützenfest in dem Tank gefunden, aber das hilft uns momentan auch nicht weiter. Kein besonders hübscher Kerl, was?«

Agathe hielt Leitner die Fotos hin.

»Geh, tun Sie das weg«, winkte er angewidert ab. »Mir hat's gestern schon gereicht.«

Agathe warf die Bilder auf den Schreibtisch. »Und wer war er nun, unser Toter?«

Hauptkommissar Deckert griff nach einer Akte und klappte deren Deckel auf. »Männlich, um die vierzig, leicht adipös, hat wahrscheinlich seit mehreren Wochen im Gülletank gelegen. Die schwankenden Außentemperaturen der letzten Zeit machen eine genauere Bestimmung des Todeszeitpunkts unmöglich.«

»Und die Todesursache?«, wollte Agathe wissen.

Deckert kratzte sich etwas unsicher am Kinn. »Eigentlich sind Sie hier, um mir einige Fragen zu beantworten, nicht umgekehrt.«

Wie auf Kommando lehnten sich Agathe und Leitner zurück und musterten den Bürokratie gewohnten Kriminalbeamten mit durchdringenden Blicken.

»Aber wenn man bedenkt, dass Sie die Leiche gefunden haben …«, lenkte Deckert ein. »Also, als Todesursache kommen Ersticken, Ertrinken und Vergiftung in Frage. Am Schädel sind keinerlei Traumata nachweisbar. Vermutete Spuren eines Kanals im Brustbereich, möglicherweise hervorgerufen durch eine Schuss- oder Stichverletzung, jedoch nicht sehr tief, wenn man das überhaupt noch beurteilen kann. Die Bakterien haben einfach schon zu viel Zeit mit unserem Kameraden verbracht.«

»Das heißt also, wir wissen nicht, wer der Tote ist?«, meldete sich Leitner zu Wort.

»Leider nicht.«

»Was ist mit Gentests, mit DNA und so?«

Hauptkommissar Deckert lehnte sich in seinem Dienstsessel zurück. »Das funktioniert nur, wenn der Tote zu Lebzeiten schon mal erkennungsdienstlich behandelt oder seine DNA sonst irgendwie digital gespeichert wurde. Bei einer Operation beispielsweise.«

»Und die Zähne?«, brummte Leitner. »Das Gebiss kann man doch auch irgendwie —«

»Dafür gilt das Gleiche: Wenn seine Gebissdaten oder -aufnahmen irgendwo gespeichert sind, haben wir eine Chance auf Identifizierung. Bei den örtlichen Zahnärzten wurden schon entsprechende Hilfsanfragen gestellt. Aber wenn der Tote natürlich nicht aus Wirkendorf stammt oder jemand ist, der nie zum Zahnarzt gegangen ist, dann …« Deckert hob hilflos die Hände.

»Wenn der da schon seit Wochen in der Jauche gelegen hat, besteht wahrscheinlich auch keine Hoffnung auf Spuren auf dem Boden rund um das Silo, oder?«, mischte Agathe sich ein.

Verwundert horchte Leitner auf. Die Fremde hörte sich fast selbst schon an wie eine Polizistin.

»Leider ist das so. In den vergangenen Wochen – und wir reden hier durchaus von der Zeit bis zum Spätsommer – haben dort zig Auto-, Traktor- und Hängerreifen ihre Spuren hinterlassen und jeweils die vom Vorgänger platt gewalzt. Wir haben also leider nicht viel. Außer unserem E.T.« Deckert zeigte auf die Fotos.

»Und die Konservenbüchsen?«, fragte Agathe. »Was war in den Konservenbüchsen?«

»Das ist in der Tat merkwürdig«, raunte Deckert und suchte auf seinem Schreibtisch den entsprechenden Bericht hervor. »Insgesamt haben wir sechs Stück sichergestellt. Je zwei mit Sauerkraut und Heringen in Tomatencreme und je eine mit roten Kidneybohnen und Thunfisch in Olivenöl. Daraus macht man keinen leckeren Eintopf, nicht wahr?« Er sah auf und erkannte, dass sein Scherz weniger Vergnügen als vielmehr Abscheu in seinen beiden Zuhörern hervorgerufen hatte. Er räusperte sich dezent. »Aber gut, wir tun unser Möglichstes. Jetzt brauchen wir nur noch Ihre Personalien. Ihre, Frau Viersen, haben wir ja gestern schon notiert. Und bei Ihnen, Herr Leitner … Das Geburtsdatum haben wir bereits … 12. August 1980 … Geburtsort?«

»Weiden.«

Der Kommissar schrieb es nieder. »Und Beruf?«

»Selbstständig. Ich habe einen PA-Verleih.«

»PA?«

»Personal Announcement. Ich verleihe Lautsprecherboxen, Mischpulte, Mikrofone, Lichttraversen, Scheinwerfer und so Zeug. Für Konzerte.«

Deckert winkte ab. »Selbstständig. Gut. Von unserer Seite wäre es das dann erst mal. Ihre Kontaktdaten haben wir. Wenn sich noch etwas ergibt, werden wir uns bei Ihnen melden.«

»Den Satz habe ich schon zur Genüge gehört«, sagte Leitner zu Agathe, als sie vor der Polizeistation standen.

»Welchen Satz?«

»Na, dieses: ›Wenn sich was ergibt, melden wir uns bei Ihnen! Sie hören von uns!‹ Das kenne ich aus meinem Geschäft, wenn ich Angebote an Festivals und Organisatoren schicke.«

»Wie heißt denn Ihr Geschäft?«

»›Leit(ner)‹«, er malte Anführungszeichen beim letzten Wortteil in die Luft, »and Sound‹.«

»Originell.« Agathe verlagerte ihr Gewicht auf das andere Bein. »Herr Leitner, ich will offen mit Ihnen sein. Ich habe der Polizei nicht die ganze Wahrheit gesagt.«

»Wobei?«

»Als mich der Kommissar gefragt hat, warum ich nach Wirkendorf gekommen bin, habe ich geantwortet, dass ich einmal bei der berühmten Kirwa dabei sein wollte.«

»Und das waren Sie doch auch. Wir können schließlich nichts dafür, dass der Kirwamontag so rasch ein Ende gefunden hat.«

»Das habe ich auch nicht gemeint …« Sie verstummte, weil sie sah, wie Leitners Miene gefror. Seine Augen schienen über ihre Schultern hinweg jemanden zu fixieren. Agathe drehte sich um und sah einen Mann Mitte fünfzig mit einem kleinen Kind an der Hand. Das Mädchen riss sich los und lief auf Leitner zu.

»Onkel Gerhard!«, rief sie und wäre auf dem letzten Meter fast gestolpert, hätte Leitner sie nicht aufgefangen.

»Wo kommst du denn her, meine Süße?«, rief er und wirbelte seine Nichte einmal um die eigene Achse, bevor sie sich mit Schwung wie ein kleiner Affe an seine Schultern klammerte.

»Wir waren spazieren«, erklang die nüchterne Stimme des Mannes.

»Servus, Vater.« Leitner nickte kühl in dessen Richtung.

»Guten Tag«, grüßte Agathe freundlich, während der Mann sie misstrauisch beäugte.

»Werner Leitner«, stellte er sich vor. »Gibt es schon irgendetwas Neues?« Er blickte in Richtung der Polizeistation.

»Leider nicht.« Agathe sah auf die Kleine und vermied das Wort Leiche. »Sie … wissen noch nicht, um wen es sich handelt.«

Werner Leitner brummte kurz als Antwort und wandte sich zu seinem Sohn um. »Die Kirwa war recht schön. Abgesehen von dem Fund.«

Leitner schien mit den Worten seines Vaters nicht gut umgehen zu können, bemerkte Agathe, und dabei hatte sie keine Ahnung, dass die Bewertung durch »recht schön« bei einem Oberpfälzer der Verleihung eines Oscars gleichkam.

Der Mann hob das Mädchen von Leitners Schultern und stellte es auf den Boden. »Ich war vorhin noch auf der Sparkasse. Das mit deinem Kredit müsste in Ordnung gehen.«

Leitner sah peinlich berührt zu Agathe. »Das ist lieb von dir.«

»Wenn du diese technische Ausrüstung unbedingt brauchst, muss ich halt als Bürge einspringen.«

»Das ist wirklich so. Ich habe schon den Auftrag für die Fat Burners, und für deren Auftritt müssen die Boxen schon über ein paar Watt mehr verfügen.«

»Für mich ist das sowieso keine Musik. Bei denen tät's nicht schaden, wenn man die nicht so laut aufdreht.«

»Trotzdem danke, Vater.«

Werner Leitner zuckte theatralisch mit den Schultern. »Was bleibt mir denn anderes übrig? Einen gescheiten Beruf hast du ja nicht lernen wollen. Deshalb musst du jetzt halt auf den Bühnen herumtingeln.«

»Ich denke, dieses Thema haben wir bereits lang und breit besprochen.«

»Dein Leben hat mich zwei Herzinfarkte gekostet.«

Leitner atmete tief durch. »Dann reg dich bitte nicht auf, einen dritten können wir wirklich nicht gebrauchen.«

Der Senior hatte seinem Unmut über den Beruf seines Sohnes anscheinend ausreichend Raum verschafft. »Wie geht es heute bei dir weiter, Gerhard?«, fragte er wieder ruhiger.

»Ich muss ins Krankenhaus. Zum Roland.«

Werner Leitner richtete sich auf. »Aha.«

Agathe erschauerte bei der Kälte, die in den drei Buchstaben mitschwang. Als wäre plötzlich eine Mauer zwischen den beiden Männern errichtet worden, standen sie sich steif gegenüber.

»Na, dann gehen wir wieder heim zur Oma«, sagte der Ältere schließlich. »Die hat uns bestimmt schon was Feines zum Kaffee hergerichtet.«

»Au ja!«, ließ sich das Mädchen vernehmen, das dem Anschein nach die Backkünste seiner Oma sehr zu schätzen wusste, und machte sich mit seinem Opa auf den Weg.

Agathe sah den beiden nach und wandte sich dann wieder dem Musiker zu. »Herr Leitner?«

»Bitte?« Er kehrte aus seinen Gedanken zurück.

»Ich wollte vorhin sagen, dass ich hier bin, um etwas in Erfahrung zu bringen. Und dazu brauche ich die Hilfe von jemandem, der sich in Wirkendorf auskennt.«

»Aha«, brummte Leitner verständnislos und ohne Interesse.

Als er auch nach einigen langen Sekunden nichts weiter hatte verlauten lassen, ergriff Agathe die Initiative: »Ich würde mich gern etwas ausführlicher mit Ihnen unterhalten. Haben Sie heute Abend Zeit, mit mir zu essen?«

Leitner war auf diese Anfrage sichtlich unvorbereitet und wich instinktiv einen Schritt zurück. Er musterte Agathe von oben bis unten. Vor ihm stand eine junge Frau; er schätzte sie auf achtundzwanzig Jahre, der klaren, etwas breiten Aussprache nach aus Norddeutschland stammend. Sie hatte ein angenehmes ovales Gesicht mit prägnanten Wangenknochen. Ihr rotbraunes Haar war zu einem kurzen Pferdeschwanz gebunden. Als langjähriger Musiker erkannte er sofort, dass Agathe Viersens Proportionen stimmten, wobei die Brustpartie etwas voluminöser war als die Gesäßregion. Sie trug dunkelblaue unverwaschene Levis, eine seidene weiße Bluse und eine zu ihrer Haarfarbe passende Jacke aus Lammleder, wirkte elegant, aber nicht überkandidelt. Nein, was er sah, missfiel ihm durchaus nicht.

Dann aber stieß er ein leises Lachen aus und schüttelte den Kopf. »Seien Sie mir nicht bös, aber mir ist das völlig wurscht, was Sie in Erfahrung bringen müssen.«

Agathe gab ihrem Vorhaben eine zweite Chance. »Dann gehen Sie doch einfach so mit mir zum Essen. Ich kenne mich in der Gegend überhaupt noch nicht aus.«

»Es geht wirklich nicht. Ich habe heute Abend schon eine Verabredung. Oder ein Date, das Wort werden Sie aus der Großstadt besser verstehen.«

Agathe musste die Runde verloren geben, konnte sich aber nicht verkneifen zu fragen: »Sie gehen mit einer Frau aus?«

»Freilich.«

»Dann empfehle ich Ihnen dringend, sich vorher noch ein paar Stunden unter die Dusche zu stellen. Ich hätte es nicht gedacht, aber ihr Jungs hier stinkt tatsächlich alle nach Kuhstall.«

Damit ließ Agathe Leitner stehen, stieg in ihren Wagen und fuhr davon.

»Was war das denn für eine?«, hörte Leitner eine Stimme hinter sich. Es war Dominik Kammerl, die erste Klarinette der Wirkendorfer Kirwamusik. »Hat fast so aufgebrezelt ausgeschaut wie eine Russin.«

»Eine Preißin. Das ist ja noch schlimmer.«

»Kommst nachher zur Probe?«

»Klar«, sagte Leitner. »Aber ich muss pünktlich weg, weil ich mit der Martina zum Essen verabredet bin.«

Ungläubig lächelnd wackelte Kammerl mit dem Kopf. »Du kannst es nicht lassen, oder? Interessiert sich nicht Graf Sebastian zurzeit so arg für die Martina? Und sie sich auch für ihn?«

Leitner sah ihn drohend an.

»Na ja, du musst es ja wissen, wie du deine Weiber handhabst. Warst du da gerade drin?« Kammerl deutete auf die Polizeiwache. Als Leitner bejahte, fragte er: »Hast du noch Zeit für einen Kaffee? Dann könntest du erzählen, was die dich gefragt haben.«

»Ich muss ins Krankenhaus.«

»Zum Roland?«

Leitner nickte.

»Wie geht's ihm denn?«, fragte die Klarinette betroffen.

»Sie haben ihn gestern wieder operiert.«

Leitner betrat das St.-Barbara-Krankenhaus der Barmherzigen Brüder in Schwandorf und ging direkt am Empfang vorbei. Nach der Zimmernummer von Roland Schweller musste er nicht mehr fragen. In der letzten Woche war er fast jeden Tag hier gewesen. Dritter Stock, Innere. Haus B, Zimmer 314.

Von Bewegungsmeldern aktiviert, öffnete sich die gläserne Schwingtür, die zu den einzelnen Stationen führte. Sofort schlug Leitner eine Geruchsmischung aus sterilem Desinfektionsmittel, ungewaschenen Menschen und nicht verzehrten

Streichwurstsemmeln entgegen. Seine Schuhe quietschten auf dem PVC-Boden, als er am Zimmer der Krankenschwestern vorbeiging, in dem zwei von ihnen Kaffee tranken. Beide grüßten Leitner freundlich, der wenige Sekunden später nach rechts abbog. Roland Schwellers Zimmer lag am Ende des Ganges.

Der Besuch seines Freundes Roland hatte heute keinen so heiteren Anlass wie die in den ganzen langen Jahren zuvor. Als Bub hatte Leitners Weg zur Schule immer an der Werkstatt von Roland Schweller vorbeigeführt, in deren Schaufenster Klarinetten, Saxofone, Trompeten und ein Waldhorn hingen. Roland Schweller, der Blasinstrumentenbauer, beobachtete den Knaben über mehrere Wochen hinweg und ging an einem Frühlingstag, als er sich wieder einmal die Nase am Schaufenster platt drückte, aus seinem Geschäft nach draußen, um mit ihm zu reden. Zuerst erschrak der kleine Gerhard gehörig, weil seine ganze Aufmerksamkeit den Instrumenten gegolten hatte. Den großen Mann mit den zurückgekämmten Haaren hatte er nicht bemerkt. Aber auf dessen Lippen in seinem vom Leben gezeichneten Gesicht lag ein freundliches Lächeln, als er ihn fragte: »Du wohnst wohl nicht weit weg, wenn du jeden Tag hier vorbeikommst?«

Gerhard schüttelte schüchtern den Kopf. »Da vorn gleich.«

»Du bist der kleine Leitner, gell?«

Noch immer etwas unsicher blickte Gerhard den Mann an, der bemerkte, dass der Junge ein wenig Angst vor ihm hatte. Also wandte er sich zum Schaufenster und fragte mit gütigem Blick, ob Gerhard denn auch ein Musikinstrument spiele.

»Trompete halt«, antwortete dieser mit großen Augen.

Roland Schweller nahm ihn mit in den Laden und drückte ihm eine Trompete in die Hand.

Zunächst wendete Gerhard das Instrument voller Respekt hin und her und war sich unsicher, ob er wirklich in das Mundstück hineinblasen sollte.

»Wenn du nicht magst, dann spiele halt ich ein bisschen.« Roland Schweller griff sich seine eigene Trompete und begann mit den ersten Takten von »An der schönen blauen Donau«.

Gerhard ließ sich vom Klang einfangen, setzte die Trompete, die Roland Schweller ihm gegeben hatte, an die Lippen und spielte fehlerfrei die zweite Stimme darüber. Er blies aus Leibeskräften, die beiden Musiker beflügelten sich gegenseitig, sodass es selten eine Darbietung der »Donau« gegeben hatte, die reiner, brillanter oder gefühlvoller gewesen wäre.

Als das Stück zu Ende war, sprach minutenlang keiner ein Wort. Beide hingen still den Klängen der Musik nach. Gerhard hatte das besser gefallen, als wenn er vom Vater alljährlich an Weihnachten gezwungen wurde, vor der versammelten Familie »Stille Nacht, heilige Nacht« zu spielen. Das war richtige Musik gewesen. Zum Abschied sagte Roland Schweller zum kleinen Gerhard noch, er könne ihn jederzeit besuchen kommen.

Von da an verging kein Tag, an dem der Knabe seinen Kopf nicht zur Werkstatttür hineinsteckte. Eines Tages überraschte Gerhard seinen neuen Freund bei einer Brotzeit. Natürlich hatte Roland Schweller mit dem Buben geteilt, und von diesem Tag an hielt der Instrumentenbauer jeden Mittag ein paar Kekse und ein Glas Milch für den Jungen bereit. Dass Gerhard kurz vor dem Essen zu Hause noch naschte, hätte seine Mutter wahrscheinlich nicht gern gesehen, doch an seinem Appetit änderte sich nichts. Die Kekse und die Milch waren sein Männergeheimnis, wenn auch nur ein kleines.

Im Laufe der Jahre hatte Leitner bei Schweller fast alle Arten von Blasinstrumenten ausprobieren dürfen. Aus dessen Geschäft stammten auch die Bücher über Tonerzeugung, Frequenzbereiche und Harmonielehre, die Leitner förmlich verschlang. Ihr Wissen hatte ihm zu seinem jetzigen Beruf verholfen. Mit Roland Schweller hatte er nie darüber geredet, aber insgeheim dachte er die ganze lange Zeit, wenn er auf den Instrumenten übte, an ihn. Sein Urteil war für Leitner maßgeblich gewesen.

»Wenn du zu rauchen aufhören würdest, hättest du ein viel größeres Volumen am Tenorhorn!«, hatte Roland Schweller einmal zu ihm gesagt, als Leitner mitten im Flegelalter war. Kurze Zeit später hatte er seine letzte, halb volle Schachtel Marlboros weggeworfen und sich seitdem nie wieder eine angesteckt. Roland Schweller selbst war jedoch nie von seinen zwei Schachteln Overstolz pro Tag losgekommen.

Leitner stand vor Zimmer 314 und klopfte kurz an die Tür. Keine Antwort. Er ging trotzdem hinein. In dem Doppelzimmer standen ein leeres Bett und ein zweites, in dem Roland Schweller lag.

Leitner durchfuhr ein Schauer bei seinem Anblick. Nicht so sehr wegen der vielen Plastikschläuche oder des piepsenden Kontrollgerätes, an das sein Freund angeschlossen war. Sondern wegen Roland Schweller selbst. Er war gut einen Meter siebzig groß, hatte für einen Neunundsechzigjährigen einen straffen Körper mit einem kleinen Bierbauch und noch volles weißes Haar, das er wie in den letzten dreißig Jahren stets zurückgekämmt trug. Die Lachfalten an seinen Augen strahlten Wärme aus – normalerweise.

Jetzt waren seine Haare fettig und zerzaust. Sein Bierbauch war weggeschmolzen, und seine Augen lagen tief in ihren dunklen Höhlen. Schweller wollte sich aufrichten, als er Leitner auf sich zukommen sah.

»Wart, Roland, da gibt's doch einen Knopf.« Leitner wusste, wie viel Kraft Schweller das Aufrichten kostete. Er griff sich die Fernbedienung des Krankenbettes und ließ die Rückenlehne ein wenig hochfahren.

»So passt es schon«, sagte Schweller. Seine Stimme klang schwach.

»Was haben sie gestern mit dir angestellt?«, fragte Leitner besorgt.

»Ja mei. Operiert haben sie mich halt. So genau will ich's immer gar nicht wissen.«

Leitner sah betreten aus dem Fenster in den Garten, in dessen Mitte das betonierte Landedreieck für den Rettungshubschrauber lag.

Schweller hatte Leitner durch die schwierigsten Zeiten geholfen. Der erste Liebeskummer. Als er seine Ausbildung abbrach – und als er deswegen fast zwei Jahre nicht mit seinem Vater geredet hatte. Sie beide hätten nicht vertrauter miteinander sein können, und trotzdem fiel Leitner im Augenblick nicht das Mindeste ein, das er hätte sagen können.

»Jetzt schau nicht so blöd und erzähl mir lieber, was auf

der Kirwa passiert ist, wenn ich schon selbst nicht dabei sein konnte«, sagte Schweller. »Setz dich her.«

Leitner zog sich einen Stuhl ans Bett und berichtete, wie ein junger Mann vom befreundeten Burschenverein Altenkirchen am Samstagabend ständig mit dem Stuhl gekippelt hatte. Plötzlich hatte er die Balance verloren und – schon im Sturz – versucht, sich noch an seinem vollen Bierglas festzuhalten. Doch das Gewicht des Glases hatte dem Gewicht des Umfallenden nichts entgegenzusetzen gehabt, weshalb der Bursche, in hohem Bogen sein Bier im Saal verteilend, mit lautem Krachen auf den Rücken geklatscht war. Für die Wirkendorfer war das natürlich ein gefundenes Fressen gewesen. Es hatte Sprüche gehagelt wie »Die Altenkirchener sind doch zum Sitzen zu blöd!«, »Ich tät mein Bier lieber trinken als wie verschütten!« und »Die Altenkirchener vertragen halt kein Wirkendorfer Bier!«.

Nur durch die Bedienung Johanna hatte sich die Situation wieder beruhigt. Sie hatte den jungen Mann an seinen Lederhosenträgern gepackt und ihn wieder auf seinen Stuhl gesetzt, ihm dann ein frisches Bier hingestellt und ein weiteres Kreuzchen auf seinem Bierdeckel gemacht. Das alles ohne Worte und weiteren Gesichtsverlust für das arme Altenkirchener Würstchen.

Roland Schweller hatte erkennbar Schmerzen, konnte sich aber ein Lachen nicht verkneifen. »Au, au, au!«, keuchte er. »Aber so sind die Altenkirchener, au, das tut weh …« Als er sich wieder beruhigt hatte, fragte er: »Und? Wie haben sich der Hirneis und der Graf verstanden? Haben sie sich wieder vertragen?«

Er spielte auf den Abend der Vorkirwa an, eine Art Generalprobe, die vier Wochen vor dem eigentlichen Fest abgehalten worden war. Dort, so hatte Leitner ihm damals erzählt, war es zu einem Eklat am Ehrentisch des Grafen gekommen. Servatius Hirneis, ein rechter Eigenbrötler, der eine kleine Installationswerkstatt im Dorf betrieb, hatte sich ungefragt an den Tisch der Honoratioren gesetzt, in seinem Suff mehrere Biergläser umgeworfen und sich dann vor den Männern wie ein Untertan in einem pathetischen Schauspiel auf die Knie geworfen. Und das alles nicht, ohne ein paar deftige Bemerkungen über den Adel, den Bürgermeister, die Politik und »die da oben« im Allgemeinen fallen zu lassen. Wie Leitner schon damals erzählt hatte, war es kein Leichtes gewesen, den so in Fahrt gekommenen Hirneis aus dem Saal zu bugsieren.

»Tja … an dieser Front gab es nichts Neues«, beantwortete Leitner Schwellers Frage.

»Und welches Kirwamädchen ist dieses Jahr dran?«

»Gar keins«, gab Leitner ruppig zurück. Er vermied das Thema am liebsten.

»Komm schon! Das machst du mir nicht weis«, ließ Schweller nicht locker. Bislang hatte sich Leitner noch jeden Herbst eines der Kirwamädchen geschnappt. Meistens hielt die Beziehung gerade mal den Winter über. So lange, bis die Open-Air-Aufträge für Leitner wieder häufiger, die Temperaturen höher und die Röcke der Mädchen vor den Bühnen kürzer wurden.

»Na ja, die Martina …«

»Aha! Daher weht also der Wind. Dem Hierl Ernst seine Tochter?«

»Ja mei«, wand sich Gerhard, »jetzt schauen wir halt mal. Heute Abend gehen wir zum Giovanni zum Essen.«

»Oh, Gerhard. Du bist doch keine zwanzig mehr. Langsam solltest auch du schauen, dass du weg von der Straße kommst.«

»Mir passt das ganz gut so, wie es ist«, wich Leitner aus.

»Jaja, wenn man jung ist, geht das alles noch. Aber wenn man älter wird …« Schweller wurde von einem starken Hustenanfall geschüttelt. Ein grauenhaftes pfeifendes Geräusch ertönte. Er deutete zum Nachtkästchen.

Leitner verstand und reichte ihm eine Nierenschale aus Pappe. Mit Bedauern musste er daran denken, dass Schweller nie geheiratet hatte und auch sonst nicht liiert war. So allein konnten alltägliche Beschwerlichkeiten manchmal zu echten Problemen werden. Von dem Fall einer Krebserkrankung ganz zu schweigen.

Schweller spuckte Blut in den grauen Behälter.

Nachdem Leitner die Schale einer Krankenschwester auf

dem Gang gegeben und eine frische erhalten hatte, setzte er sich wieder ans Bett.

»War sonst noch irgendwas?«, wollte Schweller wissen.

Leitner überlegte hin und her, ob er seinem geschwächten Freund die Geschichte von dem Leichenfund erzählen sollte, und entschied sich dafür.

Als er seinen Bericht beendete, bewegte sich Schweller minutenlang nicht. »So etwas fällt nur dem Teufel ein«, war sein einziger Kommentar.

Es klopfte an der Tür, und eine Krankenschwester kam herein. »So, Herr Schweller, dann werden wir Sie jetzt mal runter zur Nachuntersuchung bringen.«

Leitner erhob sich. »Schau, da bist du einmal nicht auf der Kirwa, und schon geht's drunter und drüber.«

»Da hättest halt du ein bisschen schauen müssen, dass nichts passiert«, gab Schweller zurück, als ihn die junge Frau in seinem Bett aus dem Zimmer schob.

»Jetzt freu ich mich erst mal auf deinen Siebzigsten!«, rief Leitner noch hinterher und horchte in sich hinein. Einer der letzten beiden Sätze hatte beunruhigend geklungen. Er wusste nur nicht, ob der von seinem Freund oder sein eigener.

Oder beide?

Das »Ristorante da Giovanni« war die älteste Pizzeria in Wirkendorf und die einzige, die tatsächlich von einem Italiener geführt wurde. Als Leitner das Lokal betrat, schallte ihm Toto Cutugno mit »L'italiano« aus den Lautsprechern entgegen. Der Holzofen in der Mitte des Lokals verbreitete eine wohlige Wärme, und es roch nach Oregano, geschmolzenem Käse und gegrilltem Fisch. Wenn Leitner vorher noch nicht hungrig gewesen war, war er es jetzt auf jeden Fall.

»Gerhard! *Mio carrissimo amico!*« Giovanni Pizzuti kam hinter seinem Ofen hervor und klatschte in die Hände. Einerseits, weil er sich über den Besuch freute, und andererseits anscheinend, um das Mehl von seinen Händen zu entfernen. Der schlanke

Italiener umarmte Leitner herzlich. »Wie war's auf der Kirwa? Hast einen Fetzenrausch heimgezogen?«

Menschen, die Pizzuti nicht kannten, waren immer wieder erstaunt darüber, wie schnell er zwischen seiner Muttersprache und tiefem Oberpfälzer Dialekt wechseln konnte.

»Ich bin mit der Martina verabredet, ist die schon da?«

»*Eccola!*« Der Wirt deutete auf eine versteckte Nische im hinteren Teil der Gaststätte.

Leitner bestellte ein Weizen und ging an einer Nachbildung der Fontana di Trevi und einem brusthohen flachen Holzfisch vorbei, auf dessen schwarzem Bauch mit Kreide die Empfehlung des Tages geschrieben stand: »Frittierte Sardellen«.

Schließlich erblickte er Martina. Sie saß unter einer Wandlampe mit grünem Schirm, mit dem Rücken zu ihm. Er betrachtete sie von unten bis oben. Sie trug Stiefel mit Pelzrand und eine enge schwarze Hose. Ihr langes blass lilafarbenes Strickkleid reichte bis kurz über ihren Po. Um die Taille lag ein handbreiter schwarzer Gürtel. Schon von hinten und im Sitzen sah sie bezaubernd aus.

Leitner räusperte sich leise und setzte sich ihr gegenüber. »So gut wie pünktlich«, sagte er, nachdem er einen Blick auf seine Armbanduhr geworfen hatte. Es war genau zehn Minuten nach sieben.

Martina schüttelte den Kopf. Sie kannte sein akademisches Viertel, obwohl Leitner nie eine Uni besucht hatte, und rechnete sowieso erst fünfzehn Minuten nach ihrer verabredeten Zeit mit ihm. Vor dem Hintergrund war er heute sogar überpünktlich.

Die Kellnerin brachte Leitners Weißbier an den Tisch und nahm die Bestellung auf. Pizzutis Pizzen hatten den Durchmesser von Wagenrädern, weshalb sich beide eine Pizza Tonno und eine große Insalata Mista teilten.

Eine halbe Stunde später, als der Tisch abgeräumt und Leitners Verdauungs-Vecchia-Romagna und Martinas Espresso eingetroffen waren, riss sie das Zuckerpäckchen auf und schüttete den Inhalt in die kleine Tasse. Nachdenklich rührte sie mit dem Minilöffel um. »Warum sind wir heute hier, Gerhard?«

Er hob zögernd seinen Digestif und suchte nach einer Antwort. Aus der Stereoanlage erklang passenderweise Raffaela Cara: »A far l'amore comincia tu« – wenn es um die Liebe geht, musst du den ersten Schritt machen. Leitner trank das Glas zur Hälfte aus und atmete tief durch. Dann sagte er: »Ich habe mir in den letzten Tagen viele Gedanken gemacht.« Er suchte Martinas Blick. »Und in den meisten davon bist du vorgekommen.«

Sie nippte am Espresso und meinte abfällig: »Das ist zur Kirwazeit immer so. Da rauschen einem die Gedanken nur so durch den Kopf.«

»Und die Gefühle durch den ganzen Körper«, sagte Leitner in seiner tiefsten Stimmlage.

Martina kannte sein Flirtrepertoire sehr gut, deshalb parierte sie souverän: »Du hast ein sehr gutes Körpergefühl, ich weiß. Nun … wer ist es denn aktuell? Ach, stimmt! Da kann sich die Veronika ja glücklich schätzen.«

Leitner versuchte die Tatsache, dass er am Kirwasamstag sehr eng mit der hübschen blonden Veronika Wanninger getanzt hatte, zu ignorieren. »Mit den Gefühlen habe ich nicht die Veronika gemeint. Sondern dich.«

Skeptisch lehnte Martina sich zurück, verschränkte die Arme und wartete, was als Nächstes kommen würde.

Leitner fühlte, dass er gerade gewaltig an Glaubwürdigkeit einbüßte, und fragte: »Hast du denn noch nie darüber nachgedacht, dass wir beide …?«

»Bitte, Gerhard, fang bloß nicht so an!«, unterbrach ihn Martina. »Du willst doch jetzt nicht mit den großen Lebensplänen für dich und mich daherkommen, oder?«

Leitners Mundwinkel fielen nach unten. »Nun ja, nein, nein …«, stammelte er hilflos.

»Du brauchst keine feste Beziehung, Gerhard. Du lebst doch ganz gut damit, dass du auf jeder Kirwa einem anderen Mädchen den Kopf verdrehen kannst. Das Spiel kennen wir beide schon lang genug. Auf der Kirwa gibt es immer wieder ein Mädchen, das auf dich fliegt. Erst wegen deiner wilden Haare, dann wegen deiner tollen Musik. Und wenn schließlich das

Hemd ausgezogen ist, muss sie sich nur noch deine Tribaltattoos an deinen Oberarmen anschauen, die sich bis zu deinen Hüften ziehen, und dann geht es ab in die Kiste.«

So nüchtern, wenngleich überaus exakt, hatte noch niemand Leitners Anbaggertaktik beschrieben.

»So läuft das meistens bis Ende des Frühjahres, dann ist der erste Spaß vorbei, und bevor die Probleme des Alltags dich einholen, ist auch schon wieder Schluss. Deine Musiksaison geht schließlich los, und dann sind die Groupies vor der Bühne dran.«

»Die Welt ist groß«, versuchte Leitner, die Rock-'n'-Roll-Trumpfkarte auszuspielen.

»So groß nun auch wieder nicht. Besonders wenn du dich ausschließlich hier in der Gegend austobst. Das Schönste daran ist ja, dass die meisten der Kirwamädchen danach mit ihren gebrochenen Herzen zu mir kommen und sich ausweinen.«

Leitner sah sie schweigend an und griff nach ihrer Hand.

Sie zog sie zurück. »Wir wissen beide, was früher gewesen ist. Aber das ist vorbei. Ich werde mich nicht in eine Gruppe von Verflossenen einreihen. Weißt du überhaupt noch, wie viele Mädchen es waren?«

Leitner wusste es nicht mehr. Stattdessen versuchte er zu scherzen: »Also, wenn das deine Meinung von mir ist, dann hätte ich heute auch mit deinem Vater zum Essen gehen können.«

»Mein Vater hat in diesem Punkt übrigens recht. Jeder muss für sich entscheiden, was er im Leben will. Und du und ich, wir haben uns bereits entschieden. Du willst die große Freiheit, und ich will nicht verstaubt in der gleichen Glasvitrine stehen wie deine anderen abgelegten Trophäen.«

»Du bist keine Trophäe«, erwiderte Leitner. »Warst du nie. Das musst du mir glauben. Das mit dir und mir ist …«, ein Königreich für ein treffendes Wort, »… anders.« Na spitze! Volltreffer! Wortwahl: Note eins!

Im Radio holte Drupi gerade aus: *»Cosi piccola e fragile …«*

Martina, weder *piccola* noch *fragile*, griff nach ihrer Handtasche und stand auf. »Mit alten Gefühlen muss man aufpassen.

Sonst bläst man sie wieder zu etwas auf, das nie so gewesen ist und nie so sein wird.«

Leitner erhob sich ebenfalls. »Und wenn es neue Gefühle sind?«

Martina zögerte, bevor sie antwortete. »Du vergisst, dass auch ich neue Gefühle habe.«

»Stimmt, in Zukunft muss ich ja Frau Gräfin zu dir sagen.«

Sie legte fünfzehn Euro auf den Tisch und gab Leitner ein schnelles Bussi auf die Wange. »Du kannst mich immer Martina nennen.« Damit verließ sie das Lokal.

Leitner fühlte sich wie ein regennasser Hund, den man, weil er so stank, aus dem Wohnzimmer ausgesperrt hatte. Plötzlich schlug ihm jemand auf die Schulter, und eine weiße Mehlwolke stob auf.

Giovanni Pizzuti hatte sich mit zwei Gläsern Vecchia Romagna bewaffnet, von denen er eines seinem Freund hinschob. »*Le donne!* Die Frauen sind doch überall gleich!«

Leitner musste lächeln, bevor er sich den zweiten Schnaps des Abends einverleibte. »Ich zahle dann, Giovanni«, sagte er, und nachdem sich Pizzuti mit einem neapolitanischen *»Subito, signore!«* weggedreht hatte, drang echtes Schleswig-Holsteinisch an sein Ohr.

»Das hatte ja man wirklich Stil.«

Er fuhr herum und erblickte am Nebentisch Agathe Viersen. »Laufen Sie mir etwa nach?« Er schaltete sofort in den Angriffsmodus. »Oder warum sind Sie ständig da, wo Sie nicht sein sollten?«

Agathe feixte, nahm ihr Glas mit der Weißweinschorle und setzte sich an Leitners Tisch. »Sie hätten mit mir essen sollen. So musste ich auf der Straße jemanden nach einem guten Restaurant fragen, der mir das ›Ristorante da Giovanni‹ empfohlen hat.« Sie griff nach Martinas Espressotasse und schob sie beiseite. »Ihre … Begleitung ist ja anscheinend schon gegangen. Nur interessehalber … Auch wenn sie heute danebenging, Ihre Tour zieht auf dem Lande normalerweise noch, oder?«

Leitner schnaufte tief durch und lehnte sich schließlich geschlagen zurück. »Was wollen Sie eigentlich von mir?«

»Das habe ich Ihnen heute Nachmittag schon gesagt: Ich brauche einige Informationen.«

»Warum?«

»Ich bin Ermittlerin.« Sie schob Leitner eine Visitenkarte mit dem Schriftzug der Jacortia-Versicherung, ihrem Namen und ihren Kontaktdaten zu.

»Aber das ist doch eine Versicherungsgesellschaft.«

»Richtig. Sogar eine recht große.«

»Und was ermitteln Sie?«

Agathe schwieg einige Sekunden, bevor sie antwortete. »Sie haben doch gestern im Schlosshof Ihr Instrument einem Freund in die Hand gedrückt, während Sie beim …«

»Dem Ferdl, ja. Weil ich bieseln musste. Oder pinkeln, das Wort werden Sie besser verstehen.«

Agathe ließ den erneuten Angriff auf ihre norddeutsche Herkunft ins Leere laufen und fuhr unbeeindruckt fort: »Genau, dem Ferdl. Wenn nun aber diesem Ferdl Ihr Horn heruntergefallen und es dabei kaputtgegangen wäre …«

»… dann hätte der Ferdl die Reparatur bezahlt.«

»Und danach wäre er mit der Rechnung zu seiner Versicherung gegangen und hätte sich das Geld von seiner Haftpflicht zurückerstatten lassen.«

»Wahrscheinlich.«

»Ich weiß natürlich nicht, wie gut Sie diesen Ferdl oder den Besitzer der Reparaturwerkstatt kennen …«

Leitner dachte einen Moment an Roland Schweller.

»… aber es wäre ja immerhin möglich, dass Sie oder der Ferdl den Mann bitten würden, den Schaden etwas höher zu beziffern. Dann würde die Versicherung mehr als nötig zahlen, und Sie und Ihr Freund hätten sich damit Geld für einen schönen Abend in einem guten Restaurant ergaunert.«

»Und wenn so etwas passiert, kommen Sie und schnüffeln rum, ob etwas an der Sache faul ist?«, fragte Leitner mit instinktiver Ablehnung.

»Bei solchen Beträgen wie dem einer fiktiven Instrumentenbeschädigung noch nicht. Aber im Prinzip: ja.«

»Dann sind Sie zum Ermitteln nach Wirkendorf gekommen?«

»Gestern früh hat mich mein Chef mit den Details zu diesem Auftrag versorgt.«

Leitner musterte sie aufmerksam. Er hatte noch nie eine Detektivin kennengelernt. Einerseits wollte er diesem Nordlicht nicht wirklich helfen, doch auf der anderen Seite war seine Neugier geweckt. »Und was genau ist Ihr Auftrag?«

»Kennen Sie einen Mann namens Servatius Hirneis?«

»Freilich.«

»Der ist das Problem.«

Leitners Gedanken wanderten zu dem Angesprochenen. Ein Problem … Ja, der Servatius konnte durchaus ein Problem sein, aber nur, wenn er zu viel getankt hatte. Ansonsten war er im Dorf schlichtweg als maulfauler Kerl bekannt, der mit niemandem ein Wort zu viel redete und seine Werkstatt nur ungern verließ. Über der war zwar ein Schild angebracht, »Reparaturen und Installationen aller Art«, aber Genaueres darüber, was der Hirneis eigentlich den ganzen Tag lang trieb, wusste niemand. »Was hat er angestellt?«

»Wir haben einen Brief von ihm bekommen, in dem er uns den Diebstahl einer CNC-Fräsmaschine im Wert von siebenundneunzigtausend Euro gemeldet hat.«

Leitner pfiff durch die Zähne. »Verstehe. Ein solches Sümmchen zahlt man natürlich nicht so ohne Weiteres.«

»Allerdings.«

»Und bei einem Fall wie diesem schickt Ihre Gesellschaft dann die erste Garde in die Provinz.«

»So ist es«, bestätigte Agathe nicht ohne einen Anflug von Stolz in der Stimme. In der Jacortia führte sie seit über drei Jahren die Liste der Detektive mit der höchsten Aufklärungsrate an, aber das konnte dieser Provinzheini ja nicht wissen.

Leitner ließ sich die Zahl noch immer durch den Kopf gehen. »Siebenundneunzigtausend Euro … Ich überlege gerade, woher der Hirneis eine Maschine haben könnte, die so viel wert ist.«

»Das haben wir uns auch gefragt. Erstens erscheint uns die Summe ziemlich hoch, und zweitens wiegt so ein Teil seine vier Tonnen. Wenn man so etwas klauen möchte, kann man es nicht einfach in die Hosentasche stecken. Und drittens …«

»Drittens?«

»Drittens sieht es so aus, als hätte Hirneis der Polizei gegenüber diesen angeblichen Diebstahl mit keinem Wort erwähnt. Und das wäre nun wirklich sehr merkwürdig.«

»Haben Sie schon mit ihm geredet?«

»Ich war gestern Nachmittag, als die ganze Aufregung im Schloss vorbei war, bei seiner Werkstatt, aber niemand hat geöffnet.«

»Ja mei, der Hirneis ist öfter mal nicht da. Den habe ich auch schon mal einige Tage lang nicht gesehen. Das muss nichts heißen.«

»Möglich. Aber wissen Sie, es ist doch seltsam: Da komme ich nach Wirkendorf, weil wir einen Versicherungsbetrug im großen Stil vermuten, und das Erste, was ich finde, ist eine vergammelte Leiche. Das war dann doch ein bisschen zu viel, als dass ich ganz normal zur Tagesordnung übergehen könnte.«

»Sie glauben, der Tote ist der Hirneis?«

»Ich glaube gar nichts, ich bin auf der Suche nach Fakten. Aber dazu brauche ich Hilfe.«

»Dann müssen Sie halt zur Polizei gehen.«

»Ich hatte mich bereits mit den örtlichen Beamten unterhalten, bevor wir uns mit dem Hauptkommissar getroffen haben.«

»Und was haben die Ihnen erzählt?«

»Eigentlich das Gleiche wie Sie gerade. Dass Herr Hirneis öfter mal ohne Grund nicht da ist.«

Leitner druckste ein wenig herum, bevor er sagte: »Der Hirneis, der hat nicht so großen Erfolg bei Frauen. Er ist mehr so der Eigenbrötler, und darum fährt er halt öfter nach Tschechien. Wegen der …«

»Billigen Nutten?«, half ihm Agathe aus.

Leitner nickte.

»So ähnlich hat mir das der Beamte auch erzählt. Er meinte, als erwachsener Mann habe er das Recht, sich zu verdünnisieren, wann immer es ihm passt.«

»Und haben Sie auch wegen des Versicherungsfalls nachgefragt?«

»Natürlich. Diesbezüglich hieß es, dass keine Anzeige wegen

Diebstahls vorliege, und Ermittlungen könne man erst einleiten, wenn meine Versicherung offiziell Strafanzeige wegen Betrugs gestellt hat. Und das machen wir eben auch nicht so mir nichts, dir nichts.«

Leitner schien nachzudenken. »Tja, es tut mir leid«, sagte er schließlich nach einigen Minuten des Schweigens, »aber ich weiß wirklich nicht, was ich für Sie tun könnte. Die Versicherungsgeschichten vom Hirneis gehen mich nichts an, und ich kann mir kaum vorstellen, dass jemand ihn in den Gülletank geworfen hat. Eigentlich will ich jetzt nur noch nach Hause auf mein Kanapee.« Er stand auf und zog seine Lederjacke an.

»Na gut, dann muss ich eben allein zusehen, wie ich mehr herausfinden kann«, sagte Agathe, als er sich zum Gehen wandte. »Sollte ja kein Problem sein, nachdem ich am eigenen Leibe erfahren durfte, wie offenherzig die Einwohner hier einer Frau aus dem Norden gegenüber sind.«

Leitner hielt inne und drehte sich um. »Wenn Sie möchten, können wir ja morgen mal zum Hirneis hinfahren. Ich bin sicher, dass er dann in seiner Werkstatt stehen und an irgendeinem Blechteil herumdoktern wird.«

Agathe hatte mit dem Entgegenkommen nicht gerechnet. »Gern!«, sagte sie überrascht.

»Ich hole Sie gegen Mittag an Ihrem Hotel ab. Dann werden Sie schon sehen, dass sich der ganze Hokuspokus in Luft auflösen wird.«

Leitner ließ die verdutzte Agathe sitzen und sah, als er den großen Steinbackofen passierte, wie Giovanni Pizzuti die Fingerspitzen seiner rechten Hand zusammenpresste und die typische Geste vieler Italiener machte.

»*Riguardo!*«, rief er. »Respekt! Die eine geht, die andere kommt, und du lässt sie abblitzen. Du bist wirklich der Chef, Gerhard!«

Leitner winkte ab. »Schmarrn, das ist bloß irgend so eine Großstadtmaus, die sich aus Versehen hierherverirrt hat.«

Pizzuti hob beide Hände wie zur Entschuldigung. »*Ma è una molto bella* Großstadtmaus! Das nächste Mal hole ich meine Geige für euch raus, wie bei ›Susi und Strolch‹!«

»Dann musst du aber auch Hackfleischbällchen machen, die ich ihr mit der Nase zuschubsen kann.«

Ein letztes Mal sah Leitner unbemerkt zu Agathe. Giovanni Pizzuti hatte, wie immer, wenn es um Frauen ging, recht. Sie war *molto bella*. Mit einem Augenzwinkern verabschiedete er sich und verließ gerade noch rechtzeitig das Lokal, um Al Banos und Romina Powers »Felicità« zu verpassen.

Mittwoch

Am nächsten Tag holte Leitner Agathe wie besprochen vom Hotel ab, und Agathe wünschte sich, sie hätte schnell genug darauf bestanden, ihren bequemen weißen X5 zu nehmen. So aber glich die Fahrt in Leitners Opel Vectra B zu Hirneis einem Abenteuer. Das Auto schien noch aus dem letzten Jahrhundert zu stammen, und Agathe fühlte sich auf dem durchgesessenen abgewetzten Beifahrersitz unwohl. »Dieses Auto ist wohl schon länger ... Ihr treuer Begleiter?«, fragte sie.

»Seit acht Jahren. Sieht man ihm nicht an, oder?«

»Ah ja«, murmelte Agathe und betrachtete die Rückbank, auf der in einem heillosen Durcheinander Ordner, vermutlich mit Notenblättern, leere Chipstüten, Cola-Flaschen, Dutzende von CD-Hüllen und eine alte Jacke, die an vielen Stellen schon glänzende Flecke hatte, lagen.

Als sie in die Hauptstraße einbogen, gab der Wagen ein merkwürdig schleifendes Geräusch von sich. Agathe entschloss sich, es zu ignorieren.

»Wie wird man eigentlich Versicherungsdetektiv?«, wollte Leitner wissen.

Agathe setzte ein schiefes Grinsen auf, als sie sich die Stationen in Erinnerung rief, die sie bis zu ihrem jetzigen Job durchlaufen hatte. Es waren zu viele, um sie in drei Sätzen abzuhandeln. »Hat sich so ergeben. Ich hatte ein kleines Detektivbüro in Hamburg, und irgendwann ist die Versicherung auf mich zugekommen.«

»Kann man Detektiv lernen?«

»Nein. Aber ich war früher bei der Polizei.«

»Ach du Scheiße«, entfuhr es Leitner.

»Haben Sie etwa eine Abneigung gegen Ihren Freund und Helfer?«

»Nein. Aber so, wie es aussieht, haben wir gleich die Gelegenheit dazu, uns mit Ihren Ex-Kollegen zu unterhalten.«

Agathe bemerkte, dass Leitner in den Rückspiegel sah,

wandte ihren Kopf nach hinten und erblickte das Blaulicht und die LED-Anzeige, auf der in Spiegelschrift »Stopp! Polizei!« aufleuchtete.

»Mit Ihrem Auto ist doch alles in Ordnung?«, wollte Agathe zu ihrer Versicherung wissen.

»Na ja, die Sommerreifen …«, gab Gerhard zurück, während er rechts an eine Bushaltestelle fuhr.

Agathe verdrehte die Augen, als hätte sie Situationen wie diese in ihrem Leben zur Genüge erlebt.

Der jüngere der beiden Polizisten klopfte ans Fenster.

»Und der TÜV könnte auch fällig sein«, flüsterte Leitner und ließ dann die Scheibe herunter.

»Grüß Gott, allgemeine Verkehrskontrolle. Steigen S' bitte aus und geben S' mir Ihren Führer- und den Fahrzeugschein.«

Leitner nahm den Führerschein, der im Aschenbecher klemmte, klappte die Sonnenblende herunter, fing den herabfallenden Fahrzeugschein auf, stieg aus und reichte dem Beamten die Papiere. Während der die Dokumente prüfte, sah er zu dessen Kollegen hinüber, der sich gerade mit dem Rücken zu ihm zu den Hinterreifen bückte und das Profil prüfte. In Leitners Magengegend machte sich ein mulmiges Gefühl breit.

»Wo kommen wir denn gerade her?«, fragte der junge Polizist mit lehrertypischem Singsang.

»Ich komme von zu Hause, woher Sie kommen, weiß ich nicht genau. Aber ich tippe mal, von der Wache.«

Der junge Beamte sah streng von den Papieren auf. Sinn für Humor – Fehlanzeige. »Haben Sie heute schon Alkohol konsumiert?« Auf der Suche nach einer Alkoholfahne schnüffelte er nah an Leitners Gesicht herum und wartete auf die Antwort.

»Ich trinke nie, wenn ich fahre.«

Das »faaahre« zog er absichtlich in die Länge, um dem Polizisten ausreichend Möglichkeit zu geben, das Aroma seines Atems zu prüfen. Das zum Frühstück gegessene Käsebrot erwies sich dabei durchaus als hilfreich.

Der Beamte zitterte leicht, hielt aber der Géramont-Fahne stand und sah Leitner lange in die Augen.

Dieser war sich sicher, dass er jetzt die Frage nach Drogen stellen würde. Seine langen Haare und das nicht eben ordentliche Auto waren dafür immer schon eine Garantie gewesen.

Doch der Polizist verzichtete darauf. »Dann wollen wir uns mal die Reifen anschauen«, sagte er stattdessen.

»Die passen«, mischte sich der andere Beamte zum ersten Mal ein, seit die beiden Leitner und Agathe angehalten hatten.

Der junge Polizist und Leitner blickten ihn überrascht an, und Leitner schnaufte erleichtert durch. Bernhard Obermeier! Der hockte genauso häufig am Wirkendorfer Stammtisch wie Leitner selbst. Sie kannten sich gut und hatten auch schon öfter miteinander Karten gespielt.

Der junge Polizist blickte skeptisch auf die Räder. »Aber das sind ja noch Sommerreifen!«

Obermeier kam zu den beiden Männern an die Fahrertür. »Gut beobachtet, Dr. Watson. Ich weiß aber zufällig, dass der Herr Leitner diese Woche noch einen Termin in der Werkstatt hat, um sie zu wechseln.«

Leitner reagierte schnell. »Das stimmt, bis man um diese Jahreszeit einen Termin kriegt, dauert es immer ewig!«

Der Beamte sah sich ratlos um. »Und Drogen?«, startete er einen letzten Versuch, Leitner dranzukriegen.

»Nimmt der Herr Leitner schon seit Jahren nicht mehr. Wir haben's dann.«

Zornig drückte der junge Polizist Leitner dessen Papiere an die Brust, drehte sich wortlos um und stieg wieder in den Streifenwagen.

»Ist der recht sauer, weil euch die Mama wieder das Gleiche angezogen hat?«, frotzelte Leitner und sah dem bockenden Beamten hinterher.

»Der Weinfurtner passt eigentlich schon«, erwiderte Obermeier. »Der will halt jetzt POM werden – Polizeiobermeister.«

»Und braucht deshalb noch ganz schnell seinen dritten Stern«, ergänzte Leitner.

Obermeier nickte lächelnd, sah sich um und wurde wieder ernst. »Ohne Schmarrn, du *fährst* diese Woche noch zum Reifenwechseln, hast du mich verstanden?«

»Ehrensache. Übrigens, weißt du zufällig, wie viele Jahre man für Versicherungsbetrug aufgebrummt bekommt?«

»Mann, du kommst echt mit Sachen daher! Ich bin kein Richter, aber ich glaube, in normalen Fällen so bis zu fünf Jahren. In schweren bis zu zehn.«

Leitner ließ einen Pfiff des Erstaunens gellen. »Doch so viel, hm?«

Obermeier runzelte die Stirn. »Willst du deine Limousine verschrotten und kassieren? Wenn du das versuchst, dann gehst du garantiert in den Bau. Aber nicht wegen Versicherungsbetrugs, sondern wegen eines besonders schweren Falles von Dämlichkeit.«

»Du kannst beruhigt sein, da besteht keine Gefahr. Hat mich nur interessiert.«

»Gut. Dann bleib weiter treu und redlich, und ich versuche jetzt mal, dass ich den Puls von meinem kleinen Wonneproppen wieder auf unter hundertachtzig kriege.«

Leitner sah dem Polizeiwagen nach, als der junge PM mit mehr Gas, als es einem bayerischen Beamten in Ausübung seines Dienstes angemessen war, an ihm vorbeirauschte, und ließ sich wieder auf dem Fahrersitz nieder.

»Da haben Sie aber Glück gehabt«, sagte Agathe. »Hätte leicht eine Stange Geld kosten können.«

»Ist immer gut, wenn man seine Leute kennt. Aber jetzt haben Sie Pech, denn jetzt müssen wir nach unserem Besuch beim Hirneis noch zum Peng.« Leitner konnte sich ein Grinsen nicht verkneifen, als er Agathes verständnislosen Gesichtsausdruck sah.

Die Fahrt zur Werkstatt von Servatius Hirneis brachte Leitner und Agathe keine neuen Erkenntnisse. Die Tür war immer noch verschlossen, und aufs Klingeln reagierte niemand. Also zogen sie wieder ab und standen bald darauf in der Autowerkstatt vom Peng.

»Für was brauchst denn du neue Reifen?« Der Peng besah sich Leitners Auto von allen Seiten, während er zwischen

Daumen und Mittelfinger eine blaue Dose Schnupftabak hielt und mit dem Zeigefinger der anderen Hand ständig dagegenschnippte. »Geh zu, fahr ihn mal da rauf«, sagte er schließlich und deutete auf die Rampe über der Ölgrube im Boden.

Leitner tat wie ihm geheißen und stieg anschließend die verschmierte Treppe zum Peng hinunter.

Der schob sich eine Prise Tabak in die Nasenlöcher und nahm dann eine Neonlampe zur Hand. Leitner kannte Pengs tiefes Brummen in F-Moll. Es verhieß meistens nichts Gutes. Ähnlich wie ein Arzt auch bei einem gesunden Menschen immer ein Wehwehchen finden kann, so war der Peng ein messerscharfer Diagnostiker, was Autos betraf. Leitners Wagen allerdings schien weniger im Krankenhaus als vielmehr schon auf der Palliativstation zu liegen.

»Geh, neue Reifen«, schnaubte der Peng. »Einer toten Sau gibst du doch auch keine Spritze mehr.«

Der Peng hieß eigentlich Herbert Hangl und war der Betreiber der kleinen Autowerkstatt in Wirkendorf. Er hatte eine Glatze, trug in beiden Ohrläppchen Ringe und wog knapp drei Zentner. Warum man ihn im Dorf Peng nannte, wusste niemand mit letzter Bestimmtheit. Die einen sagten, weil er neben seiner Autowerkstatt noch sehr viel Krafttraining betrieb, und wenn man dem Herbert blöd kam, konnte es schon mal passieren, dass es »Peng!« machte. Die anderen lobten ihn über den Schellenkönig und sagten, dass der Auspuff noch nicht geboren sei, der nach einer Reparatur beim Hangl noch mal ein »Peng!« von sich gab. Am gängigsten war jedoch die Theorie, dass der Hangl sich in seine Reparaturen hineinkniete. Wenn er einem Kunden etwas über dessen Auto erklärte, fielen häufig Sätze wie: »Zahnriemen? Ich bitte dich! Unbedingt bei neunzigtausend, weil sonst – peng!«

Leitner folgte jetzt Pengs Blick Richtung Innereien seines Fahrzeugs.

»Machen wir uns nix vor«, sagte Peng, »die Reifen sind dein kleinstes Problem. Da, die Stoßdämpferfedern. Das dauert nicht mehr lange, bis die durchgerostet sind. Dann hauen sie durch an den Dom und – peng!«

»Schon recht, aber jetzt brauche ich erst mal Winterreifen. Hast du was Passendes da?«

Der Peng kroch gefolgt von Leitner aus der Grube, öffnete eine große Metallbox mit Schrottteilen und schob mit lautem Scheppern einige darin hin und her. Endlich hatte er das gefunden, wonach er suchte, ging zu Leitner und drückte ihm einen metallenen Griff in die Hand. »Von der Sorte schweißen wir an jede Seite zwei hin, dann tun wir uns leichter beim Wegschmeißen.« Lachend drehte sich der Peng zu seiner Werkbank und öffnete eine Halbe Bier. Während er einen Schluck aus der Flasche nahm, lehnte er sich an den Schrottbehälter und sah Leitner an.

Dieser warf den Griff drei, vier Mal in die Luft und fing ihn immer wieder auf. Dann holte er aus und schleuderte ihn scharf in Richtung Peng, der nicht einmal zuckte, als das schwere Metallteil nur wenige Zentimeter neben seinem Kopf vorbeiflog, an der Werkstattwand abprallte und mit gewaltigem Scheppern wieder in seiner Schrottkiste landete.

»Peng«, sagte der Peng. Ungerührt stellte er sein Bier auf der Werkbank ab und griff nach einem Klemmbrett mit Auftragszettel und Kugelschreiber. Während er zu schreiben begann, sagte er, ohne aufzublicken: »195/65R15 91 T, oder?«

»Jap.«

»Müsste was da sein.« Der Mechaniker schob seinen gewaltigen Hintern zur Tür hinaus.

Als sie allein in der Werkstatt waren, flüsterte Agathe: »Gibt's hier eigentlich nur so fette Typen?«

Leitner sah sie abfällig an. »Das kennen Sie aus der Großstadt nicht, hm? Da laufen bloß so schlanke Karrierekrischperl rum.«

Auch wenn Agathe nicht wusste, dass unter einem Krischperl ein extrem dünner Mensch oder ein kleines Gerippe zu verstehen war, ahnte sie doch, was Leitner meinte. Und musste ihm recht geben. In München waren tatsächlich die meisten männlichen Körper so gebaut.

Der Peng kehrte mit je einem Reifen unter den Armen zurück, schleppte auch die letzten beiden herbei und fing an, sie zu montieren. »Au weh zwick«, sagte er, nachdem der pneumatische Schrauber sein lautes Knattern durch die Werkstatt geschickt hatte, »deine Bremsbeläge sind auch schon auf Hochglanz poliert.«

»Was würden die denn kosten?«

»Kriegen wir schon hin, immer mit der Ruhe.«

Nach wenigen Minuten hatte der Opel Winterschuhe an. Der Peng nahm seinen Drehmomentschlüssel und stellte ihn auf einhundertzwanzig Newtonmeter ein. Er deutete auf die Dartscheibe an der Wand, und Leitner verstand, was er meinte.

Agathe kam sich reichlich überflüssig vor, als sie dem wortkargen Schauspiel der beiden Männer beiwohnte. Die bisherigen Highlights waren die Momente gewesen, in denen der Peng sich zu den Reifen hinunterbückte, seine Hose dabei über seinen Hintern rutschte und so einen tiefen Einblick in sein Maurerdekolleté gab.

Jetzt beobachtete Agathe, wie Leitner eine Schublade von Pengs Werkzeugwagen herauszog. Er entnahm einer Blechschachtel drei Wurfpfeile, prüfte, welche Spitze am wenigsten verbogen war und welche Plastikfedern die stabilste Flugbahn ermöglichen würden. Während der Peng noch mit blechernem »Klick-klack« die Muttern festzog, warf Leitner sich schon an der Scheibe warm. Als der Mechaniker fertig war, nahm auch er einen Wurfpfeil aus dem Etui und ging zu Leitner hinüber. Jeder normale Besucher hätte den Streifen auf dem Werkstattboden, an welchem sich Leitner positionierte, für normalen Werkstattschmutz gehalten. Denn er wüsste nicht, dass die Linie genau zwei Meter siebenunddreißig von der Scheibe entfernt war und somit den Turnierregeln des Dartsports entsprach.

»Du drei, ich einen«, sagte der Peng.

Leitner trat an die Linie und fixierte das Ziel. Er versuchte, den physikalischen Schwerpunkt des kleinen Wurfpfeils schön in der Mitte zwischen seinen Fingern zu tarieren. Dreimal schwang er auf seinen Füßen vor und zurück, dann warf er. Der Pfeil landete oben rechts in der Scheibe, eine Eins.

»Guter Anfang«, frotzelte der Peng.

Leitner zielte erneut. Er wollte die Zwanzig oder zumindest die Achtzehn treffen. Unglücklicherweise lagen diese Zahlen auf der Dartscheibe in unmittelbarer Nachbarschaft der Eins und der Vier, auf welcher Leitners zweiter Pfeil landete.

»So haben wir es gern«, meinte der Peng und schüttelte seinen Wurfarm aus.

Leitner änderte die Taktik und peilte nun die Neunzehn am unteren Teil der Scheibe an. Er warf, und der Pfeil blieb im äußeren Rand des Dreier-Feldes stecken.

»Wenigstens die Doppel-Drei«, sagte der Peng. Er machte einen Schritt an die Wurflinie, zielte kurz und schickte seinen Profidart in das Dreifachfeld der Zwanzig.

Leitner seufzte und zückte seinen Geldbeutel. »Dreimal zwanzig macht sechzig, minus deine Doppel-Drei macht vierundfünfzig«, rechnete der Peng. »Mal vier Reifen ergibt zweihundertsechzehn Euro. Ich würde sagen, wir runden auf zweihundertzwanzig auf.«

Leitner nahm zwei grüne und einen blauen Schein aus seinem Geldbeutel, die der Peng zusammenknüllte und in seine Hosentasche stopfte. »Jetzt kannst du am Wochenende wieder zum Pokern gehen«, meinte Leitner.

»Kein schlechtes Startkapital. Aber ich spiele ja nicht wegen dem Geld, ich bin schließlich Sportler und kein Zocker«, sagte der Peng und zog die vier Pfeile aus der Scheibe.

Agathe nutzte die Gelegenheit, um in Richtung Leitner die Frage zu gestikulieren: Passiert hier jetzt noch irgendwas, oder ist das irgendwann auch mal vorbei?

Leitner überlegte kurz und entschloss sich, beim Mechaniker mal ein bisschen auf den Busch zu klopfen. »Du bist wirklich ein Sportler. Nicht so einer wie der Hirneis, gell?«

Der Peng machte eine wegwerfende Handbewegung. »Ach, der Hirneis. Der kann's ja gleich überhaupt nicht.«

»Habt ihr schon öfter zusammen gespielt?«

»Einmal habe ich ihn zum Pokern mitgenommen, weil er keine Ruhe gegeben hat. Alter Verwalter, der hat sich um Kopf und Kragen gespielt!«

»Und gewonnen?«

»Kann ich vielleicht Ballett tanzen?«

»Also hat er verloren?«

Der Peng ging an seine Werkbank, nahm aus einer Schublade einen Bierdeckel und zeigte ihn Leitner. Auf dem Filz stand: »14. Mai 2009. Schuldbetrag: 4500 Euro von …« Dann folgte eine krakelige Unterschrift, die wohl Servatius Hirneis gehörte.

»Saufrech hat der gespielt. Und je mehr er verloren hat, desto dümmere Spiele hat er gemacht.«

Leitner gab dem Peng den Bierdeckel zurück, der ihn zerriss und die Teile in die Schrottkiste warf. »Das Geld habe ich nie wiedergesehen. Und jetzt hab ich kein Recht mehr darauf, weil's verjährt ist. Seit dem Abend leih ich niemandem mehr ein Geld.«

»Und der Hirneis hat den Betrag in wenigen Stunden verspielt?«

»Gar nicht so einfach bei den niedrigen Tarifen, die bei uns herrschen. Aber wie gesagt, der Hirneis ist halt ein Zocker und nicht so hell in der Birne.«

»Ganz im Gegensatz zu dir?«

Der Peng rülpste. »Ich bin Sportler!«

»Und seitdem habt ihr nicht mehr miteinander gespielt?«

»Nie wieder. War mir zu blöd.«

Leitner schlug seinen beiläufigsten Tonfall an. »Der Hirneis spielt ja, wenn ich richtig informiert bin, jetzt lieber in den Casinos in der Tschechei.« So nannte man in der Oberpfalz die tschechische Republik noch immer.

»Jaja, das erzählt man sich. Aber ich bin mir nicht sicher, ob er da wirklich nur zum Spielen hinfährt.« Er klemmte seinen Daumen zwischen Zeige- und Mittelfinger und fuhr sich damit demonstrativ obszön über seine Nase.

Agathe blies geräuschvoll Luft aus ihren Backen und klang dabei so wie sein Druckluftschrauber.

Leitner ging zu seinem Opel, öffnete die Fahrertür und fragte: »Aber Geld an sich hat er doch eigentlich schon, der Hirneis, oder?«

Der Peng leerte seine Bierflasche und rülpste nochmals. »Mei, von dem, was seine Werkstatt hergibt, bestimmt nicht.«

»Ich habe ja auch bloß gemeint. Wie ich ihn nämlich mal besucht habe, ist mir zufällig so eine moderne Maschine aufgefallen. Du weißt schon, eine, wie sie sie in der Industrie benutzen. Hat ausgeschaut wie ein großer Metallkasten mit allerhand Knöpfen dran.«

»Eine CNC-Maschine?«

»Kann gut sein. Ich kenne mich damit nicht so genau aus.«

Agathe lauschte aufmerksam, wie Leitner weiterbluffte.

»Ich habe mich noch gefragt, was ein Installateur mit einer solchen Maschine anstellen will«, fuhr er fort. »Auf jeden Fall wirkte sie ziemlich teuer.«

»Kann schon sein.« Der Peng schob seine Unterlippe nach vorn und nickte zustimmend. »So eine Technik kostet freilich was. Aber ähnliche Geräte stehen heute in vielen Betrieben. In Nabburg haben sie gerade erst die GSD zugesperrt.«

»Diesen Kunststoffhersteller?«

»Genau. Der ist rüber in die Tschechei gewandert. Bei solchen Auflösungen kann man Glück haben und recht günstig an solche Maschinen kommen. Ein paar Zehner musst du aber trotzdem hinlegen.«

»Und du meinst, der Hirneis war so flüssig?«

Gleichgültig zog der Peng seine Schultern hoch. »Mein Gott, der macht doch alles, um an Geld zu kommen. Der hat schon als Hausmeister gearbeitet, weißt du eh, beim Grafen in der Brauerei zum Beispiel. Dann hat er wieder eine Zeit lang die Herren vom Arbeitsamt und vom Rathaus gefahren. Sogar Totengräber war er schon. Aber ob er damit so viel Geld gemacht hat? Als Kartenspieler jedenfalls nicht.«

Leitner schmunzelte. »Wenn er natürlich so ein Kamikaze-Flieger gewesen wäre … Spielt er hier in Wirkendorf noch anderswo Karten? Im Wirtshaus seh ich den eigentlich nie.«

»Privat schon. Wenn er wieder mal ein paar Dumme findet, denen er ihre Kröten aus der Tasche leiern kann. Gibt immer welche, die auf seine alten Tricks reinfallen. Der Zwicknagel ist so einer. Den hat er, glaub ich, ganz schön am Wickel. Aber der ist auch nicht der Hellste. Na ja, mir kann das alles wurscht sein.« Damit wandte sich der Peng wieder seiner Werkbank zu.

Leitner bedankte sich, stieg in seinen Wagen und fuhr mit Agathe zum Rolltor hinaus.

Als sie wieder Richtung Hauptstraße unterwegs waren, sinnierte er: »Der Zwicknagel …«

»Ist das auch so ein Ungetüm von Mann?«, wollte Agathe wissen.

»Nein. Der Thomas ist eher das Gegenteil. Der wiegt bloß ein bisschen über einen Zentner und arbeitet beim Schrottplatz vorn am Dorfeingang.« Einige Minuten vergingen, in denen jeder seinen Gedanken nachhing. Dann fragte Leitner vorsichtig: »Wollen wir dem Zwicknagel einen Besuch abstatten?«

Agathe zuckte mit den Schultern. »Ich bin wegen einer drei Tonnen schweren vermissten Maschine hier … und der Herr Zwicknagel betreibt einen Schrottplatz … Kann ja nicht schaden, mit ihm zu reden.«

»Nicht der Thomas Zwicknagel, der hilft nur manchmal aus. Der Chef ist sein Vater, der Heiner.« Als Leitner sah, dass Agathe diese Unterscheidung nicht interessierte, setzte er ohne ein weiteres Wort den Blinker und lenkte seinen Opel in Richtung Schrottplatz Zwicknagel.

Die neuen Winterreifen knirschten im Sand auf dem ungeteerten und ungepflasterten Hofgelände des Schrottplatzes. Als Agathe und Leitner ausstiegen, fing ein alter Schäferhund, der an einer langen Kette vor einer Bürobaracke angebunden war, heiser zu bellen an.

»Heimelig hier«, sagte Agathe, während sie sich umsah.

Auf einer Seite des Hofs stapelten sich ohne erkennbares System Gerüstbauteile und Schuttcontainer. Auf der gegenüberliegenden standen etwa zwei Dutzend Automobile, denen Frontscheiben, Scheinwerfer und Stoßstangen fehlten. Hinter dem Büro erhob sich eine schmutzige Lagerhalle. Als von dort ein Gabelstapler auf sie zufuhr, gesellte sich zu dem Geruch nach Metall und Öl die warme Abluft des Staplermotors. Ein Mann um die sechzig stellte ihn ab, sprang aus der kleinen Fahrerkabine und ging zu den Besuchern.

»Servus, Heiner«, sagte Leitner.

»Da schau her, der Gerhard. Wie schön«, antwortete Zwicknagel senior.

Für Agathes Ohren klang er zu freundlich, als dass er es ernst gemeint haben könnte.

Als Heiner Zwicknagel sich ihr zuwandte, wurde sein Tonfall noch süßer und falscher. »Und wen haben wir denn da? Eine wunderschöne junge Frau bringt mir der Gerhard da mit. Grüß Gott, hübsches Fräulein!«

Agathe fühlte, wie sich die Muskeln an ihrem Rücken versteiften. Der Mann redete mit ihr wie mit einer Dreijährigen, der man an Weihnachten ihre lang gewünschte Puppe unter den Baum gelegt hat.

»Das ist wohl deine neue Freundin, Gerhard? So was Hübsches aber auch.« Seine Lüsternheit tropfte zäh wie Honig aus jedem Wort.

»Guten Tag, Herr Zwicknagel«, sagte Agathe betont kühl. »Ich bin hier, um mich bei Ihnen wegen einiger Maschinen zu erkundigen.«

»Ja, freilich, Maschinen, da haben wir schon was da. Da können wir gleich einmal schauen, dass wir was für die junge Dame finden …«

Agathe fühlte, wie Heiner Zwicknagel sie mit seinen Blicken auszog.

»Der Thomas ist wohl nicht da, Heiner?«, versuchte Leitner, den Senior abzulenken.

»Nein, leider nicht«, süßte der Schrottplatz-Chef weiter, ohne seine Augen von Agathe zu nehmen.

»Das ist dumm, weil wir gern mal mit ihm geredet hätten«, sagte Agathe trocken. »Natürlich rein geschäftlich.«

»Mei, geschäftlich, da können wir uns beide auch einigen. Der Thomas ist leider auf einer Baustelle, gell …«

Hinter der Baracke wurde anscheinend ein Auto angelassen. Das Geräusch durchdrehender Reifen erklang, und bald darauf sahen Agathe und Leitner, wie ein alter Ford hinter dem Büro hervorschoss.

Leitner erkannte Thomas Zwicknagel am Steuer und reagierte schnell, indem er sich dem Ford in den Weg stellte.

Zwicknagel junior legte eine scharfe Bremsung hin und starrte feindselig aus dem Fenster.

Leitner ging zur Fahrertür und öffnete sie. »Entschuldige, Thomas, dass ich dich aufhalte.«

»Sag einmal, spinnst du? Ich hätte dich fast totgefahren!«, fauchte der andere.

»Hast du was vom Hirneis gehört? Der kriegt noch eine CD von mir zurück«, log Leitner, »und in seiner Werkstatt ist er nicht.«

»Ich weiß nichts vom Hirneis«, sagte Thomas Zwicknagel mit unterdrücktem Zorn und wollte die Tür schon wieder zuziehen.

Doch Agathe hielt sie fest. »Aber haben Sie ihm nicht letztens erst eine Fräs-Maschine abgekauft?«

»Ich weiß nichts von einer CNC-Maschine. Und den Hirneis habe ich auch schon lange nicht mehr gesehen. Und jetzt schleichts euch! Ich muss auf eine Baustelle!« Er schloss die Fahrertür und fuhr so forsch vom Hof, dass Leitner und Agathe einige Dreckspritzer abbekamen.

Sie sahen einander an und ahnten, dass sie nichts Wissenswertes mehr erfahren würden. Zumindest nicht vom alten Zwicknagel.

»So was, gell, dem Thomas pressiert's heut halt.«

Agathe und Leitner gingen zum Wagen.

Der alte Zwicknagel folgte Agathe auf dem Fuß und öffnete ihr die Beifahrertür. »Bitte sehr, die Dame. Und wenn Sie eine Maschine brauchen, finden wir schon was für Sie. Gell, dann schauen Sie einfach wieder vorbei.«

Agathe zog mit mindestens genauso viel Kraft die Tür zu wie zuvor der junge Zwicknagel. Als Leitner zum Hoftor hinausfuhr, ließ sie ihrer Wut freien Lauf. »Dieser alte Wichser! Am liebsten hätte ich dem Drecksack seine Nase gebrochen, dann wäre er an seinem eigenen Blut erstickt!«

Leitner musste lächeln. »Ja, der Heiner mag junge Frauen schon gern.«

»Wenn er immer so drauf ist, kann er froh sein, dass er noch Augen hat, mit denen er sie sehen kann!« Und nachdem sie sich wieder etwas beruhigt hatte, sagte sie: »Aber gebracht hat uns dieser Besuch nichts.«

»Nein, nichts …« Leitner hing seinen Gedanken nach, bis sein Handy läutete. Er schaute aufs Display und erkannte die Nummer des Schwandorfer Krankenhauses.

»Herr Leitner, wir haben Ihre Nummer vom Krankenblatt vom Herrn Schweller. Für Notfälle«, sagte eine Krankenschwester im ernsten Ton.

»Wieso, was ist mit dem Roland?«, fragte Leitner beunruhigt.

»Er stirbt.«

Im Zimmer 314 des Krankenhauses hatten sich vier Personen versammelt. Eine Krankenschwester hielt sich dezent im Hintergrund, der herbeigerufene Pfarrer, der Roland Schweller das letzte Sakrament auf Erden erteilt hatte, stand am Fußende des Bettes. Agathe beobachtete das Geschehen aus einigen Metern Entfernung.

Am Bett selbst saß Leitner auf einem Stuhl und betrachtete seinen Freund. Die Apparate mitsamt ihren Schläuchen waren verschwunden, und Schweller strahlte eine unwirkliche Ruhe aus. Er atmete ganz flach und sagte mit gebrochener Stimme: »Siehst du, so geht alles seinen Weg.«

»So beeilen hättest du dich aber nicht brauchen«, sagte Leitner leise.

Schweller sog die Luft so tief ein, wie seine zerstörte Lunge es ihm erlaubte. »Ich mag nicht mehr«, wisperte er. »Ich hab es doch so lang so schön gehabt.« Er schnaufte viermal ein und aus und gab dabei ein hässliches Keuchen von sich. »Jetzt hast du gleich zwei Todesfälle in zwei Tagen.«

Leitner kämpfte sichtbar gegen seine aufsteigenden Tränen an.

»Wer war es denn jetzt?«, hauchte Schweller. »Ich meine den, wo ihr im Schloss gefunden habt.«

»Das wissen wir noch nicht, Roland.«

Schweller lag still und leise keuchend da.

Leitner wusste, hätte sein Freund die Kraft gehabt, er hätte auf jeden Fall noch einmal nachgehakt. »Vielleicht der Hirneis«, fügte er daher hinzu, »aber das können wir nicht wirklich sicher sagen.«

»Der Servatius … beim Grafen im Schloss … Du musst aufpassen, Gerhard …« Ein schwaches Husten nahm Schwellers letzte Kräfte in Anspruch. »Die Johanna, die war damals dabei im Waldhäusl. Die sind alle eine Nummer zu groß für dich.«

Leitner nahm Schwellers Hand in seine. Er wollte jetzt nicht weiter über Leichen reden. Dann schloss Schweller die Augen, und seine Atmung wurde noch flacher. Einige Minuten saß Leitner so da, dann zuckte sein Freund zusammen und öffnete seine Augen einen Spaltbreit.

»Hast du jetzt endlich eine Frau?«

»Noch immer nicht so richtig, nein.«

Schweller kicherte. Sein Brustkorb hob und senkte sich im Takt dazu. Erst schnell, dann langsamer, schließlich nur noch vereinzelt. Dann war der Körper still, und Leitner spürte, wie die Spannung in Schwellers Hand nachließ.

Die Krankenschwester verließ leise das Zimmer, um alles für den Abtransport des Toten zu veranlassen.

Leitner sah zum Pfarrer, der sich bekreuzigte und etwas sagen wollte, und schüttelte sanft den Kopf. Der Pfarrer erkannte seine stumme Bitte und zog sich dezent aus dem Krankenzimmer zurück.

Agathe verharrte regungslos.

Leitner blieb noch einige Minuten am Bett sitzen. Ihm fiel das gütige Gesicht des Toten auf. Roland Schweller war mit einem Lächeln auf den Lippen verstorben.

Durch die Stille im Zimmer drang vom Gang her Geklapper von Servierwagen. Die anderen Patienten bekamen ihr Abendessen.

Leitner sah auf das Nachtkästchen, auf dem Rolands Armbanduhr lag und eine Tasse Tee und ein Schälchen mit Tabletten standen. Er öffnete die untere Tür des Nachtkästchens und wusste schon vorher, was er finden würde: drei volle und zwei leere Flaschen Weißbier. Leitner musste wehmütig lächeln. Alles wie immer. Nur dass sein Freund Roland nicht mehr lebte. Sein Lächeln gefror.

Leitner und Agathe verließen schweigend das Krankenhaus.

»Ich habe heute nichts Dringendes mehr vor«, bot sich Agathe als Gesprächspartnerin an.

»Ich schon. Ich sauf einen auf meinen alten Freund!«

»Dabei werden Sie kaum meiner Gesellschaft bedürfen, oder?«

»Richtig. Das muss ich allein machen«, antwortete Leitner tonlos.

Agathe nickte taktvoll und sah zu dem Taxistand vor dem Krankenhaus hinüber, an dem zwei cremefarbene Wagen parkten. »Dann rufen Sie mich doch einfach morgen an. Meine Karte haben Sie ja.«

Leitner sah ihr nach, wie sie zu einem Taxi ging, nicht ohne einen gewissen Respekt vor ihrem entgegengebrachten Verständnis zu haben. Als er in seinem Opel saß, sah er wieder das Gesicht des toten Roland Schweller vor sich. Obwohl er mit einem Lächeln auf den Lippen gestorben war, fing Leitner das erste Mal seit Jahren an zu weinen. Sein Zorn, seine Wut, seine Enttäuschung und vor allem die maßlose Trauer um seinen Freund – das alles musste irgendwie hinaus. Leitner schrie wie ein kleines Kind, konnte nicht aufhören.

Er begann zu zittern.

Seine Lungen krampften.

Er erkannte seine eigene Stimme vor lauter Schreien nicht mehr wieder.

Schließlich öffnete er die Fahrertür und kotzte auf den Parkplatz des St.-Barbara-Krankenhauses.

Agathe Viersen trat aus der kleinen Dusche in ihrem Hotelzimmer und prallte gegen die aus ihrer Schiene gesprungene Glasschiebetür. Fluchend ging sie zu dem Stuhl am Mini-Schreibtisch, betrachtete sich im Spiegel und bürstete ihr rotbraunes Haar. Da hatte der Chef ihr etwas eingebrockt. Eigentlich hatte es nur nach einem Fall wegen einer verschwundenen Maschine geklungen, aber stattdessen hatte sie das Vergnügen gehabt, in zwei Tagen gleich mit zwei Leichen Bekanntschaft zu machen.

Sie dachte an Gerhard Leitner. Es war ihm anzusehen gewesen, wie sehr ihm der Tod seines Freundes zusetzte. Bestimmt saß er nun zu Hause, mit einer schon halb geleerten Whiskyflasche vor sich. Sie hätte ein besseres Gefühl gehabt, wenn er ihr Angebot der Gesellschaft akzeptiert hätte.

Und was hatte der Sterbende eigentlich gemeint, als er sagte: »Pass auf! Die sind alle eine Nummer zu groß für dich.«

Als sie sich die Haare föhnte, kehrten ihre Gedanken zu ihrem Job zurück. Bei dieser Firma Zwicknagel würde sie sich noch einmal umsehen müssen. Der Alte war natürlich ein Kotzbrocken, und Agathe hatte wenig Lust, erneut mit ihm zusammenzutreffen, aber vielleicht könnte sie ja ihren nächsten Besuch so legen, dass er nicht da sein würde. Vielleicht, überlegte sie, würde dann überhaupt niemand auf dem Hofgelände sein.

Agathe betrachtete sich zufrieden im Spiegel, auch wenn die Prozedur umsonst gewesen war. Denn wenn ihr die Idee, sich in der Nacht auf dem Schrottplatz der Zwicknagels umzusehen, früher gekommen wäre, hätte sie das Duschen auf hinterher verschoben, wenn sie es bestimmt dringend nötig hätte.

Sie zog wieder ihre Jeans an und schlüpfte in ihre für solche Zwecke mitgebrachten Turnschuhe. Ein dunkler Pullover und eine ebensolche Lederjacke vervollständigten das Einbrecher-Outfit. Bevor sie sich ihre Autoschlüssel schnappte, überprüfte sie die Batterien ihrer Taschenlampe.

Ja, es hatte schon seine Vorteile, wenn man privat ermittelte und nicht als Polizeibeamtin.

Das Herbstlaub auf dem Bürgersteig schmatzte vor Nässe, als Leitner mit schnellen Schritten durch Wirkendorf ging. Ein dicker, schwerer Kloß steckte in seinem Hals, und um sein

Herz hatte sich eine Eisschicht gelegt. Der Abend war nicht so verlaufen, wie er ihn sich vorgestellt hatte.

Vom Krankenhaus aus war er zunächst nach Hause gefahren und hatte in der Tat zwei Gläser Whisky runtergekippt.

Aber es hatte sich nicht richtig angefühlt, den Tod eines solch begnadeten Musikers und guten Wirtshausgängers wie Roland Schweller allein hinunterzuspülen.

Also war Leitner in die Brauereiwirtschaft gegangen, hatte sich an einen Tisch in der hinteren Ecke gesetzt und ein, zwei Bier getrunken, die allerdings auch nicht besonders süffig geschmeckt hatten. Natürlich war er nicht unbemerkt geblieben, und die Männer am Stammtisch hatten ihn zu sich an den Tisch geholt. Dort war man, nachdem man das Thema Roland Schweller kurz besprochen hatte, zur üblichen Gaudi zurückgekehrt. Leitner war sich abermals fehl am Platz vorgekommen und hatte sich verabschiedet.

Nun tanzten bei jedem Schritt Bilder und Wortfetzen der letzten Tage durch seinen Kopf. Die Leiche seines Freundes Roland … die Reaktion von Martina … die hübsche Detektivin aus München … die stinkende Leiche im Gülletank.

Leitner schreckte auf.

Er schüttelte seinen Kopf, wollte die Bilder vertreiben, atmete tief ein und wieder aus. Um zu sehen, wo er eigentlich war, wandte er sich um. Er stand in der Hauptstraße, der Straße der Bäcker und Metzger. Keine Schaufenster, die ihn von seinen Gedanken hätten ablenken können. Seufzend steckte Leitner seine Hände in die Jackentaschen und grübelte über den Hirneis nach. Sein Blick ging zur nächsten Straßenecke, nahe der Hirneis' Werkstatt lag. Langsam ging Leitner weiter. Es ärgerte ihn, dass keiner seiner Gedanken im Augenblick einen rechten Sinn ergeben wollte. Er tappte sprichwörtlich im Dunklen, in einer noch größeren Finsternis, als in der Nebenstraße von Wirkendorf herrschte, in der er sich mittlerweile vor der Werkstatt des verschwundenen Installateurs befand.

Im Zwielicht der trüben Oktobernacht betrachtete er das windschiefe alte Haus. Sofort stach es ihm in die Augen!

Kein Zweifel!

Die Tür stand offen.

Vom hinteren Teil der Werkstatt fiel der deutliche Schein einer Lampe auf die nächtliche Straße.

Leitner ging auf das vordere Fenster zu und lugte hinein.

Niemand war zu sehen.

Eine Sekunde lang erwog er, die Polizei zu rufen, aber was, wenn es einfach nur Hirneis selbst war, der wieder nach Hause gekommen war?

Vorsichtig näherte er sich der angelehnten Werkstatttür und schob sie weiter auf, sodass er gerade so hindurchpasste. »Hallo?«, rief er verhalten.

Keine Antwort.

Vor ihm lag die Treppe, die ins Obergeschoss zu Servatius Hirneis' Wohnstube führte, rechts in der Werkstatt brannte Licht.

Leitner betrat den Arbeitsraum, aus dem ihm modrige, öldurchtränkte Luft entgegenschlug. »Servatius?«

Wieder rührte sich nichts. Zumindest nicht im Vorderteil der Werkstatt.

Hinter sich hörte Leitner plötzlich schnelle, leise Schritte, die sich näherten. Geschmeidig wie eine Katze fuhr er herum, war aber zu langsam.

Alles, was er noch sah, war die Schneeschaufel, die im Schein des Werkstattstrahlers matt silbern blitzend auf sein Gesicht herunterschnellte. Er hörte noch, wie sein eigenes Fleisch unter der Wucht der scharfen Metallkante aufplatzte, und dann ein Geräusch wie das eines Zentnersacks Kartoffeln, der zu Boden fällt.

Erst durch den stumpfen Schmerz in seinen Knien und seinem Ellbogen wurde ihm klar, dass es keine Kartoffeln gewesen waren, sondern er selbst, der in der Mitte von Servatius Hirneis' Werkstatt zu Boden gegangen war.

Agathe stand seit geraumer Zeit in etwa fünfzig Metern Entfernung vor dem Schrottplatz der Zwicknagels und sperrte ihre Ohren und Augen weit auf. Ihren Wagen hatte sie etwa einen halben Kilometer entfernt vor dem Gelände abgestellt und war das letzte Stück zu Fuß gegangen. Bislang hatte sie nirgendwo Licht wahrgenommen. Lediglich die Baustrahlerfunzel beleuchtete kraftlos den Eingang der Bürobaracke. Von im benachbarten Wald umherlaufenden Wildtieren und dem konstanten Rascheln der Herbstblätter in den umstehenden Bäumen abgesehen herrschte Stille.

Langsam setzte Agathe einen Fuß vor den anderen und näherte sich, bedacht darauf, kein Geräusch zu verursachen, der Schrotthalle. Im Schein ihrer Taschenlampe erspähte sie eine Feuerschutztür. Sie drückte die Klinke, und die Tür ließ sich öffnen. Vorsichtig zog sie sie weiter auf, als das plötzliche Kreischen von Metall auf Metall sie zusammenfahren ließ.

Agathe hielt die Tür erschrocken fest, und sofort kehrte wieder Stille ein. Angestrengt sah sie sich um und lauschte in die Nacht – nichts.

Nachdem sich ihr Atem wieder normalisiert hatte, riss sie sich zusammen, ging durch die Tür und ließ den Lichtkegel ihrer Taschenlampe über die unordentlich zusammengestellten Metallteile und Geräte gleiten.

Im Geiste rekapitulierte Agathe die Beschreibung der Maschine, die Servatius Hirneis seiner Versicherung als gestohlen gemeldet hatte: eine Optimum F150 CNC-Fräsmaschine. Drei Meter lang, zwei Meter breit und zwei Meter hoch.

»Aua!«, entfuhr es Agathe, und sie rieb sich ihr Knie. Sie war gegen eine Anhängerkupplung gestoßen. Sie schwenkte die Taschenlampe und erblickte die Kupplung und einen Tiefladeanhänger, der mit einer grauen Plane abgedeckt war. Er sah nicht anders aus als die anderen grauen Trümmer, die herumstanden, nur die Kupplung ragte wesentlich weiter heraus.

Agathe setzte ihren Weg fort in Richtung hinteren Teil der Halle. Bisher war alles, was sie bei den Zwicknagels gesehen hatte, grau, stumpf und schmutzig gewesen. Als sie durch eine weitere Tür ging, hielt sie den Atem an. Im Taschenlampenschein leuchtete etwas bunt auf. Vor ihr standen fünf Automobile. Keins von ihnen war seiner Stoßstangen oder anderer Ersatzteile beraubt worden, sie alle glänzten in Perfektion. Agathe kannte solche Schlitten, die auf dem Hamburger Kiez zum alltäglichen Bild gehörten. Ein schwarzer Pontiac Firebird. Ein roter Ford Mustang. Ein Cadillac Escalade. Ein GMC Sierra, Colt Seavers ließ grüßen, und dahinter als einziges nicht amerikanisches Fahrzeug ein gelber Porsche 911. Offenbar war Agathe in die gute Stube der Familie Zwicknagel gestolpert. Sie leuchtete ins Innere der Fahrzeuge. Kein Stäubchen auf den Sitzen. Die Armaturenbretter sahen fabrikneu aus. Kein Zweifel, diese Boliden waren ihr Geld wert. Selbst die Reifen waren noch unbenutzt und tiefschwarz. Das musste die Abteilung des Schrotthändlers für die besser gestellten Kunden sein, dachte Agathe.

An der hinteren Hallenwand fiel ihr eine Holzwand auf. Sie ging näher, und die Wand entpuppte sich als die Seite einer großen Holzkiste. Sie war gut eineinhalb Mal so hoch wie Agathe. Neben dem Aufkleber einer Speditionsfirma war ein Dokument an das Holz gepinnt. Ihm entnahm Agathe, dass es sich bei dem Inhalt der Kiste um einen amerikanischen Hummer H3 handelte, dem Blatt nach in Superior Blue Metallic. Anscheinend waren die Zwicknagels noch nicht dazu gekommen, das Paket aus Übersee auszupacken.

Sie verließ die Luxusgarage und fand sich in der normalen Welt der Schrottplatzbetreiber wieder. Sie folgte dem unordentlichen Gang der anderen Hallenseite, als ein dumpfes Rumpeln hinter ihr ertönte.

Sie hatte keine Zeit, sich umzudrehen. Ein Stapel großer Plastikfässer geriet ins Wanken, und eines der Fässer prallte auf ihre Schulter und streckte sie zu Boden. Sie versuchte, sich zu bewegen, als ein zweites Fass sie im Kreuz traf. Agathe spürte einen stechenden Schmerz, der bis in ihre Beine ausstrahlte. Sie biss die Zähne fest zusammen und zwang sich, ihrer Gedanken wieder Herr zu werden, so wie sie es in ihrer Ausbildung gelernt hatte.

Doch erst einmal musste sie wieder Luft bekommen. Ihr Atem stockte erneut, als sie hinter sich eine unangenehme, stöhnende Stimme vernahm.

»Ja, da schau her! Mein kleines Vögelchen ist zu mir zurückgeflogen.«

Mit letzter Kraft drehte Agathe ihren Kopf. Was sie sah, beruhigte sie leider überhaupt nicht. Es war Heiner Zwicknagels untersetzte Figur.

Der Schrottplatz-Chef schaltete das Deckenlicht ein und bewegte seinen massigen Körper auf Agathe zu.

Sie wollte aufstehen, schaffte es aber nicht einmal, ihren rechten Arm zu heben. Er steckte unter einem der schweren Plastikfässer fest.

»Hat es der jungen Dame so bei mir gefallen?«, keuchte Zwicknagel.

In Agathe stieg Panik auf, als sie sah, dass Zwicknagels rechter Daumen hinter seiner Gürtelschnalle klemmte und seine restlichen vier Finger wie die Kolben eines Motors locker auf dem Reißverschluss seiner schmutzigen Hose umhertanzten.

Leitner öffnete die Augen einen Schlitz breit und blickte in das gleißende Licht eines fünfhundert Watt starken Baustrahlers. Die Kälte des gefliesten Bodens, auf dem er lag, kroch ihm durch seine Hose und seine Jacke in seine Knochen. Sein Kopf wurde scheinbar mit Hammerschlägen malträtiert, und als er sich an die Schläfe griff, von wo der Schmerz herrührte, spürte er etwas Feuchtes, Warmes.

»Wer bist du?«, rief eine kratzende weibliche Stimme. Die dazugehörige Person stand hinter dem Licht, sie war nicht zu erkennen.

Leitner wollte sich aufrichten, da spürte er, wie das Blatt der Schneeschaufel auf seine Brust gedrückt wurde.

»Aufpassen, Freunderl! Du wärst nicht der Erste, den ich erschlag!«, drohte die Stimme mit deutlich niederbayerischer Färbung.

»Ich ... ich such den Hirneis.« Leitner räusperte sich.

Der Druck der Schneeschaufel ließ etwas nach, sodass er sich aufsetzen konnte. Um ihn herum erklang plötzlich das Stottern von aufflackernden Neonröhren. In der zusätzlichen

Helligkeit konnte Leitner endlich die kleine Gestalt erkennen, die ihn niedergeschlagen hatte.

Es war eine buckelige Frau von nicht einmal einem Meter sechzig Größe. Die Schneeschaufel hielt sie immer noch wie eine Lanze in der Hand. Leitner versuchte, ihr in die Augen zu sehen, die in einem Gesicht von dunkler, ledriger Haut lagen. Unter dem schwarzen Tuch, das um den Kopf gewickelt war, lugten zauselige graue Haare hervor. Auf ihrer rechten Wange befanden sich ein großer Leberfleck und über ihren Lippen zwei große Warzen.

Leitner musste sofort an die Hexe aus »Hänsel und Gretel« denken. Aber sie waren hier nicht im Lebkuchenhaus im tiefen, dunklen Wald, sondern in der Werkstatt von Servatius Hirneis. Er atmete durch. Langsam konnte er wieder einen klaren Gedanken fassen. »Der Servatius wollte eine CD von meiner Musikkapelle haben, und ich habe ihn schon seit Tagen nicht mehr gesehen. Und weil jetzt halt da herinnen Licht gebrannt hat …« Er betrachtete seine Finger, die vor leuchtend rotem Blut klebten. Die Schneeschaufel musste ihn genau mit der Kante an der Schläfe erwischt haben. Er sah die kleine Hexe an, die noch immer schwieg.

»Ich … ich steh jetzt auf«, sagte Leitner, hielt sich an der Werkbank fest und zog sich langsam auf seine Füße zurück. Als er vor der Hexe stand, gut einen Kopf größer und sicher doppelt so schwer, schien die ihn genau zu beobachten.

Schließlich ließ sie ihre Lanze sinken und ging auf ihn zu. »Lass einmal sehen!«

Leitner presste seine Finger auf die Wunde, unschlüssig, wie er sich verhalten sollte.

Sie schlug seine Hand weg, packte ihn am Kragen und zerrte sein Gesicht auf ihre eigene Höhe hinunter, um die Platzwunde zu inspizieren. »Also, den Boandlkramer brauchen wir deswegen noch nicht«, sagte sie schließlich. »Gehen wir nach oben, dann verbinde ich dir das.«

Leitner war froh, dass die Hexe der Meinung war, noch eine Weile ohne den Totengräber auskommen zu können, und folgte ihr in die Wohnküche von Servatius Hirneis.

»Da bei der Stehlampe seh ich am besten«, sagte sie, platzierte ihn auf der durchgesessenen Couch und ging ins Badezimmer, um Verbandszeug zu holen.

Leitner musste ihrer indirekt vorgetragenen Beschwerde recht zustimmen. Servatius Hirneis' Wohnung war dunkel, obwohl das Deckenlicht brannte. Sein Blick glitt an den Wänden entlang. Nirgendwo Bilder. Neben der Tür hing ein kleiner Weihwasserbehälter aus Wachs, über dem ein Engel gen Himmel betete. An der Wand neben Leitner war eine Schrifttafel der Art »Gott, segne dieses Haus und alle, die da gehen ein und aus …« angebracht. Beides sah aus wie Geschenke, die Hirneis notgedrungen an die Wand genagelt hatte, damit halt wenigstens irgendetwas dort hing. Von einem sicheren Gespür für Stil war nichts zu bemerken.

Die Couch hatte einen fadenscheinigen mattgrünen Bezug. Beim Platznehmen war Leitner fast auf Bodenhöhe gesunken. Auf dem tiefen Wohnzimmertisch davor lagen haufenweise TV-Zeitschriften. Als Leitner darin stöberte, bemerkte er, wie klebrig seine Finger waren, und er zog seine Hände zurück. Auch die Tapeten hatten ihre beste Zeit wohl erlebt, als Helmut Kohl Bundeskanzler geworden war. Der riesige Flachbildfernseher stellte bei Weitem das modernste Möbelstück im Raum dar.

Die kleine Frau kehrte zurück und drehte Leitners Kopf nach oben zum Licht. Sie desinfizierte den Riss an seiner Schläfe und verklebte die Wunde mit einem Druckpflaster. Auf Leitners »Au!« hin erwiderte sie trocken: »Wenn du nicht mehr aushältst als wie diesen kleinen Kratzer, dann kämst du bei mir sofort auf den Schlachthof.«

Dann schloss sie das Erste-Hilfe-Kästchen, ging an den Küchenschrank, dem sie eine Steinflasche Bärwurz entnahm, und stellte zwei volle Stamperl davon auf den Couchtisch. »So, und den lässt du dir auf den Schreck jetzt recht gut schmecken.«

Leitner kippte den Schnaps hinunter. »Langsam bringe ich gar nix mehr in meinen Schädel rein«, sagte er dann. »Wer sind Sie überhaupt?«

»Der Servazi ist der Bub von meiner Base.«

Leitner dachte scharf nach. »Er ist der Sohn von der Kreszentia, also ist die Kreszentia …«

»Sie war meine Cousine, das Wort wirst du besser verstehen.«

»Sie sind aus Niederbayern.«

»Du darfst ruhig Du zu mir sagen, tun eh alle. Ich bin die Rossner Babette.«

»Und woher genau kommst du?«, fragte Leitner.

»Aus Kothinghammer. Kennst du eh nicht.«

»Bei Bodenmais?«

Die Rossner Babette sah ihn überrascht an. »Respekt. Kommst viel rum, hm?«

»Musiker«, antwortete Leitner. »Aber was machst du hier in Wirkendorf?«

»Ausmisten«, sagte sie. »Der Servatius wollte, dass ich ihm helfe, weil so viel Glump in der Wohnung ist, was er nicht mehr braucht. Das hatten wir eigentlich heute vor. Der Servazi will ja weg von da.«

Leitner traute seinen Ohren nicht. »Aus Wirkendorf? Für immer? Einfach so?«

»Nicht einfach so. Schon eine ganze Zeit, aber das ist eine längere Geschichte.«

»Heb dir die bitte noch kurz auf, die muss noch jemand anders hören.« Leitner nahm sein Handy aus der Jackentasche.

Immer wieder wählte er Agathes Nummer, doch auch beim dritten Versuch hob niemand ab. Er sah auf die Uhr des Handydisplays. »Schon fast Mitternacht. Wohl schon im Bett, unser Münchner Kindl. Na gut, Babette, dann erzähl eben nur mir die Geschichte.« Er würde Agathe Viersen am Morgen davon berichten.

Agathe spürte die groben Hände von Heiner Zwicknagel, die sich noch tiefer in ihre Schultern gruben. Vorher hatte er Agathe unsanft aus ihrer Klemme befreit, um sie zu einer Werkbank zu schleifen. Der ziehende Schmerz an ihrem Arm und am Rücken, der von dem Zusammenstoß mit dem Fass herrührte, wurde durch die ruckartigen Bewegungen nicht gerade gemindert. In Hüfthöhe gesellte sich ein weiterer hinzu, als Zwicknagel sie gegen die Werkbank drückte. Agathe war noch immer benommen, wusste aber in den Tiefen ihres Bewusstseins, dass sie gegen den mindestens doppelt so schweren Zwicknagel im Augenblick nichts ausrichten konnte.

»Jetzt ist mein Täubchen auch mal ein bisschen lieb zu mir, gell?«, flüsterte Zwicknagel und schien in einer anderen Welt zu sein, während er sich an Agathe presste.

Reflexartig warf sie ihren Oberkörper zur Seite.

Heiner Zwicknagel umfasste ihre Schultern noch fester. »Will die Madame ein bisschen spielen, hm?« Er holte ohne Vorwarnung aus und versetzte ihr eine schallende Ohrfeige. »Wir zwei werden uns jetzt ein bisserl vergnügen.«

Die Ohrfeige hatte Agathe wieder zur Besinnung gebracht. Aus dem Auge über der sich rötenden Wange liefen kleine Schmerztränen. Sie wandte ihr Gesicht Zwicknagel zu, beugte sich ihm entgegen und wisperte: »Warum eigentlich nicht?«

Indem sie mit ihrer Zunge über seine stoppelige Wange fuhr, gewann sie genau die Millisekunde, die sie brauchte. Zwicknagel lockerte einen winzigen Augenblick lang seinen Griff, und Agathe zog mit einem festen Ruck ihr Knie nach oben.

Sie hatte ihr Ziel nicht verfehlt, Zwicknagels Hände lösten sich sofort von ihrer Schulter. Zitternd taumelte der Inhaber des Schrottplatzes zwei Schritte zurück und gab ein seltsames Pfeifen von sich. Dann sank er wie eine Hüpfburg, deren Kompressor ausgeschaltet wurde, langsam in sich zusammen.

Agathe war wieder Herr oder besser gesagt Dame der Lage und stellte sich hinter Zwicknagel. »Entschuldigen Sie bitte, dass ich bei Ihnen eingebrochen bin, ohne zu fragen. Es war trotzdem sehr nett hier, und es würde mich freuen, wenn wir uns morgen wiedersehen könnten.« Sie holte mit ihrem rechten Bein aus und trat dem Mann ein zweites Mal, diesmal von der anderen Seite, in seine Eier.

Verzweifelt wimmernd sog Zwicknagel senior Luft in seine

Lungen und fiel schließlich zu Boden. Diesmal hatte er keine freundliche Bemerkung zum Abschied parat.

In Servatius Hirneis' Wohnung hatte Leitner gespannt den Worten der kleinen alten Hexe gelauscht. Die Rossner Babette war nach dem Tod ihrer Cousine die einzige Verwandte, die Servatius Hirneis noch besaß. Sie hatten nie viel Kontakt zueinander gehabt, aber vor einiger Zeit war er plötzlich auf ihrem Einödhof in Kothinghammer gestanden. Beim Kaffeetrinken hatte er ihr schließlich erzählt, er habe sich in Wirkendorf noch nie recht wohlgefühlt, da er mit den Bewohnern nicht zurechtkam. Er habe stets das Gefühl, sie hätten etwas gegen ihn. Sie ließen ihn spüren, dass er nicht dazugehörte.

Das stimmte freilich, doch die Babette wusste auch, dass der Servatius zu dieser Situation selbst nicht gerade wenig beigetragen hatte. Seine Mutter, die Kreszentia, hatte nie viel mit ihm geredet, und so war auch ihr Bub zu einem maulfaulen Stoffel herangewachsen.

Seit diesem Tag hatte der Hirneis seine Großcousine immer häufiger besucht. Irgendwann war die Babette dann damit herausgerückt, dass ihr die Arbeit auf dem Hof über den Kopf wuchs. Sie wurde nicht weniger und sie selbst nicht jünger. So hatten beide den Entschluss gefasst, dass Servatius Hirneis seine Zelte in Wirkendorf abbrechen und den Rossnerhof in Kothinghammer übernehmen würde. Mit Arbeit, so die Babette, hatte der Servazi zwar noch nie viel am Hut gehabt, aber zu zweit würden sie es schon schaffen, und zum Leben brauchte man auf dem Selbstversorgerhof eh nicht viel. Als angenehmen Nebeneffekt hätte er es schön nah zu den Casinos in Kötzting und hinter der Grenze gehabt. Scheinbar, so Babette, sei der Servatius ja ein leidenschaftlicher Spieler. In Gedanken ergänzte Leitner, dass die Casinos nicht die einzigen Etablissements hinter der Grenze darstellten, die deutschen Besuchern Vergnügen bereiteten, behielt das in Anbetracht der Anwesenheit der älteren Dame jedoch für sich.

»Der Servazi hat gesagt, er tät heuer noch die Kirwa abwarten und dann seine Werkstatt auflösen. Für heute hatten wir ausgemacht, dass wir das ganze Glump sortieren. Danach, was er nimmer braucht und was er mitnehmen will.«

»Deshalb bist du heut nach Wirkendorf gekommen?«, fragte Leitner.

»Ja, freilich.«

»Und warum hast du mich mit der Schneeschaufel verprügelt?«

»Weil erst vorgestern bei mir auf dem Hof eingebrochen wurde.«

Sie sagte das so selbstverständlich, als wären Einbrüche auf dem Hof in Kothinghammer an der Tagesordnung. »Ich lieg in der Nacht in der Schlafstube und hör plötzlich ein Auto auf meinen Hof fahren. Erst hab ich mir nix dabei gedacht, weil der Servazi auch oft erst spät von seinen Ausflügen zurückkommt. Aber dann habe ich nicht eine, sondern zwei Türen schlagen hören.«

»Und dann?«, fragte Leitner.

»Bin ich ans Fenster und hör, wie sie in meinem Schuppen rumhantieren.«

»Aber warum hast du nicht die Polizei gerufen?«

»Oh mei, Bub, bis bei uns draußen ein Streifenwagen kommt, da ist's schon wieder Weihnachten. Außerdem wird's mir bei so ein paar Wegelagerern nicht Angst.«

Leitner befühlte unbewusst seine noch immer vor Schmerz pochende Wunde.

Babette fuhr fort: »Ich hab mir aus dem Holzhäusl neben dem Schuppen meine Mistgabel geschnappt, bin vors Tor getreten und habe gerufen: ›Kommts raus, ihr Bagage!‹ Aber keine Antwort, mucksmäuschenstill waren die. Dann habe ich noch mal gerufen, und auf einmal krieg ich von hinten so einen Rempler, dass ich nach vorn fliege. Scheinbar sind die anschließend durch die Seitentür raus.«

»Hast du dich verletzt?«

»Nein, der Boden vor dem Schuppen ist nach dem vielen Regen eh ein einziger weicher Sumpf.«

»Hast du gesehen, wer das war?«

»Auch nicht. Die sind gleich zu ihrem Auto gelaufen und davongefahren. Nur dass das Auto grau war, habe ich erkannt.« Sie nestelte eine kleine silberne Dose aus einer Tasche ihres Gewandes heraus und entnahm ihr mit zwei Fingern Schnupftabak, je eine Portion pro Nasenloch. »Magst auch eine Pris?« Sie streckte Leitner die Dose entgegen.

Er schüttelte den Kopf.

Babette nahm ein Taschentuch aus grobem Stoff und schnäuzte hinein. Die gelbbraunen Flecken verrieten, dass sie das wohl mehrmals am Tag tat.

Leitner trank den letzten Rest von seinem Bärwurz und fragte dann: »Wie bist du eigentlich nach Wirkendorf gekommen?«

»Mit der Bahn bis Schwandorf.«

»Und dann zu Fuß hierher? Ziemlich weit.«

»Und dann komm ich da her, und alles ist finster. Ich sperr mit meinem Schlüssel die Tür auf, und weder in der Werkstatt noch in der Wohnung ist jemand. Da stehst da wie der Mesner, wenn der Pfarrer von der Kanzel fällt. Bestimmt eine Stunde habe ich auf den Servazi gewartet, da hör ich auf einmal was von unten und seh dich Schreckgespenst mit deinen langen Weiberhaaren«, schloss Babette ihren Vortrag.

»Und hast dir gedacht, so einen Vogelwilden kann man bloß mit der Schneeschaufel stoppen.« Leitner tippte sich an die pochende Schläfe.

»Das wird schon wieder«, sagte sie abfällig. »Ein Guter hält's aus, und um einen anderen ist es nicht schade.«

Einen Augenblick lang schwiegen beide. Dann fügte sie hinzu: »Wenn ich nur grad wüsst, wo der Servazi ist.«

»Den finden wir bestimmt. Aber erst einmal ruhen wir uns aus. Wann musst du wieder zurück auf deinen Hof?«

»Gleich morgen. Ich muss ja nach den Viechern schauen. Wenn ich es denn schaffe, aus dem Fahrscheinautomaten das richtige Billett herauszulassen!«

Donnerstag

Agathe und Leitner saßen im Frühstücksraum des Wirkendorfer Hotels »Zum Schimmel« vor ihren leeren Cappuccino-Tassen. Leitner hatte eben berichtet, was er von der Rossnerin erfahren hatte. »Ich habe gestern noch angerufen, dann hätten Sie die Geschichte von der Babette selbst hören können. Sie waren aber nicht erreichbar.«

»Schiet! Ich brauche wirklich einen neuen Akku.« Nun war es an Agathe, ihre Erlebnisse mit Heiner Zwicknagel zu schildern.

Als sie geendet hatte, sah Leitner sie mit einer Mischung aus Ärger über ihre Leichtsinnigkeit und Sorge um ihr Wohlergehen an. Auch eine kleine Portion Respekt war dabei. So tough hatte er Agathe Viersen nicht eingeschätzt. »Und was haben Sie jetzt vor?«, fragte er.

»Ich habe mich für heute noch mal mit Herrn Zwicknagel verabredet. Es wäre doch unhöflich, ohne Absage nicht zu erscheinen.«

»Sie wollen wirklich wieder zum Schrottplatz?«

»Wirklich. Ich glaube nämlich, dass der junge Zwicknagel etwas über die verschwundene Maschine weiß. Und was genau das ist, will ich herausfinden.«

Leitner zog süffisant die Augenbrauen hoch. »Und der alte Zwicknagel?«

Agathe zuckte mit den Schultern. »Ich habe bei ihm rumspioniert, und dafür hat er mir ein paar Fässer ins Kreuz geworfen. Er wollte ein paar Streicheleinheiten, und dafür habe ich ihm in die Eier getreten. Nach meinem Gefühl sind wir quitt.«

Wenig später lenkte Agathe ihren weißen BMW auf dem Gelände des Zwicknagel'schen Schrottplatzes zwischen den mit Dreckwasser angefüllten Schlaglöchern hindurch. Als sie und Leitner ausgestiegen waren, erblickten sie den Sohn vom Chef, der krumm an der Barackenwand lehnte und rauchte.

Sein Rücken straffte sich, als er den Besuch kommen sah. »Jetzt seid ihr schon wieder da!«, blaffte er feindlich.

»Wir wollen nur mit Ihnen reden, Herr Zwicknagel«, sagte Agathe sachlich.

Der Angesprochene ignorierte sie und wandte sich Leitner zu. »Ich habe nix mit euch zu reden!« Nach einer Pause fügte er hinzu: »Und mein Vater ist heute nicht da. Der ist krank.«

Agathe und Leitner tauschten einen verstohlenen Blick aus, und Agathe konnte nur mühsam ein Schmunzeln unterdrücken. »Es geht nicht um Ihren Vater, sondern um eine Maschine, die aus der Werkstatt von Herrn Hirneis verschwunden ist.«

Thomas Zwicknagel schnippte seine Zigarette auf den Boden und fummelte nervös eine neue aus der Schachtel, die halb in seiner Latztasche steckte.

»So wie der Servatius«, sagte Leitner, da Zwicknagel stumm blieb. »Dafür haben wir eine Leiche gefunden, die niemand identifizieren kann. Du weißt nicht zufällig, wo der Hirneis ist?«

»Gar nichts weiß ich«, zischte Zwicknagel und trat von einem Fuß auf den anderen.

»Als wir gestern hier waren, haben Sie etwas von einer CNC-Maschine gesagt«, meinte Agathe beiläufig. »Das ist sehr bemerkenswert, denn die hatte ich gar nicht erwähnt.«

Zwicknagel wurde rot. »Ach so«, stammelte er, »ja, *die* CNC-Maschine … die Fräse … Von der hat er mir mal erzählt, der Hirneis.«

Leitner trat einen Schritt auf ihn zu. »Soso, erzählt hat er dir von ihr. Und warum habe ich dich in der Nacht vor der Kirwa an seiner Werkstatt gesehen?«

»Ich war nicht *vor* der Kirwa beim Hirneis!«, platzte es aus Zwicknagel junior heraus.

»Sondern?«

»Sondern dana…« Er stoppte abrupt, als er gemerkt hatte, dass er in die Falle getappt war.

»Also warst du *nach* der Kirwa beim Hirneis«, stellte Leitner fest. »Und die Maschine ist jetzt hier auf eurem Hof?«

Zwicknagel atmete flach, so als ratterte sein Gehirn auf Hochtouren. Dann nickte er stumm.

»Zeigen Sie sie uns«, sagte Agathe.

Zwicknagel ging wortlos in die Schrotthalle, Agathe und Leitner folgten ihm. Er sperrte eine Feuerschutztür auf und deutete hinein. »Da drin.«

Agathe betrat den Raum, eine Art Abstellkammer, als Erste. Leitner und Thomas Zwicknagel warteten.

»Ich sehe hier keine Maschinen«, sagte sie.

Plötzlich holte Zwicknagel aus und schlug Leitner seine Faust in den Magen. Der Schlag hatte ihn völlig ohne Vorwarnung getroffen, sodass er sich vor Schmerz krümmte. Zwicknagel packte ihn an seiner Jacke, stieß ihn zu Agathe in die Abstellkammer, zog die Tür zu und sperrte sie von außen ab.

Da Leitner nicht ernsthaft verletzt zu sein schien, suchte Agathe die Wände des Raumes sofort nach einer Fluchtmöglichkeit ab. Sie erblickte ein Lüftungsfenster unterhalb der Decke. »Schnell, die Kiste da drüben muss da drunter!«

Die Holzkiste war schwer, aber zu zweit gelang es ihnen, sie in Windeseile unter die Maueröffnung zu schieben und nacheinander nach draußen zu klettern. Leitner nahm den Weg links um die Halle, Agathe ohne überflüssige Absprache flink die andere Route.

Leitner lief zu dem weißen Ford von Thomas Zwicknagel, der jedoch leer war. Sein Blick fiel auf die Baracke. Musste Zwicknagel erst den Autoschlüssel holen? Er rannte zu der Hütte und prallte mit dem Sohn des Schrottplatz-Chefs zusammen, dessen Autoschlüssel in hohem Bogen durch die Luft flog und im Dreck landete. Der Hund an der Kette drehte vor lauter Bellen durch, als die beiden Männer ebenfalls zu Boden gingen. Leitner landete unsanft auf dem Rücken, Zwicknagel kam seitlich zu liegen. Schnell rappelte er sich auf, warf sich auf Leitner, griff nach einem Metallhocker, der an dem wackeligen Tisch auf der aus Europaletten gebastelten Veranda stand, und holte aus. Hilflos sah Leitner den Hocker auf sein Gesicht zusausen und stellte sich innerlich bereits auf die Schmerzen ein, als das Gewicht seines Angreifers von seinem Körper wich. Agathe Viersen stand mit ausgestrecktem Bein über ihm und hatte ihn durch einen gezielten Tritt befreit.

Leitner erhob sich und riss Zwicknagel, aus dessen Nase Blut rann, an dessen Armen hoch. Ruppig beförderte er ihn auf einen der Stühle vor der Baracke. »Jetzt mach endlich den Mund auf, sonst gibt's wirklich Ärger!«

Benommen wollte Zwicknagel sich das Blut aus seinem Gesicht wischen, verschmierte es dadurch aber nur noch großzügiger.

»Was war mit dieser Maschine?«, wollte Leitner wissen.

Zwicknagel zögerte.

Agathe stellte sich demonstrativ neben den Musiker.

Zwicknagels Augen wanderten von ihm zu ihr und wieder zurück. Er senkte den Kopf. »Die Optimum 150 … Die haben wir aus Nabburg geholt, wo im Frühjahr die GDS aufgelöst wurde.«

»Wer ist wir?«

»Wir eben. Mein Vater, ich und der Hirneis.«

»Sie haben zu dritt dieses riesige Ding transportiert?«

»Freilich.«

»Das hat einfach so funktioniert?«

»Nicht einfach so! Das Teil wiegt achtzig Zentner. Dafür brauchst du einen Stapler und einen Spezialanhänger.«

»Und beides hat eure Firma dem Hirneis zur Verfügung gestellt?«

»Ja.«

»Wie ist der Hirneis überhaupt an die Fräse drangekommen?«, fragte Leitner. »Die ist doch sauteuer.«

»Er muss wohl irgendwen von der GDS gekannt haben. Ich glaube, der hat mit dem Stellvertreter vom Werksleiter verhandelt und ist sich mit dem anscheinend einig geworden. Vielleicht hat der ihm das Ding sogar geschenkt, vielleicht wollte er es abstottern, ich habe keine Ahnung. Letzten Monat sind wir dann hin und haben die Optimum abgeholt. Dann sind wir nachts zu seiner Werkstatt und haben die Maschine hineinbugsiert.«

»Immer noch ein immenser Aufwand für drei Personen. Wie lange haben Sie dafür gebraucht?«, fragte Agathe.

»Mehr als zwei Stunden waren's auf jeden Fall. Bei uns aus der Halle raus, das ist ja noch gegangen. Aber dann, nach dem

Transport! Das war schon ein bisserl eine Schinderei, weil dem Hirneis seine Werkstatttüren so schmal sind. Aber irgendwie haben wir sie dann schon hineinbekommen.«

»Wofür hat er die Fräsmaschine eigentlich gebraucht?«

»Das weiß ich doch nicht. Ich habe ihm ja selbst gesagt, dass zu wenig Platz in seiner Werkstatt ist, um sie gescheit hinzustellen und zu installieren. Zumindest, wenn er damit hätte arbeiten wollen.«

»Aber das wollte er wohl nicht?«

Zwicknagel spuckte aus. »Was soll denn ein Installateur mit einer CNC-Fräse anfangen? Rohre abdichten soll er, das habe ich ihm gesagt. Aber er meinte, das wäre eine super Wertanlage.«

Leitner beugte sich zu ihm. »Die Maschine ist nicht mehr beim Hirneis. Er hat sie als gestohlen gemeldet.«

Zwicknagel fuchtelte so wild mit seinem Arm herum, dass Agathe einem Blutstropfen ausweichen musste, der sich selbstständig gemacht hatte. »Und was geht mich das an?«

»Hast du die Maschine vom Hirneis gestohlen?«

»Ja, freilich. Ich bin einfach in seine Werkstatt marschiert und habe mir das Ding unter den Arm geklemmt. Ich hab dir doch gerade erklärt, wie schwierig der Transport war!« Zwicknagel drehte sich von den beiden weg.

Nur mühsam beherrscht fasste Leitner ihn an den Schultern und zwang ihn, ihn anzuschauen. »Thomas!«, sagte er drohend.

»Na gut«, erwiderte Zwicknagel leise, »ich habe die Fräse wieder aus Hirneis' Werkstatt geholt.«

Leitner und Agathe sahen sich verblüfft an.

»Aber gestohlen habe ich sie nicht!«

»Was soll das heißen?«

Zwicknagel stützte seine Ellbogen auf den Tisch. »Der Hirneis … der hat mir gesagt, dass ich sie wieder fortschaffen soll.«

»Warum?«, wollte Agathe wissen.

»Warum, warum? Das war mir doch völlig wurscht! Wahrscheinlich hat er bemerkt, dass er tatsächlich keinen Platz für sie hat. Er hat gesagt, er würde mir siebentausend Euro zahlen, wenn ich mich um sie kümmere. Das war alles, was mich interessiert hat.«

»Siebentausend?«, brummte Leitner erstaunt. »Das ist mehr, wie eine Kiste Äpfel wert ist. Wo hat der Hirneis denn so viel flüssiges Geld hergehabt?«

Zwicknagel lehnte sich im Stuhl zurück und betrachtete Leitner abschätzig. »Zum hundertsten Mal: Ich weiß es nicht! Vielleicht vom Grafen? Er hat ja oft genug in dessen Brauerei gearbeitet! Oder von einem anderen der hohen Viecher, bei denen er sich angebiedert hat.«

»Haben Sie Ihr versprochenes Geld bekommen?«, hakte Agathe nach.

»Nein. Das wollte er mir nach der Kirwa zahlen. Aber seit dem Gespräch habe ich ihn nicht mehr gesehen.«

»Und wo ist die Maschine jetzt?«

Wieder rutschte Zwicknagel auf dem Stuhl hin und her. »Es hat nur ein paar Tage gedauert, dann sind so Tschechen auf unserem Hof angetanzt. Die wollten das Trumm haben.«

»Und du hast ihnen die Fräse verkauft?«

Der Sohn vom Schrottplatz-Chef stieß ein verächtliches Geräusch aus. »Ich? Die haben gesagt, sie kommen vom Hirneis und sollen sie abholen. Am Nachmittag würde der Servatius mich dann bezahlen.«

»Was er nicht getan hat«, ergänzte Agathe.

»Nein.«

»Und wie haben die Tschechen dieses Ungetüm von Maschine abtransportiert? Hatten die ihr eigenes Equipment dabei?«

»Ich habe das für sie erledigt. Die haben gesagt, das wär mit dem Hirneis so ausgemacht. Wir haben die Fräse aus unserer Werkstatt herausmanövriert, so wie wir sie hineingebracht haben. Diese Typen sind Richtung Tschechei vorausgefahren, und ich bin mit meinem Gespann und der Maschine hinterher.«

»Was für einen Wagen fuhren die Tschechen?« fragte Agathe.

»Einen grauen Dacia Duster. So einen von diesen hohen Möchtegern-SUVs.«

»Und wohin genau ging die Fahrt?«

»Nach Furth im Wald. Hinter dem Grenzübergang sind wir noch ein paar Kilometer weiter zu einem kleinen Hof. Dort sollte ich den Anhänger abstellen. Sie würden ihn wieder nach Wirkendorf zurückbringen, wenn sie die Maschine abgeladen hätten, haben sie gesagt.«

»Hast du deinen Hänger je wiedergesehen?«, wollte Leitner wissen.

»Ach wo. Weder meinen Hänger noch die Scheißmaschine. Und das Geld habe ich auch nicht zu Gesicht bekommen.«

»Und was ist mit dem Hirneis?«

»Der ist nicht mehr aufgetaucht. Aber wenn ich den treffe, dann schiebe ich ihm seine Zähne in den Hals, diesem Wichser!«

Agathe ging zu ihrem Auto, um in Ruhe mit München zu telefonieren.

Als sie zurückkam, hingen Leitner und Zwicknagel noch immer wortlos ihren Gedanken nach. Schließlich fragte Zwicknagel kleinlaut: »Was passiert denn jetzt mit mir?«

»Versicherungsbetrug«, sagte Leitner und sah fragend zu Agathe. »Oder?«

Die betrachtete das blutende Häuflein Elend, das an dem Tisch vor der runtergekommenen Baracke saß. »Für mich ist nur interessant, dass meine Versicherung nicht zahlen muss«, sagte sie dann. »Ich bin keine Staatsanwältin. Sie beschreiben uns jetzt noch einmal die Tschechen, für die Sie die Maschine transportiert haben, und deren Auto, und dann verschwinden wir von hier, einverstanden?«

Zwicknagel nickte.

Als Agathe mit Leitner vom Hof fuhr, sagte dieser: »Danke übrigens. Ich habe den Hocker schon auf meinem Jochbein gespürt.«

»Keine Ursache.«

»Sind Sie Kampfsportlerin oder so? Karate-Agathe?«

Sie musste kichern. »Nein, nicht wirklich. Bei der Polizeiausbildung haben wir zwar Verteidigungstechniken gelernt, aber das heute war ein klassischer Fall für Thomas Müller. Einfach draufhalten und das Ding verwandeln.«

»Glück für mich, dass die Abwehr so schlecht stand.«

»Wir hätten bei Oddset tippen sollen … Team Leitner/ Viersen gegen Familie Zwicknagel.«

»Ich werde mal den Peng fragen, wie bei so einem Spiel die Quoten stehen.«

Sie lachten sich die Anspannung weg, die ihnen noch in den Knochen steckte.

»Was haben Sie jetzt vor?«, fragte Leitner.

»Zunächst einmal werden wir das dämliche ›Sie‹ vergessen. Was danach kommt, weiß ich auch noch nicht so genau.«

»Gibt es da keine Versicherungs-Detektivinnen-Richtlinien?«

»Leider nein. Nicht in den Bereichen, in denen man sie wirklich brauchen könnte. Übrigens Kompliment. Das war eine reife Leistung. Ich meine, für einen Nicht-Versicherungs-Detektiv. Wenn du deinen jetzigen Beruf mal satthaben solltest, stelle ich dich gern mal meinem Chef vor.«

Agathe wartete darauf, dass Leitner einen weiteren Scherz darüber machen würde, doch stattdessen murmelte er ernst: »Kann irgendwann gut passieren.« Nach einer kurzen Stille sagte er: »Wir könnten zur Johanna fahren.«

»Johanna?«

»Der Roland hat auf dem Sterbebett gesagt: ›Die Johanna war dabei im Waldhäusl.‹ Aber ich weiß ums Verrecken nicht, was er damit gemeint hat.«

»Das war, als er zu dir gesagt hat, dass für dich alle eine Nummer zu groß sind.«

»Richtig. Die Johanna ist bei uns eine echte Institution. Es gibt kein Feuerwehrfest, keine Kirwa und kein Brauereijubiläum, bei dem sie nicht im Service mit von der Partie ist.«

Agathe sinnierte kurz und meinte dann: »Kann man mit ihr vernünftig reden?«

»Sie ist halt sehr deftig. Aber so leicht macht der keiner was vor.«

»Die Deftigkeit bin ich ja mittlerweile von den Menschen hier gewohnt. Und du weißt, wo wir sie finden können?«

Leitner sah auf die Uhr. »Kurz vor zwei. Unter der Woche

betreibt sie den Imbiss vorn auf dem Baumarkt. Könnte sein, dass sie jetzt gerade selbst kurz Pause macht.«

Dreißig Minuten später saßen Agathe und Leitner an einem Tisch in der Ecke vom »Bärenwirt«. Sie hatten Johanna tatsächlich am Imbissstand rechtzeitig zu ihrer Pause getroffen und sie um ein Gespräch gebeten. Johanna wollte der Bitte nur unter der Voraussetzung nachkommen, dass sie dadurch in ihrer täglichen Routine, nachmittags zwei Bockbiere beim »Bärenwirt« zu trinken, nicht gestört wurde.

Leitner orderte ein normales Helles. Agathe ebenfalls, aber erst, nachdem der Bärenwirt ihre Bestellung eines kleinen Biers mit der freundlichen Aussage: »Preißnmaß gibt's bei uns keine. Dann übst du eben, bis du eine Halbe verträgst!«, quittiert hatte.

Die drei stießen an, und als Johanna ihr Glas fast bis zur Hälfte ausgetrunken hatte, sagte sie: »So, jetzt ist's besser. Was wolltet ihr denn mit mir besprechen?«

Leitner ergriff das Wort. »Die Frau Viersen arbeitet für eine Versicherungsgesellschaft in München.«

»Und was geht mich das an?«

»Sie sucht eine Maschine, die beim Hirneis gestanden hat.« Als Johanna Leitner mitleidig ansah, merkte er, dass seine Worte für sie keinen Sinn ergaben.

Agathe übernahm das Kommando. »Sie haben doch von dem Leichenfund im Silo des Schlosses gehört, oder?«

»Freilich.«

»Herr Hirneis ist ja nun auch schon länger nicht mehr in Wirkendorf gesehen worden, und da —«

»Ihr meint, das war der Hirneis?« Johanna ließ sich die Möglichkeit kurz durch den Kopf gehen. »So selten, wie der Hirneis duscht, könnt's schon sein, dass es ihm in so einer Drecksuppe gefällt«, sagte sie dann und trank den Rest ihres ersten Bockbieres aus. Ohne auf ein Zeichen von ihr zu warten, räumte der Bärenwirt das Glas ab und füllte es hinter der Theke wieder auf.

»Ohne Schmarrn, Johanna: Hältst du es für möglich, dass …?«

»Mein Gott, sein kann alles. Ich wüsste bloß nicht, wer sich die Mühe machen würde, den Hirneis in dieses Silo zu schmeißen.«

»Wer könnte denn einen Grund für so eine Tat gehabt haben, Frau …?«, meldete sich Agathe zu Wort und bedauerte nun, Leitner vorher nicht nach Johannas Nachnamen gefragt zu haben.

»Hofmann, aber für dich bin ich die Johanna. Zu mir brauchst nicht Sie sagen, Mäderl. Mein Gott, einen Grund …«

»Es ist ja überhaupt nicht sicher, dass es der Hirneis ist«, warf Leitner ein. »Aber die Maschine ist nun einmal weg, das ist ein Fakt.«

»Jetzt fängt der schon wieder mit seinen Maschinen an.« Johanna verdrehte die Augen.

Um die entstandene Pause zu füllen, versuchte Agathe eine neue Taktik. Sie nahm ihr Glas, trank es fast leer, und als der Wirt Johanna ihr frisches Bier brachte, bestellte sie ebenfalls Nachschub. Mit scharfem Blick zur Tür bedeutete sie Leitner, sie mit Johanna allein zu lassen.

Die hatte mit Wohlwollen die offenbare Trinkfreudigkeit der jungen Dame bemerkt. »Das lass ich mir eingehen. Du verträgst wenigstens eine Mass am Mittag.«

Leitner hatte Agathes Wink verstanden. Er täuschte ein Telefonat vor und verließ den Gastraum.

Johanna blickte ihm hinterher. »Ist er wieder mordswichtig, unser Tschingderassabum-Athlet.«

»Ihm geht es heute nicht so gut«, sagte Agathe und leerte ihr erstes Bier vollends. »Sein bester Freund ist gestern verstorben.«

»Ich weiß, der Roland. Der hätte halt beizeiten mit seiner Raucherei aufhören sollen. Hat ihm jeder Doktor gesagt, aber er hat es ja besser gewusst. Selbst als sie ihn das erste Mal operiert hatten, hat er am Tag drauf schon wieder gequalmt.«

»Das muss doch furchtbar schmerzhaft gewesen sein, so nach einer OP.«

»Mei, wenn einer Raucher ist, dann ist er Raucher. Soll leben, der Roland!«

Agathe ließ den Moment pietätvoll verstreichen, bevor sie sagte: »Auf seinem Sterbebett hat Roland Schweller eine gewisse Waldhütte erwähnt. Und dass Sie dabei gewesen sein sollen. Was hat er damit gemeint?«

»Eine Waldhütte?«, sinnierte Johanna, und dann gefror ihr Blick. »Ach so, das Waldhäusl! Ja, da war ich oft dabei.«

»Was ist denn das Waldhäusl?«

»Das Waldhäusl …« Johanna hob ihr Glas und ließ den Blick ihrer Reminiszenz über die perfekt sämige Schaumkrone des malzigen Bieres gleiten. »Das Waldhäusl war damals ein bekannter Treffpunkt für die hohen Herren. Nicht bloß für die unseren, sondern auch für die ganz hohen aus München, Bonn, Frankfurt und Berlin.«

»Und was haben die dort gemacht?«, fragte Agathe behutsam nach, um Johanna nicht aus ihrer Erinnerung zu reißen.

»Die haben sich dort getroffen. Ja, so können wir es nennen. Die haben sich dort getroffen.«

»Um was zu tun?«

Johanna schickte ihrer Antwort ein bitteres Lachen voraus. »Zuerst haben sie geredet und diskutiert. Dann haben sie gefressen und dann gesoffen.«

»Da war wohl allerhand los.«

Wieder stieß Johanna ein Lachen aus – diesmal ein trauriges. »Allerhand? Die haben römische Orgien abgehalten. Mit einem Haufen Weiber, mit allem, was dazugehört. Nur vom Feinsten. Heute noch lachen mir manche von denen, die damals im Waldhäusl waren, aus der Zeitung entgegen.«

»Dann fanden diese Feiern also öfter statt?«

Johanna sah Agathe festen Blickes an. »Selbstverständlich. Damals war's ungefährlicher. Es hat noch keine Handys mit Kamera gegeben, und unser Landkreis war noch der Arsch der Welt. In München hat kein Hahn danach gekräht, wenn irgendein fränkischer Hinterbänkler in der Oberpfalz mitten im Wald die Sau rausgelassen hat.«

Agathe nahm eine Breze aus dem Brotkorb auf dem Tisch

und riss sie auseinander. »Waren auch Leute aus der Region darunter?«

Johanna machte eine Was-kostet-die-Welt-Geste. »Wenn du ein Geschäft gehabt hast oder Stadtrat warst und bist ins Waldhäusl eingeladen worden – dann hast du es wirklich geschafft gehabt. Viele haben sich darum gerissen.«

»Wer aus Wirkendorf war dabei?«

»Das geht dich nix an, Mäderl. Außerdem kennst du die Leute eh nicht.«

»Und wie liefen diese … Partys konkret ab?«

Der Glanz aus Johannas Augen verschwand. Emotionslos sagte sie: »Da sind Sachen passiert, von denen hast du noch nie etwas gehört, mein Herzerl. Du weißt nicht, wozu die Männer fähig sind, wenn sie glauben, dass ihnen niemand zuschaut.«

Agathe verzichtete darauf, Johanna zu erzählen, was sie in ihrer Zeit als Polizistin in Hamburg erlebt hatte, und fragte stattdessen: »Sind sie zudringlich geworden?«

Johanna schüttelte langsam den Kopf, als könnte sie selbst nicht glauben, was sie anschließend mit tonloser Stimme sagte: »Die haben sich für die Herrscher der Welt gehalten. Selbst als Bedienung musstest du aufpassen, wenn du allein durch den Wald zum Parkplatz gegangen bist. Schon lustig, wie sich da manche aufgeführt haben, die unter der Woche dem Herrn Staatssekretär brav den Schulranzen hinterhertrugen.«

Angewidert spülte Johanna die Erinnerung mit einem großen Schluck Bock hinunter.

»Sind Sie … bist du auch belästigt worden?«

Nun brach Johanna in gewaltiges Gelächter aus, das leicht im gesamten Zuschauerraum des Chiemgauer Volkstheaters zu hören gewesen wäre. »Schau mich doch mal an. Natürlich gibt es Kerle, die auf feiste Weiber mit einem Arsch wie ein Brauereigaul stehen«, sie klatschte sich seitlich fest auf ihre übermäßige Pobacke, »aber die hohen Herren hatten es eher mit den zarten Püppchen. Halt mit solchen, die sich im echten Leben nie für sie interessiert hätten. Außerdem hätte ich so einem Tarzan schon eine geschmiert, wenn er seine Hände wohin getan hätte, wo sie nix verloren hatten. Vielleicht habe ich das ausgestrahlt.«

»Also hättest du dich schon wehren können?«

Johanna wurde ernst. »Ich schon.«

Agathe beobachtete ihr Gegenüber genau.

Johannas Blick ging ins Leere, einige Sekunden saß sie regungslos da. Dann erwachte sie aus ihrer Starre, wandte sich zum Tresen und rief: »Schreib's auf, Sepp!« Sie nahm ihr Glas, kippte den Bock hinunter und stand auf.

»Ich könnte noch eines vertragen«, sagte Agathe. »Ich lad dich auch ein.«

Johanna knöpfte entschlossen ihre weiße Steppjacke zu. »Ich trinke dann, wann ich mag. Und jetzt mag ich nicht mehr. Außerdem muss ich wieder zu meinem Standl.« Ein paar Sekunden lang sah sie Agathe an, als würde sie abschätzen wollen, wie viel sie ihr erzählen konnte. »Ich sag es dir im Guten, Mäderl. Lass es bleiben.«

»Aber … der Herr Hirneis«, versuchte Agathe, sich zu rechtfertigen.

Johanna war nun wieder ganz Bedienung, hatte die Situation unter Kontrolle. »Der Herr Hirneis«, sie wechselte in übertriebenes Hochdeutsch, »wird wohl eine böhmische Bordsteinschwalbe erlegt haben und bald wieder in seiner Werkstatt herumschrauben.« Damit verließ sie den »Bärenwirt«.

Wenig später kam Leitner an den Tisch zurück, und Agathe berichtete, was sie von Johanna Hofmann erfahren hatte.

»Um das Waldhäusl haben sich tatsächlich schon immer die wildesten Gerüchte gerankt«, sagte er.

»Und wie passt der Hirneis dazu? War der bei diesen Orgien vielleicht dabei?«

»Kann ich mir nicht vorstellen.« Leitner leerte sein Bierglas. »In diese Kreise passt der absolut nicht hinein«, dachte er laut. »Aber … der Peng hat uns doch erzählt, dass er auch lange Fahrer bei der Gemeindeverwaltung war. Vielleicht hat er damals ja den einen oder anderen Würdenträger ins Waldhäusl gefahren oder wieder abgeholt? Dann wäre es durchaus möglich, dass er mitbekommen hat, was da so gelaufen ist.«

Agathe wog ihre Worte vorsichtig ab. »Kannst du dir vorstellen, dass der Hirneis jemanden erpresst hat?«

»Erpresst?«, stieß Leitner ungläubig aus. »Kaum. Das wäre ja schon richtig kriminell. Ich denke, das wäre nicht Servatius' Kragenweite gewesen. Wie kommst du eigentlich darauf? Wen sollte er denn erpresst haben? Und weshalb?«

Agathe vergrub ihre Zähne in den Lippen, als wüsste sie, dass der nächste Gedanke ein bisschen arg weit gegriffen war. Sie äußerte ihn trotzdem. »Der Peng hat uns doch seinen Bierdeckel mit den Schulden gezeigt.«

»Und?«

»Jetzt stell dir nur mal vor, dass das nicht der einzige Bierdeckel ist, den der Hirneis fabriziert hat. Vielleicht hat er bei mehreren Leuten Schulden. Bei Leuten, deren Spieltarife nicht so niedrig waren wie die vom Peng. Wenn man ein Kamikaze-Spieler ist wie Hirneis, kann da ganz schnell ein hübsches Sümmchen zusammenkommen. Und dann hätte er unter Umständen sehr dringend Geld gebraucht.«

»Nun ja, vielleicht«, erwiderte Leitner, »trotzdem kann ich mir das einfach nicht vorstellen. Wer hätte denn nervös werden sollen, wenn der Hirneis zum Beispiel in die Welt rausposaunt hätte, dass es im Waldhäusl ausschweifende Feten gegeben hat? So ein bisschen hat das hier in Wirkendorf doch jeder geahnt.«

»Möglich. Dennoch kriege ich die Idee nicht aus meinem Kopf. Dann würde es nämlich auch Sinn machen, dass ich nach Wirkendorf geschickt worden bin.«

»Du meinst, dass der Versicherungsbetrug für Hirneis die letzte Chance war?«

»Klar. Wenn er in Geldnöten war, hätte er bestimmt auf jede mögliche Art versucht, wieder flüssig zu werden. Er wäre nicht der Erste, der es mit Versicherungsbetrug probiert hat. In seinem Fall hat er nicht nur den Diebstahl der Maschine vorgetäuscht, sondern vielleicht noch dem einen oder anderen Partygänger von damals gedroht, pikante Details dieser Feiern auszuplaudern.«

Leitner musste Agathe recht geben. Insgesamt hörte sich ihre Theorie plausibel an.

Nachdem sie ihre Zeche bezahlt hatten, standen beide unschlüssig vor der Eingangstür des »Bärenwirts«.

»Wen könnten wir denn noch zu diesem Waldhaus befragen?«

Leitner überlegte und blickte ratlos ins Leere. »Ich denke, wir sollten dem Fritz, unserem rasenden Reporter, mal einen Besuch abstatten. Der ist Chefredakteur beim ›Schwandorfer Anzeiger‹.«

Agathe sah ihn auffordernd an.

»Ist vielleicht ein bisschen weit hergeholt«, erklärte Leitner, »aber wenn der Hirneis jemanden mit der Veröffentlichung von schmutzigen Vorgängen erpressen wollte, hätte er sich auch um die Veröffentlichung kümmern müssen.«

»Probieren können wir es auf jeden Fall.«

Die Damen in der Redaktion winkten Leitner freundlich zu, als er zusammen mit Agathe Richtung Büro von Fritz Detter ging. Die meisten Mitarbeiter vom »Schwandorfer Anzeiger« kannten ihn. Er und der Chefredakteur waren seit ihren Schwandorfer Schulzeiten gut befreundet und hatten ihre erste Band gemeinsam gegründet, weshalb Leitner auch nie einen Termin vereinbaren musste, um ihn zu besuchen. Unter ehemaligen Musikerkollegen war so etwas unnötig.

Leitner marschierte an den Schreibtischen vorbei, die in einem asymmetrischen Sechseck zusammenstanden. Das sollte wohl förderlich für die Kreativität sein oder jedem Mitarbeiter die Chance geben, den anderen zu kontrollieren, dass der nicht heimlich eine Runde Solitär am PC spielte, anstatt zu arbeiten.

»Ist er da?«, fragte Leitner den CvD, den Chef vom Dienst.

Der telefonierte gerade, nickte aber. Dann hielt er die Muschel zu und flüsterte: »Geh ruhig rein. Übrigens haben wir einige Spitzenfotos von euch auf der Kirwa.«

»Klasse! Schick die bitte an die Tuba. Der Witterer ist für unsere Homepage verantwortlich.«

Der CvD machte sich eine Notiz und wandte sich wieder seinem Gesprächspartner am Telefon zu. »Genau, da kommen wir zum Hin- und Rückspiel vorbei …«

Leitner ging zur Resopaltür, klopfte der Form halber an, wartete aber nicht das »Herein!« ab, um zusammen mit Agathe Fritz Detters Büro zu betreten.

Die Möbel waren hell, den Nadelfilzteppich zierten grau-blaue Wellenlinien, und die breite Glasfassade war bei diesem Herbstwetter natürlich furchtbar schmutzig. An den hellgrau gestrichenen Rigipswänden hingen zwei abstrakte Bilder mit vielen übereinanderliegenden Dreiecken.

Detter saß an seinem s-förmigen Schreibtisch, der so aussah, als hätte er mehrere tausend Euro gekostet, und wischte über sein iPad.

»›Vier Fäuste für Julia‹ oder einfach nur ›wichsen.com‹?«, fragte Leitner, und Agathe zuckte kurz zusammen.

»Die Zeit für so was möchte ich echt haben«, erwiderte Detter in hoher Stimmlage, ohne aufzusehen.

»Erstickst du gerade in Topmeldungen?«

»Die Meldungen muss ich mir selbst kreieren.« Detter tippte auf der Tastatur herum, machte eine Sekunde Pause und las sich das Geschriebene noch einmal durch. Schließlich ließ er seinen Mittelfinger auf die Return-Taste niederfahren. »So, fertig. Grüß Gott erst einmal.« Er erhob sich aus seinem wuchtigen schwarzen Ledersessel und kam hinter dem Schreibtisch hervor.

Leitner stellte Agathe als »eine Bekannte aus München« vor, denn hätte der das Wort »Versicherungsdetektivin« auch nur erwähnt, wäre Detters eigener Ermittlungsinstinkt mit Sicherheit geweckt worden.

Der Journalist reichte Agathe die Hand und deutete auf einen der beiden Stühle. Dann wandte er sich an Leitner und umarmte ihn kurz, aber heftig. Detter war einen halben Kopf kleiner als Leitner, sodass er sich dafür nach oben recken musste und das Armband seiner Breitling hart gegen den Hinterkopf seines Freundes stieß.

Während Leitner sich unaufgefordert in den zweiten Wipp-stuhl vor dem Schreibtisch fallen ließ, öffnete Detter die Bürotür und rief hinaus: »Frau Schröder, bringen S' uns doch bitte drei Kaffee?« Er sah Agathe an, und als sie nickte, rief er bestätigend: »Drei Kaffee!«

Der Chefredakteur nahm wieder am Tisch Platz, und er und Leitner unterhielten sich erst einmal über einige Belanglosigkeiten der letzten Tage, über die Fußballergebnisse und den aussichtslosen Tabellenplatz des SC Wirkendorf in der Kreisklasse West, bevor sie schließlich auf die Ereignisse auf der Kirwa zu sprechen kamen.

»Dann haben also Sie zusammen mit dem Gerhard die Leiche gefunden?«, fragte Detter.

Agathe nickte. »Kein sehr schöner erster Eindruck von der Oberpfalz.«

»Das kann ich mir vorstellen. Ich werde unserem Tourismusverband empfehlen, diese Fotos nicht in seine Werbe-Broschüren zu drucken.« Er grinste. »Man weiß immer noch nicht, um wessen Leiche es sich dabei handelt, oder?«

»Leider nein«, sagte Leitner, »aber vielleicht könntest du ja mal mit der Staatsanwaltschaft telefonieren. Du hast doch Beziehungen.«

Fritz Detter wog den Vorschlag ab. »Normalerweise sagen die mir schon immer ein bisschen mehr als Otto Normalverbraucher.«

»Wäre eine tolle Sache.«

»Machen wir.«

»Du, was ganz anderes«, sagte Leitner zögernd, »hast du den Hirneis in letzter Zeit gesehen?«

»Servatius Hirneis?« Detter überlegte angestrengt. »Warum denn?«

»Na ja, der kriegt noch eine CD von mir, und ich bin ihm schon einige Tage nicht mehr begegnet.«

»Nicht, dass er mir aufgefallen wäre.«

»Dann war er in letzter Zeit auch nicht bei euch in der Redaktion?«

Detter zog überrascht die Brauen nach oben. »Der Hirneis? Ich glaube, der war noch nie bei uns. Und dass der überhaupt in seinem Leben mal eine Zeitung gelesen hat, außer die mit ein paar Nackerten vorn drauf, das bezweifle ich auch.«

»Dich angerufen hat er auch nicht?«

»Warum sollte er? Werbekunde war er keiner, und angestellt

hat er auch nichts, was berichtenswert gewesen wäre.« Nach einer Pause fragte Detter neugierig: »Oder hat er etwa doch?«

»Nein, nein. Er ist nur schon wieder einige Tage verschwunden.«

»Na ja, der wird seine Kröten in eine junge Tschechin investieren. Kennen wir doch schon.«

»Stimmt«, murmelte Leitner.

»Aber wenn du den Hirneis wieder mal siehst, kannst du ihm sagen, dass er sich doch mal bei uns melden soll«, fuhr Detter fröhlich fort.

»Wieso das denn?«

»Der hat doch immer wieder in der Brauerei vom Grafen gearbeitet, oder?«

»Schon. Stimmt denn was mit der Brauerei nicht?«

Detter lächelte mit der Zufriedenheit eines Journalisten, der über eine kleine Information verfügt, die sich in eine große Story verwandeln lässt. »Vergib mir das Wortspiel, aber da braut sich in der Tat etwas zusammen. Ich weiß zufällig, dass das Ordnungsamt bei der Brauerei vor der Tür steht. Lebensmittelkontrolle. Schimmelpilze, so munkelt man.«

»Aber ob der Hirneis da der richtige Ansprechpartner ist?«, wiegelte Leitner ab.

»Versuch macht kluch. Schick ihn halt vorbei, wenn du ihn triffst.«

Leitner versprach es.

»Und, was macht ihr heute noch?«, fragte Detter.

Agathe sah schnell zu Leitner, bevor sie antwortete: »Ein bisschen die Gegend angucken und danach zum Essen gehen, wenn Gerhard seine Arbeit nicht dazwischenkommt. Wie hieß dieses Wirtshaus noch? Waldhäuschen?«

»Waldhäuschen?«, fragte Detter.

»Sie meint das Waldhäusl«, sagte Leitner.

Detter kicherte. »Du kennst dich in deiner Heimat ja bestens aus.«

»Warum?«

»Das ist doch schon seit Jahren dicht.«

»Ach, stimmt ja«, gab Leitner den Überraschten.

»Damals, als es noch in Betrieb war, hätte ich hier Chefredakteur sein müssen. Da hätte das Waldhäusl so manche saftige Story geliefert.« Er wandte sich an Agathe. »Aber zu dieser Zeit war ich noch Redakteur beim ›Münchner Merkur‹. Daher kenne ich das bunte Treiben nur vom Hörensagen. Wer zu spät kommt, den bestraft das Leben, nicht wahr?«

Leitners Handy brummte. Als er die SMS gelesen hatte, sagte er: »Ich muss jetzt leider los. Ich mische heute Abend im ›Rockstadel‹ die Brazzers, und die wollen jetzt den Soundcheck machen.«

Als Leitner und Agathe wieder in dem Opel saßen, ordneten sie ihre Informationen.

»Über das Waldhäusl haben wir eigentlich nichts erfahren«, begann Agathe.

»Ich hatte ganz vergessen, dass der Fritz zu dieser Zeit noch gar nicht in Wirkendorf daheim war.«

»Dann sind wir jetzt so schlau wie vorher.«

Leitner brummte missmutig.

»Aber vielleicht sind wir doch ein bisschen schlauer«, sagte Agathe plötzlich.

»Weshalb?«

»Dein Freund hat uns doch eben erzählt, dass die Wirkendorfer Schlossbrauerei in Schwierigkeiten steckt.«

»Und?«

»Stimmt es, dass Servatius Hirneis in der Brauerei mehrere Reparaturen durchgeführt hat?«

»Natürlich.«

»Vielleicht wusste er dann, dass in der Brauerei etwas nicht stimmte. Vielleicht sogar genau, was dort faul war.«

Leitner schien zu dämmern, was Agathe sagen wollte.

»Wenn der Hirneis wirklich ein Erpresser war, hätte er diese Informationen dann nicht auch zu seinem Vorteil nutzen wollen?«, stellte sie eine Theorie in den Raum.

In Leitners Kopf setzte sich ein Bild aus tausend kleinen Mosaiksteinchen zusammen. »Das könnte schon sein.« Er erinnerte sich an einen Zwischenfall auf der Vorkirwa vor vierzehn Tagen und erzählte ihn Agathe. Zwei Stunden lang war es eine wunderbare Feier gewesen. Die Stimmung und der Alkoholpegel der Gäste waren gemeinsam gestiegen, die Laune war prächtig gewesen. Es war bei einem Zwiefachen passiert: »Unser alte Kath«. Leitner war als Erstem ein fremder Tonfall aufgefallen, der nicht gepasst hatte. Weder zum Lied noch zur Stimmung der Gäste. Woher war er gekommen? Während er weiterspielte, hatte er den Saal abgesucht. Und die Urheber der Störung entdeckt! Links von der Bühne war der Hirneis gestanden und hatte auf Graf Sebastian eingeschrien. Der wiederum hatte, ebenfalls stehend, etwas zurückgebrüllt. Leitner hatte nur das Wort »Scheißbier« verstanden, das Hirneis immer wieder laut wiederholte. Dann war der erste Kirwabursch zu den beiden gegangen und hatte Hirneis am Arm aus dem Saal geführt. Und dann … ja, dann hatte der Landrat den Musikern eine Runde Schnaps ausgegeben, und die wollte natürlich getrunken werden.

Wahrscheinlich hatte der Kirwabursch den Hirneis runter in die Bar mitgenommen und ihm ebenfalls einen Schnaps zur Beruhigung verabreicht. Danach … danach hatte er den Hirneis nicht mehr gesehen …

Agathe hatte Leitners Erinnerungen aufmerksam zugehört. »Wer hat an diesem Abend noch am Tisch des Grafen gesessen?«, fragte sie.

»Der Landrat und der Bürgermeister. Und noch jemand, der Helmreiter Karl! Den kann ich fragen, wie der Streit mit dem Hirneis und dem Grafen weitergegangen ist. Aber erst morgen. *Now it's time for Rock 'n' Roll!*«

Bereits vor dem »Rockstadel« hörte man, wie der Schlagzeuger der Brazzers seine Trommeln stimmte. Metallisch schnarrend erklang im gleichen Abstand die Snare Drum.

»Die haben schon angefangen!«, rief Leitner überrascht und verschwand in der Kneipe.

Agathe folgte ihm.

Im Stadel steuerte Leitner sofort auf sein Mischpult zu. Dominik Kammerl, sein Musikerkollege in der Blaskapelle, schob zögerlich einen von den vielen hundert Reglern nach oben. Er half Leitner ab und zu aus.

»Du brauchst noch mehr Punch«, sagte Leitner.

Kammerl bewegte den Zweihundert-Hertz-Regler noch etwas höher.

Während Leitner seine Jacke ablegte und sich vergewisserte, dass sein Kollege alle Mikrofoneingänge am Mischpult mit den korrekten Kabeln versehen hatte, nutzte Agathe die Gelegenheit, die Bühnenhektik vor einem Konzert auf sich wirken zu lassen.

Der E-Gitarrist ließ sein Instrument verzerrt wie unter Schmerzen aufheulen. Manche Anwesenden hielten sich daraufhin die Ohren zu, fast alle straften ihn mit einem bösen Blick. Der E-Gitarrist war im siebten Himmel.

Jemand schrie: »Dreh bloß den Gitarrenamp nicht zu mir! Der hat mir schon beim letzten Mal die Ohren weggehauen!«

Ein anderer Mann wechselte die Batterien an einem Funkmikrofon aus. »*One, two! One, two!*«, erklang seine Stimme über die Anlage. »Test, Test, Test! *One, two!*«

»Der Beweis, dass Musiker nicht bis drei zählen können«, sagte Leitner zu Agathe. Dann schrie er Richtung Bühne: »Gib mal Gas, ich brauche ein Eingangssignal!«

Der Sänger tat wie ihm geheißen und übte sich an seiner Version von Bon Jovis »Runaway«, englische Aussprache inklusive.

»Die Bassbox müssen wir heute vorsichtig aussteuern«, sagte Kammerl zu Leitner, »aber das weißt du ja selbst.«

»Klar.«

»Bis sie warm war, hat sie ganz schön geknarzt. Wenn nächste Woche die Fat Burners spielen, brauchst du mit diesem Spielzeug da vorn nicht mehr ankommen.«

»Ist mir ebenso bekannt, Mr. Siebengescheit. Die neuen Boxen sind schon bestellt. Übermorgen kann ich sie abholen, hat der Alexander gesagt.«

»Schon sehr viel Aufwand, den man vor so einem Konzert

betreiben muss«, sagte Agathe, die näher zu Leitner getreten war. »Davon kriegt man als Besucher gar nichts mit.«

»Manchmal ist es wirklich stressig, aber heute geht's noch.«

»Und davon kann man leben?«

»Könnte man. Wenn man die richtig großen Fische an Land ziehen würde. Aber die gibt's in Wirkendorf natürlich nicht so häufig. Und die großen Konkurrenten machen uns kleine zusätzlich kaputt. Die haben Preise, da kann ich nicht mithalten. Möglich, dass ich den Laden irgendwann zusperren muss.« Eine Orgel klang schrill aus den Boxen, und sofort regelte Leitner die hohen Frequenzen etwas runter.

Agathe tippte ihm an die Schulter. »Ich glaube, ich muss mir mal die Füße vertreten. Ich gehe zu meinem Hotel zurück.« Als sie Leitners verdutzten Blick sah, fügte sie hinzu: »Du machst jetzt erst mal deine Arbeit, und morgen besuchst du dann diesen Reithelmer.«

»Helmreiter.«

»Genau den.«

»Und du?«

»Ich erledige meinen Teil. Tschüss dann!«

»Nach dem Gig schaue ich noch bei Giovanni vorbei, so gegen elf!«

Agathe drehte sich zu ihm. »Gute Idee! Giovanni soll ja bekannt für seine hervorragende italienische Küche sein. Außerdem brauche ich heute Abend sowieso noch einen netten Mann, der mit mir zum Essen geht!«

Auf Leitners Gesicht erschien ein erfreutes Lächeln.

»Vielleicht frage ich einfach deinen Zeitungsfreund!«

»Blöde Kuh.«

Das Gastzimmer des »Bärenwirts« zählte etwa fünfzehn Besucher, als Agathe Viersen es zum zweiten Mal an diesem Tag betrat.

Die Blicke der Männer am Stammtisch fielen auf sie. Junge, gut aussehende Frauen verirrten sich nur selten in den »Bären«, höchstens einmal ein paar Spielerfrauen, wenn die Fußballer nach einem Sonntagsmatch von auswärts heimkamen und noch einkehren wollten.

Agathe fühlte sich ein bisschen wie auf dem Laufsteg, als sie erblickte, wonach sie gesucht hatte.

Johanna Hofmann saß diesmal an einem kleinen Zweiertischchen im hinteren Teil des Raumes, den die Garderobe und der Tresen weitgehend von den anderen Gästen abschirmte. Als sie Agathe sah, blickte sie müde auf. »Bist schon wieder da?«

»Ich habe mir schon gedacht, dass ich dich nach Feierabend hier treffen würde.«

»Mhm.« Johanna sah auf ihr halb leeres Bierglas.

»Darf ich?«

Johanna winkte gleichgültig mit der Hand.

Agathe nahm ihr gegenüber Platz. »Du sitzt ja gar nicht vorn im Gastraum.«

»Mei, Herzilein, ich habe den ganzen Tag, sieben Tage die Woche mit Gästen zu tun. Da mag ich am Abend meine Ruhe haben.«

»Schön, dass du bei mir eine Ausnahme machst. Ein Bier, bitte!«, rief Agathe, als der Bärenwirt sich zu ihr an den Tisch bemühen wollte.

»Und?«, fragte Johanna und klang gereizt.

»Und was?«

»Warum bist du hier?«

Agathe wollte keine Feindseligkeit hervorrufen und entschied sich, auf Spielchen mit Johanna zu verzichten. »Weil ich das Gefühl habe, dass wir uns heute Nachmittag noch nicht alles erzählt haben.«

»Ich dir schon. Mehr gibt's nicht.«

Agathe überlegte und griff nach dem Bierglas, das der Bärenwirt vor ihr abgestellt hatte. Dann versuchte sie, den Spieß umzudrehen. »Was willst du denn über mich wissen?«

Johanna sah sie ob der Unverfrorenheit respektvoll an. »Eigentlich gar nichts. Du hast ja schon alles erzählt. Du bist hier, weil du irgendwelche Maschinen vom Hirneis suchst.«

»Richtig.«

»Na also. Mehr muss ich nicht wissen.«

Es entstand eine längere Pause, in der Agathe befürchtete, dass Johanna zu keiner weiteren Unterhaltung mehr bereit sein würde. Ein letztes Mal ging sie zum Angriff über. »Aber falls du doch noch was anderes wissen willst, kannst du mich wirklich fragen.«

»Nein, mir langt's schon.«

»Gut, aber dann bin ich jetzt wieder dran. Reden wir noch mal über dieses Waldhäusl.«

»Da gibt's nichts mehr zu reden!«, schrie Johanna und schlug mit der flachen Hand so fest auf die massive Tischplatte, dass die Biergläser zu tanzen begannen.

Die anderen Gäste schreckten auf und sahen zu den beiden Frauen herüber.

Sepp, der Wirt, kam an den Tisch und fragte: »Was ist denn, Johanna? Hat dich die junge Dame geärgert?«

Neugierig steckten die anderen die Köpfe zusammen, um herauszufinden, was die Fremde wohl zur Johanna gesagt haben könnte, dass sie so die Beherrschung verloren hatte.

»Die junge Dame … die kann mich gar nicht ärgern. Passt schon wieder, Sepp.«

Der Wirt ging zum Ausschank zurück, doch die anderen Gäste glotzten noch immer zu dem Zweiertisch hinüber.

Agathe blickte bedauernd zu den Stammtischlern. »Tut mir leid, meine Herren, dass hier zu wenig Platz ist. Sonst hätten Sie sich natürlich gern alle zu uns setzen können.«

Daraufhin rückten die Männer ihre Stühle wieder an den Tisch und begannen zu tuscheln.

Agathe verstand kaum etwas von dem Oberpfälzer Gemurmel, war sich aber sicher, die Worte »frech, die Preißin«, »ganz eine Gescheite« und »kein zweites Mal« herauszuhören. Sie widmete sich wieder Johanna, die zu Agathes Überraschung schmunzelte.

»Du könntest auch als Bedienung arbeiten. Aufs Maul bist du jedenfalls nicht gefallen.«

»Es tut mir leid, wenn meine Fragerei für dich unangenehm

ist. Aber ich muss wirklich wissen, was damals im Waldhäusl passiert ist.«

»Das habe ich dir vorhin doch schon gesagt. Die feinen Herren haben dort so lange gefeiert, bis sie nicht mehr fein waren.«

»Aber du hast noch nicht erzählt, was sonst noch vorgefallen ist.«

»Weil ich es nicht weiß«, sagte Johanna langsam. »Ich weiß bloß, dass sie jetzt nicht mehr lebt.«

Agathe schluckte kurz. »Wer?«

Johannas Gesicht war wie versteinert, als sie wisperte: »Das Nannerl.«

Agathe verfügte in dieser Situation über genügend Taktgefühl, um so lange zu warten, bis Johanna ihre Fassung wiedererlangt hatte. Die Bedienung griff nach ihrem Glas und trank einen Schluck. Langsam ließ sie das Starkbier ihre Kehle hinabrinnen, bevor sie das Glas wieder ansetzte.

Schließlich entschloss sich Agathe, doch ein wenig nachzuhelfen. »Wer war dieses Nannerl?«

»Kochgehilfin im Waldhäusl. Ein ganz bezauberndes kleines Pupperl.«

»Was ist mit ihr passiert?«

Johanna legte den Kopf in den Nacken und starrte an die Decke, so als müsste sie mit einer gedanklichen Schaufel den Berg an Erinnerungen erst abtragen, unter welchem lang Vergangenes und Vergessenes begraben lag. Als sie schließlich sprach, mischte sich ein Kratzen in ihre Stimme. »Sie hieß Susanne Klingenberger und war achtzehn Jahre alt. Ich habe sie gekannt, seit sie beim Binder Jack ihre Ausbildung machte. Der hat einen Imbiss und einen Catering-Service.«

Agathe nickte, um zu signalisieren, dass sie zuhörte.

»Sie war wirklich ein nettes Mädel. Ganz eine Schlanke. Mei, war die schüchtern am Anfang. Da hat sie die Zähne nicht auseinandergebracht. Nach einem Jahr hat sie endlich ›Grüß Gott!‹ und ›Auf Wiederschauen!‹ gesagt. Die hat in der Ausbildung viel mitmachen müssen, aber in der Gastronomie ist der Ton halt ein bisschen rauer.«

Agathe stimmte mit leisem Raunen zu.

»Das hat ihr gescheit zugesetzt.«

»Und du hast sie getröstet?«

»Das Nannerl ist immer zu mir gekommen, wenn es etwas auf dem Herzen gehabt hat. Die ganzen zwei Jahre.«

Agathe lief ein kalter Schauer über den Rücken. »Was ist dann passiert?«

»Da hat sie schon beim Reiser Konstantin gearbeitet. Wir haben eine Veranstaltung nach der anderen gehabt. Ich habe mit meinen Kolleginnen immer draußen die Gäste bedient, und das Nannerl war in der Küche und hat geschält und geschnippelt. Die war fleißig, kann ich dir sagen. So eine Kraft findest du nicht oft. Bei der ging das ratzfatz. Und dann … ist das Nannerl irgendwann nicht mehr zur Arbeit gekommen.«

»Einfach so? Von heute auf morgen?«

»Es hat geheißen, sie wär krank. Kommt ja immer mal vor. Als ich nach ein paar Tagen den Konstantin, den Chef, gefragt habe, konnte er mir natürlich nichts Genaues sagen. Oder durfte es nicht. Also bin ich heim zu ihrem Vater.«

»Zu ihrem Vater?«

»Sie hatte allein bei ihm gewohnt.«

»Keine Mutter? Oder Geschwister?««

»Geschwister hat das Nannerl keine gehabt. Der einzige Bruder ist noch als Baby gestorben. Und ihre Mutter … die hat das glückliche Familienleben nicht ausgehalten, wollte stattdessen Highlife. Wahrscheinlich hockt sie immer noch irgendwo in Berlin herum. Weiß der Henker, womit die ihr Geld verdient.«

»Und der Vater?« Agathe lenkte wieder auf das eigentliche Thema zurück. »Was hat der gesagt?«

»Nichts. Aber er hat mich zum Nannerl aufs Zimmer raufgelassen. Sie ist auf ihrem Bett gehockt.«

Offenbar raubte die Erinnerung Johanna für einen Moment die Stimme. Sie verdrückte eine Träne. »Sie hat schlimm ausgeschaut. Zuerst habe ich gedacht, die hat die Speiberei oder einen Magen-Darm-Virus. Oder plötzliche Magersucht. Weiß man ja nicht, was den jungen Mädeln alles einfällt. Es war so, als wäre sie eine Fremde. Von ihrer Fröhlichkeit keine Spur mehr. Ich habe sie nicht zum Reden bringen können. Also habe ich sie in den Arm genommen und ein bisserl geschimpft, dass sie sich nicht so gehen lassen und mir endlich sagen soll, was los ist. Aber nichts. Bis sie schließlich doch den Mund aufgemacht hat.«

»Und was hat sie gesagt?«

»›Er hat mich angefasst. Er hat mich überall angefasst.‹ Dabei ist sie völlig ruhig geblieben. Das hat mir am meisten Angst eingejagt.«

»Jemand hatte sie sexuell belästigt?«

Johanna schnaubte verächtlich. »Sexuell belästigt! So wie das Nannerl beieinander war, hat man es nicht bloß belästigt!«

»Du meinst, sie wurde vergewaltigt?«

»Ich bin mir sicher.«

Agathe musste die Geschichte erst einmal verdauen. »Und von wem?«

»Das kann ich nicht sagen.«

»Aber es ist im Waldhäusl passiert?«

»Das ist die einzige Möglichkeit. Sonst ist das Nannerl ja nie fortgegangen. Die hat doch ständig bloß gearbeitet.«

»Aber es kann sie doch niemand vor allen Leuten missbraucht haben.«

»Natürlich nicht, du Trutscherl! Das wird passiert sein, als das Nannerl auf dem Weg zu seinem Auto war.«

»Und du hast nichts davon mitbekommen?«

»Eben nicht!«, schrie Johanna unvermittelt. »Sonst hätte ich den Mann doch in der Luft zerfetzt!« Zornig leerte sie ihr Glas und winkte Sepp für einen neuen Bock.

Schon der eben konsumierte tat seine Wirkung, wie Agathe an Johannas Sprechweise merkte. »Und wie ist das Nannerl dann gestorben?«

»Sie ist gegen einen Pfeiler gefahren. Die Feuerwehrler haben sie nur noch tot aus dem Wagen ziehen können. Oben an der B 85.«

»Und vorher hast du nicht mehr mit ihr gesprochen? Sie hat dir nichts weiter erzählt?«

»Nein! Weil sie niemanden mehr sehen wollte.«

»Verstehe.«

»Einen Scheißdreck verstehst du! Überhaupt nichts!«

Agathe beobachtete jede Regung von Johanna. Ihre Augen waren geschlossen, ihre Mundwinkel zuckten. Sie wollte ihre Hand nehmen, aber Johanna zog sie weg.

»Lass mir jetzt meine Ruhe.«

Also blieb Agathe nichts weiter übrig, als ihr Bier zu bezahlen. Die Blicke der anderen Gäste bohrten sich wie kleine Wurfmesser in ihren Rücken, als sie die Gaststube verließ.

Freundlicher wurde Agathe im »Da Giovanni« empfangen. Der Chef schob gerade mit seinem großen Brett eine riesige Pizza Quattro Stagioni in den Holzofen, hinter dem er mit verschmitztem Lächeln hervorlugte.

Agathe lächelte ein wenig bedrückt zurück. Die Unterhaltung mit Johanna wirkte noch nach.

Pizzuti zog die Augenbrauen nach oben und nickte mit dem Kopf in eine Ecke des Lokals, wo sie Gerhard Leitner und Fritz Detter erkannte.

»Das ist ja eine schöne Überraschung, Herr Detter«, sagte sie ironisch. »Ich hoffe, ich störe die Unterhaltung nicht.«

»Im Gegenteil«, sagte Detter. »Wir haben uns gerade über die alten Zeiten unterhalten. Was Langweiligeres gibt es für Außenstehende kaum.«

Nun war es Agathe, der die unüberhörbare Ironie nicht verborgen blieb. Nachdem sie einen Viertelliter Valpolicella bestellt hatte, wollte Leitner von ihr wissen, wie sie den Abend verbracht hatte.

»Ich fürchte, ich habe in ein kleines Wespennest gestochen.« Sie berichtete von ihrem Treffen mit Johanna.

Die Männer hörten schweigend zu, dann sagte Leitner: »Klingenberger Susanne. Der Name sagt mir was.« Er blickte hilfesuchend zu seinem Freund.

»Freilich, der Klingenberger Sepp wohnt vorn in der Siedlung. Aber der ist nicht gut beieinander zurzeit.«

»Was ja wohl kein Wunder ist«, sagte Agathe. »Beide Kinder tot, die Frau abgehauen …«

»Ich frage mich, ob es wirklich einen Zusammenhang zwischen einem möglichen sexuellen Übergriff und dem Autounfall von seiner Tochter geben kann«, murmelte Detter.

Leitner, der seinen Spezl in- und auswendig kannte, hob warnend die Hand. »Fritz, ich bitte dich inständig! Kein Wort davon in der Zeitung!«

Fritz Detter sah Leitner an, als wollte er sagen: Du kannst von einem Journalisten nicht erwarten, dass er bei einer solchen Gelegenheit nicht zugreift. Tatsächlich aber sagte er: »Im Augenblick sind das ja nur Vermutungen. Ich schreibe nur über gründlich recherchierte Fakten.«

»Das ist ja gerade das Vertrackte«, meinte Agathe. »Vermutungen! Andeutungen! Von allem bloß die Hälfte! Wir haben den Zwicknagel, aber keine Maschinen, einen Versicherungsbetrüger, aber keinen Hirneis, und wir haben eine Leiche, aber keinen Namen.«

»Ich frage morgen mal den Helmreiter«, sagte Leitner, als die Getränke serviert und die Essensbestellungen aufgenommen waren. »Vielleicht weiß er ja mehr über den Streit zwischen dem Grafen und dem Hirneis während der Kirwa.«

»Den wirst du auf dem Golfplatz treffen«, stellte Detter fest. »Men's Golf.«

»Die spielen noch im Oktober?«

»Nächste Woche ist das Abgolfen, dann ist den Winter über Ruhe.«

»Und ich werde diesen Herrn Klingenberger aufsuchen«, warf Agathe ein.

»Aus dem werden Sie kaum was herausbringen«, winkte Detter ab.

»Mir egal. Irgendwie müssen wir ja mal weiterkommen. Würde es euch etwas ausmachen«, Agathe griff nach ihrem Wein, »wenn wir uns jetzt eine Zeit lang über etwas anderes unterhielten?«

Die Männer hatten nichts dagegen, und so redeten sie ein wenig über den kühlen Norden und dann über die Entwicklung der Oberpfalz. Agathe lauschte den Ausführungen von Fritz Detter interessiert und lernte, dass sich die Region Bayerns in den letzten dreißig Jahren stetig modernisiert und erneuert hatte. Von den ansässigen Hightech-Betrieben, von denen viele sogenannte Global Players waren, hatte sie noch nicht gehört.

Dann driftete die Unterhaltung ins Private ab, und als Fritz Detter einige Details aus ihrer gemeinsamen Vergangenheit als Bandkollegen andeutete, konterte Leitner mit einem gelangweilten »Jaja …«.

»Das Beste war, wie du einmal zum Schlagzeug hinter getänzelt bist. Wir haben gedacht, jetzt kommt eine Show à la Freddie Mercury, so hat er sich präsentiert.« Er blickte zu Agathe. »Dann hat er eine große Geste Richtung Schlagzeuger gemacht und sich neben dessen Drumset auf dem kleinen Podium hingekniet.«

Detter musste lachen, und Gerhard Leitner sagte abermals: »Jaja …«

»Jeder hat gemeint, nun folgt irgendwas Besonderes. Unser Schlagzeuger hat dann zur Ablenkung seine Sticks durch die Luft gewirbelt, während der Gerhard hinters Schlagzeug gereihert hat! Herrlich!«

»Jetzt halt endlich mal deine Fresse!«, schimpfte Leitner.

»Schon gut, schon gut! Wir müssen ja nicht alles am ersten Abend verraten.«

»Das meine ich aber auch. Du weißt doch: Wer im Wirtshaus mehr als ›Servus‹ sagt, ist ein Plapperer!«

Darauf stieß die Dreierrunde an.

»Wie wird man eigentlich Versicherungsdetektivin?«, fragte Detter.

»Ganz der Journalist, was? Haben Sie es schon aus Gerhard herausgequetscht.«

»Stets zu Diensten.«

»Nun, angefangen habe ich bei der Polizei. Vier Jahre war ich dort, bis ich in Hamburg ein Detektivbüro aufgemacht habe. Das lief ganz gut.«

»Und was haben Sie alles für Fälle übernommen? Scheidungen und so weiter?«

»Natürlich auch. Waren Sie schon einmal in Hamburg?«

Detter nickte.

»Auf dem Kiez vermischen sich die Dinge gern. Du denkst, du ermittelst in einem Fall von Ehebruch, und kommst plötzlich den krummen Geschäften von zwei verfeindeten Clubbesitzern auf die Spur. Das hat sich recht flink verquickt.«

»Wird man denn als Frau auf dem Kiez auch mit den großen Haien und kleinen Fischen fertig?«

»Als Polizistin habe ich mich zu verteidigen gelernt, das hat mir oft geholfen.«

»Karate-Agathe«, murmelte Leitner.

»Bitte?«, fragte Detter, aber sein Freund winkte nur ab.

Agathe vergalt Leitner den kleinen Seitenhieb mit einem vorwurfsvollen Blick, bevor sie fortfuhr. »Irgendwann kam ein Rechtsanwalt zu mir, der eine Versicherungsgesellschaft vertrat. Er brauchte meine Hilfe in einem Erbschaftsfall, bei dem es nicht ganz legal zuzugehen schien. Ich blieb an dem Fall dran und löste ihn zur vollen Zufriedenheit des Kunden, der mich daraufhin einigen Leuten von der Versicherung vorstellte. Die machten mir das Angebot, in Zukunft professionell und monatlich bezahlt für sie zu arbeiten, und das war's dann.«

»Aber das war in Hamburg?«

»Genau. Nach einigen Monaten hat mich die Jacortia dann nach München versetzt. Wir sind ja keine kleine Gesellschaft.«

Die Männer nickten und dachten an die großflächigen Plakatwände und ganzseitigen Inserate in den Tageszeitungen, die die Jacortia-Versicherung häufig schaltete.

»Und das macht Spaß?«, fragte Leitner. »Den ganzen Tag irgendwelchen Leuten hinterherzuspionieren?«

Agathe hob gleichmütig die Schultern. »Mal mehr, mal weniger. Ist nicht anders als in anderen Berufen auch.«

»Was war denn Ihr spannendster Fall bisher?«, wollte der Zeitungsredakteur wissen.

Agathe musste überlegen. Einerseits, weil sie schon zahlreiche Fälle gelöst hatte und erst abwägen musste, welcher wohl am spannendsten gewesen war; und andererseits, weil sie bei Erzählungen ihre Schweigepflicht nicht verletzen durfte. Allerdings, so dachte sie, liefe sie in Bayern wohl kaum Gefahr, dass jemand einem Hamburger Fall Personen zuordnen konnte.

»Nun«, begann sie zögerlich, »das war noch ganz am Anfang. Es ging um eine ältere Dame, die den Verlust ihres Hundes bei uns gemeldet hatte. Sie war –«

»Die hat ihren Hund versichert?«, unterbrach Leitner sie ungläubig.

»Wenn du zehntausend Euro für so eine Töle bezahlt hast, würdest du das vielleicht auch tun.«

»Zehntausend? Was war denn das für ein Köter? Hat der Diamanten geschissen, oder was?«

»So ähnlich. Es war eine Tibetdogge, der Welpe irgendeines preisgekrönten Hundepaares, dessen Stammbaum länger als der von Fürstin Gloria und Queen Elisabeth zusammen war. Das Vieh war der ganze Stolz der Frau.«

»Kann man sich denken«, sagte Leitner, schüttelte aber dennoch den Kopf.

»Jedenfalls hat sie das Tier vermisst«, fuhr Agathe fort. »Sie war schon bei der Polizei gewesen, allerdings ohne Erfolg. Als das Tier schließlich gestohlen gemeldet wurde, ist sie zu uns gekommen und wollte wenigstens die Versicherungsprämie einkassieren. Ich bin auf den Fall angesetzt worden und habe mich bei der Dame ein bisschen umgesehen. Sie war sehr nett, und der Verlust ihres Hundes ging ihr wirklich nahe. Fast zwei Wochen lang habe ich die Gegend abgesucht und mit sämtlichen Tierärzten in der näheren Umgebung gesprochen. So ein großer Schoßhund hätte ja jemandem auffallen müssen.«

»Und alles war vergebens?«, fragte Detter.

»In der Tat. Ich war drauf und dran, meinem Chef meine Ergebnisse vorzulegen und ihm zu raten, die Versicherungssumme auszubezahlen.«

»Aber?«

Agathe schmunzelte. »Dann habe ich bei einem meiner letzten Gespräche mit der alten Dame ihren Neffen vom Land getroffen, der zu Besuch in der Stadt bei ihr war. Er kam mir ein wenig bauernschlau vor und war nicht sonderlich sympathisch. Aus irgendeinem Grund, nennen wir es Bauchgefühl, bin ich ihm unauffällig, als er sich wieder auf den Weg machte, zu seiner Landwirtschaft in der Nähe von Elmenhorst nachgefahren. Und da habe ich die Tibetdogge gefunden.«

»Wo war sie?«

»Der Typ hatte den Hund seiner Tante entwendet und hielt ihn nun in seinem Schweinestall. Offenbar hatte er vor, irgendwie an das Versicherungsgeld zu kommen, weil sein Betrieb finanziell in Schieflage geraten war.«

»Wie ging das Ganze aus?«

»Die Tante hat mit ihm geschimpft –«

»Klar, weil er ihr den Hund geklaut hatte.«

»Nicht deswegen. Sie war sauer, weil sie ihrem Neffen selbstverständlich auch ohne das ganze Brimborium geholfen hätte. Und das hat sie schließlich auch getan.«

»Und sie und Klein-Bonzo lebten glücklich bis an ihr Lebensende?«, wollte Leitner wissen.

»Nicht ganz. Es stellte sich heraus, dass der Hund sich in den zwei Wochen im Stall unsterblich in die dienstälteste Zuchtsau verliebt hatte und keinen Millimeter mehr von ihrer Seite weichen wollte.«

Detter und Leitner brachen in Gelächter aus. »Dann ist der Hund auf dem Hof geblieben?«, fragte Letzterer.

»Er lebt heute noch dort, wenn er nicht mittlerweile gestorben ist.«

»Und die alte Lady?«

»Hat sich aus dem Tierheim eine Promenadenmischung geholt und für das Heim einen monatlichen Dauerauftrag über fünfhundert Euro eingerichtet. Damit ist sie glücklicher als je zuvor.«

Abermals war es Leitner, der nach einer kurzen Pause fragte: »Aber wahrscheinlich sind nicht alle Fälle so amüsant verlaufen?«

Agathe wog leicht den Kopf. »Oh nein. Ich habe ja schon gesagt, dass auf dem Kiez gern mal die Grenzen zwischen normalem Leben und Kriminalität verschwimmen. Meine Erfahrungen in der Rotlicht-Szene habe ich jedenfalls gemacht. So gesehen war mir meine Versetzung nach München gar nicht so unrecht.«

»Und weshalb haben Sie damals den Dienst bei der Polizei quittiert?«, fragte der Journalist.

»Ach, ich war einfach nicht fürs Beamtendasein vorgesehen«, wich Agathe aus. »Ich musste raus ins wahre Leben.«

Leitner kam es so vor, als hätte sich plötzlich ihr Tonfall geändert. Als hätte mehr als nur die Sehnsucht nach einem Leben ohne Beamtenuniform hinter der Entscheidung für die Selbstständigkeit gesteckt.

Detter, dem dies offenbar auch aufgefallen war, hakte nach: »Aber ist es nicht sehr mutig, ein sicheres Leben aufzugeben, um dem Ruf der Freiheit zu folgen?«

Agathe blieb freundlich, trotzdem schien es, als müsste sie sich zum Lächeln zwingen. »Es war eine gute Entscheidung«, sagte sie lapidar und wechselte rasch das Thema. »Hat jemand die genaue Adresse von Herrn Klingenberger? Dann kann ich ihn morgen besuchen. Wann gehst du zu Herrn Helmreiter, Gerhard?«

»Gute Frage. Wann beginnt denn dieses Men's Golf immer?«

»Um zehn Uhr, soweit ich weiß. Wenn du um halb dort bist, sollte es passen«, sagte Detter.

Als die drei bezahlt und das Lokal verlassen hatten, verabschiedete sich Detter als Erster.

»Soll ich dich ins Hotel bringen?«, fragte Leitner Agathe.

»Nicht nötig. Ein paar Schritte nach dem Essen schaden bestimmt nicht. Wir sehen uns dann morgen. Wir können uns ja mittags an Johannas Imbiss treffen. Tschüss!« Rasch ging sie davon.

Leitner konnte sich nicht dagegen wehren. Nun war er es, der ein komisches Bauchgefühl verspürte.

Zum Golfspielen lud das Wetter an diesem Morgen nicht wirklich ein. Die grauen Wolken wären für die Spieler kein Problem gewesen, wohl aber der Regen, der in den letzten Tagen heruntergekommen war und den sorgsam gepflegten Rasen aufgeweicht hatte. Die Golfer würden mehr Spuren auf dem Grün hinterlassen, als der Leitung des Golf- und Landclubs Ödgrub lieb war. Da das offizielle Abgolfen jedoch erst für das letzte Oktoberwochenende angesetzt war, würde Karl Helmreiter dennoch auf dem Green anzutreffen sein. Das zumindest hatten die Verkäuferinnen in Helmreiters Modegeschäft Leitner erzählt.

Also machte er sich auf nach Ödgrub, das etwa fünfzehn Kilometer südlich von Wirkendorf lag, um mit jemandem zu sprechen, der am Samstag der Vorkirwa am Tisch von Graf Söllwitz gesessen hatte.

»Da haben Sie Glück. Herr Helmreiter ist noch im Dressing Room. Sie können kurz an der Bar warten«, sagte die Empfangsdame, die hier »Club Secretary« hieß.

Leitner hockte sich auf einen der hohen Barstühle und sah sich in dem Clubheim um. An den Wänden hingen Fotografien von Golfmannschaften, die weltweit Turniere gespielt hatten: in Australien, Irland, Südafrika und Ödgrub.

Schon auf dem Parkplatz war Leitner zwischen einem 7er BMW und einem Porsche Cayenne in erfrischender Weise aufgefallen, und in der Bar ging es ihm nicht anders, als zwei junge Männer hereinkamen und neben ihm Platz nahmen. Beide trugen weiße Hosen und pastellfarbene Hemden unter Kaschmirpullundern und hatten blondes Haar, welches akkurat gestylt war. Sie sahen absolut gleich aus. Leitner musste an die beiden Polizisten vom Dienstagvormittag denken.

»Es war nicht zum Aushalten«, sagte der eine Golfer. »Die Klimaanlage hat die ganze Nacht gesurrt. Also, wenn du einen guten Tipp von mir hören willst: Nie wieder Maui. Personal: Grotte!«

Der andere nickte verständnisvoll. »So wie die Dom Rep im Frühjahr. Ich hatte extra einen hellen Cherokee bestellt, und was stellen sie mir hin? Einen dunkelbraunen Chrysler, mit dem du auf den holperigen Straßen keinen Meter weit kommst.«

Die beiden Männer bestellten beim Barkeeper einen Aperol Spritz und einen Hugo.

Leitner nutzte die Gelegenheit und orderte eine Tasse Kaffee.

»Cappuccino, Espresso, Latte?«, fragte der Mann hinter der Theke.

»Eine Tasse Kaffee, darf auch ein Haferl sein.«

Die beiden Junggolfer blickten ihn abschätzig an. Ganz offensichtlich hatte ihrer Meinung nach der Typ mit seiner ausgewaschenen Jeans, den klobigen Lederstiefeln und seinem buschigen Pferdeschwanz in diesem Clubheim nichts verloren. Sie entfernten sich in Richtung »Smoker's Lounge«.

Leitner hörte noch, dass sich die Diskussion weiterhin um das richtige Urlaubsziel drehte.

»Auf Bali kenne ich mich besser aus als hier zu Hause. Aber da brauchst du auch nicht mehr hinfahren, nur noch australische Touristen.«

Leitner bekam sein Haferl Kaffee und verfeinerte es mit Milch und Zucker. Dann ging die Tür – oder hieß das hier »door«? – zum Dressing Room auf, und Charles »Helmet-Rider« trat heraus.

Als er Leitner erblickte, kam er auf ihn zu. »Lässt sich die Kirwamusik auch mal auf dem Golfplatz sehen! Spielst du wohl jetzt auch bei uns?«

»Wollte mich bloß mal informieren. Vielleicht fange ich ja irgendwann mal an«, log Leitner und ergänzte in Gedanken: so in hundert, zweihundert Jahren …

»Einen schnellen Espresso nehme ich auch noch«, sagte Helmreiter und wandte sich wieder zu Leitner. »Ihr habt ja letztens wieder super gespielt. Echt klasse.«

Sie unterhielten sich einige Minuten über die Kirwa, bevor Leitner sagte: »Tja, und dann kam der Schreck am Silo.«

Beide waren sich einig, dass das ja wohl das größte Rätsel sei, das es in Wirkendorf je gegeben hätte, und wie tragisch es außerdem gewesen wäre, die Kirwa am Montagmittag vorzeitig beenden zu müssen.

»Dafür«, versuchte Leitner auf den eigentlichen Grund seines Besuchs zu sprechen zu kommen, »war es an der Vorkirwa schön ruhig.«

»Richtig. Das war sehr gemütlich«, stimmte ihm Helmreiter zu.

»Es hat wirklich Spaß gemacht, dort zu spielen. Gott sei Dank kam es zu keiner Schlägerei. Und gestritten hat auch niemand ...« Leitner hoffte, dass Helmreiter den Köder schlucken würde – und hatte Glück.

»Na ja, der Hirneis hat sich schon ein bisserl aufgeführt.«

Leitner heuchelte Überraschung. »Tatsächlich? Da oben auf der Bühne habe ich überhaupt nichts mitbekommen. Was ist denn passiert?«

»Der Hirneis hat schon einen ganz schönen Schleuderer gehabt. Er hat sogar versucht, euch zu dirigieren.«

»Stimmt, daran kann ich mich sogar erinnern.«

»Dabei hat er aus Versehen dem Sebastian sein volles Bier über die Hose geschüttet.«

»Auweh. Und dann ist der Hirneis heimgegangen?«

»Nein«, sagte Helmreiter und trank seine Espressotasse in einem Zug aus. »Graf Sebastian hat ihn daraufhin natürlich angeschrien, ob er denn nicht aufpassen könne. Mei, der ist halt erschrocken, wie's da unten auf einmal nass und kalt geworden ist.«

Leitner hörte aufgeregt zu.

»Da hat der Hirneis ein Schauspiel hingelegt«, fuhr Helmreiter fort. »Er ist aufgestanden, hat sich vor dem Grafen tief verbeugt und dann gesagt: ›Untertänigste Vergebung, Euer Hoheit.‹ Der Sebastian hat gemeint, er solle aufhören mit dem Schmarrn, aber der Hirneis war schon auf der Überholspur.« Helmreiter imitierte Hirneis' Pose an jenem Abend. »›Euer kostbares Weißbier, oder war es Reisbier? Oder Maisbier? Auf jeden Fall ist es ein Scheißbier!‹, hat er geschrien. Die anderen

Gäste haben natürlich blöd geschaut, weil er sich so zum Affen gemacht hat.«

Leitners Gehirn arbeitete auf Hochtouren. »Aber danach ist der Hirneis doch gegangen?«

»Dann ist der Flori zu ihm hin und hat ihn mit runter in die Bar genommen. Das war auch gescheiter so.«

»Wieder zurückgekommen ist der Hirneis nicht mehr?«

»Jedenfalls habe ich ihn nicht mehr gesehen. Aber ich glaube auch nicht, dass er noch was vertragen hätte. Der wird heimgegangen sein und seinen Rausch ausgeschlafen haben.«

»Wahrscheinlich.«

Die Tür zu den Umkleidekabinen ging auf, und ein älterer Mann im Golf-Outfit erschien.

»Professor Harke-Henningsdorf«, flüsterte Helmreiter. »Der beste Kardiologe der Oberpfalz! Kennst du bestimmt.«

Leitner musterte den ältlichen Mann. Er hatte ihn noch nie gesehen. Der Mediziner wirkte nicht sehr vertrauenerweckend. Es schien, als würde er sich an seinem Golfbag eher festhalten, als ihn hinter sich herzuziehen. Auf Leitner machte er den Eindruck, als wäre er knapp neunzig, und er dachte, dass es wohl Sinn ergäbe, seinen Nachlass zu regeln, sollte man in die Gunst kommen, vom Herrn Professor persönlich operiert zu werden.

»Olaf, das hier ist unser Musikus, der Gerhard …«

»Leitner«, ergänzte Leitner.

»Leitner! Richtig! Der ist auf den Bühnen dieser Welt daheim wie kein Zweiter. Der Mann hat die Musik im Blut, hat erst wieder auf unserer Kirwa gespielt!«

Der Professor nickte kurz, ohne Leitner anzusehen. »Ich weiß, diese folkloristische Veranstaltung von euch«, säuselte er in hoher Stimme und drehte sich ohne ein weiteres Wort zum Ausgang.

Leitners Hirn ratterte. Der Herr Professor stammte seiner Intonation nach eindeutig aus Berlin.

»Dann nutzen wir jetzt mal das Wetter aus, solange es nicht regnet«, sagte Karl Helmreiter, klatschte Leitner auf die Schulter und folgte dem Professor.

Leitner blickte den beiden Golfern nach und bezahlte dann sein Haferl. Es war ihm klar, dass er mit Sebastian Graf zu Söllwitz würde sprechen müssen.

Er befand sich schon auf dem Weg zur Wirkendorfer Brauerei, als er einer plötzlichen Eingebung folgte und auf gut Glück zur Polizeiinspektion nach Schwandorf fuhr.

Polizeioberkommissar Bernhard Obermeier hatte an diesem Tag Innendienst. Leitner saß mit ihm im hinteren Abteil der Amtsstube. Einen Kaffee hatte er abgelehnt, da er die braune Filtersuppe kannte, die sie auf der Wache darunter verstanden. Obermeier saß mit ausgestreckten Beinen auf seinem Stuhl Leitner gegenüber und blies in seine Tasse mit dem dampfenden Koffeingebräu.

»Was hättest du denn gebraucht, Gerhard?«

»Ich wollte nur schauen, ob es was Neues gibt. Du wirst verstehen, dass mich die Sache interessiert.«

Obermeier strich mehrmals über seine Oberschenkel, als würde sein schlechtes Gewissen dadurch verschwinden. »Gerhard … eigentlich …«

»Wenn du in der Gülle gelegen hättest, würdest du dann nicht auch alles wissen wollen, was mit dem Fall zu tun hat?«

»Freilich«, brummte Obermeier zustimmend und musterte Leitner. Dann stand er auf und schloss die Tür. »Ich habe dir natürlich nie etwas gesagt, so viel dürfte klar sein.«

Leitner nickte fast unmerklich.

»Es ist so«, fuhr Obermeier fort, »dass ich gestern bei der Kripo in Amberg war.«

»Beim Deckert?«

»Bei ebendem. Ein Doktor von der Gerichtsmedizin in Erlangen war gerade bei ihm zu Gast. Das war so ein Nerd wie der neue Q aus den James-Bond-Filmen. Es ging um deinen verschimmelten Freund.«

»Haben die etwas herausgefunden?«, fragte Leitner ungeduldig.

»Das ist ja das Problem bei diesem Fall. Weißt du, was die

Sache so vertrackt macht? Dass es ausschließlich Halbwahrheiten gibt, die eigentlich nur Vermutungen sind. Und die sich eben nicht mit Sicherheit beweisen lassen. Ein Stückerl hier, ein Stückerl da, aber nix Ganzes.«

»Zum Beispiel?«

»Zum Beispiel die Sache mit diesem Kanal im Körper des Toten. Dazu hat Q geschrieben: ›Auffällig ist eine etwa dreieinhalb Zentimeter lange, röhrenartige Vertiefung im pektoralen Bereich. Sie sticht durch Geradlinigkeit in dem ansonsten stark verwesten Gewebe hervor.‹ Das heißt, es könnte ein Kanal sein oder auch nicht.«

»Da kann man sich auf den Q von James Bond aber besser verlassen.«

»Unserer muss halt noch lernen.«

Leitner erinnerte sich, dass ihm Deckert vor einigen Tagen Ähnliches über den Kanal mitgeteilt hatte. »Und ich dachte immer, so etwas kann man heutzutage sehr genau sagen.«

»Mei.« Obermeier schnaufte und schlürfte dann geräuschvoll seinen heißen Kaffee. »Bei einer normalen Leiche schon. Aber unser Bazi hat einen Tauchgang von einigen Wochen im aggressiven Bakterienbad hinter sich. Danach ist man halt nicht mehr so gut beieinander.«

»Und was könnte diesen eventuellen Kanal verursacht haben?«

»Moment.« Obermeier suchte nach seinen Notizen. »Dazu schreibt er: ›Gesicherte Aussagen über Ursache, Herkunft und Zeitpunkt der möglichen Beibringung des Kanals sind nach dem augenblicklichen Sachstand nicht zu treffen.‹ Im Gespräch hat Q gesagt, wenn es nicht so war, dass der Kerl blöd auf irgendwas im Silo gelegen hat und ihm der Kanal vor seinem Tod beigebracht wurde, dann muss ihm jemand etwas stumpfes Rundes in die Brust gerammt haben.«

»Was stumpfes Rundes? Einen … Speer?«

»Einen stumpfen Holzspeer oder so was in der Art, ja. Der Kanal ist nicht besonders tief, also kann, was immer es gewesen sein mag, nicht allzu weit im Körper gesteckt haben.«

Leitner wog ab, ob ihn seine nächste Frage nicht zu sehr

blamieren würde, und entschied sich, sie zu stellen. »Könnte es nicht auch die Kugel einer Schusswaffe gewesen sein?«

»Kaum. Dafür wäre der Kanal zu groß im Durchmesser. Eine solch große Kugel ist mir noch nicht untergekommen. Außerdem wäre sie auch tiefer in den Körper eingedrungen.«

»Und wenn der Mörder recht weit weg gestanden hätte?«

Der Polizeibeamte schüttelte den Kopf. »Unwahrscheinlich. Aber du siehst, wie es uns hier geht: Nix Genaues weiß man nicht.«

Ohne vorherige Ankündigung öffnete sich die Tür, und Polizeimeister Weinfurtner steckte seinen Kopf herein. Als er Gerhard Leitner erblickte, entfuhr ihm ein abgewürgtes »Oh!«.

»Grüß Gott, Herr Polizeimeister«, sagte Leitner freundlich.

Der Beamte erwiderte den Gruß nur kurz. »Ich bin jetzt von der Streife zurück, Bernhard. Das Fahrrad ist nicht geklaut worden. Das hatten bloß die Mitschüler versteckt, um ihn zu ärgern.«

»Passt schon. Dann können wir auch diesen Fall getrost in der tausendjährigen Geschichte Schwandorfs verschwinden lassen.«

»Was soll ich als Nächstes tun?«

»Wir haben ein Schreiben vom Innenministerium erhalten, in dem es heißt, dass sich jeder bayerische Polizeibeamte selbstständig über die kompetente Kommunikation mit der Bevölkerung zur Deeskalation von Krisensituationen zu informieren hat.«

PM Weinfurtners Augen wurden weit. »Und was … ich meine, wie sollen wir das machen?«

Obermeier zuckte die Achseln. »Ich schlage vor, du setzt dich vor den Computer und schaust, was du rausfinden kannst.«

Erfasst von tiefem Respekt wollte sich Weinfurtner noch einmal versichern: »Kompetente Kommunikation zur …«

»Deeskalation, genau.«

Laut die Anweisung vor sich her murmelnd verließ der junge Beamte den Raum.

»Ihr habt ja wirklich für alles Vorschriften«, sagte Leitner. »Hoffentlich findet der Herr PM etwas dazu im Internet.«

»Glaub ich nicht.«

»Wieso?«

»Weil's die Anweisung gar nicht gibt. Aber im Augenblick ist hier tote Hose, und Internet macht er halt so gern, der Herr Weinfurtner.«

Leitner musste sich zusammenreißen, um nicht loszuprusten. »Was sagt euer Q eigentlich zu diesen Konservendosen, die im Silo waren?«

»Es wird vermutet, dass man der Leiche die Büchsen zum Beschweren beigelegt hat. Damit sie nach unten sinkt und nicht mehr auftaucht.«

»Aber ein Toter sinkt doch in so einer Plörre von selbst nach unten, oder? Ist ja kein klares Wasser, das ihn wieder nach oben hätte spülen können.«

»Das ist nicht gesagt. Gärgase blähen selbst die widerstandsfähigste Tauchleiche irgendwann auf. Ich schätze, jemand wollte auf Nummer sicher gehen.«

»Kann man denn schon sagen, ob er schon tot war, als man ihn da reingeschmissen hat?«

Entschuldigend hob Obermeier die Achseln. »Die Lunge ist voll von der Soße. Aber auch hier gilt, dass es nach Wochen in diesem Wellness-Bad sowieso überall eindringt.«

»Schöner Mist.«

»Mist war es auf jeden Fall. Immerhin so viel kann die Gerichtsmedizin gesichert sagen.«

»Wunder vollbringen die wohl auch bloß bei ›Crossing Jordan‹. Aber kann man nichts machen. Hältst du mich auf dem Laufenden, Bernhard?«

Obermeier hob die ausgestreckte Hand zum Gruß an die Stirn. »Zu Befehl, Herr Oberkommissar Leitner.«

Dieser musste schmunzeln. »Ein bisschen fühl ich mich zurzeit tatsächlich wie ein Kommissar.«

»Und wo ist deine reizende Assistentin? Die … wie heißt sie gleich wieder? Agatha Christie?«

»Agathe Viersen. Die ist auch irgendwo unterwegs«, sagte Leitner und verspürte Gewissensbisse, dass er so ausweichend antwortete, während ihm sein Kumpel gerade noch unter Verletzung der Dienstvorschrift Interna weitererzählt hatte. »Die ist übrigens tatsächlich eine Polizistin. Zumindest gewesen, oben in Hamburg.«

»Eine Ex-Kollegin aus Hamburg? Auch nicht schlecht. Aber solange du uns keine Konkurrenz machst, brauchen wir uns ja keine Sorgen zu machen.«

Leitner lachte mit über den Scherz, verschwieg Obermeier jedoch, dass er im Begriff war, genau dies zu tun.

Einfamilienhäuser säumten die Dieselstraße, in der Agathe den Vater der verstorbenen Susanne anzutreffen hoffte. Ihr Wagen war der einzige, der auf der Straße parkte, alle anderen mussten in den ausladenden Garagen stehen. Sie fand die richtige Hausnummer ohne Probleme.

Sepp Klingenberger rechte langsam und ohne großen Elan in seinem Garten das Herbstlaub zusammen.

Agathe trat an den Jägerzaun heran und grüßte den Mann freundlich. Er kam mit gebücktem Rücken auf sie zu, und sie stellte sich als Mitarbeiterin der Jacortia-Versicherung vor.

Als sie nach seiner Tochter fragte, senkte Klingenberger seinen Kopf um weitere fünf Zentimeter und hauchte: »Versicherung? Wieder irgendein Papierkram? Ich hätte gedacht, das wäre langsam mal alles erledigt.« Er drehte sich um und ging zu einer kleinen Bank vor seiner Gartenlaube.

Agathe öffnete die Gartentür und setzte sich zu ihm.

»Was wollen Sie denn noch wissen?« Er zündete sich eine Zigarette an.

»Der Unfall Ihrer Tochter ereignete sich am …?«

»Am 23. September war er genau zwei Jahre her.« Seine Augen blickten ins Leere.

»Auf der B 85?«

»Am Pittersberg. Keine Bremsspuren, kein Fremdverschulden, keine Chance. So hat es die Polizei beschrieben.«

»Wo kam Susanne her? War sie auf dem Heimweg von der Arbeit?«

»Nein. Aber das habe ich doch alles schon so oft erzählt. Susanne hat ja im Jahr zuvor bereits nicht mehr gearbeitet, weil sie nicht mehr konnte.«

Agathe wusste genau, welche Qualen es für ihn bedeuten musste, darüber zu sprechen. Sie versuchte, alles Mitleid, was sie angesichts des tiefen Schmerzes in der Stimme des gebrochenen Mannes empfand, zur Seite zu schieben. »Und zuletzt hat sie im Waldhäusl gearbeitet?«

Klingenberger nahm einen tiefen Zug von seiner Zigarette, nickte stumm und schob mit einer von Melancholie durchtränkten Distanz nach: »Beim Reiser Konstantin.«

»Was ist vorgefallen, dass Susanne nicht mehr dort arbeiten konnte?«

Die Zigarette glimmte auf, und weitere vier Millimeter der Papierhülse verwandelten sich zu Asche. Sepp Klingenberger sprach, während er den blauen Rauch wieder ausatmete. »Sie hat mir nie gesagt, was genau passiert ist. Ich weiß auch nicht, wer es war, aber eines Tages ist sie nach Hause gekommen, und ich habe gewusst, dass ein Mann sie zerbrochen hat.«

Agathe verdrängte ihre eigenen Erlebnisse, die sie nach ihrer Zeit bei der Polizei als Privatdetektivin auf dem Hamburger Kiez gesammelt hatte und die nun vor ihrem inneren Auge aufzusteigen drohten. »Sie meinen, sie wurde vergewaltigt?«

»Ich war nicht dabei!«, gab Klingenberger feindselig zurück. »Ich weiß bloß, dass dieser Kerl meiner Susanne ihr Leben weggenommen hat.«

Agathe schwieg, bis Klingenberger wie ein Roboter weitererzählte: »Sie hat nicht mehr schlafen können. Kaum noch was gegessen. Der Reiser Konni musste sie entlassen, weil sie nicht mehr zur Arbeit erschienen ist.«

»Der Wirt vom Waldhäusl?«

»Genau. Bald darauf hat er seine Wirtschaft zugesperrt. Jetzt verkauft er bloß noch Holz.«

»Wie ging es mit Susanne weiter?«

Klingenbergers Stimme klang, als hätte er den Text in langen Gesprächen mit einem Psychologen einstudiert und auswendig gelernt.

»Sie hat ihre Freundinnen nicht mehr sehen wollen. Auch mit mir hat sie nicht mehr geredet. Zwei Jahre lang ist sie dahingesiecht ...« Plötzlich wich die professionelle Beherrschung aus seiner Stimme, und er unterdrückte seine Tränen nicht mehr. »Dann hat sie sich ins Auto gesetzt.«

»Sie hat Selbstmord begangen?«

»Nein! Es war Mord! Dieser Typ hat sie über zwei Jahre hinweg langsam ermordet!«

Agathes innere Schutzwand bröckelte. Sie besaß Erfahrung mit schwierigen Fällen. Oft genug war sie bei Befragungen mit Emotionen, menschlichen Abgründen und Tragödien konfrontiert worden. In ihrer Ausbildung hatte sie gelernt, sich innerlich von den Vernommenen zu distanzieren, und dennoch fand das Gespräch mit Sepp Klingenberger den Weg unter ihre Haut. Sie zwang sich, sachlich zu klingen. »Was immer auch Susanne widerfahren ist – Sie glauben, es ist im Waldhäusl passiert?«

»Dort oder im Wald selbst oder im Auto oder auf dem Parkplatz, was weiß denn ich? Ist doch eigentlich auch scheißegal!«

»Aber wer es war, wissen Sie nicht?«

Der Rücken von Sepp Klingenberger versteifte sich sichtlich. Schweigend griff der Mann in seine Hemdtasche, fingerte einen kleinen messingfarbenen Zylinder heraus und stellte ihn aufrecht auf den Tisch. Es war eine achtunddreißiger Revolverkugel. »Ich weiß nicht, wer es war. Aber wenn ich es je herausfinden sollte, dann gehört die hier ihm. Und wenn ich es nicht herausfinden sollte«, er nahm einen letzten Zug, warf die Zigarette zu Boden und trat sie aus, »dann gehört sie mir.« Er steckte die Patrone wieder in seine Tasche und schwieg.

Agathe wusste, dass die Unterhaltung beendet war. Sie verließ das Grundstück und sah noch aus den Augenwinkeln, wie Sepp Klingenberger den Haufen Laub, den er schon zusammengerecht hatte, wild stampfend wieder auseinandertrat.

Agathe fluchte leise. Das vergrößernde Frontglas ihrer Taschenlampe war ihr zwischen den Fahrersitz und die Mittelkonsole gefallen. Mit Zeige- und Mittelfinger versuchte sie, danach zu fischen, ertastete aber immer nur den äußersten Rand. Schließlich stieg sie aus und ließ den Fahrersitz per elektrischem Antrieb vorfahren. Als sie endlich das Glas in der Hand hielt, schraubte sie ihren Zweibrüder LED-Lenser wieder zusammen. Das Zerlegen und Zusammenbauen der Taschenlampe war eine Übung, die sie unbewusst immer dann machte, wenn sie konzentriert nachdenken musste.

In den letzten Tagen war in Agathes Kopf ein Bild von Servatius Hirneis entstanden. Wenn die Aussage von Thomas Zwicknagel stimmte, war er tatsächlich ein Versicherungsbetrüger. Und ein Spieler, ein sehr schlechter. Zudem musste er ein schmieriger Mensch sein, weswegen keine Frau mit ihm etwas zu tun haben wollte, es sein denn, er bezahlte dafür. Und nun sah alles danach aus, dass er auch noch ein Erpresser war. Passte das alles zusammen? War das nicht ein bisschen viel auf einmal?

Agathe setzte die vier AAA-Batterien wieder in die Taschenlampe ein. Sie kannte das Gefühl, das in ihr hochstieg, und mochte es nicht besonders. Ihre Gedanken drehten sich immer stärker um etwas, das ihr der Form nach eigentlich gleichgültig hätte sein müssen: Sie wollte wissen, was im Waldhäusl passiert war.

Agathe rief sich ihren Auftrag wieder in Erinnerung. Ihr Chef hatte sie angewiesen, sich um den Fall der als verschwunden gemeldeten CNC-Fräse zu kümmern. Es ging nur darum, ob die Jacortia-Versicherung die Police ausbezahlen musste oder nicht, um nichts anderes.

Sie setzte das Endstück auf ihre Taschenlampe und schaltete sie dreimal an und wieder aus. Der Lichtkegel fiel ebenso häufig kurz hintereinander auf den Einhand-Drehknopf in der Mittelkonsole ihres Fahrzeugs.

Agathe ließ die Taschenlampe wieder in ihre Jackentasche gleiten, berührte den Touchscreen des Navigationssystems, stellte eine Verbindung zur Internetsuche her und gab »Holz-

handel Reiser Wirkendorf« in die Suchmaske ein. Als die ge-
wünschten Ergebnisse angezeigt wurden, tippte Agathe auf das
erste.

»Konstantin Reiser, Holzhandel«.

Sie übernahm die Adresse als nächstes Fahrtziel, während
sie versuchte, die Entscheidung vor sich selbst zu rechtfertigen.
Wie immer stellte sie sich dabei ihren Chef vor, wie er sie in
seinem Büro bei der üblichen Nachbesprechung eines Falles
befragte.

»*Wieso sind Sie überhaupt allein zu diesem Holzheini rausgefah-
ren? Der hatte doch weder mit Herrn Hirneis noch mit der Maschine,
die wir suchen, etwas zu tun.*«

»*Natürlich haben Sie recht, Chef, eigentlich nicht. Aber Herr Leitner befragte zu der Zeit die Einheimischen zu Herrn Hirneis. Wir
dachten, er würde mit Sicherheit mehr erfahren als ich.*«

»*Und Sie?*«

»*Ich wollte den Fall aus so vielen Blickwinkeln wie möglich be-
trachten. Das hat man uns bei der Polizei beigebracht. Hieß dort
Cross-Referencing.*«

»*Und deshalb beschlossen Sie, sich als eine Kollegin des verstorbenen Mädchens auszugeben? Sehr mutig. Sie hatten wieder mal den
richtigen Riecher!*«

Jawohl, so würde Agathe ihrem Chef ihre Handlung erklären, wenn der Fall abgeschlossen war. Vorausgesetzt, sie würde
den Holzheini überhaupt antreffen.

Agathe ging den Sägegeräuschen nach, die vom Waldesrand
kamen. An einem großen Traktor mit laufendem Motor sah
sie einen Mann in grünem Arbeitsanzug und blauen Micky-
Maus-Ohren stehen – so hatten sie bei der Polizei den kopf-
hörerförmigen Gehörschutz genannt. Sie näherte sich ihm
von der Seite, um ihm keinen Schreck bei seiner gefährlichen
Arbeit an der Säge einzujagen. Der Mann griff nach einem
Baumstück, das er als Nächstes bearbeiten wollte, als Agathe
rasch zu ihm trat und winkte. Der Mann nahm den Gehörschutz herunter.

»Herr Konstantin Reiser?«

»Schon. Was hätten S' denn gebraucht?«

Agathe musterte das wettergegerbte Gesicht des Mannes mit dem buschigen roten Bart. Beim Herfahren hatte sie sich eine kleine Geschichte zurechtgelegt. Hoffentlich würde der resolut wirkende Kerl sie schlucken. »Wissen Sie, ich bin auf dem Weg nach Österreich zu Verwandten. Eigentlich komme ich aus Hamburg.«

»Das hört man.«

»Nun ja, jedenfalls habe ich mir gedacht, wenn ich schon auf der Durchreise bin, kann ich mich nach einer alten Freundin erkundigen. Sie hat manchmal von Ihnen gesprochen.«

»Und woher sollte ich Ihre alte Freundin kennen? Haben Sie in Ihrem Alter überhaupt schon alte Freundinnen?«

»Sie kennen sie bestimmt. Susanne Klingenberger.«

Konstatin Reiser nahm das etwa eineinhalb Meter lange Baumstammstück, welches er noch immer in den Händen hielt, stellte es aufrecht hin und stützte sich darauf. »Woher kennen Sie Susanne?«

»Wir haben zusammen gelernt.«

»Dann sind Sie also auch Köchin?«

»Ich … habe mittlerweile einen anderen Beruf.«

Reiser sah auf den Parkplatz zu dem BMW X5 und musterte dann Agathes Kleidung. »Das sieht man.« Er griff sich mit der rechten Hand an den Hinterkopf und wirkte verlegen. »Es ist mir sehr unangenehm, aber Susanne …«

»Ich weiß. Sie ist tot.«

Er sah sie befremdet an. »Das wissen Sie also? Haben Sie das bei Facebook gelesen?«

»Man hat es mir erzählt.«

Reiser ließ das Holzstück zur Seite fallen und schaltete den Motor des Traktors aus. »Und was wollen Sie jetzt von mir?«

»Ich habe gehört, dass Susanne einige Zeit krank war, bevor sie bei dem Autounfall starb.«

Reiser zeigte keinerlei Regung.

»Sie soll zwei Jahre lang eine schwierige Zeit gehabt haben.«

»Da hat man Ihnen aber so einiges erzählt.«

»Wissen Sie, was ihr fehlte?«

Konstantin Reiser sah sie direkt an. »Nein.«

»Gab es Schwierigkeiten im Betrieb? Sie waren doch damals ihr Chef, nicht wahr?«

»Ich war ihr Chef, und es gab keinerlei Schwierigkeiten in meinem Betrieb. Wo haben Sie eigentlich Ihre Ausbildung gemacht?«

»In Hamburg«, log Agathe und wusste im selben Moment, dass sie einen Fehler begangen hatte.

»Ich wusste gar nicht, dass die Susanne jemals in Hamburg gelernt hat.«

»Meine Ausbildung abgeschlossen habe ich dann in Bayern«, versuchte Agathe, schnell von ihrer nicht gerade überzeugenden Geschichte abzulenken.

»Ach, richtig! Vielleicht hat sie mir doch von Ihnen erzählt. Auf der Burg Wernberg, oder?«

»Genau. Ich habe gehört, dass vielleicht ein Mann schuld daran war, dass es Susanne so schlecht ging.«

»Davon weiß ich nichts.«

»Aber in Ihrem Betrieb wurden doch häufiger wilde Partys gefeiert, oder?«

Reiser legte den Kopf auf die linke Seite und ging auf Agathes forschen Ton ein. »Die Leute waren gern bei mir fröhlich. Ist ja nichts Schlimmes dabei, nicht wahr?«

»Nur, wenn sich manche Gäste nicht mehr zu benehmen wissen.«

Reiser lehnte sich nun cool an seinen Traktor. »Das kommt in der Gastronomie immer mal wieder vor, das müssten Sie eigentlich wissen. Aber diesbezüglich hat es bei uns nie Probleme gegeben. Wenn es zu wild wurde, haben wir alle eingegriffen. Der Oberkellner, die anderen Kollegen aus dem Service und auch ich.« Wieder drehte er den Spieß um und stellte ihr eine Frage. »Wann haben Sie eigentlich aufgehört, in der Küche zu arbeiten?«

»Vor drei Jahren.«

»Und wie weit haben Sie es gebracht? Zum Entremetier? Oder bloß zum Beilagenkoch?«

»Ich … ich war Entremetier. Wann haben Sie das Waldhäusl denn aufgegeben? Und warum?«

Reisers Lippen formten ein mitleidiges Lächeln. Er betrachtete Agathe wie Bud Spencer das arme Würstchen, das er in der nächsten Sekunde verhauen würde. »Ich weiß nicht, wer Sie sind oder was Sie wollen. Aber Sie haben in Ihrem Leben noch in keiner Küche gearbeitet, es sei denn, in Ihrer eigenen. Und da ich auch glaube, dass Sie die Susanne nie kennengelernt haben, rate ich Ihnen im Guten: Hauen Sie ab!«

Agathe konnte nichts weiter tun, als den Ratschlag zu befolgen. Sie beschloss, diese Unterhaltung in ihrem Bericht an den Chef zu verschweigen, und hoffte, dass Leitner bei seinen Gesprächen mehr erfahren hatte als sie.

Die tristen Wolken konnten sich partout nicht dazu entschließen, sich vom Himmel über Wirkendorf zu verziehen. Die einzigen Farbtupfer auf dem Gelände der Wirkendorfer Brauerei stellten drei rote Getränkelaster dar.

Der Lagerist Roland Gautinger schob eine Sackkarre mit fünf Kisten Orangenlimonade auf die Laderampe, der Fahrer nahm sie entgegen und stapelte sie auf die Ladefläche. Obwohl die noch zu gut einem Drittel frei war, klappte der Mann die Plane vom Dach des Lkw wieder herunter und verzurrte sie sorgfältig. Dann ging er ans Führerhaus und entnahm ihm eine rote Jacke, in die er hineinschlüpfte. Auf dem Rücken prangte das gleiche Brauereilogo wie auf seinem Fahrzeug.

Als er einsteigen wollte, rief ihm Gautinger hinterher: »Du fährst ja fast leer raus! Die paar Kisten könntest du gleich mit der Hand hintragen!«

Der Fahrer setzte sich hinter das Lenkrad und startete den Lastwagen, bevor er zurückrief: »Wenn im Büro nicht mehr Bestellungen eingehen, fahre ich halt meinen leeren Lkw spazieren! Damit hab ich kein Problem!«

Er zog die Tür zu, und der Bierwagen verließ unter gleichmäßig ruhigem Dieselgeknatter das Brauereigelände.

Ein paar Meter weiter saß Elisabeth Gräfin zu Söllwitz in ihrem Rollstuhl auf der Laderampe, dick verpackt in einem warmen Lodenmantel, und sah dem Lastwagen hinterher. »Da fährt er dahin, der Herr Ehrenreich … Auch ein Mann der ersten Stunde«, sagte sie zu sich selbst und wandte sich dann zu ihrem Sohn, der sie auf ihren Wunsch hin nach draußen vor die Lagerhalle gefahren hatte. »Wie lange ist Herr Ehrenreich jetzt schon bei uns?«

»Nächstes Jahr hat er Vierzigjähriges.«

Elisabeth Gräfin zu Söllwitz nickte. Ihren Augen entrannen einige Tränen.

Als ihr Sohn das bemerkte, reichte er ihr ein seidenes Taschentuch.

»Der Ostwind sticht so in den Augen«, sagte die alte Dame und wischte sich die Tränen fort.

Der Graf konnte sich gut vorstellen, was bei dem Anblick der geschichtsträchtigen Familienbrauerei in seiner Mutter vorging. Elisabeth Gräfin zu Söllwitz stammte aus schlesischem Adel. Ihr Familiensitz war in Ratibor gewesen, wo sie als Baronesse von Wittingen Anfang der dreißiger Jahre zur Welt gekommen war. Nachdem ihre Mutter im Wochenbett gestorben war und ihr Vater nach Fehlspekulationen mit dem Familienvermögen den Freitod gewählt hatte, war sie zu den Freiherren von Rheinfeld geschickt worden, zu entfernter Verwandtschaft in die Oberpfalz, die damals Schloss Wirkendorf bewohnte. Im Deutschland des aufkeimenden Nationalsozialismus hatte ihre Ziehfamilie die Zeichen der Zeit richtig gedeutet und war weitsichtig genug gewesen, die kleine Baronesse auf eine Schule für höhere Töchter nach Lausanne zu schicken, bevor der Zweite Weltkrieg ausbrach.

Das Leben in der Schweiz war anfangs hart gewesen. Auf der Schule hatte ein strenges Regiment geherrscht, und die Mitschülerinnen hatten keine Gelegenheit ausgelassen, die Adelige aus dem damals noch ärmlichen Bayern zu verspotten. Doch die junge Baronesse hatte sich durchgekämpft und ihre Abschlussprüfung abgelegt. Da die Schule in der ganzen Schweiz einen sehr guten Ruf genoss, hatten deren Absolventinnen beste Chancen auf eine gute Anstellung. So verbrachte seine Mutter ihre ersten Arbeitsjahre als Hausdame bei dem

Schokoladenhersteller Reno Buers in Zürich. Im Hause Buers hatte Elisabeth sich um die Erziehung der beiden Söhne wie um den reibungslosen Ablauf des Haushaltes zu kümmern. In dieser Zeit lernte sie zu organisieren und zu delegieren. Im Hause der Buers war sie zum ersten Mal seit ihrem Umzug in die Schweiz wieder glücklich.

In den fünfziger Jahren erreichte Baronesse Elisabeth ein Telegramm ihres Ziehvaters aus der Oberpfalz. Darin informierte er sie über den Tod seiner Ehefrau und bat sie, wieder nach Hause ins Schloss Wirkendorf zu kommen, um sich um ihn und seine eigene schwindende Gesundheit zu kümmern. Elisabeth folgte dem Hilferuf und zog im Jahr 1952 wieder zurück in die Oberpfalz.

Die Schäden des Krieges hatten die fleißigen Oberpfälzer weitgehend beseitigt, sodass Elisabeth ein kleines, aber wachsendes und blühendes Dorf vorfand.

Sie gewöhnte sich schnell wieder ein, und so dauerte es nicht lange, bis Baronesse Elisabeth auf der Kirwa Adalbert Graf Söllwitz kennenlernte. Dessen Familie hatte nach Ende des Krieges die einstmals klösterliche Brauerei Wirkendorf gekauft und war ins Dorf gezogen. Elisabeth setzte sich gegen Adalberts Charme nicht lange zur Wehr, und aus beiden wurde bald ein Paar. Die Vermählung folgte auf dem Fuß. In den sechziger und siebziger Jahren erlebte die Brauerei ihre goldene Zeit. Mitte der Siebziger kam schließlich der lang ersehnte Spross Sebastian zur Welt. Die Narben, die der Krieg in Wirkendorf hinterlassen hatte, verheilten. Es gab Arbeit, und die Menschen hatten wieder genug zu essen, sodass in der Folge auch mehr gefeiert wurde.

Heute nun mussten Sohn und Mutter ansehen, wie ein nur spärlich beladener Bierwagen Getränke ausfuhr. Weil der Bierumsatz in Deutschland jedes Jahr um fast ein Prozent sank. Weil holländische und belgische Bierkonzerne eine Schneise in die einstmals blühende Brauereilandschaft geschlagen hatten. Weil Billigbier und Mixgetränke den Markt eroberten. Und doch hatte Sebastian Graf zu Söllwitz den festen Wunsch, den Familienbetrieb ins nächste Jahrzehnt zu führen.

Seine Mutter wisperte: »Alles bricht auseinander, Sebastian.«

Ihr Sohn seufzte, bevor er sagte: »Ich muss dir leider recht geben.«

»Denke nur einmal daran, dass wir in der Region Schwandorf ab 1979 über Jahre hinweg den Rekord im Bierabsatz gehalten haben.«

»Ich habe nicht vom Bierabsatz gesprochen«, murmelte Graf Söllwitz.

Das Schmatzen von Gummistiefeln wurde hörbar, und Roland Gautinger trat zu Mutter und Sohn. »Es tut mir leid, Herr Graf, aber der Leitner Gerhard ist da und würde gern mit Ihnen reden.«

Elisabeth Gräfin zu Söllwitz sah mit mildem Lächeln an Gautinger hinab. Er war wie immer in seine grüne Latzhose gekleidet und trug Gummistiefel. Es hätte die alte Dame nicht verwundert, würde Gautinger bei seiner eigenen Hochzeit in Latzhose und Gummistiefeln neben seiner Braut vorm Altar stehen. »Bringe mich bitte vorher ins Schloss zurück«, sagte sie zu ihrem Sohn.

Wenige Minuten später erblickte der Graf Leitner, der durch die großen Fenster das Treiben an den Sudpfannen beobachtete. »Servus, Gerhard!«, rief er.

Leitner grüßte zurück.

»Seid ihr Musikanten schon wieder fit für die Vernissage im Rathaus?«

»Kein Problem, dieser Auftritt ist ja schon länger fix ausgemacht«, entgegnete Leitner. »Ich bin hier«, er zögerte ein wenig, »weil ich mit dir über die Vorkirwa reden wollte.«

»Würde es dir etwa ausmachen, mich in die Lagerhalle zu begleiten? Worum geht's denn genau?«

»Da bist du doch mit dem Hirneis in Streit geraten. Habe ich von der Bühne aus mitgekriegt.«

»Na ja, Streit«, wiegelte der Graf ab. »Der Servatius war halt schon sehr betrunken.«

»Ihr habt euch angeschrien.«

»Er hat ein Glas Weizen umgestoßen, und ich bekam die ganze Ladung ab. Kann schon sein, dass ich erschrocken bin und ihn etwas unwirsch beschimpft habe.«

»Und dann habt ihr den Saal gemeinsam verlassen?«

Der Graf schüttelte den Kopf. »Der Florian hat den Hirneis am Arm genommen und ihn nach unten geführt. Ist ein guter erster Kirwabursch. Hat Weitblick, der Florian.«

»Aber du warst doch dann auch nicht mehr lange da.«

Graf Söllwitz blieb stehen und wandte sich Leitner zu. Er wirkte angespannt. »Ich bin ungefähr eine Dreiviertelstunde später nach Hause gegangen, was einerseits meiner nassen Hose und andererseits der fortgeschrittenen Uhrzeit geschuldet war.« Er musterte Leitner eindringlich. »Worauf zielen deine Fragen eigentlich ab?«

Leitner nahm die Hände aus seinen vorderen Hosentaschen und steckte sie in die hinteren. Er wippte auf seinen Füßen vor und zurück.

»Man hat den Servatius seit der Vorkirwa nicht mehr gesehen.«

Der Graf schnaubte verächtlich.

»Und dann ist da noch die Leiche in eurem Silo …«

Das skeptische Gesicht des Grafen entspannte sich, und ihm entfuhr ein amüsiertes Lachen. »Du glaubst, ich hätte den Herrn Hirneis getötet? An der Vorkirwa? Und ihn dann in unseren Gülletank geworfen?«

Leitner wippte immer noch.

Graf Sebastian beugte sich verschwörerisch nach vorn. »Ich soll das getan haben, weil er mir aus Versehen ein Bier über die Hose geschüttet hat?«

»Bier ist ein gutes Stichwort. Der Hirneis hat früher doch bei euch gearbeitet und trotzdem an der Vorkirwa euer Bier als Mais- und Reisbier bezeichnet. Vielleicht hat dich das ja mehr in Rage versetzt als deine nasse Hose.«

Wenn der Graf an dieser versteckten Anschuldigung zu kauen hatte, dann ließ er es sich zumindest nicht anmerken. Nach außen hin völlig ruhig erwiderte er: »Es braucht mehr als das Gelalle eines Betrunkenen, um mich wütend zu machen.«

Leitner ließ die Worte sacken und nickte dabei leicht, als würde er die einzelnen, gerade empfangenen Informationen in die richtigen Ordner in seinem Gehirn abspeichern.

Der Graf betrachtete das Gespräch wohl als beendet, denn er drehte sich um und ging weiter Richtung Lagerhalle.

»Ach, übrigens«, rief Leitner ihm nach, »das Waldhäusl habt ihr seinerzeit doch auch beliefert, nicht wahr?«

Der Graf blieb stehen. Langsam wandte er sich um und kam zu Leitner zurück, der dessen Gesichtsausdruck nicht deuten konnte, obwohl er ein versierter Kartenspieler und dadurch in solchen Sachen trainiert war. Der Graf sah ihn ernst an, bevor sich seine Züge glätteten. Mit freundlicher Stimme sagte er: »Du bohrst am falschen Loch, Gerhard. Es wäre besser, du würdest dich weiterhin um gute Musik kümmern, anstatt dummes Zeug von dir zu geben.«

Damit ließ der Brauereibesitzer Leitner allein auf dem Hof stehen. Als er schon in seinem Büro war, konnte er noch sehen, wie Leitner in seinen Wagen stieg und vom Brauereigelände fuhr. Er griff zum Telefon und ließ sich mit der Vorzimmerdame des Leiters vom Ordnungsamt im Wirkendorfer Rathaus verbinden, bei der er sich nach der Abendplanung des Amtsleiters erkundigte. Er war erfreut zu hören, dass dieser Abend frei war, und bestellte wenige Sekunden später einen Tisch für zwei Personen im Restaurant Eisvogel, dem ältesten Sternerestaurant des Landkreises.

Als das erledigt war, atmete Sebastian Graf zu Söllwitz tief durch. Dann nahm er sein Mobiltelefon und wählte eine Münchner Nummer. Als am anderen Ende abgehoben wurde und die ersten Freundlichkeiten ausgetauscht waren, sagte er: »Wir haben ein kleines Problem mit einem Musiker.«

Die Currywurst beim Imbiss am Baumarkt von Wirkendorf hatte einen so guten Ruf, dass nicht nur die Mitarbeiter der umliegenden Elektro-, Garten- und Lebensmittelmärkte mittags Schlange standen. Auch zahlreiche Mitarbeiter der Banken, der Autohändler und der Stadtverwaltung waren unter den Kunden, sodass stets ein geselliges Treiben herrschte. So ließ sich am Imbiss auch gut über den einen oder anderen geschäftlichen Sachverhalt in etwas lockererer Atmosphäre plaudern. Neben dem würzigen Duft der selbst gemachten Currywurstsoße hing auch der Geruch frittierter Zwiebeln und Leber in der Luft, der von den Schaschliks herrührte.

Leitner und Agathe waren gerade auf dem Weg vom Parkplatz zu der Imbisshütte, die neben den rund zehn Stehtischen auch einige Sitzmöglichkeiten an kleinen angeschraubten Metalltischen bot. Drei Personen standen bereits an, und Leitner und Agathe reihten sich brav ein.

»Der war echt fertig, kann ich dir sagen«, schloss Agathe soeben ihren Bericht über das Treffen mit Sepp Klingenberger.

»Das glaube ich dir gern. Das muss man sich einmal vorstellen: Da stirbt dir dein erstes Kind unter der Hand weg, dann kommt das zweite zur Welt, und deine Frau verschwindet, weil sie die große weite Welt erleben muss. Und schließlich verlierst du auch noch deine Tochter bei einem Autounfall.«

»Es muss kein Unfall gewesen sein, Gerhard.«

»Ich weiß.«

»Zwei Menschen sind davon überzeugt, dass Susanne etwas angetan wurde und es kein Unfall, sondern Selbstmord war.«

»Das will mir einfach noch nicht so recht in den Schädel. Ist das nicht etwas zu weit hergeholt? Dafür haben wir keinen einzigen Beweis.«

Vor ihnen hatten mittlerweile zwei der Mittagsgäste ihre Bestellungen erhalten, und Leitner grüßte mit einem Blick Johanna Hofmann, die hinter ihrem Tresen stand.

Sie grüßte nicht zurück.

Leitner stutzte kurz. Das war er nicht von ihr gewöhnt.

»Aber lass dir doch nur mal durch den Kopf gehen, was wäre, *wenn* diese Geschichte stimmen würde«, sagte Agathe währenddessen.

Doch genau das versuchte Leitner zu vermeiden, denn das Ergebnis davon war ihm klar. Er formulierte seine Gedanken gegenüber Agathe. »Dann müssten wir ziemlich viel Staub aufwirbeln. Wir haben ja keine Ahnung, wer das Nannerl vergewaltigt haben könnte. Ob das ein Landtagsabgeordneter, ein

Wirtschaftsboss oder ein Staatssekretär war. Und an Leute wie diese kämen wir doch gar nicht ran. Die halten zusammen wie Pech und Schwefel. Und die Polizei hat auch festgestellt, dass es ein Unfall war.«

Während des Gesprächs hatte sich ihr Vordermann immer wieder peinlich berührt zu ihnen herumgedreht, sodass beide vorerst schwiegen. Als sie an die Reihe kamen, bestellte Leitner zweimal Currywurst.

Johanna sah ihn eisig an. »Die sind aus.«

»Schmarrn, Johanna. Der vor uns hat doch auch noch eine gekriegt.«

»Das war die letzte.«

»Grüß dich, Johanna«, sagte Agathe und fühlte sich sogleich von deren Blick durchbohrt. Es war, als stünde eine Wand der Ablehnung hinter dem Tresen.

»Dann … dann machst du uns halt zwei Schaschlik, die sind auch super.«

»Ich glaube wirklich, es ist besser, wenn ihr heute woanders esst.«

Leitner sah Johanna an, als hätte sie ihm einen harten Schlag ins Genick versetzt. Er wollte eben etwas erwidern, als ein anderer Mann von seinem Stehtisch herüberkam und sich aus dem Spender einige Papierservietten herauspulte.

»Führt ihr euer Gespräch also heute weiter, Johanna?«, fragte er mit einer gehörigen Portion Sarkasmus in der Stimme.

Agathe erkannte in dem Mann einen der Stammtischbrüder vom »Bärenwirt« wieder, der am Abend zuvor in dem Lokal gesessen hatte.

»Seid ihr wieder angeregt am Diskutieren?«

»Nein!«, fuhr Johanna ihn scharf an, aber Agathe wusste, dass der Ausbruch eigentlich ihr gegolten hatte.

Leitner stand neben ihr und verstand überhaupt nichts mehr.

»Currywurscht ist aus«, sagte Johanna noch einmal bestimmt, »und was anderes habe ich heute nicht da. Ich habe nicht mehr einkaufen können, weil ich die ganze Nacht wegen eines feinen Fräuleins aus der Großstadt«, sie nickte in Agathes Richtung, »nicht schlafen konnte.«

»Es tut mir leid, Johanna, dass dich unsere Unterhaltung gestern so aufgeregt hat«, sagte Agathe ernst.

»Es tut dir also leid? Ich mag Menschen nicht, die zuerst im Dreck herumwühlen und dann sagen, dass es ihnen leidtut. Solchen Menschen geht es doch erst dann gut, wenn sie Unruhe gestiftet haben!«

»Aber ein paar Fragen muss man doch wohl stellen dürfen, wenn es um ein Menschenleben geht«, versuchte Leitner sie zu beruhigen.

Johanna nahm ihre Fleischgabel und richtete sie wie einen Zeigestock auf Agathe. Gedämpft, doch mit einer gehörigen Portion Zorn in der Stimme sagte sie: »Ein paar Fragen? Die Mamsell ist doch eigentlich nur hier, weil sie irgendeine Maschine sucht. Sie hat nicht das Recht, mir ins Wirtshaus nachzulaufen. Ich habe die Schnauze von der Zeit damals gestrichen voll! Weißt du, dass sie sich vorhin beim ehemaligen Waldhäusl-Wirt als Kollegin vom Nannerl ausgegeben hat? Sogar der ist nicht von ihr verschont geblieben.«

»Du warst beim Reiser Konni?«, flüsterte Leitner Agathe zu.

»Allerdings.« Es war Johanna, die antwortete. »Aber der ist ja nicht blöd. Er hat sofort durchschaut, was dieses Fräulein treibt. Es war das einzig Richtige von ihm, sie davonzuhauen. Und jetzt verschwindet von hier. Sonst macht ihr mit eurem Geschwätz auch noch meine Gäste verrückt!«

Leitner sah zu den Essenden und verstand, was Johanna meinte. Sie steckten die Köpfe bereits enger zusammen als sonst. Niemand schien sich heute angeregt über sein eigenes Geschäft zu unterhalten. Leitner kam es vor, als würden sie alle sie beide anglotzen. Er sagte zu Johanna: »Dann … ess ich halt ein anderes Mal wieder bei dir.«

Er zog Agathe sanft am Arm zum Auto und fühlte sich wie der fremde Pistolero in einem Western, der vom Dorf geächtet wird.

»Was war denn das jetzt gerade?«, wollte Agathe wissen. Sie sah Leitner besorgt an.

»Das«, sagte er, »war das erste Zeichen.«

»Das was bedeutet?«

»Das, was ich dir vorhin gesagt habe. Wie bescheuert bist du eigentlich? Der Reiser Konni ist doch nicht umsonst Wirt für die oberen Zehntausend gewesen. Der kann dich in der Luft zerreißen! Mit einer Hand!«

»Okay, ich geb ja zu, dass der Besuch nicht besonders schlau von mir war.«

»Nein, das war er nicht! Diese ganze Geschichte nimmt mir langsam zu große Ausmaße an. Die Leute hier mögen es nicht, wenn in der Vergangenheit herumgekramt wird. Und ich, ehrlich gesagt, auch nicht.«

»Und wahrscheinlich schon gar nicht, wenn es ein feines Fräulein aus der Großstadt tut«, ahmte Agathe Johanna nach.

»Das ist noch das i-Tüpferl. Zumindest für die Menschen hier im Dorf.«

»Für dich auch?«

Leitner schwieg.

»Dorf … Ja, das ist der richtige Ausdruck für diese … Gemeinde«, murmelte Agathe mit einer Spur Chili in der Stimme.

»Es hat dich niemand gebeten hierherzukommen!«, blaffte Leitner sie plötzlich an.

Sie sah ihn durchdringend an. »Doch! Mein Chef. Erinnere dich bitte, dass ich nicht ermittle, weil ich sonst auf der Couch liegen und mir ›Die Küchenschlacht‹ ansehen müsste! Ich habe einen Auftrag, und du hast angeboten, mir dabei zu helfen, ihn zu erledigen. Ich kann nichts für Dinge, die sich vor Jahren bei euch abgespielt haben!«

Leitner schwieg eine Minute lang. »Du hast recht«, sagte er dann kleinlaut. »Entschuldige bitte, ich wollte dich nicht so anfahren.« Es folgte weiteres betretenes Schweigen. Dann sagte er: »Wir könnten auch woanders essen. Es gibt hier ein Sportheim …«

»Verzeih mir, Gerhard, aber mir ist der Appetit vergangen. Fahr mich bitte zu meinem Hotel.«

Leitner tat wie ihm geheißen und setzte Agathe vor ihrer Unterkunft ab. Sein mulmiges Gefühl im Bauch hatte sich seit Johannas Abfuhr noch verstärkt. Vielleicht würde es sich ja später am Abend bei der Ausschusssitzung des Kirwavereins verflüchtigen, wenn er mit normalen Leuten über normale Themen reden konnte.

»Wir kommen jetzt zur Abstimmung«, sagte Herbert Krettner, der Vorsitzende des Wirkendorfer Kirwavereins, legte seinen Kugelschreiber beiseite und sah in die Runde. »Ich bitte um ein Zeichen aller, die dafür sind!«

Jeder der acht Teilnehmer der außerordentlichen Vorstandssitzung, inklusive Gerhard Leitner, hob die Hand.

»Dann ist das einstimmig beschlossen. Wir halten unsere Nachkirwa wie in jedem Jahr und ohne Änderung ab.« Krettner nahm Platz und notierte etwas auf seinem Block.

Margit Birkner, Beisitzerin, verlieh dem Ergebnis der Abstimmung nochmals Nachdruck. »Es wäre wirklich ein Schmarrn, etwas zu ändern. Das wäre so wie damals, als der Fasching wegen dem Irak ausgefallen ist. Wir ziehen das jetzt durch.«

»Gut«, sagte Krettner, »dann fahr ich morgen zum Schreiner Gert«, das war der örtliche Metzger, »und bestell die Würschtel. Alles andere«, er ging seine To-do-Liste durch, »läuft wie gehabt. Um das Bier kümmert sich der Wirt, aber wir sollten mit unserer üblichen Delegation zur alten Frau Gräfin gehen und das Freibier für unsere Kirwapaare erbitten.«

Allgemeine Zustimmung. Der Brauch hatte sich so eingebürgert – eine Abordnung des Kirwavereins, meist bestehend aus drei oder vier Mitgliedern der Vorstandschaft und etwa zehn von den jungen Kirwapaaren, suchte die gräfliche Braufamilie auf und erbat für die Nachkirwa ein Fass Bier, welches diese auch stets gern spendierte.

Die Ausschussmitglieder hatten diesen Punkt gedanklich bereits abgehakt, als sich Martina Hierl zu Wort meldete.

»Wenn wir es heuer überhaupt noch kriegen …«

Köpfe reckten sich.

»Was meinst du damit?«, fragte Herbert Krettner.

Martina schwieg einen Moment und sah Leitner festen Blickes an. »Der Sebastian hat mir erzählt, dass du heute Vormittag bei ihm warst.«

»Das stimmt.«

»Du hast ihn beschuldigt.«

»Beschuldigt?«, fragte Krettner ungläubig und wandte sich an Leitner. »Was getan zu haben?«

Leitner lehnte sich nach vorn und stützte sich auf die Unterarme. »Ich habe ihn nicht beschuldigt.«

»Du hast ihn beschuldigt, die Leiche in seinen eigenen Tank geworfen zu haben!«, rief Martina erregt.

Die Mitglieder des Kirwavereins waren mucksmäuschenstill.

Leitner fühlte, dass er auf dem Zeugenstuhl saß, und zwar als Angeklagter. Er räusperte sich kurz. »Das ist doch Blödsinn. Ich war bei ihm, das stimmt, aber ich wollte nur wissen, weswegen er auf der Vorkirwa mit dem Hirneis gestritten hat.«

»Und was hat er geantwortet?«, fragte Krettner.

»Dass er sauer auf ihn war, weil der ihm aus Versehen ein Bier über die Hose geschüttet hatte.«

»Gestritten haben sie schon, der Sebastian und der Hirneis, das stimmt«, meldete sich Hans Viehhauser zu Wort. Er war Gründungsmitglied des Wirkendorfer Kirwavereins, langjähriger Vorstand und seit ein paar Jahren Ehrenmitglied, kurz: die graue Eminenz des Vereins.

Alle Köpfe schnellten in seine Richtung.

»Aber wie kommt es dann, dass die Martina dir diesen Vorwurf macht?«, fragte Viehhauser.

Leitner zögerte kurz. »Nun, am Tag der Kirwa ist doch diese Frau aus München aufgetaucht.«

»Die, die zusammen mit dir diese Leiche entdeckt hat?«

»Genau.«

»Wer ist das eigentlich genau? Was treibt die hier?«, wollte Krettner wissen.

Leitner sah verlegen zu Martina und ärgerte sich über sich selbst, denn für Verlegenheit gab es keinen Grund. »Frau Viersen arbeitet für eine Versicherung«, sagte er. »Sie schaut sich vor Ort um, wenn ein Versicherungsfall ein bisschen seltsam erscheint.«

»Aha. Eine von den Rosenheim-Cops also. Und du bist ihr Kriminalassistent, oder wie?«

»So ein Blödsinn …«, sagte Leitner und suchte erfolglos nach einer Ausrede, die ihn selbst davon überzeugen sollte, dass es sich eben nicht so verhielt. »Sie kennt hier halt niemanden, und deshalb hat sie mich gefragt, ob ich ihr helfen könnte.«

»Na also.« Hans Viehhauser zog seine Tasse mit dem Cappuccino zu sich heran. Er griff nach dem Amaretto-Plätzchen auf der Untertasse, schob es sich in den Mund, und wie üblich verfolgten die Mitglieder des Ausschusses gespannt jede seiner Gesten. »Mich würde jetzt aber schon interessieren«, sagte er mit leisem Schmatzen, »was die Martina gemeint hat. Wie kommst du dazu, den Grafen eines Mordes zu beschuldigen?«

Leitner musste schlucken. »Ich habe nur ein bisschen auf den Busch geklopft, und …« Er verstummte.

In den Gesichtern seiner Kollegen stand Genervtheit. Ärger darüber, dass er sich zu einer solch ehrenrührigen Tat hatte hinreißen lassen.

»Das war natürlich äußerst schlau«, sagte Viehhauser abfällig.

Herbert Krettner schnaufte tief durch. »Und was machen wir jetzt? Können wir den Grafen unter diesen Umständen überhaupt noch um das Bier bitten?«

Die Frage war in Richtung Martina gestellt worden, aber es war Hans Viehhauser, der mit fester Stimme antwortete: »*Selbstverständlich* gehen wir hin. Es gibt überhaupt keinen Anlass, etwas an der Tradition zu ändern.«

Leitner atmete erleichtert ein. Hans Viehhauser hatte schon so manchem Mitglied des Vereins die Haut gerettet, und mit dieser Ansage hatte er nun auch ihn aus der Schusslinie genommen.

Wenig später war die Ausschusssitzung beendet, und als die Vorstandschaft vom Nebenzimmer in den Gastraum der Brauereiwirtschaft zum obligatorischen Bier danach wechselte, verschwand Leitner in Richtung Toiletten. Im Gang hielt Viehhauser ihn am Arm fest.

»Du machst dir übrigens keine Freunde mit deinen … Ermittlungen«, wisperte er.

»Was heißt hier Ermittlungen, Hans?«

»Ich habe Johanna getroffen. Sie wurde von deiner neuen Freundin auch schon traktiert.«

»Das *muss* die Agathe machen. Es ist ja ihr Beruf.«

»Ihrer schon, aber nicht deiner. Na ja, du wirst schon wissen, was du tust.«

Betreten betrachtete Leitner die vier Bilderrahmen mit den historischen Zeitungsartikeln.

Viehhauser, der ein Faible für die Geschichte Wirkendorfs hatte, teilte den Moment die Stille, dann deutete er auf einen der alten Ausschnitte und sagte: »Wo sind bloß die guten alten Zeiten hin? Früher hat man das Bier mit den Rössern ausgeliefert. Da hat es keine Handys und keine Computer gegeben, und trotzdem hat's funktioniert.«

Leitner schätzte die Eigenart von Viehhauser, der die Probleme zwar benannte, aber immer wieder versuchte, zu deren sachlicher Lösung beizutragen. Auch er blickte nun auf das Bild über dem altmodischen Text: Die gräfliche Familie stand feierlich gekleidet vor einer opulent geschmückten, sechsspännigen Bierkutsche. Im Hintergrund war das Festzelt auf dem Wirkendorfer Volksfestplatz erkennbar. Die Besucher vor dem Zelt trugen eigentümlich gewellte Frisuren. Ein Hauch von Melancholie überkam Leitner, dann aber fragte er ernst: »Die guten alten Zeiten, ja … Aber gab es denn früher wirklich weniger Probleme als heute?«

Viehhauser setzte ein weises Lächeln auf und schüttelte den Kopf. »Das glaub ich nicht. Die Menschen verändern sich nicht innerhalb von ein paar Jahrzehnten, deshalb bleiben auch die Probleme meistens immer die gleichen.« Als Leitner etwas erwidern wollte, blickte er auf seine Armbanduhr und sagte: »Jetzt trinke ich noch eine schnelle Tasse Kaffee, und dann schleich ich mich heim.« Damit ging er zum Stammtisch zurück und Leitner endlich zur Toilette.

Als er aus dem Herrenabort wieder heraustrat, kam ihm Martina entgegen. Unbeholfen standen sie sich gegenüber.

»Hat das wirklich sein müssen? Da drin? Vor allen Leuten?«, fragte Leitner sauer.

»Das könnte ich dich auch fragen. Ich meine, ob das sein hat müssen.«

»Du bist ja ziemlich … sensibel, wenn es um den Grafen geht. Ist es schon so ernst, dass du ihn in Schutz nehmen musst?«

Martinas Gesicht verschloss sich. »Du hast ein Problem, Gerhard. Mit dem Sebastian und mit mir.«

»Ein Problem?«

»Ich habe es dir schon am Dienstag gesagt, dass zwischen dir und mir nichts mehr sein wird. Die Zeit für Eifersüchteleien ist vorbei.«

»Darum geht es doch überhaupt nicht!«, fauchte Leitner. »In Wirkendorf wurde eine Leiche gefunden, aber scheinbar interessiert es niemanden, um wen es sich bei dem Toten handelt und wer ihn ins Silo geschmissen hat!«

Martina trat einen Schritt näher. »Natürlich interessiert uns das alle. Aber für so was haben wir eine Polizei. Wir brauchen ganz bestimmt keinen kleinen Musiker, der mit seiner neuen Flamme einen auf Wallander macht.«

Leitner sah sie geringschätzig an.

»Und du bist dir wirklich sicher, dass *ich* eifersüchtig bin?«

Der Pfeil saß. Martina ging zur Tür des Damenklos und öffnete sie einen Spaltbreit. »Ich sage nur, dass du aufpassen sollst, was du hier im Dorf von dir gibst. Und wem du vertraust.« Sie verschwand.

Leitner stand mehrere Sekunden da, in denen er vor Wut am liebsten die Toilettentür eingetreten hätte.

Sein Freund Bernhard Obermeier kam aus dem Herrenklo. Der Polizeibeamte hatte wohl frei, denn er trug keine Uniform. Er kramte eine Zigarette aus der Schachtel und sagte nach dem ersten Lungenzug: »Ganz unrecht hat die Martina übrigens nicht, Gerhard.«

Leitner sah ihn misstrauisch an.

»'tschuldige«, sagte Obermeier, »aber ihr habt so laut geredet, dass ich auf dem Scheißhaus noch alles verstanden hab. Ganz ohne ist deine neue Freundin nicht, dieses Münchner Kindl.«

Leitner spürte, wie die Wut weiter in ihm zunahm. »Agathe ist nicht meine Freundin.«

»Ist ja auch wurscht. Jedenfalls ist sie ein forsches Mädel. Ich habe sie ja schon kurz auf der Polizeistation kennengelernt, als ihr zwei nach dem Leichenfund beim Hauptkommissar Deckert wart.«

»Was willst du eigentlich von mir, Bernhard?«

Obermeier zog an seiner Camel und blies blauen Rauch in die Luft, während er sprach. »Von dir gar nix. Nur sagen, dass die Martina recht hat. Private Ermittlungen sind eine heikle Sache. Beim Klingenberger Sepp war deine Freundin gestern Nachmittag auch schon. Hab die beiden zufällig im Garten gesehen, wie ich auf Streife war.«

»Und? Ist das verboten?«

»Verboten nicht. Aber damit eckt sie an.«

»Dann tut sie das eben. Ist mir auch egal.«

»Na ja, aber deine Freundin —«

Leitner scharrte vehement mit einem Fuß.

»Pardon, deine Bekannte kann nach Ende ihrer Arbeit jedenfalls wieder nach München zurückfahren. Aber du musst hierbleiben. Und deshalb solltest du schauen, dass du am Schluss nicht im größten Chaos zurückbleibst.«

Leitner unterdrückte seinen Zorn und fragte mit zitternder Stimme: »Apropos Chaos. Habt ihr etwas Neues? Wisst ihr, wer der Tote war? Woran er gestorben ist? Was es mit den Konservendosen auf sich hat?«

Obermeier zuckte gleichgültig mit den Schultern. »Nichts.«

»Wäre ja mal ein Anfang gewesen. Dann müssten weder ich noch die Frau Viersen die Leute in unserem Dorf belästigen.«

»Ist übrigens eine recht Hübsche, deine Frau Viersen.«

Leitner überhörte die Spitze in Obermeiers Stimme. »Sonst noch irgendwelche persönlichen Anmerkungen, die du über sie machen möchtest?«

»Persönliche nicht. Aber professionelle. Du solltest die Dame wirklich mit Vorsicht genießen.«

»Mir gefällt das ganz gut, wie sie die Dinge in die Hand nimmt.«

»Unterschätze nicht ihren Ehrgeiz. Der kann in ihrem Beruf schnell mal zum Nachteil werden.«

»Ein bisschen Zielstrebigkeit oder Ehrgeiz, wie du es nennst, könntet ihr in diesem Fall gut gebrauchen. Schon klar, dass eine solche Frau ein kleiner Reißnagel in eurem faulen Beamtenarsch ist. Kein Wunder, dass sie den Dienst quittiert hat, weil sie wirklich etwas bewegen wollte. Du weißt ja, dass sie eine ehemalige Kollegin von dir ist. Sie war in Hamburg bei der Polizei, aber hat den Absprung geschafft.«

»Ja, das weiß ich. Ich rate dir nur, dich von ihrem Eifer nicht zu sehr anstecken zu lassen. Könnte schnell nach hinten losgehen.«

»Aha. Die hochoffizielle Warnung von der Behörde. Dann weiß ich ja jetzt Bescheid.«

Obermeier drückte seine Zigarette aus. »Nicht im Geringsten. Sie hat ihren Job bei der Polizei nämlich nicht einfach so aufgegeben.«

»Natürlich nicht. Private Unternehmen zahlen einfach besser.«

»Sie ist nicht von der Polizei weg und zu dieser Versicherung gegangen, sondern stand erst mal allein auf der Straße. Das Geld war nicht der Grund.«

»Sondern?«

»Sie wurde suspendiert. Ein Disziplinarverfahren war schon eingeleitet.«

»Weshalb?«, fragte Leitner etwas kleinlaut.

»Sie hat ihren Dienstkollegen im Einsatz verloren.«

Leitners Mund war plötzlich zu trocken, um etwas zu erwidern.

»Ich kann dir nicht alle Einzelheiten sagen, aber sie war so davon besessen, einen Verbrecher am Hamburger Hafen zu fassen, dass ihr egal war, was mit ihrem Kollegen geschah.«

»Und was ist passiert?«

»Man hat ihn erschossen.«

»Und Agathe hatte etwas damit zu tun?«

»Wenn es stimmt, was mir der Kollege aus Hamburg erzählt hat, dann hat sie ihn einfach draufgehen lassen. Sie musste ja unbedingt gewinnen.«

Leitner war fassungslos.

»Kurz vor ihrem Diszi ist ihr das Eis wohl zu dünn geworden. Sie hat den Dienst quittiert und sich selbstständig gemacht.«

»Das kann ich einfach nicht glauben.«

Obermeier wandte sich wieder zum Gastzimmer um. »Ist mir eigentlich auch wurscht, was du glaubst oder nicht. Auf jeden Fall habe ich dir das eben unter Freunden gesagt. Wenn du das Maul aufmachst, bin ich meine grüne Tracht los. Aber ich zähle mal darauf, dass du dein Hirn noch nicht versoffen hast.«

Gerhard Leitner blieb allein im Korridor zurück. Er gab sich nicht mal die Mühe, die Gedanken in seinem Gehirn in irgendeine Ordnung bringen zu wollen.

Zur gleichen Zeit trugen zwei in einer dezent dunklen Tracht gekleidete Kellnerinnen den Hauptgang ab. Sie verursachten keinen Laut auf dem Hochflorteppich, während sie geübt die Teller und Gläser am begehbaren ovalen Weinkühlschrank entlang wieder zurück in die Küche balancierten. Der Hirschkalbrücken aus Schönseer Jagd mit Raviolo, Texturen vom Kürbis und Gewürzfeige hatte Sebastian Graf zu Söllwitz hervorragend geschmeckt, und soeben trat der Restaurantleiter an den Tisch, um den Wein für den nächsten Gang vorzustellen. Das Restaurant Eisvogel trug seit acht Jahren einen Michelin-Stern. Küchenchef Hubert Obendorfer war der zweite Koch in der Oberpfalz, der diese begehrte Auszeichnung erhalten hatte.

Sebastian Graf zu Söllwitz lauschte den Ausführungen des Sommeliers und stimmte seiner Weinwahl zu. Stift Klosterneuburg, Spätrot-Rotgipfler, Jahrgang 2013, mit feinem Bukett nach tropischen Früchten.

Der Graf saß an einem Tisch am Fenster und blickte über die nächtliche Seenlandschaft der Oberpfalz. Ihm gegenüber wischte sich der Mann im dunklen Anzug gerade die Mundwinkel ab.

»Wie gesagt«, meinte dieser, »allzu viel kann ich für dich im Augenblick nicht tun, Sebastian.«

»Na, hör mal«, der Graf schlug einen gespielt empörten Tonfall an, »für einen hohen leitenden Beamten des Rathauses wie dich ist doch nichts unmöglich.«

Die unübersehbare Bauchpinselei verfehlte ihre Wirkung nicht im Geringsten. Der Mann sonnte sich im Lichte seiner eigenen Wichtigkeit. »Natürlich, aber man muss halt wissen, wie.«

Graf Söllwitz blieb unterwürfig. »Das ist mir klar. Aber jetzt, wo dieser Artikel im ›Anzeiger‹ veröffentlicht werden soll, fehlt mir dazu die Zeit. Ich brauche etwas mehr davon, Karl, und deshalb bist du mir eingefallen.«

»Ich verstehe dich schon.« Er seufzte. »Also gut, das kriegen wir schon hin. Es wird schließlich nichts so heiß gegessen, wie es gekocht wird. Apropos, auf die Brombeere mit weißer Schokolade und Fenchel bin ich wirklich schon sehr gespannt.«

»Unter uns: hervorragend!«

»Du hast sie bereits probiert? Ach ja, mit deiner neuen … Wie heißt sie doch gleich? Bettina?«

»Martina«, antwortete Graf Söllwitz. »Aber nein, mit ihr war ich noch nie hier«, fügte er hinzu, speicherte diese Idee aber in seinem Hinterkopf ab.

Die Servicekräfte schoben einen Servierwagen mit verschiedenen Käsesorten des Hauses Waltmann an ihren Tisch und ersetzten den fast leeren Brotkorb durch einen gefüllten. Die beiden Männer stellten sich eine kleine Käseauswahl zusammen, und während die eine Bedienung mit geübten Handgriffen wieselflink die einzelnen Käseschnitze auf einen kleinen Teller drapierte, trug der Oberkellner zwei Glasschalen auf.

»Einmal Orangensenf und das hier ist Feigensoße.«

»Wunderbar! Meine Mutter schwärmt heute noch von Ihrem Käsegang. Und natürlich auch vom äußerst zuvorkommenden Service.«

»Das freut mich zu hören, Herr Graf. Richten Sie Ihrer Frau Mutter doch bitte meine herzlichsten Grüße aus!«

Das Serviceteam entfernte sich unauffällig, und die beiden Männer waren wieder unter sich. Graf Söllwitz probierte ein Stück Brie und nahm einen Schluck Wein dazu. Dann sagte er:

»Du kannst uns übrigens gern mal wieder besuchen kommen, Karl.«

Der andere legte seinen Zeigefinger an die Lippen und sinnierte: »Wie lange war ich jetzt schon nicht mehr bei euch auf dem Schloss? Zuletzt vor einem Jahr, nicht wahr?«

Graf Söllwitz nickte. »Zum Fünfundachtzigsten meiner Mutter.«

Der andere Mann griff in seine Brusttasche und entnahm ihr einen kleinen Taschenterminkalender, in den er mit seinem Füllfederhalter etwas hineinkritzelte. Er verstaute die Utensilien wieder und sagte: »Abgemacht. Ich werde mich gleich morgen um einen Termin kümmern!«

»Mutter würde sich bestimmt sehr freuen.«

»Aber du weißt, wie es ist. Man hat einfach zu viel zu tun. Nun, wir zwei sehen uns ja am Sonntag auf der Vernissage, nicht wahr?«

»Natürlich.«

Sebastian Graf zu Söllwitz ließ eine Sekunde verstreichen. »Apropos Vernissage«, sagte er dann mit leiser Stimme, »ich hätte da eine wunderbare Idee für die musikalische Untermalung.«

Der andere riss ein Stück Weißbrot entzwei. »Wieso denn? Ich dachte, wir hätten uns bereits für ein Trio der Wirkendorfer Kirwamusik entschieden.«

»Die spielen ja auch wirklich sehr gut, erste Qualität, aber …«

Der andere sah Graf Söllwitz fragend an. »Aber?«

»Ich finde, ein bisschen Abwechslung wäre nicht schlecht. Die Altenkirchener Blechbläser wären für eine Veranstaltung dieser Art viel besser geeignet. Die haben ein etwas gediegeneres Repertoire. Ich kann sie dir nur wärmstens empfehlen.«

»Bei Veranstaltungen bist du der Profi«, sagte der andere und schob sich das Brotstückchen in den Mund. »Allerdings«, schmatzte er, »mag der Chef Änderungen in letzter Minute gar nicht gern.« Der Mann schluckte das Brot hinunter. »Er sagt immer: ›Ausgemacht ist ausgemacht!‹, und hält sich eisern daran. Wenn Musiker schon mal verpflichtet sind, dann sagt er ihnen nur ungern ab.«

»Es ist ja nicht Usus. Aber in diesem Fall wäre es schon wichtig.« Der Graf deutete auf das leere Weinglas des Stadtbeamten, das sofort vom Personal aufgefüllt wurde.

»Will sehen, was sich machen lässt.« Der Mann gurgelte einen riesigen Schluck Rotwein und beugte sich vertraulich nach vorn. »Ich würde dir übrigens raten, die Vernissage zu nutzen.«

»Wofür?«

»Um gut Wetter zu machen.«

»Gut Wetter?«, fragte Graf Söllwitz verständnislos.

»Ein Haufen Presseleute wird anwesend sein. Auch der Detter vom ›Anzeiger‹.«

Der Graf tupfte mit dem Zeigefinger nachdenklich einige Brotkrümel vom Tischtuch und zerrieb sie zwischen den Fingern.

»Ich weiß, dass das Geschäft für kleine Brauereien heutzutage immer schwerer wird«, sagte der andere. »Ihr habt nur einen einzigen Trumpf, den du ausspielen kannst. Du musst dich so gut wie möglich mit deiner Heimatregion vernetzen. Ein Kleinkrieg würde der Zeitung eine gute Auflage, dir aber nur einen Haufen mieser Schlagzeilen bescheren.« Nachdem der Graf einige Augenblicke lang nichts gesagt hatte, fügte der Mann hinzu: »Du hast doch nichts zu verbergen, oder?«

Graf Söllwitz zögerte, bevor er sagte: »Nein, nein. Natürlich nicht …«

Gerhard Leitner hatte seinen Wagen abgesperrt und war auf dem Weg zu der alten Werkshalle, in der er wohnte, während er den passenden Schlüssel an seinem Bund suchte. Er war nervös, weil er immer noch nicht glauben konnte, was ihm sein Freund Obermeier, der Polizeibeamte, vorhin erzählt hatte. Leitner fummelte so lange an den Schlüsseln herum, bis ihm der Bund aus der Hand glitt und klirrend auf dem Pflasterboden aufschlug.

»Gerhard?«

Leitners Kopf schoss nach oben. Er kniff die Augen zusammen und blickte suchend in die Dunkelheit. »Wer ist da?«

Leise näherten sich Schritte. Ein Geräusch von quietschendem Gummi erklang. Leitner erkannte zwei Beine in Gummistiefeln, die aus dem Schatten kamen, und auch das Wirkendorfer Brauerei-Grün wurde sichtbar. »Rudolf?«, fragte Leitner vorsichtig.

Rudolf Gautinger kam vorsichtig näher. »Ich habe auf dich gewartet.« Seine Stimme schien zu zittern, obwohl die Nacht nicht besonders kalt war. Er klang, als hätte er Angst.

»Lass uns reingehen«, sagte Leitner und schloss das große Hallentor auf.

Als er eintrat, blieb Rudolf Gautinger schüchtern am Tor stehen.

»Bist du grad gekommen?«, fragte Leitner

»Nein, nein … Ich bin schon länger da.«

»Magst du was trinken?«

Gautinger schüttelte den Kopf.

»Jetzt komm halt rein. Was willst du denn von mir?«

Gautinger nestelte an seinem Hosenlatz.

»Du machst es ja richtig spannend, Rudolf.«

»Du … warst doch heute beim Chef.«

»Beim Graf Sebastian. Stimmt.«

»Du hast ihn wegen dem Hirneis und dem Waldhäusl angesprochen.«

»Stimmt auch. Ich ahne schon, was du mir sagen willst.« Leitner warf seine Jacke über einen Gitarrenständer und lehnte sich dann, den nächsten Rüffel erwartend, an den großen schwarzen Flügel. »Du bist der Meinung, dass ich deinen Chef zu Unrecht beschuldigt habe. Du meinst, ich sollte deinen Arbeitgeber nicht so rabiat angehen, da wir ja alle sein Bier trinken. Du denkst, dass der Graf weder mit dem Hirneis noch mit dem Waldhäusl etwas zu tun hat und ich ab jetzt am besten meine Schnauze halten soll.«

Rudolf Gautinger trat einen Schritt vor. »Nein. Ich wollte dir eigentlich etwas anderes sagen.«

»Und was, bitte?«

Gautinger machte noch einen Schritt. »Dass ich glaube, dass du mit deiner Vermutung recht hast.«

»Ich war damals öfter mit dabei im Waldhäusl. Ich habe alles gesehen.«

Leitner setzte sich wortlos auf den Klavierhocker.

Gautinger begann, im Kreis zu gehen. »Ich hatte gerade erst in der Brauerei angefangen. Es kam oft vor, dass ich den Chef dort hingefahren und später abgeholt habe. Manchmal hat er mich mit ins Waldhäusl genommen, dann durfte ich mitfeiern. Aber ich habe mich immer unwohl gefühlt und meistens im Wagen gewartet.«

Leitner versuchte sein Glück. »Und dabei hast du den Hirneis kennengelernt?«

Gautinger nickte. »Der stand auch immer draußen. Hat nicht nur meinen Chef, sondern auch den damaligen Bürgermeister oder irgendwelche Leute aus der Stadt gefahren. Wir haben uns regelmäßig getroffen.«

»Wie muss man sich das vorstellen?«

»Du kennst ja den Parkplatz draußen, da sind immer zwei, drei Autos herumgestanden, in denen haben wir gewartet, bis die Party vorbei war. Manchmal bis zum Morgengrauen.«

»Und dabei habt ihr euch öfter miteinander unterhalten. Ihr, die Fahrer.«

»Logisch. Sonst wäre die Zeit ja nie vergangen.«

»Habt ihr viel miteinander geredet, der Hirneis und du?«

»Der Servatius hat von sich aus nicht besonders viel gesagt. Aber er hat mir immer offen und ehrlich geantwortet, wenn ich etwas wissen wollte.«

»Was hast du ihn denn gefragt?«

»Na ja, eigentlich sind mir ja die Leute wurscht, die in Krawatte und Anzug rumlaufen. Ich kenn sowieso keinen von denen. Aber neugierig war ich als junger Bursch irgendwann natürlich schon.«

»Neugierig worauf?«

»Ich wollte immer mal wieder von ihm wissen, wer die Leute sind, die da feiern. Und dann ist es aus ihm herausgesprudelt. Der hat alles ganz genau gewusst. Über jeden Einzelnen konnte er etwas erzählen.«

»Auch über die Gäste aus der Stadt?«

»Auch. Egal, ob die aus Regensburg, Nürnberg oder München stammten, der Hirneis hat sie alle gekannt. Hat sogar gewusst, dass manche aus Berlin kamen.«

»Bei diesen Partys soll es ja immer hoch hergegangen sein, was man so hört.«

»Die haben's gescheit krachen lassen. Was das Feiern angeht, könnten wir uns eine Scheibe abschneiden!«

»Bei solchen Feten machen die Leute ja oft viel Blödsinn. So wie jeder von uns mal, wenn er ein bisschen zu tief ins Glas geschaut hat. Das war bei den Gästen im Waldhäusl bestimmt auch so.«

»Ist schon vorgekommen, dass sich so mancher nimmer recht ausgekannt hat. Aber die Leute da spielten nicht in unserer Kreisklasse, sondern eher in der Champions League.«

»Weißt du, ob der Hirneis die Dinge, die im Waldhäusl passiert sind, jemandem weitererzählt hat?«

»Auf keinen Fall. Der hat nicht geplaudert.«

»Aber solche Geschichten sind doch eigentlich immer recht interessant. Oder halt auch peinlich, wenn man selbst der Hauptdarsteller der Geschichte ist.«

Leitner beobachtete Gautinger, dem es sichtlich immer unwohler in seiner Haut wurde. Er schien unbedingt etwas loswerden zu wollen. Leitner war von ihm, ohne danach gefragt worden zu sein, zu seinem Beichtvater auserkoren worden. »Hat der Hirneis jemanden erpresst?«

Gautinger nestelte an dem Verschluss eines Gitarrenkoffers herum. Ohne Leitner anzusehen, sagte er: »Ich weiß nicht, ob man dazu ›erpressen‹ sagen kann.«

»Was ist passiert?«

»Er hat mir immer gesagt, dass es gut ist, die Leute zu kennen. Jeder täte ja schließlich mal über die Stränge schlagen, und sie alle wären ja auch nur Menschen. Und damit hat er freilich recht gehabt. Er wusste, dass die sich gegenseitig Geschäfte zuschieben, und da wäre es nur recht und billig, wenn er und ich auch ein Stück von dem Kuchen abbekämen.«

»Was ja sicher auch der Fall war. Ich nehme an, sie haben euch in eurer Position gut bezahlt.«

»Wenn wir beim Waldhäusl gewartet haben, hat es immer grüne Scheine geregnet. Lange Zeit fand ich das gut. Aber dann …«

»Was dann?«

Gautinger ließ von dem Instrumentenkoffer ab und wandte sich Leitner zu. Mit herabhängenden Armen stand er da. Nur sein Mund bewegte sich. »Dann kam der Abend, an dem das mit der Susanne passiert ist.«

Leitner presste die Luft aus seinen Lungen, um sich für das zu rüsten, was nun käme.

»Der Hirneis und ich saßen im Benz vom Grafen«, begann Gautinger. »Wir standen auf dem Parkplatz, kennst du ja, so hundert Meter vom Häusl weg. Das war so ein Tag, an dem sie uns drinnen nicht dabeihaben wollten. Also haben wir die Standheizung angemacht und dann gewürfelt. Ich habe gegen den Hirneis immer verloren. Ich weiß nicht, wie der das gemacht hat. Wenn ich zweiundfünfzig gehabt habe, hatte er vierundfünfzig. Wenn ich dreiundsechzig würfelte, dann hatte der das Mäxchen, es war zum Verzweifeln.«

»Was ist dann geschehen?«

»Wir saßen also so da, als auf einmal vier oder fünf Typen auf den Parkplatz kamen. Sie waren besoffen und haben ziemlich laut rumgeschrien.«

»Was waren das für welche?«

»Die Köche. Es war schon gegen Mitternacht. In der Küche waren sie meistens gegen halb elf fertig, weil dann die Gäste eh bloß noch geschluckt haben. Die Küchenbelegschaft hat sich danach immer noch selbst eine Stunde lang einen reingetankt, bevor sie sich vom Acker machten. War immer das gleiche Spiel.«

»Was haben die Köche angestellt?«

»Erst mal nichts Besonderes. Sie haben immer laut gegrölt,

aber das war draußen am Waldhäusl Gott sei Dank wurscht. Da hat es ja keinen gestört.«

»Und die Susanne Klingenberger war auch dabei?«

»Die war genauso mit von der Partie wie die anderen Mädchen aus der Küche. Oft wurden sie von einer von den Bedienungen begleitet. Von der Johanna oder der Petra, beide waren um einiges älter als die Köche. Die haben immer geschaut, dass die Jungs nicht zu übermütig geworden sind.«

»Aber an diesem Abend war keine von den Älteren dabei?«

»Nein. Die waren noch drinnen beschäftigt, weil die High Society zu Gast war.«

»Wie ging es dann weiter?«

»Einer der Köche hieß Philipp oder Patrick. Der dann aufs Schiff gegangen ist, weißt du? Auf diesen Riesendampfer.«

»Ach, der Lehmeier Patrick. Der fährt seit drei Jahren auf der MS Europa II. Was war mit dem?«

»Der hat's bei der Susanne probiert. Er hat sie von hinten gepackt, hat ihr an die Titten gegrapscht und wollte einen Kuss von ihr. Die anderen haben danebengestanden und gelacht.«

»Wie hat die Susanne reagiert?«

»Die war es gewohnt. Die hat gewusst, wie ihre Kollegen waren, wenn sie einen sitzen hatten. Sie hat sich der Umarmung entwunden, aber dann ist der Patrick ganz ruppig geworden. Er hat sie geschüttelt, sie um den Bauch gefasst und von rechts nach links gerissen. Ihr Schädel ist hin und her geflogen. Plötzlich haben die anderen nicht mehr gelacht. Und die Susanne natürlich auch nicht. Ich wollte schon aus dem Auto steigen und ihr helfen, aber der Hirneis hat gesagt, so ein Verhalten würde in der Gastronomie dazugehören. Dass die das schon untereinander regeln täten.«

War der Hirneis Leitner bislang etwas zwischen »eigentlich wurscht« und »unangenehm« gewesen, hatte sich seine Meinung über ihn nun komplett Richtung »widerliches Arschloch« verschoben. »Was ist dann passiert?«, wollte er wissen

Gautinger konnte Leitners Blick nicht standhalten und suchte mit den Augen den Boden ab. »Plötzlich haben alle zurück zum Wirtshaus geschaut, von wo aus ein Mann auf den

Parkplatz kam. Als er irgendetwas geschrien hat, hat der Patrick die Susanne gleich losgelassen.«

»Wer war das?«

»Einer aus München. Branich hat er geheißen, Heinz Branich. Er war, hat mir der Hirneis erzählt, ein Direktor. Ein Mini… Ministrant oder so.«

»Ein Ministerialdirektor?«

»Ja, ich glaube. Eben etwas Höheres. Beim Amt für Wasserschutz. Er hat die Burschen wieder zur Räson gebracht.«

»Und das hat funktioniert?«

Gautinger nickte wie selbstverständlich. »Sofort. Dieser Branich war eine Respektsperson. Der ist mit Anzug und Schlips dahergekommen und hat eine tiefe Stimme gehabt. Die jungen Burschen sind vor ihm gleich zurückgewichen, zu ihren Autos gegangen und heimgefahren. Aber natürlich haben sie das Fenster aufgemacht und noch frech herausgeschimpft.«

»Und weiter?«

»Der Hirneis hat nur ›Na also!‹ gesagt, und wir haben dann weitergespielt.«

»Was war mit Susanne?«

»Die hat sich noch mit dem Branich unterhalten. Eine ganze Weile. Ich habe gar nicht mehr hingesehen. Als ich irgendwann mit Würfeln dran war, hat der Hirneis auf einmal gesagt: ›Jetzt wird's spannend!‹ Ich hab durchs Seitenfenster geschaut und gesehen, wie der Branich von hinten die Susanne am Nacken massiert hat. Sie sah nicht so aus, als ob ihr das gefallen hätte. Dann hat er sie zu sich umgedreht, ihre Hand genommen und damit an seiner Hose gerieben. Vorn, du weißt schon.«

Leitner atmete nur noch flach.

»Susanne hat die Hand wegziehen wollen, aber der Branich hat in die Richtung gezeigt, in die die Köche gerade verschwunden waren. So als wollte er sagen: ›Ich habe dich gerade vor denen gerettet!‹ Und dann hat sie weitergemacht. Der Hirneis hat gesagt: ›Da schau her, das sind eben auch nur Menschen.‹«

»Und dann?«

»Dann hat sich der Branich mit seiner freien Hand den

Reißverschluss aufgemacht. Er hat die Susanne auf die Knie gedrückt und dann mit beiden Händen ihren Kopf genommen, zum …« Er machte eine wippende Bewegung auf Hüfthöhe. »Auf einmal hat der Typ aufgeschrien und ist ein bisschen zusammengeknickt. Susanne hat sich aufgerichtet und ist ein paar Schritte zurückgetaumelt. Dann wollte sie davonlaufen, aber der Branich war stocksauer. Er ist ihr hinterher und hat sie freilich auch erwischt. Hat sie einfach gepackt und auf die Motorhaube von einem Jaguar geworfen. Sie hat gestrampelt wie eine Wilde.« Gautinger rang um Fassung. Wütend wischte er sich eine Träne von seiner Wange.

»Und was habt ihr gemacht?«, fragte Leitner. »Der Hirneis und du?«

»Ich habe den Würfelbecher weggeworfen und wollte sofort die Tür aufreißen. Wollte dieses Arschloch mit seinem weißen Kragen verprügeln!«

»Aber du *bist* nicht ausgestiegen?«

Gautingers Stimme klang tränenerstickt. »Der Hirneis hat mich an der Schulter gepackt. ›Lass dem doch seinen Spaß‹, hat er gesagt. ›Die fängt sich schon wieder.‹ Ich habe erwidert, dass wir doch nicht einfach zuschauen können, aber er hat gemeint: ›Wenn wir das noch ein bisschen tun, brauchen wir nie wieder arbeiten. Dann wandern nämlich nicht die grünen, sondern die lilafarbenen Scheine in unsere Tasche.‹«

Leitner rang nach Luft. »Das war nicht sein Ernst, oder?«

Gautinger nickte stumm.

Leitner schlug sich beide Hände vor sein Gesicht und fing an, seine Stirn zu massieren.

»Wie er fertig war, hat sie sich nicht mehr gerührt«, fuhr Gautinger fort, »lag ganz still da. Der Branich hat sich seinen Anzug wieder gerichtet und dann mit ihr geredet, als ob nichts gewesen wäre. Er hat sein Handy genommen, und ein paar Minuten später ist ein Taxi auf den Parkplatz gefahren. Der Branich hat die Susanne reingesetzt, dem Fahrer einen Hunderter gegeben und der Susanne auch zwei Scheine in die Jacke gesteckt. Dann ist das Taxi davongefahren, und der Hirneis hat gesagt: ›Siehst du, wie locker bei den Herren das Geld sitzt?‹«

Leitner sprang auf und trat wütend gegen eine Bierkiste. Leere Flaschen flogen in der Halle umher und zersprangen klirrend auf dem Betonboden. »Ihr habt seelenruhig zugeschaut, wie ein junges Mädchen vergewaltigt wurde?«

Als wieder Stille herrschte, sagte Gautinger: »Nicht seelenruhig! Ich wollte zu ihr hinlaufen, aber der Hirneis hat mich festgehalten. Er hat uns zwei Schnaps aus seinem Flachmann eingeschenkt und gesagt: ›Das vergeht schon wieder. Das passiert allen jungen Weibern mal.‹ Und ich bin dagesessen und habe nicht gewusst, wie mir war. Ein bisschen später hat der Hirneis gesagt: ›Schau, schau!‹ Da ist dann der Branich mit dem Grafen Söllwitz nach draußen gekommen.«

»Mit dem Sebastian? Deinem Chef?«

»Der Branich hat mit ihm geredet, und als er an dem Auto vorbeigekommen ist, auf dem er die Susanne missbraucht gehabt hat, da ist er gestürzt, wie wenn er auf einer nassen Wurzel ausgerutscht wär, und hat sich mit aller Gewalt auf die Motorhaube fallen lassen. Er hat so getan, als hätte er die Dellen im Blech verursacht. Hättest mal sehen sollen, wie peinlich er sich verhalten hat.«

»Und der Graf?«

»Der war ja jetzt sein Zeuge für das Missgeschick. Der hat bloß abgewinkt, so nach dem Motto: ›Nichts, was man mit Geld nicht wieder hinkriegen könnte.‹ Dann sind die beiden zurück ins Häusl, und der Hirneis hat gekichert und sich die Hände gerieben.«

Beide Männer schwiegen einige Minuten.

»Habt ihr vom Branich Schweigegeld verlangt?«, fragte Leitner schließlich

»Nicht wir. Ich hätte mich das nie getraut. Aber der Servatius hat gesagt, er würde das schon für uns zwei regeln. In den Monaten darauf habe ich auch regelmäßig ein sattes Geld von ihm gekriegt.«

»Wie viel?«

»Jeden Monat zweitausend Euro. Immer pünktlich. ›Münchner Regen‹, so hat der Hirneis die Zahlungen genannt.«

Leitner ging zu Rudolf Gautinger, der so aussah, als wäre es ihm gleichgültig, sollte Leitner vorhaben, ihn zu verprügeln. »Ich kann einfach nicht glauben, dass du tatenlos zugesehen hast, Rudolf.«

Gautinger hob die Hand. »Du brauchst mir keine Vorwürfe zu machen. Anfangs habe ich mir eingeredet, dass das schon nicht so schlimm war. Dass der Hirneis recht hat. Es floss genug Geld, und alle waren zufrieden.«

»Bis auf Susanne.«

»Bis auf Susanne.« Gautinger zündete sich eine Zigarette an. »In der Nacht höre ich noch heute ihre Hilfeschreie. Aber dann habe ich mitbekommen, dass sie an dem, was passiert war, mehr zu beißen hatte, als wir gemeint haben. Die Johanna hatte dem Wirt gegenüber mal was angedeutet. Man hat Susanne nirgends mehr gesehen, sie war wie vom Erdboden verschluckt. Dann ist mir klar geworden, was dieser Branich ihr angetan hat. Seither habe ich mir selbst das Gehirn zermartert und jetzt endlich kapiert, was da eigentlich passiert ist.«

»Gratuliere«, stieß Leitner bitter hervor.

»Ich habe tausendmal hin und her überlegt, ob ich was sagen soll. Aber dann ist die Susanne mit ihrem Wagen in den Baum reingekracht, und es war zu spät.«

Leitner musste tief durchatmen. »Dir ist klar, dass wir mit dieser Geschichte zur Polizei müssen.«

»Vergiss es. Ich haue heute Nacht noch ab. Das würde die Susanne auch nicht wieder lebendig machen. Aber als du vorhin bei uns in der Brauerei warst und nach dem Hirneis gefragt hast, da habe ich mir gedacht, ich muss dir vorher noch davon erzählen.«

»Wir müssen auf jeden Fall zur Polizei gehen. Die sollen sich den Branich schnappen!«

»Den werden sie nicht erwischen, Gerhard.«

»Und warum nicht?«

»Der Hirneis hat mir erzählt, dass der jetzt in Johannesburg sitzt und von dort aus schön brav weiterzahlt. Ist mittlerweile Vorsitzender von so einer Stiftung. Für den Anbau von Nahrungsmitteln in Afrika, glaube ich. Da hat unsere Polizei keine Chance mehr.«

Leitner konnte die Wut in seinem Bauch kaum bändigen.

»Du kommst gegen diese Leute nicht an, Gerhard!«

»Das werden wir ja sehen. Du wirst auf jeden Fall nicht abhauen!«

Doch Rudolf Gautinger schob Leitner zur Seite und rannte aus dem Hallentor zu seinem Wagen. Leitner setzte ihm nach, aber Gautinger saß bereits am Steuer und lenkte den Wagen mit quietschenden Reifen Richtung Ausfahrt. Leitner bekam nur den Außenspiegel zu fassen, wurde aber durch das Tempo des Wagens zu Boden gerissen. Er rollte dreimal um seine eigene Achse und blieb mit einem stechenden Schmerz im Rippenbereich liegen.

Als er sich endlich wieder aufrappelte, konnte er die Lichter des Wagens in der Nacht verschwinden sehen. Er biss die Zähne fest zusammen. »Dreckschweine …«, presste er hervor.

Samstag

In dem Musikgeschäft roch es nach Pappkarton und fabrik-
neuem Plastik. Der Boden war trittschallgedämpft, Stimmen
verloren ihren natürlichen Nachhall. »Diesmal nur gegen Barzahlung oder Sofortüberweisung, Gerhard.«

Leitner blickte Alexander Schnurrer ungläubig an, bevor er
wieder zu den vielen großen Kartons sah. »Aber ich brauche die
Boxen, es geht ja immerhin um die Große Halle im nächsten
Monat. Die werden mir den Arsch schön hochbinden, sollte
ich sie unter zwanzig Kilowatt beschallen.«

Alexander Schnurrer war Verkäufer im einzigen Schwandorfer Musikalienladen, der sich trotz des Internetriesen Thomann
halten konnte. Er war zuständig für die Personal-Announce-
ment-Abteilung, kurz PA oder zu Deutsch: für alles, was mit
Mischpulten, Mikrofonen, Verstärkern und Lautsprechern zu
tun hatte.

Da Schnurrer nicht antwortete, hakte Leitner nach: »Warum
nur gegen Barzahlung? In den letzten Jahren haben wir das auch
immer mit Abstottern hinbekommen.«

»Ich weiß, aber der Chef hat es so angeordnet.«

»Ihr macht Schwänke. Aber gut, ich muss sowieso zur Sparkasse. Dann rede ich halt mit dem Auburger. Schick mir die
Boxen bitte rüber in meine Halle.«

»Tut mir leid, Gerhard. Wie schon gesagt: erst, wenn Cash
da ist.«

»Aber heute ist schon Samstag. Und wer weiß, wie lange
die auf der Bank brauchen!« Leitner bedachte Schnurrer mit
einem Blick, als würde er einen Fremden ansehen und nicht
einen langjährigen Geschäftspartner. »Ihr bringt's noch fertig,
dass ich auch im Internet kaufen muss.«

Als Leitner das Geschäft verlassen hatte, fragte Alexander
Schnurrers Kollege, der während des Gesprächs damit beschäftigt gewesen war, Notenbücher in ein Regal zu schlichten: »Das
wusste ich ja noch gar nicht, dass wir nur noch gegen Cash an

unsere Kunden verkaufen dürfen. Wann hat der Chef denn das angeordnet?«

»Von unseren Kunden hat der Alte auch nicht gesprochen«, sagte Schnurrer. »Nur von einem.«

»Sag mal, habt ihr heute alle den Arsch offen?«, schrie Leitner seinen Finanzberater in dessen Büro in der Schwandorfer Sparkasse an.

Der Mann sprang von seinem Schreibtischstuhl auf und schloss hastig die Tür. »Jetzt komm mal wieder runter, Gerhard!«

»Wir hatten doch alles durchgesprochen«, ereiferte sich der, »und jetzt kommst du mir mit ›Kreditrahmen nicht heraufsetzbar‹ und ›ungewisse Bonität‹!«

»Daran führt kein Weg vorbei«, sagte Eduard Auburger. »Das ist das Ergebnis der Computerberechnungen.«

Leitner blickte kurz zu dem Wandgemälde, das hinter dem Schreibtisch hing. Er musste sich beruhigen. Dann faltete er seine Hände und stützte sich auf den Schreibtisch. »Ich brauch diese Erweiterung meiner PA«, sagte er beschwörend. »Ich habe einige Wochen mit den Big Points vor mir.«

»Wer sind denn die Big Points?«

»Keine Band! Ich meine, jetzt kommen die richtig dicken Aufträge. Die Fat Burners nächste Woche! Und die Bay City Rollers sind auch wieder on tour. Ihr Stopp bei uns in der Großen Halle Wirkendorf ist mein einträglichstes Baby in nächster Zeit!«

Eduard Auburger setzte sein undurchdringlichstes Pokerface auf und hob verteidigend und schweigend seine Hände.

»Wir arbeiten doch schon seit Jahren zusammen«, schimpfte Leitner weiter. »Gut, manchmal kamen meinen Zahlungen ein bisschen verzögert, aber gezahlt habe ich immer!«

»Ich kann es nicht ändern, Gerhard. Die Vorgabe kommt von der oberen Etage.«

»Von der oberen Etage? Aber die Leute kennen mich doch

auch schon lange genug. Mein Vater ist seit zehn Jahren Gemeinderat in Wirkendorf. Ihr kriegt euer Geld doch wieder!«

»Ich kann leider nichts für dich tun, Gerhard. Deine finanzielle Situation wird zurzeit nun mal so eingestuft.«

Leitner stand auf und schrie: »Bis vor Kurzem habt ihr die Situation noch nicht so eingestuft. Und ruf bloß nie wieder an, wenn du an deinem Geburtstag Livemusik brauchst!«

Wütend verließ er das Büro und traf im Eingangsbereich auf den Sparkassendirektor Dr. Gebert, der ihn freundlich grüßte. »Ach, der Herr Dr. Gebert!«, schnauzte Leitner. »Haben Sie auch mit der Einstufung meiner finanziellen Situation zu tun?«

»Herr Leitner«, sagte der Direktor und deutete auf die anderen anwesenden Kunden, die sich bereits neugierig nach dem Verursacher des Krawalls umdrehten. »Ich bitte Sie …«

»Da können Sie lang bitten. Ich bin doch nicht bescheuert! Ich weiß doch, woher diese«, er malte mit seinen Fingern Anführungszeichen in die Luft, »plötzliche Meinungsänderung bezüglich der Einstufung meiner finanziellen Situation kommt! Sie müssen doch auch hüpfen, wenn die aus München pfeifen. Hat jemand ein bisschen seine Muskeln spielen lassen?«

»Gerhard!«, vernahm er plötzlich eine vertraute Stimme und wandte sich um. Seine Schwester Gerlinde stand neben ihm, anscheinend hatte sie etwas an einem der Selbstbedienungsschalter zu erledigen gehabt. »So kannst du dich doch nicht in aller Öffentlichkeit aufführen!«

»In aller Öffentlichkeit! Wie es aussieht, gibt es hier einige Sachen, über die die Öffentlichkeit besser informiert sein sollte! Denn es gibt hier Kreise, zu denen wir nicht dazugehören, die aber über uns bestimmen.«

»Gerhard, ich flehe dich an«, versuchte Gerlinde verzweifelt, ihren Bruder vor weiteren Äußerungen zu bewahren, mit denen er sich empfindlich schaden könnte.

»Ich sag doch nur, wie es ist! Um dazuzugehören, haben wir einfach nicht genügend Dreck am Stecken. Aber wir arbeiten daran, ich versichere Ihnen, Herr Direktor, wir arbeiten daran!« Leitner stürmte aus dem Foyer der Sparkasse.

Zunächst sprach niemand ein Wort, dann erhob sich langsam

wieder leises Gemurmel. Gerlinde Zapf stand in der Mitte des Raumes, ihr Gesicht rot vor Scham und Wut über das Verhalten ihres Bruders.

»Bestimmt ist er heute nur mit dem falschen Fuß aufgestanden. Machen Sie sich nichts draus. Morgen ist wieder alles vergessen.«

Gerlinde Zapf nickte, dankbar dafür, dass Direktor Dr. Gebert die Situation herunterspielte, und ging Richtung Ausgang. Sie wusste haargenau, dass morgen nicht alles vergessen sein würde.

Leitner und Agathe hatten sich für das Mittagsmahl im Sportheim des SV Wirkendorf verabredet. Der Wirt hatte die gebratenen Schnitzel samt Pommes rot-weiß serviert, und nun saßen beide wortlos einander gegenüber.

Agathe beobachtete Leitner aus den Augenwinkeln, während er lustlos mit der dünnen Kantinen-Blechgabel in seinem Salat mit Dosenquietschbohnen und Fertigdressing herumstocherte. »Ich habe mir nochmals Gedanken gemacht«, begann sie. »Es wird zwar schwierig sein, einen einzelnen Hof in der Tschechei ausfindig zu machen, aber irgendwo dort müssen die Tschechen die CNC-Fräse ja hingebracht haben, wenn es stimmt, was uns der junge Zwicknagel erzählt hat.«

Leitner erwiderte nichts.

»Vielleicht sollten wir da noch mal ansetzen«, fuhr sie fort. »Oder was meinst du?« Ihr Körper versteifte sich instinktiv, als Leitners versteinerter Blick sie traf. »Was hast du denn?«

Er legte die Gabel beiseite und lehnte sich auf dem Stuhl zurück. »Ich weiß nicht, ob ich so weitermachen kann, Agathe.«

»Was meinst du damit?«

»Ich meine, dass der Fall mit der verschwundenen Maschine *dein* Fall ist und nicht meiner.« Nach einer Pause setzte er hinzu: »Und auch, dass diese Konservenbüchsenmumie ein Fall für die Kripo ist und nicht für mich oder uns.«

»Nun, streng genommen stimmt das wohl. Aber –«

»Wir sind zu weit gegangen. Ich muss immer daran denken, dass ich hier in Wirkendorf zu Hause bin.«

»Was hat das denn damit zu tun?«

»Ich kann so nicht weitermachen.«

»Gut, in den letzten Tagen wurde ein bisschen Brackwasser nach oben gespült, aber wir haben doch auch viele Informationen gesammelt.«

»Zu viele. Wir müssen damit aufhören. *Ich* muss damit aufhören.«

»Du willst aufgeben?«

»Was wäre so schlimm daran?«

»Sag mir, warum!«

»Weil ich durch dieses saublöde Detektivspielen mittlerweile das ganze Dorf gegen mich aufgehetzt habe. Weil die Bank mir keinen Kredit mehr gibt. Weil unser Kirwaverein gegen mich rebelliert!«

»Das tut mir leid, Gerhard, aber —«

»Es tut dir leid? Ich habe hier mein Geschäft aufgebaut, das ich unter den momentanen Umständen nicht mehr länger betreiben kann. Ich habe Streit mit meiner eigenen Familie. Ich kann nirgendwo mehr hingehen, ohne dass die Leute die Nase rümpfen und die Köpfe zusammenstecken!«

Agathes Atmung wurde flacher. Sie musste sich beherrschen. Mit unterdrückter Wut sagte sie: »Und daran bin natürlich nur ich schuld. Die Maus aus der Großstadt, die deine schöne heile Kleinstadtwelt zerstört hat.«

»Wer denn sonst? Hättest du mich nicht reingezogen, wäre der ganze Ärger doch nie passiert!«

Es kostete Agathe Mühe, ihren Zorn im Zaum zu halten. »Jetzt pass mal auf, mein Freund! Ich habe dich um Hilfe gebeten, das ist wahr. Und ich habe mich sehr gefreut, dass du mich unterstützt hast. Ohne dich wäre ich nie so weit gekommen.«

»Das bringt mir aber nichts, wenn ich dafür mit der Hälfte der Wirkendorfer im Krieg leben muss!«

»Ach ja, dein Dorf. Ich habe es dir schon einmal gesagt: Ich bin nicht hier, weil mir in München langweilig ist. Ich ziehe nicht frohen Mutes los und frage mich, welche Gemeinde ich wohl als nächste ins Chaos stürzen werde. Ich bin hier, weil ich einen Auftrag habe! Und den muss ich erfüllen, das ist mein Beruf. Ich muss dafür sorgen, dass Recht auch Recht bleibt. Ein Versicherungsbetrug in dieser Höhe ist kein Kavaliersdelikt. Ich bin nicht hier, um deinen Frieden zu stören, sondern um dem Recht zu seiner Geltung zu verhelfen!«

»Du bist hierhergekommen und hast dich einen Dreck darum geschert, ob deine Fragerei einen Scherbenhaufen hinterlassen könnte. Und ich Idiot habe dir dabei auch noch geholfen!«

»Der Scherbenhaufen geht mich nichts an. *Ich* kann doch nichts dafür, welche Zustände hier herrschen! Wenn die im Waldhäusl Orgien gefeiert haben und du nicht in der Lage bist, mit deiner Familie oder deiner Bank einen vernünftigen Satz zu sprechen – dann bin nicht ich dafür verantwortlich! Ich bin nur an Fakten interessiert. An der Wahrheit. Ich will wissen, was hier läuft, und wenn du das nicht verträgst oder damit ein Problem hast, dann ist es wirklich besser, du steigst aus!«

»Und genau das werde ich tun. Du bist ja besessen! Du steigerst dich dermaßen in diese Angelegenheit rein, dass dir alles andere um dich herum egal ist!«

»Das tue ich nicht!«

»Ach nein? Und warum bist du in Hamburg bei der Polizei rausgeflogen?«

»Ich bin nicht rausgeflogen.«

»Stimmt, du bist davongerannt! Aber erst musste dein Partner wegen deinem beschissenen Ehrgeiz dran glauben!«

Agathes Körper bebte. Sie rang nach Luft, aus ihren Augen rannen zwei kleine Tränen. Dann nahm sie ihre Tasche und stand auf. »Du hast wie üblich keine Ahnung, wovon du redest. Also hat mich mein Gefühl, als ich in die Oberpfalz gefahren bin, doch nicht getäuscht. Hier wohnen offensichtlich ausschließlich dumme, nach Kuhscheiße stinkende Möchtegern-Cowboys!«

Obwohl er dagegen ankämpfte, zitterte auch Leitner am ganzen Körper, nachdem Agathe das Sportheim verlassen hatte.

Für einen Samstagabend war die Besucherzahl im »Rockdomizil« sehr ansehnlich. Bei vielen Wirkendorfern hielt die Kirwastimmung offenbar noch an. Der schummrige Club ähnelte mit seinen vielen Korridoren einem Labyrinth. Alle endeten an einer etwas tiefer gelegenen Tanzfläche, auf der gut einhundert Menschen zu »Zombie« von den Cranberries hin und her schwankten. Samstags legte immer der örtliche Kult-DJ Willy auf, was gleichbedeutend mit »Oldietag« war.

Inmitten des Gewimmels tanzte Leitner. Genau genommen bewegte er sich kaum. Er trat von einem Fuß auf den anderen und schrie den Refrain in Richtung der Discokugeln an der Decke. *»In your heeeeeeeeaaaad ...«*

Während Dolores O'Riordan zu ihrem Stöhnkonzert ansetzte, rieb sich ein schlankes Mädchen eng an ihm vorbei. Die Berührung riss ihn aus seiner Trance. Leitner sah ihr nach und erkannte Veronika Wanninger. Da war sie wieder, wie schon an der Kirwa! Dieses kleine Luder! Er wollte hinter ihr her, verlor sie aber im Getümmel aus den Augen und stieß mit den Ellbogen die Tanzenden zur Seite. Einige rempelten zurück, dann erreichte er endlich den Rand der Tanzfläche, doch immer noch sah er keine Veronika.

Leitner ging zur Bar und bestellte eine Flasche Bacardi und eine Karaffe mit Cola. Er bereitete sich einen alkohollastigen Mix in seinem Glas zu und kippte ihn hinunter. Dann wiederholte er die Prozedur. Beim dritten Glas rief eine vertraute Stimme hinter ihm: »Hast du dich wieder beruhigt?«

Leitner fuhr herum und erblickte seine Schwester Gerlinde. Sie nahm die Bacardi-Flasche und hielt sie gegen das Licht. »Da hast du aber noch einiges vor dir.« Sie gab ihrem Bruder ein Bussi auf die Wange.

Leitner griff nach der Flasche in ihrer Hand und schenkte sich nach. »Wo ist denn die Kleine heute? Bei der Oma?«

»Warum sollte sie? Der Richard ist natürlich bei ihr.«

Leitner dachte an seinen Schwager, den Finanzbeamten. Der kümmerte sich rührend um seine Tochter, das musste man ihm lassen. Überhaupt schien die Ehe zwischen Gerlinde und Richard perfekt zu sein. Und das, obwohl Leitner regelmäßig einschlief, wenn er auf Familienfesten neben dieser Schlaftablette saß.

»Wie geht es dir?«, wollte Gerlinde wissen.

Gerhard sah seine Schwester an und versuchte, Ordnung in die vielen Dinge zu bekommen, die ihm heute widerfahren waren. »Der Roland«, sagte er schließlich nur.

»Ich hab's gehört. Tut mir leid, Gerhard.«

»Von wem?«

»Der Papa hat's mir erzählt.«

»Der Papa … aha. Na, dann passt's ja. Wenn er es auch schon weiß. Der Papa!« Leitner trank sein Glas leer. »So traurig wird er schon nicht sein, der Papa, dass der Roland jetzt nicht mehr ist. Prost, Roland! Sollst leben!«, schrie Leitner und hob sein Glas zur Decke.

Gerlinde blickte ruhig auf ihren Bruder. »Es hat dem Papa halt wehgetan, dass du mehr für den Roland Trompete gespielt hast als für ihn daheim.«

»Das lag daran, dass der Roland *zugehört* hat, egal, was ich gespielt habe. Beim Vater musste es ja immer gleich ein Konzert sein. Aber mittlerweile weiß ich, dass ich ihm nix recht machen kann. Also probier ich's gar nicht mehr. So einfach ist das.«

»Stimmt, recht war dem Papa deine Aktion heute in der Sparkasse auch nicht. Mitarbeiter vom Dr. Gebert haben ihm das natürlich auch gleich brühwarm erzählt.«

»Das ist mir wurscht«, brummte Leitner.

»Aber dem Papa nicht. Immerhin ist er dein Bürge auf der Bank.«

»Der kann mich mal.«

Von der Tanzfläche kam eine junge Frau auf Leitner und seine Schwester zugerannt. Sie packte Gerlinde von hinten. »Wisst ihr schon das Neueste? Der Günther hat gerade gesagt, dass das mit ihm und der Sonja vorbei ist! Servus, Gerhard!«

Leitner nickte kurz.

»Komm runter zu uns, Gerlinde, die Andrea packt gerade voll bei ihm an!«

Nachdem sie diese wichtige Nachricht losgeworden war, verschwand die junge Frau wieder im Getümmel.

»Ihr habt heute Weiberabend?«, fragte Leitner.

»Muss auch mal sein. Wird aber nicht lange dauern, weil ich die Kleine ja morgen früh in den Kindergarten bringen muss. Und du?«

»Was, und ich?«

»Was machst du heute für einen Abend?«

»Ich? Ich …« Leitner sah zu seiner Schwester, dann zur Bacardi-Flasche und dann wieder zu seiner Schwester. »Ich lasse mir heute die Suppe in die Birne laufen, bis ich die Fresse voller Blaukraut hab.«

Gerlinde kannte ihren Bruder lange genug, um zu wissen, dass er alles in seiner Kraft Liegende dafür tun würde, diesen Plan in die Tat umzusetzen. »Treib's nicht zu wild«, sagte sie und gab ihm ein Abschiedsbussi. Sie sah es nicht gern, wenn er in dieser Stimmung war. Aber daran konnte auch sie nichts ändern; sie hatte es in den letzten zwanzig Jahren weiß Gott oft genug versucht.

Leitner machte sich unverzüglich daran, seinen Worten Taten folgen zu lassen. Nach einem weiteren großzügigen Schluck sah er, wie sich Dominik Kammerl, die Klarinette der Kapelle, zögerlich näherte. »Jetzt komm halt her!«, rief er und verdrehte genervt die Augen.

»Ich … hab nicht recht gewusst, wie du beieinander bist«, stammelte Kammerl.

»Ich bin exzellent beieinander! Ich habe *die* Zeit meines Lebens!« Leitner warf sich in Pose und leerte sein Glas.

»Es ist bloß wegen des Auftritts im Rathaus …«

»Was ist damit?«

»Also … der Schmalzbauer Nock«, das war die Tuba, »der hat mich vorher angerufen und gesagt, dass unser Auftritt dort gecancelt wurde.«

»Und von wem?«

»Einer vom Rathaus hat ihn wohl angerufen. Die haben sich anders entschieden.«

Leitner stand gekrümmt da, als hätte man ihm einen Fausthieb in den Magen versetzt. »Die Schweine haben miteinander telefoniert«, flüsterte er zornig. Natürlich war ihm klar, dass sein Besuch bei Sebastian Graf zu Söllwitz und sein Auftritt in der Sparkasse einige Gespräche verursacht hatten, aber dass die Reaktion so prompt erfolgt war, überraschte ihn dennoch. »Wer spielt denn statt uns?«

»Ich glaube, die Altenkirchener. Der Nock war übrigens ziemlich sauer. Er ruft dich morgen an, hat er gemeint.«

»Kann er gern machen. Kommt eh nicht mehr drauf an.«

Kammerl hatte keine Ahnung, was Leitner mit diesem Satz meinte, merkte aber, dass das Gespräch beendet war, und schlich davon.

Leitner bereitete sich eine weitere Mixtur zu, doch als er nach dem Glas greifen wollte, schnappte es ihm eine kleine zierliche Hand weg. Neben ihm stand Miss Wanninger. Sie ging auf Tuchfühlung mit seinem Oberschenkel und spreizte ihre Beine, sodass er durch den Stoff seiner Hose ihre Wärme spüren konnte. Sie suchte am Glas nach der Stelle, an der er getrunken hatte, leckte darüber und nahm schließlich selbst einen großen Schluck. Dann besah sie sich das Pflaster an seiner Schläfe und fragte: »Was ist dir denn passiert?«

»Mir ist mein Dickschädel geplatzt.«

Veronika legte einen Arm um seine Schulter und streichelte mit der anderen Hand sanft an seiner Verletzung vorbei. »Das tut bestimmt noch sehr weh. Wenn du willst, kann ich mir das daheim mal anschauen.«

Leitner war in den Tiefen ihrer braunen Augen versunken, als er einem Impuls folgend mit seiner Hand an ihr Gesäß griff, sie fest an sich drückte und ihr einen langen Kuss gab.

Sie zitterte ein wenig und atmete hörbar, als sie sich ihm entwand und hauchte: »Ich bin gleich wieder da.«

Leitner zog sich zurück. »Dann bin ich schon weg. Ich gehe jetzt nach Hause.«

»Ich komm mit!«

»Besser nicht, Vroni.«

Sie sah ihn verständnislos an.

»Nicht mein Tag heute.«

Spielerisch kniff sie ihm ins Ohr und flüsterte: »Aber irgendwann kommst du mir nicht mehr aus, du Bazi!« Dann kickte sie ihr Knie an die Innenseite seines Oberschenkels und verfehlte die empfindlichsten Teile nur knapp.

Leitner zuckte instinktiv zusammen, spürte aber schnell, dass nichts passiert war. Nicht ohne Erregung sah er Veronika hinterher, die wieder zur Tanzfläche hopste.

»Eine reicht dir wohl nicht mehr, was?« Jemand schlug ihm auf die Schulter. »Hey, ich rede mit dir!«

Leitner drehte sich um und sah den zweiten Kirwaburschen Markus Gerstenmeier vor sich stehen.

»Du glaubst wohl, du kannst dir alles erlauben, was?«

Leitner blickte ihm emotionslos in die Augen. Dann sagte er: »Wird das hier ein Zwergenaufstand, oder was?«

»So behandelst du die Martina nicht, verstanden?«

Leitner widmete sich wieder seinem Glas. »Leck mich doch am Arsch.«

Gerstenmeier riss ihn an der Schulter wieder zu sich herum. »Die Martina ist ein Pfundskerl, und so, wie du mit ihr umgehst, behandelt man keinen Hund! Zuerst nistest du dich drei Tage lang bei ihr ein und gehst auch noch fein mit ihr zum Essen. Dann sagt sie dir, dass zwischen euch nichts läuft, weil sie mit dem Grafen zusammen ist, und kaum zwei Tage später stattest du dem einen Besuch ab und beschuldigst ihn, ein Mörder zu sein. Und jetzt hockst du hier und schnappst dir mir nichts, dir nichts gleich die Nächste!«

»Erstens«, sagte Leitner, »geht es dich einen Scheißdreck an, was ich mit wie vielen Frauen mache. Und zweitens: Lern du erst mal, wie du dir *eine* schnappst, dann können wir weiterreden.« Leitner griff zu seinem Glas, als er das laute Patschen eines mit der flachen Hand ausgeführten, schallenden Schlags hörte. In seinem Ohr breitete sich ein stechender Schmerz aus, und ein unangenehmer Dauerpfeifton, einem Fis nicht unähnlich, ertönte. Gerstenmeier musste ihn mit der Handfläche genau am Ohr erwischt haben. Leitner strauchelte kurz, dann hielt er sich am Tresen fest und wollte zum Gegenschlag ausholen, aber plötzlich hielten ihn wie auch Gerstenmeier zwei schwarz gekleidete Mitarbeiter der Security fest.

Der Barkeeper gab ihnen die Auskunft, dass der Kirwabursch

als Erster zugehauen hatte, die ihn daraufhin hinausführen wollten.

Doch Leitner hielt sie auf. »Langsam! Der Markus ist kein Schläger. Der war bloß sauer auf mich, aber von mir aus kann er bleiben, weil ich eh abhaue.«

Die Security-Leute ließen Gerstenmeier los, der immer noch zornig schaute. Doch unter den strengen Blicken des Barkeepers und der Zwei-Meter-Männer vom Sicherheitsdienst getraute er sich nicht, einen schlauen Kommentar abzugeben.

Leitner deutete auf seine Rumflasche. »Den kannst auf mein Wohl trinken. Wird dich beruhigen.«

Damit verließ er das »Rockdomizil«. Im Freien ließ seine Körperspannung, die er benötigt hatte, um den Club erhobenen Hauptes zu verlassen, merklich nach. Sein Schädel pochte unaufhörlich, und das Pflaster auf seiner Kopfwunde fühlte sich feucht an. Leitner lenkte seine Schritte zu seinem Opel und fummelte mit einer Hand nach seinem Autoschlüssel.

»Das würde ich man lieber nicht tun!«

Leitner wusste, wem die Stimme aus dem hohen Norden gehörte. Agathe war wie aus dem Nichts hinter ihm aufgetaucht.

»Deinem Gang nach zu urteilen hätten die Cops finanziell ausgesorgt, sollten sie dich in diesem Zustand hinter dem Steuer erwischen.«

»Zu Fuß sind es fast fünf Kilometer nach Hause«, brummte Leitner.

»Dann fahr ich dich heim.«

Während sie den Parkplatz verließen, fragte er: »Woher wusstest du eigentlich, wo ich bin?«

»Es ist nicht wirklich schwierig, dir zu folgen. Bei der Spur der Verwüstung, die du im Augenblick hinter dir herziehst.«

Die Fahrt zu Leitners Halle dauerte keine zehn Minuten. Leitner stieg auf dem Hof davor aus und verabschiedete sich von Agathe.

Sie stand mit einem Bein auf dem Tritt ihres Wagens und schaute über die Fahrertür hinweg zu, wie Leitner das Tor aufschloss. »Ich sollte dir deine Wunde besser neu verbinden!«, rief sie ihm hinterher.

Er drehte sich um. »Du brauchst mich nicht zu verarzten.«

»Du hast ziemlich einen sitzen.«

»Und das habe ich mir redlich verdient. Verschwinde jetzt.«

»Ich rufe dich morgen Mittag an.«

»Vergiss es und hau endlich ab!«

Agathe blieb nichts weiter übrig, als wieder in ihren BMW zu steigen.

Leitner ging ins Badezimmer. Die Wohnung in der Werkshalle vor den Toren Wirkendorfs bestand aus einem hölzernen Verschlag, der in eine Ecke gebaut worden war und früher als Büro gedient hatte. Damals war die Wirkendorfer Porzellanfabrik noch in Betrieb gewesen. Nun standen darin ein großes Bett, ein Schreibtisch mit Laptop, ein Schrank, ein Kühlschrank und ein kleiner Heizlüfter.

Im abgetrennten Nassbereich zog Leitner das Pflaster ab und beäugte seine Wunde an der Schläfe. Sie sah schlimmer aus als zuvor, blutete aber nicht mehr. Er stützte sich am Waschbecken mit beiden Händen auf und sog mehrmals tief Luft ein. Jedes Mal, wenn er ausatmete, ließ er einen Teil seiner Wut und seines Schmerzes los.

Nach einigen Minuten dieser Meditation schlurfte er wie in Trance in die Halle, die als Lager seiner gesamten Musikausrüstung diente, und setzte sich auf den Klavierhocker, der vor dem großen schwarzen Flügel stand. Er klappte den Deckel hoch und legte seine Finger auf die Tasten. Gefühlvoll begannen sie, Akkorde zu spielen. Leitner improvisierte, ohne einem Schema zu folgen. Die wohlklingenden Töne, die die Hämmer auf den Saiten verursachten, fingen seine Schmerzen ein und trugen sie wie Seifenblasen davon.

Er wusste nicht, wie lange er schon gespielt hatte, als das Öffnen der Hallentür ihn aufhorchen ließ. Er drehte den Kopf zum Eingang und sah Agathe Viersen.

Der Deckenstrahler über dem Flügel war die einzige Lichtquelle. Behutsam suchte sich Agathe durch das Labyrinth aus Gitarren, Boxen, Kabelkisten, Blasinstrumenten und abgenutzten Stühlen ihren Weg zum Flügel.

Leitners Blick fiel auf ihre Beine in den Bluejeans und kletterte über ihre Hüfte langsam nach oben, bis sich ihre Blicke eine Millisekunde lang trafen. Er schloss seine Augen und hörte nicht auf zu spielen.

Eine ganze Weile stand Agathe neben dem großen Instrument und setzte mehrmals an, etwas zu sagen. Doch nichts schien ihr in diesem Augenblick bedeutsam genug, um das melancholische Klavierspiel zu unterbrechen.

Leitner spürte den inneren Kampf, den sie mit sich austrug, und empfand jede Sekunde des Schweigens als Balsam für seine Seele. Seine Finger flogen über die Tasten. Ein weltumfassender Mollakkord erklang, als sich wie durch einen Nebel weitere Töne zu den seinen gesellten. Sie waren höher als die schweren, traurigen Akkorde, die er erzeugte, ohne diese zu erdrücken. Nein, vielmehr nahmen sie sie in den Arm und trugen sie mit sich in die Lüfte. Plötzlich klang sein Klavierspiel viel freier als zuvor. Er öffnete seine Augen.

Agathe spielte Altsaxofon. Sie ließ das dünne Rohrblättchen am Mundstück schwingen und erzeugte durch das Schließen der Klappen des Instruments wunderbare Töne, die mal harmonisch summten, mal herzzerreißend weinten und ein anderes Mal lüstern danach flehten, dass ein anderer Ton sie mit seiner ganzen Kraft packen und nie mehr loslassen würde.

Als die Musik verklungen war, stand Leitner auf, nahm ihr das Saxofon aus den Händen und legte es auf den Flügel. So wie seine Hände auf den Klaviertasten nicht darüber hatten nachdenken müssen, was zu tun war, umgriffen sie nun behutsam und fest zugleich Agathes Hüften. Sein Mund näherte sich dem ihren, und ihre Lippen setzten die Harmonie fort, die sie wenige Minuten zuvor noch mit dem Saxofon und dem Flügel erschaffen hatten. Agathe drückte Leitner sanft wieder auf den Klavierhocker und setzte sich auf seinen Schoß.

Während der folgenden Stunden verstummte die Musik für beide nicht.

Sonntag

Erstmals seit drei Wochen hatte sich die Sonne ihren Weg durch die Wolken gekämpft und schickte mit ihren Strahlen wieder einen Hauch Wärme nach Wirkendorf. Durch die hohen Fenster der Werkshalle fanden sie ihren Weg direkt in den Verschlag, in welchem Agathe und Leitner zusammengekuschelt auf seinem Bett lagen. Sie hatte ihren Kopf auf seinen Brustkor‚b gelegt, rümpfte die Nase, als die Sonnenstrahlen sie kitzelten, und öffnete ein Auge, nur um es gleich wieder zu schließen. Viel zu hell.

Agathe legte ihren Kopf neben Leitner und betrachtete ihn, der immer noch mit geschlossenen Augen gleichmäßig tief atmete. Sie stützte sich auf. Seine schwarzen Haare waren offen und lagen nach ihrer langen Liebesnacht wie ein Fächer auf seinem Kopfkissen. Seine Arme mit den Tribaltattoos ruhten neben ihm. Unter der Bettdecke lugte sein muskulöser linker Oberschenkel hervor. Erinnerungen an die letzten Stunden steckten noch in jeder Faser von Agathes Körpers. Nach einigen Minuten ging sie ins Bad.

Als sie wieder herauskam, war sie in Leitners Morgenmantel geschlüpft und suchte in den Klamotten auf dem Boden nach ihrem Handy.

»Schon so aktiv am Morgen?«, fragte er in tiefem Bariton.

»Guten Morgen«, hauchte sie. »Ich wollte nur nachsehen, ob mein Chef sich schon gemeldet hat. Er will jeden Morgen einen kurzen Bericht über das, was ich in Erfahrung gebracht habe.«

Leitner atmete tief ein und rieb sich den Schlaf aus den Augen. »Auch am Sonntag? Siehst du, deshalb habe ich keinen Chef. Der würde in der Früh bloß nerven.«

»Leider kann ich ihm diese Marotte nicht abgewöhnen. Dauert auch nicht lange.«

»Hat das nicht noch ein bisschen Zeit?«

»Doch … eigentlich schon«, sagte sie und schlüpfte wieder unter die Decke.

In einer engen Umarmung lagen beide da. Niemand traute sich, ein Wort zu sagen. Ungezählte Minuten vergingen.

»Norbert. Norbert Keller«, sagte sie endlich.

»Wer ist das?«

»Das war mein Partner.«

»Agathe, du … du musst mir das nicht erzählen.«

»Wir haben uns auf der Polizeischule kennengelernt«, fuhr sie unbeirrt fort.

Leitner schob seine Unterlippe nach vorn und hörte weiter zu.

»Es war eine dieser beruflichen Bekanntschaften, die das Zeug haben, ein ganzes Leben zu halten. Nach der Ausbildung kamen wir beide nach Hamburg und nach einigen Wochen sogar auf das gleiche Revier. Wir ergänzten uns sehr gut. Norbert hatte viel Herz, ich gab die Toughe.«

»Guter Bulle, böse … Kuh?«, scherzte Leitner.

Agathe lächelte ein wenig. »Wir waren fast vier Jahre lang zusammen auf dem Bock, haben uns blind verstanden. Auf dem Kiez in Hamburg geht es hart zur Sache, wenn es ernst wird.«

»Dann fliegen die Fetzen?«

»Gebrochene Schlüsselbeine, Rippenprellungen, Leberquetschungen und Blutergüsse waren keine Seltenheit. Und gerade als Frau gab es immer wieder unschöne Momente. Gott sei Dank ist alles wieder verheilt. So blöd es klingt, aber wenn man den Kiez einmal verstanden hat, kann man erstaunlich oft und schnell für Ruhe im Revier sorgen. Wir hatten unsere Arbeitsweise den Gegebenheiten sehr gut angepasst. Wir waren uns einig, dass die Menschen ihr Leben leben durften, solange sie damit andere nicht einschränkten. Aber sollte dies der Fall sein, darauf hatten Norbert und ich uns ebenfalls klipp und klar geeinigt, dann galt Härte. Unnachgiebig. Wir hatten Eier!«

»Hört sich an, als hätte das gut funktioniert.«

»Hat es auch. Bis zu diesem Mittwoch im Mai.«

Leitner blieb still, während Agathe schluckte.

»Wir drehten unsere Routinerunde am Hafen. Es war ein schöner, fast schon sommerlicher Abend. Die Nacht war lau. Wir fuhren langsam mit offenem Fenster, als wir eine Frau um Hilfe schreien hörten. Wir stiegen beide aus, und die Schreie wurden lauter und verzweifelter. Wir schalteten die Taschenlampen ein und suchten mit gezogenen Dienstwaffen das Areal zwischen mehreren Containern nach der Frau ab. Dann sahen wir sie. Sie lag auf dem Boden und hielt sich die Hände vor das Gesicht. Er war über ihr und wollte ihr die Hose herunterreißen. Wir schrien ›Polizei, Hände hoch!‹ und den ganzen vorschriftsmäßigen Quark. Ich weiß nicht, wie der Typ so schnell zu einer Pistole greifen konnte, aber er schoss zweimal auf uns. Norbert und ich warfen uns zu Boden, und der Angreifer rannte davon. Ich bin sofort zu der jungen Frau, die immer noch regungslos auf dem Boden lag und heulte, Norbert lief dem Mann hinterher. Über Funk rief ich sofort einen Krankenwagen und die Kollegen zur Verstärkung, denn ich wollte meinem Kollegen helfen. Ich hörte zwar die Schritte, aber wusste in dem Labyrinth zwischen den Containern nicht mehr, wo hinten und vorn war.«

»Kann ich mir vorstellen.«

»Schließlich verhallten die Schritte, und ein dumpfer Schlag erklang. Es folgte das Geräusch einer Waffe, die zu Boden fällt. Ich pirschte mich mit vorgehaltener Pistole um eine Ecke und sah die beiden. Der Typ stand hinter Norbert, der auf den Knien kauerte, und presste ihm seinen Revolver ins Genick.«

»Schöne Scheiße«, murmelte Leitner.

»Das war auch mein erster Gedanke.«

»Was hast du gemacht?«

»Zuerst wollte ich auf Zeit spielen, aber der Kerl war total high. Ich tippte auf Kokain, was sich hinterher bestätigt hat. Auf jeden Fall konnte ich nicht warten, bis die Kollegen kamen. Deeskalation! Das war in der Ausbildung das Zauberwort gewesen. Deeskalation! Also habe ich versucht zu deeskalieren. Der Mann schrie, ich solle meine Waffe wegwerfen. Ich zögerte, sagte: ›Okay, okay!‹ Dann brüllte Norbert: ›Nein, Agathe! Eier!‹ Daraufhin kickte ihm der Typ in die Nieren, und Norbert war ruhig. Der Mann schrie, er würde Norbert abknallen, sollte ich meine Pistole nicht weglegen. Ich überlegte fieberhaft, was ich tun sollte. Aber dann war es mir plötzlich glasklar. Norbert hatte es mir hundertmal gesagt: Recht braucht Unrecht nicht zu weichen. Wir mussten Härte zeigen. Wir hatten Eier. Also sagte ich kurzum zu dem Typen, er solle seine Waffe weglegen. Einen Moment lang hörte er mir zu.« Ihre Stimme wurde leiser, und es mischten sich ein paar Tränen hinein. »Ich redete weiter, wie aussichtslos seine Situation sei, dass er niemals abdrücken würde, denn dann hätte er eine Minute später eine Vergewaltigungsanklage am Hals, einen kaltblütigen Mord begangen und noch dazu meine Kugel im Körper.«

Leitner spürte, wie sich Agathes Körper verkrampfte. »Was passierte dann?«

Ihre Stimme war nur mehr ein Hauchen. »Er hat gesagt: ›Dann ist das eben so‹, und einfach abgedrückt. Er hat Norbert hingerichtet.«

Leitner nahm sie noch fester in den Arm. Nach einem Moment sagte er: »Hast du den Typen wenigstens angeschossen?«

Agathe wischte sich die Tränen weg. »Das musste ich gar nicht. Noch bevor ich begriffen hatte, was passiert war, schob sich der Idiot den Lauf in den Mund und hat sich selbst das Gehirn weggeblasen.«

»Scheiße«, sagte Leitner.

»Später stellte sich heraus, dass der Kerl ein junger Student aus bestem Hause war. Reich, verwöhnt, wollte im Leben die Überholspur nehmen. Davon haben wir in Hamburg Hunderte gehabt.«

»Was ist mit dir passiert?«

»Das Übliche. Suspendierung vom Dienst, Anberaumung eines Disziplinarverfahrens und so weiter.«

»Wie hast du dich verteidigt?«

»Gar nicht. Ich habe allen Vorwürfen stattgegeben und meinen Dienst freiwillig quittiert. Ich bin, wie du schon gesagt hast, davongerannt. Niemand hätte mehr mit mir Streife fahren wollen. Niemand hätte mir noch vertraut.«

Leitner ging in Gedanken die Ereignisse der letzten Tage durch. Manches erschien ihm nun in anderem Licht. Wieder vergingen einige Minuten, in denen sie schweigend nebeneinanderlagen. Dann meinte er: »Ich glaube, dass Norbert dir keine

Vorwürfe machen würde. Du hast dich an eure Vereinbarung gehalten.«

Agathe hob nur erschöpft die Schultern.

»Wie ging es dann weiter?«, wollte Leitner wissen

Sie setzte sich im Bett auf und lehnte sich an die Rückwand. »Da ich nichts anderes gelernt hatte, als böse Buben und Mädchen zu jagen, habe ich mich eine Zeit lang als Privatdetektivin betätigt. Wenn man in der Branche arbeitet, verschwimmt natürlich mit der Zeit die Grenze zwischen Gut und Böse.«

»Aber du weißt doch ganz genau, was gut und was böse ist.«

Sie zuckte unschlüssig die Achseln. »Ich bin mir nicht sicher. Jedenfalls war mein Beruf als Detektivin ganz lukrativ, in Hamburg bestand eine große Nachfrage.«

»Und wie bist du dann zu der Versicherung nach München gekommen? Stimmt die Geschichte, die du mir erzählt hast?«

»Ich habe in Hamburg einen Mitarbeiter der Jacortia vor einer Schlägerei bewahrt. Er hatte mit meinem damaligen Fall zwar überhaupt nichts zu tun, aber er hat sich in einem Nachtclub so dämlich benommen, dass ihm einige Jungs eine gehörige Abreibung verpassen wollten. Für meine Rettung war er so dankbar, dass er gefragt hat, wie er sich dafür revanchieren könne. Ich hatte keine Ahnung, was ich antworten sollte, also hat er sich meine Karte geben lassen. Es dauerte zwei Wochen, ich hatte den Typen schon vergessen, aber plötzlich erhielt ich einen Anruf vom Personalchef der Jacortia. Er hat mich zu einem Vorstellungsgespräch eingeladen.«

»So einfach ging das?«

Sie nickte. »Ist nun aber auch schon fast wieder vier Jahre her.«

Leitner sah sie respektvoll an.

Ohne Vorwarnung sprang Agathe aus dem Bett und kramte auf dem Boden in ihren Klamotten. »Apropos …«

»Was suchst du?«

»Das hier.« Sie hielt ihr Handy hoch und begann, etwas zu schreiben.

»Was wirst du deinem Boss heute erzählen?«

»In irgendein Wespennest müssen wir offensichtlich gestochen haben, nach allem, was dir gestern widerfahren ist.«

»Wespennest«, schnaubte Leitner. »Für mich ist das eher ein Sauhaufen.«

»Das kann ich meinem Chef nicht sagen.« Sie überlegte eine Minute und fragte dann: »Wie machen wir weiter, Gerhard?«

Er musterte sie genau. »In diesem Fall, meinst du?«

»Selbstverständlich«, sagte Agathe kühl.

Leitner dachte selbst kurz nach und sagte: »Ich hätte mir gern mal angesehen, wie es auf dem Hof von der Rossnerin aussieht.«

»Von der alten Frau aus dem Bayerischen Wald? Wie hieß das Nest noch mal?«

»Kothinghammer. Ist ein Scheißname, ich weiß. Aber ja, es liegt hinter Bodenmais, Bad Kötzting, Furth im Wald. Irgendwie habe ich es im Gefühl, dass wir dort einiges über den Hirneis erfahren könnten. Vielleicht finden wir ihn ja sogar. Oder den Hof, auf den der Zwicknagel die CNC-Maschine gebracht hat. Irgendwann muss dieser ganze Spuk ja auch mal vorbei sein.«

»Klingt gut. Lass uns dorthin fahren. Dann kann ich meinen Boss damit zufriedenstellen.«

»Das kannst du nicht«, sagte Leitner. »Jedenfalls nicht jetzt sofort.«

Agathe sah ihn verwundert an.

Er erhob sich vom Bett und stand nun nackt vor ihr.

Ihr Atem wurde flach.

Leitner ging zu ihr und öffnete den verknoteten Gürtel seines Bademantels, den er über ihre Schultern gleiten und zu Boden fallen ließ. Dann holte er den Drehsessel vom Schreibtisch und schob ihn so hin, dass er etwa zwei Meter vor ihr stand. Mit übereinandergeschlagenen Beinen setzte er sich und sah sie mit unverhohlener Wollust an. Er sah das Muster, das die Sonnenstrahlen auf ihre nackte Haut zeichneten. Über ihrem rotbraunen Haar schimmerte es diffus, und die helle Haut ihrer beachtlichen runden Brüste reflektierte das Licht in den Raum. »Jetzt kannst du nach München telefonieren«, sagte Leitner. »Kurz!«

Agathe blickte in seine lüsternen Augen. Erregung stieg in ihr auf. Leitner saß nackt in seinem Sessel, und sie konnte deutlich sehen, dass ihm gefiel, was er vor sich sah. Während des Telefonats fiel es ihr zunehmend schwerer, das Zittern in ihrer Stimme zu verbergen, doch je mehr sie es versuchte, umso größer wurde ihre Erregung.

»Dann wünsche ich Ihnen einen erfolgreichen Tag«, sagte der Chef, nachdem Agathe ihn über ihren Plan in Kenntnis gesetzt hatte. »Wann geht's denn los?«

»Genau jetzt«, hauchte sie und konnte gerade noch die rote Taste auf dem Touchscreen berühren, bevor Leitner sie packte und wieder auf das Bett warf, welches sie den restlichen Sonntag nicht mehr verlassen würde.

»Du hast doch selbst Internet«, neckte Detter seinen alten Schulfreund und tippte etwas auf seiner Tastatur. Dann hob er den Kopf und betrachtete Leitner etwas genauer. Seine Haare waren zerzaust, Hose und Hemd rochen nach Alkohol, Rauch und Parfüm, seine Wange schien ein wenig geschwollen, und über dem Riss an seiner Schläfe klebte ein frisches Pflaster.

»Mann, siehst du scheiße aus!«, ehrlichte Detter. »Entweder hast du gesoffen, dich geschlagen oder die ganze Nacht gevögelt.«

»Wärst du Musiker geblieben, könntest auch du noch alle drei Disziplinen an einem Tag schaffen.«

Lächelnd schüttelte Detter den Kopf. »Wer war es denn? Die kleine Miss Wanninger?« Leitners Schweigen zauberte ein dreckiges Grinsen auf Detters Gesicht, während er weiter die Tastatur beharkte. »Eher ein kleiner Ausflug in die Münchner Isarauen … mit Nordic-Walking-Effekt? Ja, so hat jeder sein ganz persönliches Fitnessprogramm.«

»Ist mir jedenfalls lieber als deine sechs Kilometer Dauerlauf um den Annaberg jeden Morgen«, schoss Leitner zurück, und die Kugel traf. »Ohne Schmarren jetzt, könntest du für mich mal in euren Archiven nachschauen lassen? Ich habe heute leider keine Zeit dafür, mich selbst ranzusetzen.«

Detter fixierte eine Zeit lang den Bildschirm, dann griff er zum Ordner mit den Dienstplänen und blätterte darin herum. »Ich muss schauen, ob ich jemanden frei habe, der für dich recherchieren kann. Was willst du eigentlich wissen?«

»Genau kann ich dir das auch nicht sagen. Mich würde halt interessieren, ob ihr je irgendetwas über den Hirneis geschrieben habt.«

Detter pustete laut Luft durch seine Lippen. »Über den Hirneis … Kann ich mir nicht vorstellen, dass wir über den schon mal berichtet hätten.«

»Schau trotzdem mal nach, wenn's geht.«

»Wir haben alle Hände voll zu tun mit der Brauerei-Geschichte, von der ich dir letztens erzählt habe. Die Schimmelpilze, erinnerst du dich?«

»Das interessiert mich auch. Ich sammle jetzt einfach alles an Info, was ich kriegen kann, Daten, Fakten, Hintergründe«, sagte Leitner.

Detter nickte und zitierte einen der wichtigsten journalistischen Ausdrücke: *»The story behind the story.«*

»Genau. Ihr seid doch die Journalisten hier.« Leitner wandte sich zum Gehen.

»Ich schau mal, was sich machen lässt!«, rief Detter ihm hinterher. »Du hast ja recht. Ich müsste lügen, wenn ich sagen würde, dass ich nicht auch ein komisches Kitzeln in der Nase hätte. Und damit meine ich nicht das markante Parfüm von Agatha Christie, oder wie heißt sie doch gleich?«

»Affe«, schnauzte Leitner und zog die Tür hinter sich zu.

»Was ist denn hier passiert?«, fragte Agathe, als sie zu Leitner ins Auto stieg. »Hattest du eine Putzkolonne zu Gast?«

Der Müll war vom Rücksitz verschwunden, die CDs steckten in ihren Hüllen wieder ordentlich in den Seitenfächern der Türen, und die Fußmatten waren frei von Sand und Steinchen.

»Wieso? Ich mache mein Auto regelmäßig sauber«, behauptete Leitner überrascht.

Agathe wiegte ungläubig ihren Kopf hin und her.

»Doch! Alle zehn Jahre, ob es notwendig ist oder nicht.«

Die B 85 führte von Amberg über Schwandorf direkt in den östlich gelegenen Landkreis Cham. Zu weiten Teilen war sie vierspurig ausgebaut und verlief mitten durch Wirkendorf.

Auf der Straße durfte man hundert fahren, aber an die Tachoanzeige verschwendete Leitner derzeit keinen Blick. Das änderte sich, als er im Rückspiegel ein blaues Blitzen hinter sich wahrnahm. Die Aufforderung, anzuhalten, leuchtete auf dem Display des ihm folgenden Wagens, und Leitner fuhr beim nächsten Parkplatz rechts hinaus. Er ließ die Scheibe runter und erkannte in dem Polizeibeamten seinen neuen jungen »Freund«, PM Weinfurtner – wieder.

»Sie wissen, warum ich Sie anhalte?«, fragte er getreu dem Dienstbuch.

Leitner wusste es nicht. »Sehnsucht?«

Agathe lehnte sich mit einem leicht genervten Lächeln zurück. Diese Spielchen gehörten wohl unter Männern dazu.

»Sie haben die zulässige Höchstgeschwindigkeit außerhalb geschlossener Ortschaften überschritten.«

Leitner ließ den Kopf auf die Stütze zurückfallen. »Um wie viel denn?«

»Sie sind mit einhundertvierzehn Kilometern pro Stunde gefahren, vierzehn zu viel.«

»Und das habt ihr auf Foto?« Leitner war kein roter Blitz aufgefallen, sonst untrügliches Zeichen für einen Fotobeweis.

Genüsslich deutete der Beamte auf seinen Kollegen, der am Polizeiwagen lehnte – unglücklicherweise war es diesmal nicht Bernhard Obermeier, sondern ein Leitner unbekannter. »Wir sind zwei Zeugen und haben das hier.« PM Weinfurtner hob triumphierend eine Laserpistole.

»Funktioniert die auch richtig?«, fragte Leitner schnippisch.

»Natürlich, die ist geeicht!«

»Ich habe bloß gemeint, ob ihr sie auch richtig herum gehalten habt. Nicht dass ihr aus Versehen in die verkehrte Richtung gemessen habt.«

Auf Agathes Gesicht zeigte sich ein Grinsen, während selbiges sich vom Gesicht des Polizisten verflüchtigte. Er reichte die Laserpistole seinem Kollegen und begann, auf einem Block mit vorgedruckten Formularen etwas zu notieren. »Sind Sie mit einer Verwarnung einverstanden?«

»Wenn die nichts kostet.«

»Da muss ich Sie enttäuschen, Herr Leitner. Das wären dann genau zwanzig Euro.« Genüsslich riss er das Formblatt von seinem Block und hielt es Leitner wie eine Bedienung, die sich über die hohe Zeche eines Gastes freut, unter die Nase.

Leitner griff auf den Rücksitz in die Innentasche seiner zusammengeknautschten Jacke.

Die Hand des Polizeibeamten zuckte in Richtung seiner Dienstpistole. »Waffen haben Sie ja wohl keine dabei, oder?«

Leitner öffnete sein Portemonnaie, nahm einen Zwanziger heraus und reichte ihn dem Beamten durchs Fenster. »Nein. Aber ich fahr jetzt in den Bayerischen Wald über die Grenze und besorg mir eine Kalaschnikow oder so was Ähnliches.«

Nachdem der Beamte den Empfang des Bußgeldes quittiert hatte, ging er um den Opel herum und besah sich die Reifen.

»War's das dann?«, rief Leitner.

»Einen Moment noch. So wird's ja wohl nicht pressieren«, sagte PM Weinfurtner, nahm seinen Stift wieder zur Hand und notierte sich etwas.

»Die sind ganz frisch. Gerade erst montiert, das dürften Sie eigentlich wissen!«, lamentierte Leitner.

»Sie verzeihen, wenn ich mir das genauer anschaue. Wir haben schließlich schon einschlägige Erfahrungen mit Ihnen gemacht.«

Leitner biss sich auf die Lippe.

Einige Minuten später hatte der junge Beamte seine Inspektion beendet. »Fahren Sie vorsichtig, Herr Leitner, und beachten Sie künftig die Geschwindigkeitsbegrenzung.«

»Danke, Herr …«

»Weinfurtner. *Polizeimeister* Weinfurtner!«

»Ich muss unbedingt noch herausfinden, wann Sie Geburtstag haben«, sagte Leitner noch, als er den Motor schon angelassen hatte.

»Warum das?«

»Weil ich Ihnen dann ein Bleistift-Set mit Spitzer und Radiergummi schenke. Das können Sie sicherlich gut gebrauchen.«

Obgleich die Landschaft im Bayerischen Wald immer eine Reise wert war, gingen Leitner die sich schlängelnden Straßen nach gut einer Stunde Fahrt auf die Nerven. Er war schnurgerade Strecken wie Bundesstraßen oder Autobahnen gewohnt. Auf ihnen kam man wenigstens zügig voran, auf der Verbindungsstraße St 2132 zwischen Bad Kötzting und Bodenmais nicht.

Ein Traktor, der in der Geschwindigkeit einer Weinbergschnecke acht Kilometer lang vor Leitner und Agathe hergetuckert war, ohne dass ein Überholen möglich gewesen wäre, stellte seine Geduld zusätzlich auf die Probe, sodass er, als sie endlich das Schild mit dem Wappen des Landkreises Regen passierten, grummelte: »Kaum haben die einen schwulen Landrat, malen sie sich ein Prosecco-Glas aufs Wappen.«

Natürlich war der Kelch Symbol für die Glasstraße im Bayerischen Wald, doch auch dieser Umstand konnte Leitners Laune nicht merklich heben.

Als sie Babette Rossners Anwesen erreicht hatten, stellte er den Opel mitten auf dem großen Hof ab. Sie stiegen aus und sahen sich um. Rechts befand sich ein kleines Wohnhaus. Der beigefarbene Putz an den Mauern wirkte marode und bröckelte an vielen Stellen ab. Hinter einer Rotbuchenecke am Hauseck hervor betrachtete eine gescheckte Katze mit schwarz umrandeten Augen die Neuankömmlinge. Auf einem der Fenstersimse stand ein altes Ölkännchen und daneben ein Plastikeimer, aus dem eine kleine Schaufel ragte. Die dunkle Eingangstür aus Holz stand offen. Scheinbar war es auf dem Lande noch immer üblich, seine Haustüren nicht zu schließen. Hinter dem Gebäude lagen braune Felder, die sich einen Hügel hinaufzogen. Ein blauer Hanomag R55, ein Traktor-Oldtimer, zeugte davon, dass Babette damit beschäftigt war, die Felder für den Winter vorzubereiten. Von links drang hohes Meckern über den Hof. Die Rossnerin hielt also Ziegen. Leitner und Agathe erblickten eine riesige Scheune, in welcher ein Stall untergebracht sein musste.

»Genau da haben s' mich in den Dreck geschmissen, die Ganoven«, sagte Babette, die gerade aus dem Wohnhaus trat. Nach Leitners Anruf hatte sie die beiden erwartet. Sie wischte sich die Hände an ihrer Schürze ab. »Habts hergefunden?«

Leitner bejahte und ließ seine Augen abermals über das Areal des Einödhofes schweifen. »Ganz schön groß für dich allein.«

»Deshalb wollte ich ja, dass der Servatius herzieht«, meinte Babette und lud ihre Gäste in die Küche ein.

Im gefliesten Flur des Wohnhauses roch es nach feuchtem Moder und verbranntem Holz; in der Küche hingegen hing der herrliche Duft nach frischem Kuchen. Babette hatte einen saftigen Zwetschgendatschi gebacken.

Die Wände und die Decke der Küche wirkten alle ein bisschen windschief. Babettes Vorfahren hatten das Haus mit Sicherheit ohne Architekten, Statiker und Bauzeichner errichtet. Auf dem massiven Holztisch lag in der Mitte ein schon vergilbtes geklöppeltes Zierdeckchen. Darauf wiederum stand ein Stövchen mit einer geblümten Porzellankanne voller Filterkaffee. Im Eck neben dem Fenster hing Jesus Christus am Kreuz. Hinter ihm steckte ein Sträußchen aus violetten Blumen, das vor sich hin welkte.

Nachdem er sein erstes Stück vom Datschi verzehrt hatte, der so gut war, wie nur bayerische Frauen über siebzig ihn hinbekamen, sagte Leitner: »Du hast gesagt, dass du früher nie viel Kontakt zum Servatius gehabt hast.«

»Das war auch so. Bis er auf einmal draußen auf dem Hof vor mir gestanden ist.«

»Wann war das genau?«

Babette musste einige Sekunden nachdenken. »Vielleicht im April? Oder im Mai? Etwas mehr als ein halbes Jahr ist das jetzt her.«

»Vor einem halben Jahr …« Leitner ließ diese Information sich setzen. Er wusste, dass Hirneis schon seit wesentlich längerer Zeit als einem halben Jahr Ausflüge in Richtung Tschechei unternahm. »Wie lange hattet ihr euch davor nicht mehr gesehen?«

Babette winkte ab. »Oh mei. Das müssen fast zwanzig Jahre gewesen sein.«

»Und du hast ihn trotzdem gleich erkannt?«

»Sofort!«

Leitner zog überrascht die Augenbrauen nach oben.

»Das war kein Kunststück! Seinen Walrossbart hatte er schon damals.«

Damit hatte Babette natürlich recht. Der Walrossbart war eines von Hirneis' Merkmalen. Seine fettigen Haare und seine aggressive Miene waren weitere, die Leitner Babette gegenüber aber unerwähnt ließ. »Und wie oft hat dich der Servatius seit dem Tag besucht?«

»Ich tät sagen, er ist alle zwei Wochen gekommen. Er hat halt immer gesagt, er braucht wieder Zigaretten.«

»Wo hat er sich die gekauft? In dem Travel Free Shop?«

Babette schüttelte den Kopf. »Nein, nein. Der ist zu den Schlitzaugen rübergefahren.«

Leitner sah Agathes verständnislosen Blick und erklärte: »Damit meint sie die Marktstände hinter der Grenze. Sie werden zumeist von Vietnamesen betrieben.« Dort gab es neben billigster »Marken«-Bekleidung auch billigste »Marken«-Zigaretten – offenbar genau Hirneis' Geschmack. Er wandte sich wieder an Babette. »Wenn der Servatius hier war, hat er dann immer bei dir im Haus übernachtet?«

Sie schluckte kurz. »Nicht immer.« Dann ging sie zu dem alten Holzofen, öffnete die gusseiserne Tür und stocherte peinlich berührt mit einem Schürhaken in der Glut herum.

Leitner tauschte einen wissenden Blick mit Agathe: die Bordelle. Babette schien es schwerzufallen, das Wort auszusprechen.

»Was haben Sie denn gemacht, wenn er da war?«, fragte Agathe schließlich.

»Gemacht?« Sie zuckte mit den Schultern. »Eigentlich nix. Wenn der Servazi gekommen ist, hat er sich immer gleich in seiner Kammer ein bisserl fesch hergerichtet. Wir haben oft zusammen Abendbrot gegessen, und dann ist er auch schon wieder abgehauen.«

Leitner versuchte es noch einmal: »Weißt du, mit wem er sich … getroffen hat?«

»Keine Ahnung«, raunzte sie zurück. »Ich wollt von seinen Weibergeschichten nix hören.«

»Das glaube ich dir gern, Babette. Aber es wäre halt schon wichtig, wenn ich mit wem reden könnte, den der Servazi hier kennt.«

Er konnte sehen, wie sich Babette innerlich rüstete, um ein Thema anzusprechen, über welches sie sonst nie redete.

»Wenn er bei mir war«, sagte sie endlich, »hat er manchmal von hier aus telefoniert, bevor er über Nacht weggeblieben ist.«

»Hat er die Nummer auswendig gewusst?«

»Nein, der Servazi hat so ein kleines Bücherl. So einen Kalender, in dem die Nummer steht.«

»Und wen er angerufen hat …?«

Babette schwieg einen Moment, bevor sie sagte: »Die hat Diana geheißen. Oder Jana oder so was in der Art. Zumindest mein ich, ich hätte das verstanden. Aber ich hab nicht so genau hingehört.«

»Und dieses Büchlein, das hat er natürlich immer eingesteckt und überallhin mitgenommen?«

»Manchmal hat er es aus Versehen auch liegen lassen. Ich schau mal in seiner Kammer nach.« Sie erhob sich.

Agathe sah Leitner zweifelnd an. »Das wäre aber ein Zufallstreffer.«

»Ich bin ja auch kein Detektiv, also muss ich sämtliche Möglichkeiten in Betracht ziehen und vertrauen.«

»Stimmt, ich bin ja im erzkatholischen Bayern: Mit Gottvertrauen wird alles gut.«

»Ich weiß nicht, ob der liebe Gott seine Finger im Spiel hat, aber einen Versuch ist es immerhin wert.«

»Ihr Oberpfälzer seid mir wirklich ein verschlafenes Völkchen.«

Babette kehrte zurück und warf ein abgegriffenes, in braunes Leder gebundenes Notizbüchlein auf den Tisch.

Leitner setzte sein breitestes Grinsen auf. »Wer immer früh aufsteht, wirkt auf andere halt manchmal verschlafen.«

»Was?«, fragte die Rossnerin.

»Nichts, gar nichts. Hat der Servatius eigentlich immer vorher Bescheid gesagt, wenn er dich besucht hat?«

»Nicht jedes Mal. Aber es war mir auch wurscht, weil seine Kammer immer frei war und ich eine Brotzeit immer daheim habe. Aber wenn er vorher angerufen hat, dann hab ich schon mal einen Schweinsbraten gemacht. Aber das war nicht oft.«

Während Leitner kurz seine Gedanken ordnete, fragte Agathe: »Er ist also gern in die Casinos gegangen?«

»Glaub schon.«

»Wissen Sie, in welche?«

»Nach Kötzting«, sagte Babette, ohne zu zögern.

Leitner schenkte sich Kaffee nach und musste schmunzeln. Obschon die Stadt seit 2005 offiziell »Bad Kötzting« hieß, kam den Alteingesessenen wie der Rossnerin das »Bad« noch immer schwer über die Lippen. Zu ihrer Zeit war Bad Kötzting ja auch noch Niederbayern und nicht Oberpfalz gewesen. »Was ist mit den Casinos hinter der Grenze?«, erkundigte er sich. »Mir wurde gesagt, da wär mehr los.«

»Das darfst du mich nicht fragen.«

Leitner ließ eine Sekunde verstreichen. »Hast du eigentlich ein Foto vom Servatius?«

Babette ging nach nebenan ins Wohnzimmer und kam mit einer Aufnahme zurück. Auf ihr war Servatius Hirneis in einem dunklen Anzug mit blauer Krawatte vor einem pastellgelben Hintergrund abgebildet. Eine Profiaufnahme. Absolut nicht Servatius' Stil, dementsprechend steif und unfroh blickte er in die Linse.

»Das hat er zu meinem Siebzigsten machen lassen, obwohl er sich noch nie gern fotografieren hat lassen.«

Nachdem sie ihren Kaffeeplausch beendet hatten, zeigte die Rossnerin Leitner und Agathe den Hof. Sie erklärte ihnen, dass insgesamt fünfzig Tagwerk Land dazugehörten, also gut sechzehn Hektar, und sie ein paar Hühner und drei Ziegen hielt. Nach einem kurzen Rundgang blieben sie vor dem Stadel stehen.

»Das sieht nach einem Haufen Arbeit aus. Hat dir der Hirneis dabei geholfen, wenn er mal da war?«, wollte Leitner wissen.

»Mei. Helfen.« Babette hob die Schultern. »Geholfen hat er schon, aber der Servazi und die Arbeit sind nicht am gleichen Tag zur Welt gekommen. Er hat halt gern an der alten Maschine herumgeschraubt, wenn er da war.« Sie deutete zum Schuppen.

Leitner zog das schwere Holztor auf und schaute sich den Stadel von innen an. An der hinteren Wand standen ein alter Wohnwagen und mehrere Fahrräder, die allesamt aussahen, als stammten sie aus der Zeit des Prinzregenten. An der linken Seite stapelten sich leere Holzställe übereinander, vermutlich hatte Babette auch einmal Hasen gehalten. Ab der Hälfte des Stadels hatte man in drei Meter Höhe den Heuboden eingezogen, an dem eine nicht sehr vertrauenerweckende Leiter lehnte. In der Mitte erblickte Leitner eine in die Jahre gekommene aufgebockte Kreidler Florett. Auspuff und Schalldämpfer fehlten.

»Das hat ihm Spaß gemacht. Aber er ist halt nicht oft dazugekommen. Meistens am späten Vormittag, wenn er seinen Rausch ausgeschlafen hatte. Bald danach ist er ja allerweil gleich wieder nach Wirkendorf gefahren.«

Leitner ging um die schwarze Florett herum. Seine Schritte schmatzten glitschig auf dem betonierten Stadelboden, der mit einer zentimeterdicken Lehmschicht bedeckt war. Auch an den Wänden, den Gerätschaften und Fahrzeugen klebte kniehoch der Dreck.

Als die drei wieder im Freien standen, betrachtete Leitner den Boden vor dem Stadel. Auch hier war alles voller braunem Matsch.

»Hat's bei euch die letzte Zeit so arg geregnet?«

Zu seiner Überraschung antwortete Agathe: »Geregnet? Geschüttet!«

Und Babette ergänzte: »Sogar im Fernsehen haben sie darüber berichtet, wie wir abgesoffen sind. Hast du's nicht gesehen?«

Leitner erinnerte sich an die TV-Bilder. Die Nachrichtensender hatten wie schon häufiger von einem Jahrhunderthochwasser gesprochen, doch diesmal schien es keine der in den Medien üblichen Übertreibungen gewesen zu sein. »Der Boden hier vor dem Stadel ist eigentlich also nicht so weich?«

»Nein, normalerweise ist er steinhart. Ich muss ja mit dem Bulldog drüberfahren können.«

Agathe sinnierte ein wenig und sagte schließlich: »Dann sind

Sie ja wenigstens weich gefallen, als die beiden Eindringlinge Sie umgeschubst haben.«

»Das darfst du laut sagen. Ich hab mir nix gebrochen, Gott sei Dank. Bloß den Fuß hab ich mir ein bisserl verdreht.«

»Glück gehabt.«

»Für mich war der Regen schon ein Glück. Aber der Servazi hat über ihn geschimpft.«

»Wieso?«

»Wie der das letzte Mal bei mir war und gesehen hat, was der Regen alles angerichtet hat, da hab ich gedacht, der dreht mir durch. Der ist in den Stadel rein und hat sich sein Moped angeschaut. Und wie er wieder rausgekommen ist, ist er kasweiß im Gesicht gewesen. Grad, dass er mir nicht umgefallen ist. ›Alles hin! Alles hin!‹, hat er immer wieder gesagt und ist dann in seiner Kammer verschwunden.« Babette zuckte mit den Achseln, drehte sich um und ging Richtung Haus.

Leitner rief ihr hinterher: »Lieb von dir, dass wir hier schlafen dürfen!«

Die alte Frau wandte sich nicht einmal mehr um, als sie antwortete: »Platz ist genug, und Augen hast ja scheinbar im Kopf, dass du dir eine Jüngere suchst als wie mich.«

Leitner warf einen letzten Blick durch das offene Stadeltor auf die Kreidler Florett und dachte an Hirneis' Worte: *Alles hin! Alles hin!* »Schon ärgerlich, wenn man sich liebevoll um einen solchen Oldtimer kümmert, und dann spült der Regen einem Sand und Schlamm ins Getriebe«, sagte er in ungewohnt sanftem Tonfall.

Als beide wieder im Wagen saßen, fragte Agathe: »Wohin fahren wir als Erstes auf unserer Rundtour?«

Leitner hielt sich die Nase zu und ahmte einen Flugkapitän nach: »Wir begrüßen Sie an Bord des Fluges GL 007 nach Vietnam! Unsere Außentemperatur beträgt plus vier Grad Celsius. Unser charmantes Flugpersonal wünscht angenehme Reise.« Er schnallte sich an und sagte mit normaler Stimme: »Südostasien wird dir gefallen!«

Gemeinsam schlenderten sie über den sogenannten »Vietnamesenmarkt« kurz hinter dem Grenzübergang Furth im Wald. Kleine Holzbuden standen eng aneinander aufgereiht und ähnelten einem Weihnachtsmarkt. Aus den Lautsprechern erklangen aber nicht besinnliche Lieder wie »Stille Nacht, heilige Nacht«, sondern die aktuellen Charts. Die Holzläden der Buden waren nach oben geklappt, sodass Leitner und Agathe ungehinderten Blick auf das Angebot hatten. Massenweise Sportschuhe von Nike, Adidas und anderen Marken stapelten sich. An den Wänden hingen von oben bis unten in langen Reihen Marken-T-Shirts und Jeanshosen. Des Weiteren boten die Händler Filme auf DVD sowie brandneue Alben auf CD zum Kauf an. Dass sämtliche Artikel Fälschungen und Raubkopien waren, störte die zahlreichen Besucher nicht.

Fleißig gingen die Marktbetreiber ihren Geschäften nach. Die asiatischen Männer und Frauen waren von kleinem Körperwuchs. Die meisten reichten Leitner nur etwa bis zur Brust. Flink rissen sie grüne Plastiktüten auf, in die sie die von den Kunden gewünschte Ware verpackten – nicht selten stangenweise gefälschte Zigaretten aller Marken. Geldscheine wechselten ihre Besitzer.

Auf dem Platz mussten etwa hundert Buden und hundertfünfzig Besucher sein, schätzte Agathe. Vor einer Hütte, in der eine kleine Vietnamesin in einem dunkelgrünen Anorak an ihrem dampfenden Tee nippte, blieben sie stehen.

Leitner klappte mit Zeige- und Mittelfinger die CDs im Regal durch und betrachtete aus den Augenwinkeln die Verkäuferin. Sie hatte die Teetasse abgestellt und begonnen, teilnahmslos Jeanshosen zusammenzulegen, die sie dann über dünne Drahtkleiderbügel hängte. Leitner griff in seine Tasche und zog das Foto von Hirneis heraus, das Babette ihnen überlassen hatte. Kurz sah er sich um, ob ihn jemand beobachtete. Da das nicht der Fall war, hielt er der Vietnamesin die Aufnahme hin.

Sie warf einen kurzen Blick darauf und fing an, schnell in ihrer Muttersprache zu reden. Sie schüttelte den Kopf und gestikulierte wild mit den Händen. Leitner tippte der Frau leicht auf die Schulter und zeigte wiederum auf die Fotografie, damit sie sich den Mann nochmals ansah. Hilflos deutete er auf sich, das Foto und die Verkäuferin. Die Besucher der anderen Buden reckten bereits neugierig ihre Köpfe, als die Asiatin hektisch auf Agathe deutete.

Leitner versuchte, sie zu beruhigen. Er steckte das Foto wieder in seine Brusttasche und griff wahllos nach einer CD. Der Preis betrug vier Euro, und als Leitner einen Fünf-Euro-Schein aus seinem Geldbeutel zog, verebbte der Redeschwall der Vietnamesin endlich. Sie drehte sich zu der kleinen metallenen Geldkassette, die auf einem Stuhl hinter ihr stand, holte daraus ein Ein-Euro-Stück hervor und gab es Leitner zusammen mit der CD in einer grünen Plastiktüte zurück. Er wollte soeben gehen, als die junge Frau ihn am Arm zurückhielt. Sie nahm einen Zettel, schrieb etwas darauf, trat nah an ihn heran und zeigte auf seine Brusttasche, in die er Hirneis' Foto gesteckt hatte. Dann tippte sie erst auf sich, dann auf Leitner und drehte schließlich den Zettel um. Darauf stand in krakeliger Handschrift: »150 Euro«.

Leitner musste lächeln. Offenbar hatte die junge Frau geglaubt, er suche für sich und Hirneis eine Bettgespielin für die Nacht. Diesmal war er es, der den Kopf schüttelte. Er hob nur kurz die Tüte mit der CD zum Abschied und ging mit Agathe zu seinem Wagen.

»Was war denn das jetzt eben?«, fragte sie.

»Ich habe den Eindruck, dass der jungen Frau ein Dreier mit mir und dem Hirneis für hundertfünfzig Euro nicht unangenehm gewesen wäre. Bloß du als Preißin hättest sie dabei gestört.«

Agathes Augen verengten sich. »Ich hätte bei euch beiden das Dreifache verlangt!«

Als der Opel losfuhr, startete hinter ihm ein grauer Dacia Duster, der bei der Ankunft von Leitner und Agathe noch nicht da gewesen war.

Maik Brandt war seit einem halben Jahr beim »Wirkendorfer Anzeiger«. Der junge Mann aus Thüringen hatte bereits während seines Studiums in den Semesterferien als Praktikant bei der Zeitung gearbeitet und war durch seinen Fleiß und sein feines Gespür sehr positiv aufgefallen. Mittlerweile zum Volontär aufgestiegen, war er stets hilfsbereit – und hätte sich genau dafür momentan in den Hintern beißen mögen. Denn als Chefredakteur Fritz Detter ihn am heutigen Nachmittag angesprochen hatte, ob er für eine besondere Recherche zur Verfügung stünde, hatte er sofort zugesagt. Er hatte gedacht, es handle sich um eine Titelstory, um etwas ganz Heißes aus der Politik oder Ähnliches.

Aber statt am Computer zu recherchieren oder mit wichtigen Menschen zu telefonieren, stand er nun in einem matt erleuchteten Kellerraum im Gebäude vom »Wirkendorfer Anzeiger« und sah sich vom Boden bis zur niedrigen Decke reichenden Regalen gegenüber, die ausschließlich mit Papier gefüllt waren, das, teils jahrzehntealt, einen trocken-muffigen Geruch verbreitete. Maik Brandts Aufgabe war es, Zeitungen aus dem vorigen Jahrhundert zu sichten.

»Wir haben leider nur die Jahrgänge seit der Jahrtausendwende digital gespeichert«, hatte Detter gesagt. »Für die älteren hat uns die Zeit gefehlt.«

Maik Brandt schnaufte tief durch, als er sich an die Arbeit machte.

Was hatte Detter gesagt, wonach er suchen sollte? Ja klar, nach irgendetwas, was mit der Brauerei und diesem Servatius Hirneis zusammenhing. Brandt schnaubte abschätzig. Die Leutchen hier hatten schon seltsame Namen.

Immerhin konnten die gesuchten Artikel nur im Regionalteil vom »Anzeiger« stehen, das würde die Arbeit ein wenig erleichtern.

Er sah auf die Uhr. Länger als bis zweiundzwanzig Uhr würde er heute nicht bleiben. Das musste für eine Recherche mit solch ungenauen Suchangaben reichen. Wahllos zog er einen der immens großen Ordner aus dem Regal und klappte ihn auf. Jahrgang 1973. Januar.

Lustlos blätterte Maik Brandt durch die schon leicht vergilbten dünnen Seiten der Zeitungsausgaben.

»Angemessene Kleidung. Aha.« Leitner stand vor dem Eingang der Bad Kötztinger Spielbank, las sich das Schild mit den Verhaltensregeln durch und blickte zu Agathe. Sie sah mit ihrem Weiße-Bluse-Blue-Jeans-Look nicht nur hinreißend, sondern auch »angemessen gekleidet« im Sinne des Schildes aus. Dann blickte er an sich hinab. Er trug heute schwarze Halbschuhe, eine schwarze Stoffhose und ein violettes Hemd. Darüber knautschte seine Lederjacke.

»Wenn ich die Jacke vielleicht an der Garderobe abgeben könnte … bin ich dann angemessen gekleidet?«, fragte er. »Muss man im Casino nicht immer Smoking oder zumindest eine Krawatte tragen?«

Agathe lachte. »In James-Bond-Filmen vielleicht. Wie das hier in Bayern ist, weiß ich nicht. Wahrscheinlich herrscht Lederhosen-Zwang.«

Leitner schickte ihr einen kleinen spitzen Pfeil per Augenpost und wandte sich wieder dem Schild am Eingang zu. Zu seiner Erleichterung erfuhr er, dass eine Krawatten-, Sakko- oder Lederhosenpflicht nicht bestand. Er ging ein paar Schritte zurück in Richtung eines Springbrunnens, der in Sommernächten fröhlich sprudeln musste, heute freilich, da der Oktober mit um die null Grad zuschlug, ausgeschaltet blieb.

Die Eingangshalle mit ihren blaugrauen Wänden hätte auch einem städtischen Hallenbad zur Ehre gereicht.

Als Leitner zur Empfangsdame ging, sagte diese nicht, wie man vielleicht hätte erwarten können: »Guten Abend, Mister Leitner. Wodka Martini? Geschüttelt, nicht gerührt?«, sondern einfach nur: »Ihren Personalausweis, bitte!«

Leitner holte die kleine Karte aus seiner Geldbörse und entnahm ihr auch das Foto von Servatius Hirneis. Er zeigte es der Frau und fragte: »Wir sind mit meinem Onkel verabredet. Wissen Sie zufällig, ob er schon hier ist?«

Er beobachtete ihr Gesicht, aber die Dame ließ keinerlei Regung erkennen, sondern deutete nur auf die milchtrübe Glastür zu ihrer Rechten und sagte: »Warum gehen Sie nicht hinein und sehen nach?«

Als Leitner und Agathe den großen Spielsaal des Casinos betreten hatten, griff die Frau am Empfang nach dem Telefonhörer und wählte die Nummer des Saalchefs.

Der graue Dacia Duster fuhr auf dem Parkplatz der Bayerischen Spielbank Bad Kötzting vor. Im Innenraum erklang eine Stimme: »*Ty sjedeš do dílny a všechno připravíš a já se mu pověsím na paty.*«

Eine junge blonde Frau stieg aus und verfolgte gemäß ihrem Befehl die Zielpersonen ins Casino.

Der Fahrer des Dacia wendete scharf und bog zurück auf die Straße. Er wusste, was er zu tun hatte. In Gedanken ging er die Instrumente und Werkzeuge durch, die er benötigen würde, um den Zielpersonen einen äußerst unangenehmen Abend zu bereiten.

Im Großen Spielsaal wurden Leitner und Agathe von warmem goldenen Licht empfangen. Ein Geruch von Teppichschaum drang in ihre Nasen. Der Hochflorteppich war vor Kurzem gereinigt worden. Agathe konnte sich vorstellen, dass die Luft nicht mehr so frisch duften würde, wenn der Saal voller Menschen war. Doch an diesem Montag, kurz vor halb sieben, zählte die Spielbank nur etwa fünfzehn Gäste. Auch an den etwa fünf Meter hohen Wänden im Großen Salon dominierte wie schon im Foyer die Farbe Blaugrau. Die Fensterscheiben reichten vom Boden bis zur Decke. Draußen herrschte bereits Dunkelheit, man konnte die Lichter der Autos auf der Zufahrtsstraße sehen, die von Bad Kötzting hinaus über den Blaibacher Stausee nach Westen weg von der Grenze führte.

»Wie wollen wir anfangen?«, fragte Leitner. »Hast du diesbezüglich etwas in deiner Detektivausbildung gelernt?«

Agathe schüttelte den Kopf. »Improvisation und Bauchgefühl sind wichtig.«

»James Bond beginnt meistens an der Bar.«

Diese befand sich auf einem Podest links vom Eingang. Sie nahmen auf den metallenen Hockern Platz. Leitner bestellte einen Orangensaft. Als der junge Barkeeper ihm das Getränk servierte, sagte er: »Vielen Dank. Das ist schon aufregend, ich bin heute zum ersten Mal in einem echten Casino!«

Seine geckenhafte Art ließ Agathe aufhorchen.

Leitner sah sie auffordernd an und sagte dann wieder zum Barkeeper: »So etwas erleben wir zu Hause natürlich nicht, meine Frau und ich!«

Der große schlanke Kellner bewegte sich im einstudierten Gang hinter dem Tresen und schäumte Milch auf. Trotzdem ging er höflich, aber ohne viel Interesse in der Stimme, auf den Small Talk ein. »Das glaube ich gern. Kommen Sie von weiter her?«

»Aus Delmenhorst, Emden«, log Agathe in breitem Platt und signalisierte Leitner so, dass sie mitspielte.

Mit dem dunkelbraunen Espresso, der jetzt aus der Kaffeemaschine lief, zeichnete der Barkeeper ein Herz in den Milchschaum, indem er die Tasse darunter hin und her bewegte. Dann stellte er sie auf das Tablett einer Bedienung.

»Ich komme eigentlich aus Regensburg«, sagte Leitner. »Wir sind auf Besuch da, weil mein Onkel mir das Casino so ans Herz gelegt hat. Kennen Sie ihn vielleicht?«

»Hm … ich glaube nicht«, verneinte der Barkeeper. Es war unübersehbar, dass ihn das Gespräch langweilte. Wieder ein Touristenpaar, das sich an einem einzigen Glas O-Saft festhalten und ihm eine langweilige Familienstory nach der anderen erzählen würde.

»Das hier ist ein Foto von ihm.« Leitner zog seinen Trumpf aus dem Geldbeutel. »Er ist oft bei Ihnen zu Gast. Ach, was hat er mir vom Casino vorgeschwärmt. Erkennen Sie ihn nicht wieder?«

Pflichtschuldig betrachtete der junge Kellner kurz die Fotografie und murmelte: »Schon möglich. Wir haben sehr viele Gäste, mein Herr.« Dann wandte er sich ab und polierte einige schon glänzende Gläser.

Agathe und Leitner standen auf und entfernten sich von der Bar.

»Du sollst improvisieren, habe ich gesagt, nicht das Ohnsorg-Theater aufführen!«

»Dann mach's halt besser!«, giftete Leitner.

Eine Zeit lang standen sie an einem der drei großen Roulettetische. Er war spärlich besetzt. Ein einzelner Mann um die vierzig setzte ausschließlich auf Schwarz oder Rot, noch dazu mit nur stets je zwei Euro-Jetons. Ihm gegenüber saß ein älteres Ehepaar jenseits der fünfzig. Der Mann trug ein schrecklich ausgewaschenes kariertes Hemd, das aus den Siebzigern stammen musste, die Frau hatte sich in ein blau schimmerndes Seidenoberteil und eine viel zu enge weiße Stoffhose gepresst.

Leitner dachte an das Schild am Eingang. Von wegen angemessene Garderobe. Der Ehemann musste Lehrer oder anderweitig verbeamtet sein, vermutete er, anders konnte er sich nicht erklären, warum der Typ seiner Frau jeden Handgriff des Croupiers, jedes Setzen eines Jetons und auch ansonsten die großen Zusammenhänge des Roulette-Universums lautstark erläuterte. Der Sprache nach stammten die beiden aus dem Rheinland. Wahrscheinlich auf Kur im Bayerischen Wald, dachte Leitner.

Er und Agathe schlenderten um den Tisch herum und stellten sich neben den Croupier.

Der sagte: »Nummer acht, *noir, pair, manque*!«

Leitner wartete ab, bis er alle Einsätze verteilt und die kleine weiße Plastikkugel wieder auf ihre Rundfahrt durch den Kessel geschickt hatte, dann zeigte er ihm das Foto und wollte gerade eine Frage stellen, als ihn jemand auf die Schulter tippte.

»Bitte begleiten Sie mich, die Herrschaften.«

Leitner drehte sich um und sah einen großen Mann in einem feinen schwarzen Anzug. Auf seiner Brust trug er ein Schild mit dem Logo der Spielbank, auf dem fett »Saalchef« stand. Der Mann zeigte zum Ausgang, und er und Agathe setzten sich zögerlich in Bewegung. »Wir wollten gerade nach meinem Onkel suchen.«

»Darüber hat mich Frau Schneider vom Empfang schon aufgeklärt. Es ist in unserem Hause jedoch nicht Usus, die Angestellten mit Fotografien zu behelligen.«

»Entschuldigung, das habe ich nicht gewusst.«

An der Ausgangstür sagte der Saalchef: »Ich schlage vor, dass Sie Ihren Verwandten einfach anrufen, wenn Sie sich mit ihm verabreden wollen. Des Weiteren möchte ich Sie bitten, unser Etablissement zukünftig erst wieder zu betreten, wenn Sie bei uns spielen oder speisen und keine Fragen stellen wollen. Auf Wiedersehen.«

Im Foyer nahm Leitner seine Jacke in Empfang und blickte Frau Schneider an wie ein Schuljunge, der seine Hausaufgaben nicht gemacht hat.

Ihr Gesicht blieb regungslos.

»Mein Onkel war nicht da«, sagte er schließlich und ging mit Agathe zur Tür.

Frau Schneider schmunzelte wenigstens.

Keinen Kilometer von der Kötztinger Spielbank entfernt, in einer kleinen, staubigen Werkstatt, reihte in diesem Moment der Fahrer des Dacia Duster seine Utensilien, die er an diesem Abend noch brauchen würde, auf einer Werkbank auf: zwei Steinflaschen mit Blutwurz, einer Spezialität des Bayerischen Waldes. Der Schnaps schmeckte hervorragend, wenn man jedoch mehr als zwei Stamperl davon trank, fand man schnell heraus, dass man nicht mehr Herr seiner Sinne war.

Der dunkel gekleidete Mann legte eine Rolle mit Panzerklebeband und eine lange hölzerne Klammer neben die Schnapsflaschen, zog unter der Werkbank einen etwa ein mal ein Meter großen Transportwagen hervor und rollte ihn in die Mitte der Werkstatt. Auf ihn stellte er einen metallenen Stuhl.

Schließlich öffnete er den mannshohen Schrank in der Ecke und entnahm ihm ein langes scharfes Messer.

Leitner bog auf das Brauereigelände des Lindnerbräu in Bad Kötzting ein. Während der drei Minuten langen Fahrt hatte er Agathe einen Vorschlag gemacht, der ihr weiteres Vorgehen betraf.

Agathe ließ ihren Blick über den Weißen Regen gleiten und sagte nach einem Moment des Nachdenkens: »Ich weiß nicht, Gerhard. Hältst du das wirklich für eine gute Idee?«

Er atmete tief ein. »Ich *muss* diese Jana nach dem Hirneis fragen. Und ich glaube nicht, dass du als Frau in einem tschechischen Puff mehr Chancen auf die Information hättest als ich.«

Agathe musste wieder an ihre Zeit als Privatdetektivin auf dem Hamburger Kiez zurückdenken.

»Oder bist du eifersüchtig?«, witzelte Leitner.

Agathe zog die Augenbrauen zusammen. »Wir haben gestern Nacht miteinander geschlafen, nicht geheiratet.«

»Na … jedenfalls … ich glaube, du wartest besser hier, bis ich wieder da bin.«

Agathe blickte zum Brauereiwirtshaus, das als eines der urigsten in der Oberpfalz galt. Mit Großstadtflair oder modernen Clubs hatte das Ambiente allerdings nichts gemein. »Na klar. Dann fange ich da drin einfach mal zu jodeln und zu schuhplatteln an. Die werden mir schon ein Maß Bier geben«, sagte Agathe und stieg aus.

Leitner wendete und rief durch das geöffnete Fenster: »Schuhplatteln tun nur die Oberbayern. Und außerdem heißt's *eine Mass*! Femininum und kurzes, klares a!«

»Wie in Arschloch?«, rief Agathe, während der Opel vom Hof fuhr.

Maik Brandt klappte erschöpft den großen Zeitungsordner zu und rieb sich die Augen. In den letzten Stunden hatte er viel gelesen und sich in die Wirkendorfer Stadtgeschichte vertieft. Anfangs war er verunsichert gewesen, weil er als Thüringer mit der örtlichen Historie nicht vertraut war, aber die umfangreiche Lektüre hatte sein Interesse geweckt.

Es war schon faszinierend gewesen, vom Erfolg und Scheitern verschiedener Geschäftsleute zu lesen, zu verfolgen, wie der eine oder andere Politiker seine kommunalen Spuren in Form von Straßennamen oder Gebäuden hinterlassen hatte, oder nachzuempfinden, wie sich die Wirkendofer Kultur und der Sport in den letzten Jahren entwickelt hatten. Aber jetzt war Maik Brandts Grenze erreicht. Der Arbeitsspeicher in seinem Gehirn war ausgelastet und erlaubte keiner noch so kleinen weiteren Information mehr den Durchgang zum Hauptspeicher.

Als er den Ordner wieder zurück an seinen vorgesehenen Platz im Regal stellte, wirbelte er dabei den Staub auf, der sich auf den angrenzenden Leitz-Schwarten abgelagert hatte. Nachdem er ihn sich von seiner Kleidung geklopft hatte, betrachtete er auf dem Schreibtisch den Stapel von Papieren, die er aus den verschiedenen Ausgaben des »Wirkendorfer Anzeiger« herauskopiert hatte. Ein Artikel handelte vom Jubiläum der Wirkendorfer Brauerei, in einem anderen ging es um die finanziellen Unterstützungen des Wirkendorfer Sportvereins durch die Adelsfamilie. Ein weiteres Bild zeigte Adalbert Graf zu Söllwitz zusammen mit Franz Josef Strauß und dem damaligen Wirkendorfer Bürgermeister Hermann Schmidauer – natürlich von der CSU, sonst wäre der alte Franz-Josef ja nicht gekommen – beim Bockbieranstich. Maik Brandt sah auf das Datum am oberen linken Rand der Seite: »Montag, 17. Mai 1982«.

Natürlich ein Montag. Da war der Ministerpräsident am Samstag davor auf Wahlkampf in Wirkendorf gewesen. Damals hatten sie auf dem Bockbierfest wahrscheinlich nicht schlecht geschluckt. Zu Strauß' und Wehners Zeiten war das im Wahlkampf ja noch drin gewesen. Heute völlig undenkbar!

Brandt blätterte weiter durch die Seiten und überflog Artikel

über Proteste aus den Achtzigern gegen die geplante Wieder-
aufbereitungsanlage WAA im nahe gelegenen Wackersdorf sowie über die Neunhundertjahrfeier der Gemeinde Wirkendorf.

Was war das für ein bunter Kuddelmuddel! Er hoffte, dass
ihm die Arbeit wenigstens ein Lob einbringen würde, als er aus
dem Keller wieder in den Redaktionsraum ging und die rund
vierzig Seiten ins Fach des Chefredakteurs legte.

Er seufzte. Andere Leute hatten am Abend Dates, er nicht.
Aber das war in Wirkendorf auch wirklich schwer. Allein
schon die Sprache. Das war ja mehr schon ein Bellen! Er würde
trotzdem mal im »Rockdomizil« vorbeischauen. Die eine oder
andere würde schon da sein, bei der er es probieren könnte.

Als er das Licht in der Redaktion ausschaltete, musste Maik
Brandt an den Sketch »Bayerisch Menthol« denken, den ihm
ein Praktikant erst am Vormittag auf seinem iPhone vorgespielt
hatte. Seinen eigenen Thüringer Dialekt würde Brandt nicht
wie in dem Video schlicht mit einem Sprühstoß Rachenspray
beseitigen können.

Als Agathe die Gastwirtschaft betrat, empfing sie wunderbar
kümmeliger Duft von guter Bratensoße. Der Korridor war in
gemütliches gelbes Licht getaucht, und sie stand den fleißigen
Bedienungen im Wege, die von der Küche linkerseits versuch-
ten, die Speisen warm und ohne zu kleckern nach rechts in den
Gastraum zu befördern.

In der Stube herrschte eine Geräuschkulisse von schreien-
den und teils bellenden Männerstimmen. Am quadratischen
Stammtisch gleich neben der Tür ereiferte sich ein kahlköpfiger
älterer Herr über die aktuelle Situation der Rentner in Deutschland. Weiter hinten spielten sie Schafkopf, einen langen. Unter
einem Fenster saß eine Reisegruppe, die ihrer Anzahl nach zu
urteilen wohl mit einem kleinen Bus angereist war.

Auf dem einzigen freien Tisch im Nebenraum stand ein
»Reserviert«-Schildchen, weshalb die stämmige Bedienung
Agathe einen Platz bei der Reisegruppe zuteilte.

»Hätten Se nich auch 'n Kleines?«, erkundigte sich ein Herr neben Agathe, als die Kellnerin ein Tablett mit zehn Willybechern Bier auf dem Tisch abstellte. »Dat sin ja schon Eimer, aus denen die hier trinken, wat?«, referierte er über den Unterschied zwischen der Trinkkultur im Rheinland und in Bayern.

Agathe nickte höflich.

»Aber gemütlich is dat schon hier«, fuhr der Mann unbeirrt fort. »Bei euch ham wir immer 'ne Riesengaudi. Bist du denn auch von hier wech?«, fragte er, und noch bevor Agathe antworten konnte, sagte er auch schon: »Jupp! Du kanns Jupp zu mir sagen, wo wir hier doch alle Freunde sin!«

Als Agathe nach Jupps wiederholten Freundschaftsbeteuerungen es schließlich geschafft hatte, die hausgemachten Bratwürste auf Kraut zu bestellen, die Leitner ihr empfohlen hatte, wusste sie, dass die Reisegruppe aus Mitgliedern eines Kegelvereins bestand – was hieß schon *einem* Kegelverein, das war der VHK Herne! Zum Wohl, jawohl! Hoch die Tassen! – und diese erst vor wenigen Stunden angereist waren.

Das Ehepaar, welches Leitner und sie eben noch am Roulettetisch im Casino beobachtet hatten, musste wohl auch zu den Keglern gehören. Jupp hatte gerade begonnen, sich als Witzerzähler zu versuchen. Seine Scherze, über die er selbst am meisten lachte, wurden immer lauter.

Die Tür öffnete sich, und ein Schwall von Männern in Trainingsanzügen drückte in die Gaststube herein. Das mussten diejenigen sein, die den einzig noch freien Tisch reserviert hatten, dachte Agathe, denn die Gäste gingen schnurstracks darauf zu. Bestimmt die örtlichen Fußballer, die sich nach dem Training ein paar isotonische Getränke zu Gemüte führen wollten.

Bald darauf brachte die Bedienung auch Agathe ihr Bier. Sie kostete es, und es schmeckte ihr hervorragend. Doch der Genuss wurde nach wie vor von Jupps Anekdoten erheblich getrübt.

Agathe ließ die Geräuschkulisse auf sich wirken. Es kam ihr so vor, als wäre es in den Kneipen im Norden Deutschlands etwas leiser. Die Leute in der Oberpfalz schienen alle zu brüllen.

»Ich kann sitzen hier?«

Agathe blickte auf. Neben ihr stand schüchtern ein Mann um die dreißig und deutete unsicher auf die paar freien Zentimeter der Bank rechts von ihr. Sein Dreitagesbart wirkte nicht ungepflegt, und auch seine Out-of-bed-Frisur schien gewollt zu sein. Agathe, dankbar für jede Ablenkung von Jupps Scherzen, nickte und versuchte, sich noch schlanker zu machen.

»Ziemlich voll hier«, sagte der Mann und klemmte sich auf die Bank. »Endlich sitzen.« Er lächelte.

Wegen seines charmanten Akzents sah Agathe vor ihrem geistigen Auge Bilder von Karel Gott im ZDF-»Fernsehgarten« aufsteigen.

»Ich komme nicht aus Bayern.« Das ch sprach er so, als wäre er Schweizer.

Agathe sah zu Jupp hinüber – »Kennste den schon? Kommt 'ne Frau beim Frauenarzt! Hahaha!« – und sagte zu ihrem neuen Sitznachbarn: »Das geht hier heute vielen so.«

»Ich bin aus Land nebenan.« Auch er sah zu Jupp hinüber und ahmte dessen Feierlaune mit angedeutetem Schunkeln nach. »Aus Böhmen kommt die Musik.«

Agathe musste lachen. Der Tscheche hatte Jupp sehr gut getroffen.

»Ich glaube, wir müssen noch trinken sehr viel Bier, damit wir werden so lustig wie er«, sagte er und schenkte ihr einen gespielt verzweifelten Blick.

Ihr Lächeln wurde breiter, und zum ersten Mal seit Tagen spürte sie, wie die Anspannung ein wenig von ihr wich.

Nach einer guten halben Stunde Fahrt stieg Leitner aus seinem Wagen und ging auf das Haus zu, zu dem ihn sein Navi geführt hatte. Obwohl er durch seinen Kontakt mit vielen Musikern aus dem Nachbarland ein wenig Tschechisch verstand, war der Name der Straße für ihn unaussprechlich. Er kämpfte schon mit dem der kleinen Ortschaft: Královský hvozd. Na ja …

Der gelbe Anstrich des Gebäudes musste schon vor einiger Zeit zum letzten Mal frisch aufgetragen worden sein, denn die ehemals leuchtende Farbe wirkte schmuddelig. Der hintere Teil des zweistöckigen Hauses war etwas schief. Von außen deutete weder Schild noch Neonreklame darauf hin, dass es in den Innenräumen körperliche Liebe zu kaufen gab.

Als Leitner die kleine Vorhalle betrat, legte die junge Frau hinter dem Empfangstresen ihr Smartphone zur Seite. Sie mochte etwa Mitte zwanzig sein und war stark geschminkt, besonders die prallen roten Lippen stachen hervor. Sie zog ihr Oberteil ein wenig nach unten, sodass man den Ansatz ihrer kleinen Brüste sah, was offensichtlich die Lust des Kunden wecken sollte.

»Hallo! Was willst du haben?«, fragte sie mit näselndem Akzent.

»Jana?«, fragte Leitner und spielte den Unsicheren und lächelte.

»Jaaana«, antwortete die Empfangsdame mit süffisantem Unterton.

Leitner konnte ihn nicht einordnen. Die Frau klang so, als wüsste sie genau, welche Art von Kunden zu Jana wollte. Dass die Damen ihre Kundschaft nach sexuellen Vorlieben katalogisierten, brachte bestimmt der Beruf mit sich. Aha, Typ kleiner, unbedeutender Verwaltungsbeamter? Bitte zu Jasmin. Typ Softie, der zu blöd ist, um in der freien Natur auf Damenjagd zu gehen? Bitte zu Yvonne. Computernerd? Veronica wartet schon …

»Jaaana«, wiederholte die junge Frau und tippte dabei etwas in den Computer, bevor sie wieder aufsah. »Sie wissen, welches Zimmer?«

Leitner wusste es freilich nicht und ließ sich den Weg von der Dame beschreiben. Erster Stock, zweite Tür rechts. Der Korridor, der zur Treppe führte, war mit Bildern von leicht bis gar nicht bekleideten Tänzerinnen dekoriert. Alles war in dezentes rotes Pufflicht getaucht. Im ersten Stock drang aus kleinen Lautsprechern genau wie im Erdgeschoss gedämpfte Barmusik mit Piano und Saxofon. Leitner musste an die Sinnlichkeit der vergangenen Nacht denken, zu der das Spielen der beiden Instrumente geführt hatte. Hier jedoch war die Musik nur der klägliche Versuch, das gleichmäßige Quietschen eines Bettgestells, das aus einem der Zimmer drang, zu übertönen.

Leitner klopfte an die ihm beschriebene Tür. Sie wurde entschlossen geöffnet, und er stand vor Jana. Sie lächelte, als sie ihm bedeutete einzutreten. Er ging an ihr vorbei und sah sich in dem kleinen Zimmer um. An der Stirnseite rechts stand das Bett, mit frischen, glatten Laken bezogen. In das Kopfende aus Holz waren mehrere Haken geschraubt. Neben dem Bett hingen säuberlich aufgereiht Handschellen, Peitschen und sonstige Utensilien.

»Du bist zum ersten Mal hier. Zufall?«, fragte Jana in gutem Deutsch.

Leitner betrachtete die Prostituierte genauer, die soeben die Tür hinter ihm schloss. Sie war schlank, hochgewachsen, ihre Beine steckten in Netzstrümpfen, die auf Mitte der Oberschenkel aufhörten. Unter dem knappen Röckchen war der Stringtanga zwischen ihren Pobacken nicht mehr zu entdecken. Als sie sich wieder zu Leitner wendete, wanderte sein Blick zu ihrem Korsett. Es war so weit ausgeschnitten, dass es ihren Busen griffbereit zur Schau stellte. Ihre blonden Haare waren zu einem strengen Pferdeschwanz zusammengebunden. Leitner blickte in ihr hübsches, längliches Gesicht. »Nein, auf Empfehlung eines Freundes«, log er. »Servatius Hirneis.«

»Kenn ich nicht«, sagte Jana.

Leitner griff in seine Brusttasche und zeigte ihr die Fotografie.

»Ach so, der Harry!«

Er seufzte. Hirneis hatte es wohl vorgezogen, unter einem falschen Namen bei Jana vorstellig zu werden. Irgendwie auch verständlich, wenn man Servatius hieß.

»Der Harry weiß immer genau, was er will«, sagte Jana selbstbewusst. »Du auch?«

Nachdenklich zog Leitner seine Augenbrauen nach oben, während seine Mundwinkel nach unten wanderten.

»Er will es immer etwas härter«, fuhr Jana fort.

Leitners Blick stahl sich zu den Peitschen und Handschellen an der Wand. »Ich glaube nicht, dass ich das nötig habe.«

Sie drehte sich zu einem Stuhl, der an ihrem Schminktisch stand und lehnte sich vornüber auf die Lehne. »Der Harry braucht keine Schläge«, sagte sie unterwürfig und klappte das bisschen Stoff nach oben, das ihr Hinterteil noch bedeckt hatte. Verheilte, aber deutlich sichtbare Striemen zierten ihre Pobacken. »Aber ich … ich bin ein ungezogenes Mädchen.«

Erst jetzt wurde Leitner bewusst, dass er sich sozusagen mitten im Verkaufsgespräch befand. Er sah sich weiter im Zimmer um und entdeckte ein Regal, in dem frontal präsentierte DVDs zum Verkauf standen. Auf allen Covers war Jana in verschiedenen Posen in Kellergewölben abgebildet. Mit auf den Fotos waren devote Sklaven in schwarzen Latexanzügen, Spritzen, Ketten und brennende Kerzen. Sadomaso war anscheinend ihr Spezialgebiet. Leitner fragte sich, ob er diese Information über Servatius Hirneis wirklich gebraucht hatte.

Er nahm einen Fünfzig-Euro-Schein aus seiner Hosentasche, legte ihn gut sichtbar auf den Schminktisch und stellte sich aufrecht vor Jana hin. Dann hob er mit dem Finger ihr Gesicht an, sodass sie ihm geradewegs in die Augen sah. »Krieg ich eigentlich Ärger, wenn ich nicht mit dir ins Bett gehen möchte?«, fragte er mit fester Stimme.

Sie stand auf, schnappte sich den Fünfziger und steckte ihn durch einen Schlitz in einen großen schwarzen Holzkasten auf dem Tisch. »Nein«, antwortete sie knapp. Sie entnahm einer Schublade eine Zigarette und wollte sie sich anzünden, doch Leitner griff nach ihrem Feuerzeug und kam ihr zuvor.

»Wir machen uns Sorgen um den … Harry, weil er seit einigen Tagen nicht mehr daheim aufgetaucht ist. Hast du etwas von ihm gehört?«

Jana inhalierte den ersten Zug und überlegte.

Leitner stellte sich schon darauf ein, dass sie ihn hinausschmeißen würde, weil sie ihn für einen Bullen oder Detektiv hielt, doch zu seiner Überraschung antwortete sie in angenehmem Es-Dur. Die Tonart löste immer Wohlbefinden bei ihm aus.

»Ich weiß nicht, was mit ihm los ist. Ich habe ihn schon länger nicht mehr gesehen.«

»Ist er oft hier?«

»Oft ja, oft nein. Aber er wollte kommen öfter in Zukunft, hat er mir gesagt.«

»Ihr unterhaltet euch also auch? Danach, meine ich.«

»Machen viele«, sagte Jana und schnippte mit dem Finger die Asche von ihrer Zigarette. »Aber Harry nicht häufig. Er kommt herein, und ich sage nichts, und dann Harry ist sehr … sehr …« Sie suchte nach dem richtigen Wort und schlug schließlich mit einer imaginären Peitsche durch die Luft.

Leitner dachte an die Striemen auf ihrem Hinterteil. »Rabiat?«

Jana überlegte, ob sie dieses Wort kannte. »Ja … rabiat«, sagte sie schließlich leise. Sie nahm einen weiteren Zug, und ihre Stimme wurde wieder fester. »Aber hinterher, warum soll ich nicht mit Kundschaft reden? Viele geben dann noch mehr Geld, weil sie schlechtes Gewissen haben, wenn sie von zu Hause erzählen.«

»Hat der Servaz… der Harry viel von zu Hause erzählt?«

»Oh nein. Eigentlich nie. Nur die letzten zwei Mal, wo er hier war. Da er hat gesagt, er will kommen öfter in Zukunft zu mir. Er will machen – wie hat er gesagt? – großes Schmeißen?«

»Einen großen Wurf?«

»Richtig, einen großen Wurf er will machen, und dann er kommt öfter zu mir.«

Leitners Puls beschleunigte sich. »Und was genau er vorhatte, das –«

»Das weiß ich nicht. Ich kriege Geld für Sex und für Zuhören, nicht für Fragen.«

Das leuchtete Leitner ein. Warum sollte sich Jana mit überflüssigen Informationen belasten, wenn sie ihre Energie weiß Gott anderweitig benötigte. Er sah auf den Holzkasten auf dem Tisch und kramte noch einen Zwanziger aus der Hosentasche.

Jana drückte ihre Zigarette aus und hob abwehrend die Hand. »Du bist hier erstes Mal. War nicht viel Arbeit.« Sie ging an das Regal, nahm einen der Pornos heraus, reichte ihn Leitner, geleitete ihn zur Tür und sagte: »Viel Spaß zu Hause bei Anschauen. Wenn es dir gefällt, vielleicht du kommst wieder zu Jana, und dann wir arbeiten mehr.«

Er ging die Treppe ins Foyer hinunter, an der Empfangsdame vorbei und verabschiedete sich gewohnheitsmäßig.

Erst als die junge Frau gespielt schimpfend mit ihrem Zeigefinger wedelte, bemerkte Leitner, dass er die Porno-DVD immer noch in seiner Hand hielt. Er schob sie unter seine Jacke, eilte hinaus und ertappte sich dabei, wie er insgeheim mit dem Gedanken spielte, auf Janas Angebot zurückzukommen.

Aber erst einmal stand ihm ein gemütlicher Abend bevor. Zumindest war das sein letzter Gedanke, bevor ihn ein wuchtiger Schlag auf den Hinterkopf traf und er bewusstlos gegen die Längsseite seines Autos prallte.

Nachdem Agathe und ihr neuer tschechischer Bekannter ihre Abendessen verzehrt hatten, meinte sie: »Wenn man in der Stadt wohnt, macht man sich gar keine Vorstellung, wie schön diese Region hier ist.«

Der Tscheche nickte. »Der Bayerische Wald ist herrlich. Es gibt sehr viel zu sehen. Auf beiden Seiten der Grenze.«

»Ich komme aus dem Norden. Da ist alles flach.« Agathe spähte auf ihr Handy.

»Wenn Sie wollen, ich kann Ihnen zeigen die Gegend«, bot der Tscheche an. »Ich weiß, wo es gibt gute Wege zum Wandern.«

»Nun, das ist schrecklich nett von Ihnen, aber dafür werde ich nicht lange genug hier sein.« Abermals streifte ihr Blick das Telefon. Es war bereits kurz vor zehn, und Leitner war weder beim Lindnerbräu erschienen, noch hatte er angerufen oder eine Nachricht geschickt. Sie steckte das Handy wieder in ihre Tasche.

»Sie zogen aus mit bunten Wimpeln und kehrten heim mit wunden Pimpeln, hahaha!«, reimte Jupp derweil neben ihr.

Agathe überlegte, ob es besser wäre, in der Gaststube zu warten oder zu Babette Rossners Anwesen zurückzufahren. Aber wie? Sollte sie sich ein Taxi nehmen?

»Sie sind sehr nervös. Sie warten auf jemanden?«, fragte der Tscheche.

»Auf einen Freund. Er meldet sich nicht.«

Der Tscheche hob seine Arme und sagte: »Dann wir müssen hier sitzen bleiben und feiern, bis er kommt!«

Agathe gab sich eine Sekunde lang der schönen Vorstellung hin, die Pflicht vergessen und einfach Party machen zu können. Aber dass Leitner noch immer schwieg, kam ihr nicht geheuer vor. So lächelte sie den jungen Mann kurz an, stand auf und verließ das Gasthaus.

Mittlerweile hatte sich die Luft empfindlich abgekühlt, und Agathe fröstelte, als sie Leitners Nummer auf ihrem Handy aufrief. Sie ließ es so lange klingeln, bis die Mailbox ansprang, und legte dann auf. Nach einigen Sekunden probierte sie es erneut. Das Ergebnis war das gleiche.

Agathe ging einige Schritte zum Weißen Regen, dessen eiskaltes Wasser munter vor sich hin murmelte. Schließlich startete sie den dritten Versuch, doch auch der war vergeblich. Als sie sich wieder zum Wirtshaus umwandte, sah sie den Tschechen auf sich zugehen. »Mein Freund kommt wohl doch nicht mehr. Ich denke, ich werde mir jetzt ein Taxi rufen.«

»Wahrscheinlich eine gute Idee.«

Agathe wollte in die Gaststube zurück, doch der Mann stellte sich ihr in den Weg.

»Ich muss noch bezahlen«, sagte Agathe.

»Das habe ich schon erledigt. Wir können uns gleich auf den Weg machen.«

Agathe sah ihn beunruhigt an. »Ich denke, wir haben uns missverstanden. Ich werde allein fahren.«

Der Tscheche steckte seine Hände in den hinteren Bund seiner Hose. »Ich habe doch angeboten, Ihnen zu zeigen Gegend.«

Sein Tonfall jagte Agathe einen Schauer über den Rücken. »Ich muss jetzt wirklich los.«

Der Tscheche nahm seine Hände wieder nach vorn.

Agathe vernahm ein metallisches Klicken, dann ein Einrasten. Etwas Hartes bohrte sich in ihren Bauch. Sie sah hinab und entdeckte die Pistole mit Schalldämpfer.

»Ich fürchte, ich muss darauf bestehen«, flüsterte der Mann.

Er lenkte sie zu einem grauen Dacia und stieß sie unsanft auf die Rückbank. Innen wartete bereits ein zweiter Mann auf sie. Er klebte ihr ein breites Stück Panzertape über den Mund und stülpte ihr einen Stoffsack über den Kopf. Dann schien es ihr, als würde sich eine Kordel um ihren Hals zusammenziehen, und sie spürte, wie der Wagen losfuhr.

»Leider Sie können nachts nicht viel sehen von Gegend«, sagte ihr Tischnachbar. »Aber ich kann Ihnen versichern, dass es trotzdem ein sehr spannender Abend werden wird.«

Die Fahrt des grauen Dacia durch die Bad Kötztinger Nacht dauerte etwa fünfzehn schweigende Minuten, dann bog der Wagen auf ein Grundstück ein.

Agathe wurde aus dem Auto gezerrt und in ein Haus geführt. Auch ihre Hände hatte man mit Panzertape zusammengebunden, und wegen der fehlenden Balance wäre sie fast hingefallen, als sie über den Hof geschubst wurde und über einen Stein stolperte.

Jetzt stand sie in einem kühlen Raum, blind und starr vor Angst. Wer waren diese Leute? Was wollten sie von ihr?

Ein Mann sagte: »*To je ten člověk, co ví, kde je tvůj majetek.*«

Plötzlich wurde ihr der Sack vom Kopf gezogen, und obwohl das Licht im Raum nur von einer einzelnen Glühlampe stammte, musste Agathe wegen ihrer zuvor erzwungenen Unfähigkeit zu sehen erst ein paarmal mit den Augen blinzeln, um sich zu orientieren. Sie stand in einer Halle. Der Geruch von Sägemehl und verschwitzten Arbeitsanzügen drang in ihre Nase. Eine Schreinerwerkstatt.

Zu ihrer Linken sah sie eine offen stehende Tür, davor den Hof mit dem Wagen. Rechts standen eine Band- und eine riesige Kreissäge. Direkt vor ihr lag der Werkstattraum. In der hintersten Ecke hatte man auf einem Transportwagen einen Stuhl befestigt, auf dem eine Person in Leitners Klamotten saß. Panisch sog Agathe durch ihre Nase Luft in ihre Lungen. Die

Hände und Beine der Person waren mit Klebeband am Stuhl fixiert worden. Ihr Gesicht konnte sie nicht sehen, da man den Sack über ihrem Kopf noch nicht entfernt hatte. Der Brustkorb hob und senkte sich schwer.

Ruppig wurde Agathe am Arm wieder nach draußen gerissen und über den Hof zum Dacia zurückgeschleift.

»Sie sehen, wir haben auch Ihren Kollegen«, sagte ihre tschechische Essensbegleitung. »Da er ein Mann ist, wir reden in einer Werkstatt mit ihm. Sie sind eine sehr hübsche junge Frau, mit Ihnen wir fahren selbstverständlich in ein komfortables Hotel.«

Agathe wollte ihn anschreien, was sie eigentlich von ihr wollten, aber mit dem Panzerband auf dem Mund konnte sie nur wütend durch die Nase schnauben.

»Ich weiß, dass Sie sind sehr böse auf mich. Aber Sie sollten beten. Beten, dass Ihr Freund uns sagt, was wir wissen wollen.«

Vor Angst vergaß Agathe kurz zu atmen.

»Wenn wir von ihm nicht erfahren, was wir brauchen, werden wir uns mit Ihnen unterhalten.« Er beugte sich zu ihr hinunter. »Frauen sind sehr stark, aber wir wissen, was man tun muss, damit sie gefügig werden.«

Agathe gefror das Blut in den Adern.

Damit schlug der Tscheche die Wagentür zu, setzte sich hinter das Lenkrad, und der Dacia verließ den Hof der Schreinerei.

In der Werkhalle wurde Leitner der Sack vom Kopf gezogen. Er atmete einige Male tief durch, und mit jedem Herzschlag pulsierte der Schmerz an seinem Hinterkopf, wo man ihn bewusstlos geschlagen hatte. Ihm wurde übel.

Die Glühbirne über ihm blendete ihn, weil der Rest der Werkstatt im Dunklen lag. Der Raum vor ihm war ein langer Schlauch. Lediglich an dessen Ende flackerte eine kalte Neonröhre an der Decke. Dort glaubte Leitner, eine Gestalt zu erkennen. Er kniff die Augen zusammen, um sie besser sehen zu können, erahnte aber nur einen scharfen Umriss wie bei einem Scherenschnitt. Der Umriss setzte sich in Bewegung und näherte sich ihm mit schleifenden Schritten. Leitner kämpfte gegen seine Angst an. War das eine Frau?

Die seltsame Figur trat langsam in den Lichtkegel der Glühbirne.

Leitner nahm eine speckige helle Stoffhose war, die von roten Flecken bedeckt war. Tomatensoße? Ein merkwürdiger, süßlich-fauler Geruch drang in seine Nase. Die Person kam noch näher. Sie trug ein löchriges ärmelloses Shirt. Blasse, knochige Ärmchen ragten in einem eigenartigen Winkel vom Oberkörper weg, als wären die Armmuskeln wie die einer Leiche erstarrt. Die Füße federten bei jedem Schritt nach. Als die Gestalt neben ihm unter der Glühbirne stand, wusste Leitner, dass es sich bei ihr um einen Mann handelte. Doch um keinen lebendigen. Er sah aus wie tot. Sein Gesicht war von unwirklich gelber Farbe, die glanzlosen Augen lagen tief in ihren Höhlen. Der Mann kam noch näher, und Leitner roch, dass die absurde Figur schon länger nicht mehr geduscht haben konnte.

Das Gesicht des Mannes war nur noch ein paar Zentimeter von Leitners Gesicht entfernt. Es glich einer Kraterlandschaft, Pocken und Fleischwülste bildeten Aufwerfungen, über die sich die kranke Haut spannte. Helle, ausgebleichte Haare hingen wie dünnes Stroh von seinem Kopf. Leitner wollte etwas sagen, aber sein Ekel und seine Panik hinderten ihn daran.

Stattdessen begann der andere zu reden. *»Ne moc. Já nepotřebuju moc.«*

In seinem Mund ragten nur noch vereinzelt helle Zähne aus dem Zahnfleisch, der überwiegende Rest bestand aus schwarzbraunen Stümpfen, die bestialisch nach Fäulnis stanken. In Leitners Eingeweiden breitete sich Übelkeit aus. Stark konzentriert versuchte er, sich seine geringen Sprachkenntnisse in Tschechisch ins Gedächtnis zu rufen, um sich von dem brechreizerregenden Anblick abzulenken.

Ne moc. Das hatte der Mann gesagt und bedeutete »nicht viel«.

»Dej mi jenom trochu. Jenom trošičku!«

Oh Gott, der Kerl stank zum Himmel! Was hieß das, was er gerade gesagt hatte? »Gib mir«? Aber was sollte er ihm geben?

Der Mann breitete seine Arme aus, umarmte Leitner und legte ihm seinen Kopf auf die Brust.

Leitner begann vor Angst zu zittern.

Der Mann sah auf und strich mit seiner kalten Hand über seine Wange. Die Handfläche fühlte sich an wie Leder. Sein Mund näherte sich Leitners Ohr, und er flüsterte: »*Řekni jim to. My tě potřebujeme!*«

»Wir brauchen dich«? Aber wofür?

Er sah Leitner tief in die Augen, der verzweifelt gegen seine Übelkeit und seine Abscheu ankämpfte. Für Sekunden verharrten beide in dieser bizarren Pose. Dann riss der Tscheche plötzlich seine dünnen Arme nach oben und ließ sie auf Leitners Magen herunterfahren. Mit aller Kraft schlug er auf ihn ein und rief dabei immer wieder: »*Dej to sem! Okamžitě to naval ty hajzle! Ty mizernej šmejde!*«

Auf einmal hielt er in der Bewegung inne. Seine Augen fixierten etwas, das auf der Werkbank lag. So schnell sein geschwächter Körper es ihm erlaubte, rannte er zur Bank und griff nach einem großen Messer. Dann drehte er sich zu Leitner um und ging wie schon zuvor langsam auf ihn zu. Das Messer hielt er wie ein Schwertkämpfer mit beiden Händen fest umschlungen. Kurz bevor er Leitner erreichte, tauchten hinter dessen Rücken zwei Männer auf und hielten ihm ein kleines Plastikbeutelchen vor die Nase.

Leitner versuchte, sich zu konzentrieren. Was waren das für kleine weiße Steinchen in der Tüte?

Die beiden Schergen führten den dürren Kerl aus der Werkstatt.

Leitner atmete tief ein und erlangte langsam seine Fassung wieder. Die Schläge des Mannes in seine Magengrube hatten ihn in die Realität zurückgeholt. Gottlob war er nicht besonders kräftig gewesen. Leitner hatte noch nie zuvor in seinem Leben einen Menschen gesehen, der bei lebendigem Leibe so verfallen wirkte. Selbst Roland Schweller hatte in der Stunde seines Todes noch gesünder ausgesehen als dieser Zombie!

»Herr Leitner?« Ein Mann trat, Leitners Personalausweis in der Hand, vor ihn. Als er zu sprechen begann, hörte Leitner deutlich den tschechischen Akzent heraus.

»Menschen wie er tun mir sehr leid. Sie müssen viel für ihren Lohn arbeiten. Und dann passieren so dumme Sachen.«

Wie automatisch fragte Leitner: »Was für Sachen?« Plötzlich wusste er, was der Gestorbene gesagt hatte: »Gib es ihnen. Wir brauchen dich.« Und »Drecksack«, bevor er auf ihn eingeprügelt hatte.

»Er ist nicht allein, wissen Sie? Unsere Kunden verhalten sich sehr korrekt. Sie wollen dringend kaufen, aber müssen nun auf Lieferung warten.«

War diese lebende Leiche gerade ein Kunde gewesen?, wunderte sich Leitner. Das Einzige, was sich so einer wie der wirklich dringend kaufte, war doch höchstens …

»Für unser Geschäft ist es nicht gut, wenn unsere Kunden warten müssen!«

Oh nein! Bitte nicht! Bitte nicht diese verdammte Drogenscheiße, dachte Leitner. Der Zombie! Wie hieß das Zeug noch mal, was die ständig futterten? Crystal? Leitners Hirn raste. Er wünschte sich inniglich, dass diese Bande ihn nicht an diesen Stuhl gefesselt hatte, weil sie glaubte, er wäre im Besitz irgendwelcher Drogen!

Der Tscheche ging langsam um Leitner herum, der auf seinem erhöhten Stuhl aussah wie ein ungekrönter König auf seinem Thron.

»Ich weiß nichts von Ihren Kunden«, sagte Leitner.

»Aber von unserem Mitarbeiter. Er kommt aus Ihrer Stadt.«

Blitzartig wusste Leitner Bescheid: Der Hirneis war ihr Mitarbeiter! Aber was hatte der mit Drogen zu tun? Sollte der mit Crystal dealen? Das erschien Leitner doch zu abwegig. Er konnte sich nicht vorstellen, wie der überhaupt an die Drogen hätte rankommen sollen. Der Hirneis war nach Leitners Einschätzung zu blöd, um in Wirkendorf seine Werkstatt vernünftig zu betreiben, und jetzt sollte er auf einmal so eine Art Drogenbaron sein?

»Ich … ich kenne auch keinen Ihrer Mitarbeiter«, versuchte

Leitner, sich herauszuwinden. Erfolglos, er selbst glaubte seiner eigenen F-Moll-Stimme nicht.

»Ist das so?« Dem Tschechen schien es genauso zu gehen. »Und deshalb wir sehen Sie vor seiner Werkstatt. Und deshalb Sie besuchen seine Tante. Und deshalb Sie besuchen unsere Grenzmärkte. Und deshalb Sie zeigen jedem Fotografie.«

»Aber ich habe doch gar nicht −«

»Doch, Sie haben. Meine charmante Assistentin Lisa hat uns berichtet.« Er deutete zu einer jungen Blondine, die regungslos an der Wand lehnte.

Leitner wandte den Kopf. Sie war ihm bereits am Nachmittag im Casino aufgefallen. Ihm wurde − sofern das überhaupt noch möglich war − noch flauer im Magen.

Der Tscheche beugte sich von hinten nach vorn zu Leitners Ohr. »Wenn Sie nichts von unserer Ware wissen, warum Sie sind dann hinter Hirneis her?«, flüsterte er und wandte sich zur Werkbank, auf dem zwei Flaschen Blutwurz standen. Er schraubte eine davon auf und goss zwei Stamperl ein. Eines davon reichte er der Frau, die damit zu Leitner ging.

Der Tscheche hob sein Glas. »In Bayern man feiert gern!«

Lisa setzte das Glas an Leitners Lippen und kippte es leicht.

Er konnte riechen, dass der Inhalt wirklich Blutwurz war. Aber hatten sie ihm noch irgendetwas hineingemischt? Da sein Gegenüber das Stamperl in einem Zug austrank, entschloss sich Leitner schließlich, das Gleiche zu tun. In seinem Mund entfaltete der Schnaps seine ganze Geschmackstiefe, und als er brennend seine Speiseröhre hinabbrann, fühlte Leitner sich schon ein wenig besser.

»Wir dagegen verstehen unser Geschäft, Herr Leitner«, sagte der Tscheche und schaltete mit einem lauten, hallenden Schnalzen die Kreissäge ein. Seine beiden Helfer drehten den Wagen mit dem Stuhl zu dem riesigen Metalltisch herum, der gut vier Meter lang war. Er hatte einen silbern glänzenden Schlitten, den der Tscheche nun bis zum Anschlag auszog. In der Mitte des metallenen Ungetüms drehte sich mit schrillem Pfeifen das Sägeblatt mit seinen scharfen Zacken, die sich mit unbarmherziger Kraft durch meterlanges Hartholz fressen konnten.

Da der Hallenboden nicht ganz eben war, ruckelte der Wagen hin und her, als man Leitner langsam zu seinem Schafott rollte.

Ein tonnenschweres Gewicht schien ihm auf der Brust zu liegen. »Was haben Sie vor?«, presste er heraus, weil in seinen Lungen keine Luft mehr war. Doch das Kreischen des Sägeblatts war zu laut, als dass seine Frage jemand gehört hätte. Leitner atmete mit so viel Kraft wie möglich ein und brüllte seine Frage nochmals in die Werkstatt: »Was haben Sie vor?«

»Wir werden uns über das Geschäft unterhalten!«, rief der Tscheche und deutete mit seinem Zeigefinger auf den Metallschlitten.

Die beiden Männer hinter Leitner packten ihn mitsamt seinem Stuhl und drehten ihn um neunzig Grad, bevor sie ihn mit dem Rücken auf den Tisch legten und in der Waagerechten hielten, sodass er nicht herunterfallen konnte.

Auf der anderen Seite der Säge hatte sich Lisa platziert, die nun nach Leitners langem Haarschopf packte und ihn zu sich herüberzog.

Leitner hatte keine Chance, sich auch nur einen Millimeter zu bewegen, als über seinem Gesicht der Tscheche erschien.

»Im Augenblick haben wir genau zweihundertfünfzigtausend gute Gründe, um zu unterhalten uns.« Er drückte eine Tastenkombination auf dem Bedienfeld der High-Tech-Säge, woraufhin sich der Metallschlitten langsam in Bewegung setzte.

Leitners Augen schossen nach rechts, wo sich das rotierende Sägeblatt unaufhaltsam seiner Kehle näherte.

»Und Sie, Herr Leitner, haben jetzt genau«, der Mann sah auf das Display der Kreissäge, »vierundvierzig Sekunden, um uns zu sagen, was wir wissen wollen.«

Agathe saß auf einem durchgewetzten Polstersofa, das stark nach billigem Parfüm roch. Ihre beiden Begleiter hatten sie nach einigen Minuten Autofahrt in ein unauffälliges Haus gebracht, welches einsam nahe einem Wald stand. Innen brannten rote und violettfarbene Lampen. So wie viele Häuser entlang der Grenze war auch dieses in ein privates Bordell umgewandelt worden. Die zwei Männer hatten Agathe in eines der Zimmer gestoßen und ihre Hände mit Kabelbindern hinter ihrem Rücken gefesselt.

Ihr polizeigeschulter Blick suchte bereits seit Betreten des Hauses nach Fluchtmöglichkeiten. Aber die Grobheit ihrer Bewacher hatte ihr eine gehörige Portion Angst eingejagt. Nicht eine Minute lang zweifelte sie daran, dass die Schergen ihr brutales Handwerk hervorragend beherrschten.

Doch was wollten sie eigentlich wissen? Bislang hatte ihr niemand auch nur eine einzige Frage gestellt.

Einer der Männer positionierte sich neben der Tür und fing an, auf seinem Handy herumzuwischen. Der andere hob eine kleine Tasche hoch, die in einer Ecke auf dem Boden gestanden hatte. Sie sah aus wie die eines Arztes. Er öffnete sie und nahm einige Gegenstände heraus. Theatralisch legte er ein Messer, eine Spitzzange und eine Rasierklinge auf den Tisch vor Agathe.

Sie versuchte, sich unbeeindruckt zu geben. »Wir sind hier nicht in Hollywood. Hören Sie auf mit dieser Inszenierung und sagen Sie endlich, was sie von mir wissen wollen.«

Der Tscheche betrachtete sie amüsiert, holte aus der Tasche einen Zigarrenschneider und ließ die scharfen Klingen ineinanderschnappen.

»Ich habe noch nie benutzt für Zigarre«, meinte er lächelnd.

»Vielleicht sollten Sie mal. Ist auf jeden Fall gesünder als das, was Sie vorhaben. Was wollen Sie von mir wissen?«

Der Mann legte den Schneider auf den Tisch. »Ich frage nicht. Fragen muss Chef.«

Sie gab nicht nach. »Sie sind also quasi nur der Folterknecht?«

Er legte den Zigarrenschneider zur Seite und nahm ein Gerät aus der Tasche, das aussah wie eine kurze schlanke Pistole. Als er auf einen Knopf an dessen Griff drückte, stach mit hässlichem Zischen eine blaue spitze Flamme aus dem Lauf. »Tausendzweihundert Grad«, sagte er stolz.

Agathe kannte Geräte wie dieses. Sie wurden in Küchen von Spitzenrestaurants zum Flambieren verwendet und verwandelten Zucker in knackige Krusten.

Nachdem der Mann alle Utensilien vor ihr ausgebreitet hatte, setzte er sich verkehrt herum auf einen Stuhl vor sie.

»Es würde mir schon helfen, wenn ich wüsste, worum es Ihnen eigentlich geht«, sagte sie. »Oder sind wir nur für Ihren persönlichen Spaß hier?«

Der Mann blickte zu seinem Kollegen, der auf sein Handy sah und den Kopf schüttelte. Dann wandte er sich wieder Agathe zu und sagte: »Fragen muss Chef.«

Leitner schien es, als würde er die Situation wie ein unbeteiligter Zuschauer beobachten. Er war umringt von Menschen, die alles taten, damit sich seine Kehle auf ein immer noch widerlich kreischendes Wechselzahnsägeblatt zubewegte. Er versuchte, seinen Kopf nach rechts zu drehen, doch die hübsche Frau hatte seine langen Haare fest im Griff. Mit mathematischer Unbeirrbarkeit fuhr der Rolltisch, auf den ihn die Drogenhändler gelegt hatten, langsam in Richtung Sägeblatt.

Plötzlich beugte sich der Boss der Bande ganz nah über Leitners Gesicht und brüllte: »Was haben Sie mit unserer Ware gemacht?«

Leitners Augen schossen wie wild hin und her. Er wusste doch nichts über diese Drecksware! Er hatte keinen blassen Schimmer!

Der Tisch rollte weiter. Die unbarmherzigen Titanium-Schneidezähne waren nur mehr etwa einen halben Meter vom weichen Fleisch an Leitners Hals entfernt. Er würde ihnen jetzt einfach etwas vorlügen.

Leitner öffnete seinen Mund, aber kein Laut kam heraus.

»Sechstausend Umdrehungen in der Minute!«, schrie der Tscheche weiter in sein Ohr. »Holz verbrennt, wenn man es so schneidet!«

Leitner erschien das seltsam: Nur noch zwanzig Zentimeter neben seiner Halsschlagader rotierte die Säge mit einer Lautstärke von mindestens einhundertzwanzig Dezibel. Und doch konnte er verstehen, was der Mann schrie.

»Wo haben Sie unseren Stoff versteckt?«

Er konnte den Luftzug spüren, den das Sägeblatt ähnlich einem Ventilator erzeugte, als er plötzlich einen Ruck an seinem Oberkörper bemerkte. Die beiden Männer, die ihn samt seinem Metallstuhl, an den er immer noch gefesselt war, auf den Rolltisch gelegt hatten, suchten anscheinend einen besseren Halt an ihm, bevor die Sauerei losging. Wahrscheinlich hatten sie schon Erfahrung darin, wie Menschen reagierten, wenn sie langsam enthauptet wurden.

Keine zehn Zentimeter mehr.

Leitner hatte keine Gedanken mehr. Nur noch schiere Angst. Er fühlte Kälte. So bittere Kälte. Sein verstorbener Freund Roland Schweller erschien ihm: *Wenn du nix zum Sagen hast, dann sag auch nix. Sonst kommt bloß ein Blödsinn dabei raus.*

Er sah, wie der Tscheche sich von ihm wegbewegte und seine Hände verwarf, und lag stumm und reglos auf seinem Rolltisch. Gleich musste es so weit sein.

Wenige Sekunden später legte sich ein sehr verstörendes Geräusch über das hysterische Pfeifen des Sägeblatts.

Agathes Mund war staubtrocken. Keine Sekunde löste sich ihr Blick von dem großen Tschechen, der noch immer vor ihr saß und mit der Rasierklinge Muster in ein Blatt Papier ritzte.

Sie nahm ihre ganze Kraft zusammen, um ihre Stimme nicht schwach klingen zu lassen. »Das sollten Sie bleiben lassen. Davon wird die Klinge stumpf.«

Der Mann legte das Papier weg und näherte sich ihrem Gesicht. Vorsichtig strich er mit der kalten Fläche der Rasierklinge über Agathes Wangen. »Das ist gut. Sonst Schnitte werden zu glatt.«

Agathe traute sich kaum zu atmen, als das dünne Metallplättchen in Richtung ihres Dekolletés wanderte.

Leitner hatte keine Schmerzen mehr. Er hatte schon mal gehört, dass man bei ganz schweren Verletzungen wegen des vielen Adrenalins, das dann ausgeschüttet wurde, zunächst nichts mehr fühlte.

Ein scharfes Sägeblatt fraß sich zentimetertief in seinen Hals, und er sollte nichts davon spüren?

Die junge Frau hatte ihre Hand von Leitners Haaren gelöst, und die beiden anderen Männer stellten den Stuhl, an den sein steifer Körper gefesselt war, wieder aufrecht hin.

Leitner blickte nach unten und erwartete eine große Blutlache. Nichts. Wieso konnte er eigentlich noch seinen Kopf drehen?

Er ließ seine Augen weiterwandern. Der Hallenboden war nicht blutverschmiert, und auch die Kreissäge glänzte noch immer unbefleckt silbern.

Was war das für ein Geräusch vorhin gewesen? Einem lauten Schnalzen ähnlich.

Der Tscheche mit den vielen Fragen nahm gerade die Hand vom Bedienpult der Maschine, und Leitner realisierte, dass das Schnalzen erklungen war, als er die Säge abgeschaltet hatte.

Obwohl es jetzt völlig still in der Schreinerei war, hörte Leitner noch immer einen leisen Dauerpfeifton, der von der immensen Lautstärke der Säge herrühren musste.

Lisa und die beiden Schergen zogen sich dezent an die Werkbank zurück und beobachteten wie Leitner selbst, was der Chef als Nächstes tat.

Nach wenigen Sekunden ging der Mann auf Leitner zu und drückte dessen Kopf sachte nach links, währenddessen er akribisch das Genick inspizierte. »Nichts passiert, oder?« Er drehte Leitners Kopf nach rechts und dann ein paarmal im Kreis, sodass ihm schwindelig wurde. »Gerade noch rechtzeitig.«

Er trat zur Werkbank, goss ein weiteres Stamperl Blutwurz ein und hielt es Leitner hin, der es hektisch austrank.

Während der Tscheche das Glas wieder auffüllte, sagte er: »Ich glaube Ihnen, dass Sie nichts wissen. Wenn Sie etwas gewusst hätten, Sie hätten uns verraten, wo Herr Hirneis hat versteckt unsere Ware.« Er gab Leitner erneut zu trinken.

Dieser wusste mittlerweile nicht mehr, ob das größere Gefühl des Unwohlseins von seinem Magen oder seinem Kopf herrührte. Er rülpste, würgte dann einen Teil des samtroten Blutwurzes wieder nach oben und spuckte ihn auf den Boden.

Der Tscheche füllte abermals das Schnapsglas.

»Was … was machen Sie jetzt mit mir?«, stammelte Leitner.

Der Tscheche trat auf ihn zu, legte ihm die Hand auf die Stirn, drückte ihm den Kopf in den Nacken und träufelte den Stamperlinhalt in seinen Mund.

Leitner schluckte einen Teil hinunter, der andere spritzte infolge seines Hustenanfalls durch die Luft.

»Sie verstehen, dass wir nicht einfach Sie können laufen lassen, Herr Leitner. Nicht nach diesem – wie sagt man? – spannenden Abend.«

Leitner stöhnte leise. Sollte dieser Alptraum denn gar nicht mehr aufhören?

Der Tscheche deutete auf die Werkbank und sagte: »Meine Kollegen werden Ihnen dabei behilflich sein, die Flasche leer zu trinken.«

Einer der Männer griff nach der großen Holzklammer, die auf der Werkbank lag, und hob sie demonstrativ hoch.

»Es tut mir aufrichtig leid für Sie, Herr Leitner.« Der Mann, der anscheinend das Sagen hatte, drehte sich zu den beiden dunkel gekleideten Männern um: *»Až budete hotovi, tak ho odtud odvezte. Pak ho hoďte do jezera, asi tak za tři hodiny.«* Dann verließ er zusammen mit der Frau die Werkstatt.

Leitner blickte ihnen nach und wünschte sich, er würde die tschechische Sprache nicht so gut verstehen. So aber wusste er leider ganz genau, was die beiden Männer mit ihm vorhatten, als sie auf ihn zukamen und ihm die Holzklammer auf die Nase setzten.

In dem schummrigen Licht des Bordellzimmers wirkte alles wie weichgespült. Selbst die Konturen schienen zu verschwimmen: die des Mannes, der Agathe gegenübersaß, die des niedrigen

Beistelltisches, auf den er seine Folterinstrumente gelegt hatte, und auch die des anderen Kerls, der zwischen dem Türrahmen und der schwarzen Kommode an der Wand lehnte und pausenlos auf seinem Handy herumtippte.

Agathe rutschte auf dem weichen Sofa ein wenig hin und her. Die Kabelbinder fraßen sich ins bereits brennende Fleisch ihrer Handgelenke. »Wie lange soll das hier noch gehen?«, fragte sie spitz.

»Geduld, Geduld«, war die knappe Antwort.

Agathe wollte unbedingt die Oberhand in der Situation erlangen.

»Wissen Sie, eigentlich sollten Sie jetzt langsam mal mit Ihrer Arbeit beginnen«, sagte sie herausfordernd. »Zeigen Sie mir, was Sie mit den hübschen Spielzeugen können.«

Der Tscheche schüttelte langsam den Kopf. »Wir müssen warten. Wir fangen erst an, wenn Chef sagt.«

»Aber warum? Sie müssen mich doch sowieso töten. Oder glauben Sie, dass ich hier rausmarschiere und brav die Schnauze halten werde, sollten Sie mich freilassen?«

»Sie werden nichts mehr sagen«, meinte der Kerl so sicher, dass Agathe eine Gänsehaut über ihren Rücken lief.

»Dann geben Sie endlich Gas. Na los!« Sie trat wütend gegen ein Tischbein, sodass die Utensilien teils zu Boden fielen.

Der andere Wächter sah kurz von seinem Handy auf, war aber beruhigt, als er merkte, dass sein Kollege die Situation im Griff hatte.

Dieser stand auf und ging zu Agathe. »Geduld«, sagte er erneut, holte aus und schlug ihr mit dem Handrücken auf die Wange.

Der andere lächelte amüsiert und widmete sich wieder seinem Mobilfunkgerät.

Als der Schläger sich umdrehte, um die herabgefallenen Werkzeuge aufzuheben, zögerte Agathe keine Millisekunde. Sie spannte ihren Körper an, schoss aus dem Sofa nach oben und trat dem nach vorn gebückten Mann ins Hinterteil.

Der gab ein dumpfes Grunzen von sich, als er kopfüber in die schwarze Wandkommode krachte. Seine Hände hatten keine Zeit, den Aufprall abzufangen, sodass sein Kopf in der zerbrochenen Holztür der Kommode feststeckte.

Blitzschnell rammte Agathe ihre Schulter in den Bauch ihres anderen Aufpassers, der gelähmt vor Überraschung schien. Der Schlag raubte ihm die Luft. Mit einem scharfen Ruck riss Agathe ihren Kopf nach oben und brach das Nasenbein des Mannes, der zu Boden sank und sein eigenes Blut durch seine Atemwege nach oben gurgelte. Agathe keuchte vor Kampfeslust. Wie berauscht hörte sie das hohe Jammern der zusammengesunkenen Figur, während ihre Augen eiskalt zu dem Folterknecht wanderten, der sich aus der zerbrochenen Kommodentür befreien wollte. Agathe stieß dreimal tief die Luft aus ihren Lungen, dann zielte sie kühl auf das rausgestreckte Gesäß ihres Entführers. Diesmal versetzte sie ihm keinen Tritt, sondern gab ihm von hinten einen Schubs, sodass der Mann kerzengerade mit dem Kopf an die Hinterwand der Kommode krachte – abermals, ohne sich mit seinen Händen abstützen zu können. Seine Muskeln entspannten sich, er sank zu Boden und rührte sich nicht mehr.

Agathe lief an das Sofa und zog die Beine an. Schnell führte sie ihre Hände von hinten unter den Füßen durch nach vorn und griff sich mit beiden Händen das Messer vom Tisch. Flink hatte sie die Kabelbinder durchtrennt.

Der jüngere Mann stieß vor Schmerzen tschechische Flüche aus. Mit seinem blutverschmierten Gesicht sah er aus wie eine Figur aus einem Horrorfilm. Agathe schleifte ihn in professioneller Manier zum Heizkörper unter dem Fenster. Aus der Tasche der Banditen nahm sie weitere Kabelbinder und band beide mit ihren Händen an jeweils einem Ende des Heizkörpers fest, sodass sie weder aufstehen noch sich gegenseitig helfen konnten. Dann schnappte sie sich die Tasche und schob alle Geräte vom Tisch hinein. Als sie die Rolle breites Klebeband bemerkte, klebte sie beiden Männern kurzerhand den Mund zu.

Zufrieden mit ihrer Arbeit wollte sie schon den Raum verlassen, als sie plötzlich an Leitner dachte. Sie rannte zum älteren der beiden Männer, der die Schlüssel zu dem Dacia eingesteckt hatte, und nahm sie an sich. Sie hoffte inständig, sich noch daran erinnern zu können, wo die Schreinerei lag, in der Leitner gefangen gehalten wurde.

In den letzten Stunden hatte sich die Nacht mit drückend schwerer Dunkelheit über den Bayerischen Wald gelegt. Die klare frische Luft schnitt sich mit jedem Atemzug ihren Weg in Leitners brennende Lunge. Auch wenn er nicht lange Zeit haben würde, sie zu genießen, war sie doch eine willkommene Abwechslung zu dem süßen Geschmack nach Kräuterschnaps und Erbrochenem, der noch in seinen Atemwegen festhing.

Den Schnaps hatten sie ihm gewaltsam eingeflößt. Eine gute Flasche Blutwurz. Er hatte sich wehren wollen, doch der Trick mit der Klammer auf der Nase war genauso uralt wie wirkungsvoll. Leitner hatte also beschlossen zu kooperieren und versucht, so viel Schnaps wie möglich zu trinken. Das hatte ihm freilich seine Magenschleimhaut verübelt, sodass der Prozess des Flascheleerens ein äußerst aufwendiger und unschöner gewesen war.

Jetzt fuhren sie ihn auf seinem Stuhl auf dem Schubwagen auf den Hof, verklebten ihm den Mund mit Panzertape und setzten ihm einen Motorradhelm auf. Das Visier klappten sie herunter, sodass es mit der frischen Luft schnell wieder vorbei war. Dann machten sie sich aus dem Staub, und Leitner saß allein in der Mitte des Werkstatthofes.

In seinem Kopf drehten sich die Bilder im Takt seines mit erhöhter Frequenz schlagenden Herzens, das sein Blut durch seinen Körper pumpte. Er versuchte, seinen Blick zu fokussieren, erkannte jedoch nur die Umrisse der Hofgebäude. Links unter dem hohen Carport stand ein Anhänger. War das der Anhänger der Zwicknagels? Dann säße er jetzt auf dem Hof, auf dem Zwicknagel junior die CNC-Maschine abgeliefert hatte.

Die Maschine, mit der alles angefangen hatte.

Leitner musste husten. Seine Kehle fühlte sich rau an. Ironischerweise war es weder seine Gurgel noch die Tatsache, dass er bei minus einem Grad nur mit einem Hemd und einer dünnen Hose bekleidet im Freien herumsaß und langsam durchfror, die ihm am meisten zu schaffen machte. Am meisten ärgerte ihn das unaufhörliche hohe Pfeifen in seinen Ohren. Ob sein Gehör dauerhaft geschädigt war?

Pak ho hoďte do jezera, asi tak za tři hodiny.

Sie wollten ihn also in einen See werfen.

Kann eigentlich bloß der Blaibacher Stausee sein, dachte Leitner und war erstaunt, dass er angesichts seiner Lage noch analytisch denken konnte. Aber warum taten sie das nicht einfach? Sie hatten ihn doch in ihrer Gewalt. Ein Zittern durchlief seinen Körper, und er spürte eine neue Welle der Kälte an sich emporkriechen.

Natürlich, dachte Leitner. So würde es Sinn ergeben. Wenn sie ihn gefesselt ins Wasser warfen, würde die Polizei sofort wissen, dass es Mord gewesen war. Wenn man es aber so aussehen lassen wollte, als wäre ein Betrunkener über das Geländer gefallen und ertrunken, dann dürfte der freilich nicht gefesselt sein. Und hätten sie Leitner einfach so ohne die Fesseln in den See gestoßen, hätte er vielleicht noch eine Chance gehabt, sich aus dem Wasser zu retten. Leitner erschauerte. Man würde ihn also auf dem Werkstatthof erst schön auskühlen lassen, bis er sich nicht mehr rühren könnte. Dann würden sie ihn von diesem Stuhl losschneiden und dann …

Plötzlich bog von der Straße her ein Wagen auf den Hof. Die Lichter streiften die Wände der Gebäude, dann verstummte der Motor, zwei Türen öffneten sich und wurden wieder zugeschlagen. Leitners Übelkeit nahm wieder zu. Diesmal ging sie nicht vom Magen aus, sondern zog sich vom Darm her nach oben. Es war eine umfassendere Übelkeit als alle bisher erlebten. Sie hatte etwas Endgültiges an sich. Als eine dunkle Gestalt auf ihn zugelaufen kam, dachte Leitner nicht mehr analytisch.

Er dachte überhaupt nicht mehr.

Die zwei schwarz gekleideten Männer gingen Richtung Mitte des Hofes. In einer Sommernacht hätte jetzt, gegen vier Uhr früh, bereits die Sonne hinter dem Kaitersberg hervorgeschaut und die Schönheit des Bayerischen Waldes Meter für Meter in goldenes Licht getaucht. Doch Ende Oktober herrschte noch tiefste Dunkelheit. Die Gestalten näherten sich dem grotesken Bild, das sie selbst vor etwa drei Stunden hinterlassen hatten.

Die zusammengesunkene Figur auf dem Stuhl rührte sich nicht. Das Gewicht des Motorradhelmes hatte ihren Kopf nach unten sinken lassen, und nur das Klebeband an Händen und Beinen hatte verhindert, dass der Körper vom Stuhl gefallen war.

Einer der Männer zückte sein Messer, um Gerhard Leitner von seinen Fesseln zu befreien. Der andere hatte einen Lappen und eine Plastikflasche mit Nagellackentferner dabei. Ihr Chef hatte ihnen befohlen, die Reste des Klebebandes von Leitners Handgelenken zu beseitigen, damit später keine Spuren eines Verbrechens an der Leiche zu finden wären.

Sie betrachteten ihr Opfer. Seine Atmung war kaum mehr wahrnehmbar, kein Muskel zuckte. Die Männer sahen sich an und nickten sich kurz zu. Als sie noch gut eineinhalb Meter von der Gestalt entfernt waren, gellte hinter ihnen ein kurzer schriller Pfiff.

Sie fuhren herum, und der Hof der Schreinerei erstrahlte in gleißendem Licht. Ihre Köpfe schnellten zurück. Zu ihrem Entsetzen hatte sich die Gestalt von ihrem Stuhl erhoben und richtete mit beiden Händen eine Pistole auf sie. Hinter ihnen schrie jemand: »Hände hoch und bleiben Sie stehen! Polizei!«

Die beiden Männer spurteten fast gleichzeitig aus dem Lichtkegel des Fünfhundert-Watt-Strahlers. Der eine rannte nach links davon, doch nachdem er nur wenige Schritte gemacht hatte, donnerte ein Schuss durch die Nacht, und er griff sich an sein linkes Bein. Er strauchelte noch einige Meter, dann fiel er vornüber zu Boden.

Der Mann, der eben noch auf dem Stuhl gesessen hatte, sprang flink von dem Rollwagen herunter und lief zu dem Angeschossenen hinüber, der gerade versuchte, seine eigene Pistole aus seinem Gürtelhalfter zu ziehen. Dabei wand er sich vor Schmerzen und sah aus wie ein Insekt, das strampelnd auf dem Rücken liegt.

Der Behelmte steckte seine Waffe ins Holster zurück, griff zielsicher eine Hand des Verbrechers und drehte sie zur Seite. Er entwaffnete den Tschechen und legte ihm Handschellen an. Keine Chance für den Verletzten.

Wieder wurde eine Waffe abgefeuert. Die Kugel galt dem zweiten Verbrecher, der sich nach rechts in Sicherheit bringen wollte. Er rannte, was das Zeug hielt, und hatte schon fast die Auffahrt erreicht, die von der Straße auf den Hof führte, als er hinter sich schnelle Schritte hörte.

»Bleiben Sie stehen!«

Es folgte ein weiterer Schuss, doch auch dieses Projektil flog in der Finsternis an dem Mann vorbei, der sich jetzt umsah. Zwei Männer waren hinter ihm her, aber wenn er es zum gegenüberliegenden Waldstück schaffen würde, hätte er eine gute Chance zu entkommen! Er drehte seinen Kopf wieder in die Laufrichtung, als sein Jochbein zerbarst. Heißer Schmerz durchfuhr sein Gesicht. Dunkles, warmes Blut spritzte aus seiner Nase. Sein Kopf wurde mit solcher Gewalt nach hinten geschleudert, dass es ihn von den Füßen riss. Seine Beine schwangen nach vorn, während sein Oberkörper scheinbar an derselben Stelle verharrte. Nach einer dreiviertel Drehung landete er auf dem Boden, und das Brechen seines Schulterblattes und seines rechten Unterarmknochens verursachte dabei ein stumpfes Knacken. Der Mann blieb regungslos liegen.

Hinter der Werkstatt trat eine Gestalt hervor. Sie knetete sich die rechte Hand, die dem Übeltäter gerade noch zur Faust geballt so abrupt das Jochbein gebrochen hatte. Der hockte zusammengekauert am Boden und gab bei jedem seiner Atemzüge ein leises Wimmern von sich.

Vom Hof her näherten sich den beiden wackelnd die Lichter zweier Taschenlampen. Ein Polizist bückte sich zu dem Mann am Boden und legte ihm die Hände auf den Rücken. Über seine Schmerzensschreie hinweg war das Klicken von Handschellen zu vernehmen. Auch das elektronische Rauschen eines Funkgerätes erklang. Jemand gab einen knappen Befehl.

Dann flackerte in etwa hundert Metern Entfernung Blaulicht auf. Zwei Rettungswagen fuhren aus dem Waldstück heraus, in dem sie geparkt hatten. Der zweite Polizeibeamte trat mit seiner Taschenlampe zu dem noch sitzenden Mann und sagte: »Jetzt haben wir alles unter Kontrolle.« Er blickte zu dem Verbrecher hinüber, den sein Kollege auf die Motorhaube des Einsatzwagens gedrückt in Schach hielt. »Das war nicht ungefährlich.«

Die andere Gestalt tastete noch immer ihre Hand nach Verletzungen ab. Sie brannte von dem Schlag, den sie dem Flüchtenden versetzt hatte. »Und trotzdem war das das Schönste, was ich heute gemacht habe. Tat gut!«

Der Polizist musste lächeln. »Kommen Sie, Frau Viersen. Wir fahren jetzt erst mal auf die Wache.«

Dienstag

In einem Zimmer des Bad Kötztinger Krankenhauses sagte jemand vergnügt: »Na, siehst du, jetzt macht er doch endlich die Augen auf!«

Jedes Mal, wenn Leitner in den letzten vierundzwanzig Stunden kurz zu sich gekommen war, waren Menschen da gewesen, die etwas von ihm wollten. Die einen wollten ihn zusammenschlagen, die anderen ihn verführen, ihm den Kopf abschneiden oder ihn ins kalte Wasser schmeißen. Und jetzt schien irgendjemand zu wollen, dass er seine Augen öffnete.

Er blinzelte. Weiß. Alles war weiß.

»Ja, da schau her, ein Gummibär!«, reimte jemand, so als wollte er die Aufmerksamkeit eines kleinen Kindes erheischen.

Leitners Augenlider wagten es, sich ein paar Millimeter voneinander zu entfernen. Er blickte sich um. Weiße Wände. Weiße Bettdecke. Brauner Schrank. Jemand schmatzte.

»Geh, schick dich!«, sagte die Person mit vollem Mund. »Sonst verpasst du noch das Mittagessen!« Schmatz, schmatz.

Leitner wollte sich in seinem Bett auf den linken Ellbogen stützen und verhedderte sich dabei in einem dünnen Plastikschlauch. Er öffnete die Augen weiter. In seiner Armbeuge hatte man eine Kanüle gelegt. Er drehte sich auf die andere Seite und stieß dabei mit dem Knie an den Beistellwagen.

»Nicht randalieren!«

Krankenhausluft. Ein unwiderstehlicher Geruch. Leitner betrachtete seinen Zimmerkumpan, der mit Leib und Seele damit beschäftigt war, die karge Krankenhauskost in seinen Mund zu schaufeln. Dann griff er nach der Klingel.

»Mein lieber Freund, du hast vielleicht gestunken, wie sie dich heut früh hergebracht haben. Wie ein ganzes Wirtshaus. Warst gut drauf gestern, hä? Habts ein bisserl zu lang gefeiert?«

Leitner versuchte, in seinem Kopf die Bilder der vorangegangenen Nacht zu ordnen. »Ein bisserl, ja ...«, brummte er.

Die Tür des Krankenzimmers ging auf, und ein junger,

unterernährter Pfleger kam herein. »Soso, der Herr Leitner ist also wieder bei Sinnen.«

Hinter ihm erschienen zwei weitere Menschen in der Tür. Den einen kannte Leitner nicht, den anderen dagegen sehr wohl.

Agathe Viersen trat an sein Bett. »Guten Tag, Gerhard!«

Der Unbekannte zückte seinen Dienstausweis und stellte sich als Kriminalhauptkommissar Bernd Kalterer vor. »Wie geht's Ihnen?«

Leitner überlegte. Eine gute Frage. Wie ging es ihm eigentlich? Irgendwie ein bisschen so wie nach der Kirwa. »Passt schon«, raunte er. »Einen rechten Schädel hab ich.«

»Das ist kein Kunststück«, mischte sich der Pfleger ein. »Wie Sie in die Notaufnahme eingeliefert wurden, hatten Sie mehr Alkohol als Blut in den Adern. Drum haben wir Ihnen ja sofort den Magen ausgepumpt.«

Vage dämmerte es Leitner, und die Erinnerung kehrte zurück.

»Sind Sie in der Lage, eine Aussage zu machen?«, fragte der Hauptkommissar.

Leitner setzte sich in seinem Bett auf. »Ich glaube, es geht schon wieder. Wo sind meine Schuhe?«

Der Pfleger ging zum Schrank und öffnete ihn. In ihm waren Leitners Klamotten und seine Schuhe. »Sie haben Glück gehabt, Sie waren ganz schön unterkühlt.«

Leitner sah zu Agathe, die schweigend an einem Tischchen lehnte. »Habe ich dir meine Rettung zu verdanken?«

»Das ist korrekt, Herr Leitner. Frau Viersen hat schnell geschaltet und uns sofort alarmiert. Sie haben nicht länger als eine halbe Stunde im Freien gesessen, bevor unser Kollege Ihren Platz eingenommen hat.«

Leitner registrierte die Informationen, konnte daraus aber noch kein Gesamtbild zusammensetzen. »Was ist mit den beiden Tschechen?«, fragte er.

»Der eine hat einen Oberschenkeldurchschuss und liegt ein Stockwerk über Ihnen, der andere mit zahlreichen Frakturen ein Zimmer weiter.« Zu Agathe sagte Hauptkommissar Kalterer: »Mit Ihnen möchte ich mich wirklich nicht anlegen, Frau Viersen. Wo Sie zuschlagen, wächst kein Gras mehr.«

»Karate-Agathe …« Leitner räusperte sich. »Und der Boss von den beiden? Und die Frau?«

»Die Fahndung ist draußen. Frau Viersen hat uns die zwei beschrieben, aber es wäre gut, wenn Sie noch mal über ihre Aussage schauen und selbst eine machen würden.«

Der Zimmernachbar hatte aufgehört zu schmatzen und blickte verdutzt von einem zum anderen.

Leitner schloss kurz die Augen und fasste, als er sie öffnete, seine Anamnese zusammen: »Dann habe ich keine Erkältung, Verkühlung oder Wasser in der Lunge, sondern im Prinzip nur einen gigantischen Kater?«

Der Pfleger nickte zustimmend.

Auch Leitner nickte, wie um sich selbst Mut zu machen. »Den krieg ich schon in den Griff. Können Sie mir dieses Ding hier rausziehen?« Er deutete auf die Kanüle.

Der Pfleger überlegte unschlüssig.

»Ich kann jetzt wieder eigenständig trinken.«

Zögerlich zog der Pfleger die Nadel aus seiner Armbeuge und klebte ein kleines Pflaster auf die Einstichstelle.

Leitner stand auf und ging zum Schrank, um sich anzukleiden.

»Ich schlage vor, dass Sie trotzdem noch nicht gleich selbst Auto fahren«, sagte der Hauptkommissar.

»Kein Problem, ich bin vollkommen nüchtern«, sagte Agathe.

Der Beamte ging zur Tür. »Dann treffen wir uns in einer Stunde in Furth im Wald im Kommissariat. Das liegt gleich am Marktplatz.«

Leitner war mittlerweile vollständig angezogen und schlug voller Tatendrang die Hände zusammen. »Und beim nächsten Mordanschlag rette ich dann dich, okay?«

»Das werden wir sehen.« Agathe hob arrogant die Schultern. »Viel Vertrauen darauf habe ich allerdings nicht. Ich hätte wirklich nicht gedacht, dass ihr Oberpfälzer schon bei der ersten Flasche Schnaps in die Knie geht.«

»Eine Flasche Schnaps? Die wollten mir mit einer Kreissäge den Kopf abschneiden.«

»Ausreden.« Agathe verließ mit neckisch schwingenden Hüften das Krankenzimmer.

»Ausreden? Und dass mich zuvor dieser Drogentote verprügelt hat, zählt auch nicht?«, rief ihr Leitner hinterher, während er den letzten Schnürsenkelknoten band.

»Das kann ich mir nicht vorstellen.«

»Natürlich nicht«, sagte Leitner beleidigt und folgte ihr auf den Korridor. »Ich bin sicher, am Hamburger Hafen ist noch nie eine Drogenleiche aufgetaucht, die aggressiv war.«

Als der andere Patient allein im Zimmer war, fing er an, die Wände und die Decke nach einer versteckten Kamera abzusuchen.

Leitner und Agathe hatten den Opel in Furth im Wald abgestellt und klingelten an der Tür vom Kommissariat 10, das für grenzübergreifende Kriminaldelikte zuständig war. Das Gebäude lag oberhalb des Marktplatzes, auf dem jährlich die berühmten Drachenstich-Festspiele stattfanden.

Nach einer Weile meldete sich eine forsche Stimme. »Bitte?«

»Leitner mein Name. Wir sollen bei Hauptkommissar ...«

»Kalterer!«, flüsterte Agathe.

»... Kalterer vorbeischauen.«

»Augenblick!«, sagte die Stimme und verstummte.

Als schon Minuten vergangen waren und sie immer noch vor der Tür warteten, meinte Leitner: »Wenn die immer so schnell sind, dann Glückwunsch.«

»Klarer Fall: Kunde droht mit Auftrag.«

»Denen werde ich mal meinen Freund PM Weinfurtner vorbeischicken. Von dem können die sich abschauen, wie man effizient arbeitet.«

Nachdem die Tür endlich elektronisch entriegelt worden war, stiegen sie die Treppen in den zweiten Stock des Gebäudes empor.

Ein Mitarbeiter führte Leitner und Agathe durch den hellen Korridor zu Zimmer 205, in dem sie gegenüber von Kriminalhauptkommissar Kalterer Platz nahmen.

Nachdem auch Leitner seine Aussage über die vorangegangene Nacht getätigt hatte, betrachtete der Beamte ihn eingehend. »Für das, was die Banditen Ihnen eingeflößt haben, schauen Sie sehr gut aus, Herr Leitner«, sagte er respektvoll.

»Mei, im Prinzip war das ja nix anderes als ein großer Schnapsrausch.«

»Gepaart mit Verkühlungen und einigen anderen Misshandlungen.«

»Sie waren noch nie bei unserer Kirwa dabei«, brummte Leitner.

»Als Musiker ist er viel Schnaps gewöhnt«, sagte Agathe.

Kalterer lächelte knapp. »Ich freue mich wirklich sehr, dass Sie von der Bande nur Drogen verabreicht bekommen haben, die Sie schon gewohnt sind.«

»Was meinen Sie damit?«

Der Hauptkommissar schob sich ein Hustenbonbon in den Mund und tippte auf das Blatt Papier vor sich. Mit dicker Wange nuschelte er: »Und nicht $C_{10}H_{15}N$-HCL. Methamphetamin-Hydrochlorid. Hieß im Krieg Stuka-Tablette oder Panzerschokolade. Heute sagt man dazu –«

»Crystal oder Meth«, unterbrach ihn Leitner.

»Genau. Gehört zur Gruppe der Psychostimulanzien.«

Leitner ahmte die sonore Stimme eines Werbesprechers nach: »Zum Schnupfen, Schlucken oder Spritzen! Besorg auch du dir den ultimativen Kick!«

Kalterer ignorierte den Beitrag und fuhr fort: »Durch die Einnahme von Crystal spüren die Konsumenten keine Erschöpfung oder Müdigkeit mehr. Sie haben weder Hunger noch Durst. Zusätzlich kommt es zur Selbstüberschätzung und einer starken Euphorie. Aber die Droge wirkt auch als indirektes Sympathomimetikum, weshalb alle gefühlten Wahrnehmungszustände nur Illusionen sind.«

»Das heißt, du hast zwar Bock zu vögeln, kriegst aber keinen mehr hoch«, flüsterte Leitner. »Kennt man vom Bier.«

»Aber in Ihrem Alter werden Sie erstens schon sehr viel Bier trinken müssen, bis diese Funktion ausfällt, und zweitens vom Bier nicht so schnell abhängig werden. Zumindest nicht in dem Maß. Konsumieren Sie dagegen eine Dosis Crystal – und Sie gehören sofort zum Club. Das ist das Gefährliche daran.« Er tippte etwas auf seiner Computertastatur.

»Was kostet das eigentlich?«, fragte Leitner.

»Das Gramm – je nach Verfügbarkeit – wird für achtzig bis hundert Euro gehandelt«, sagte Agathe. »War zumindest bei uns im Norden vor einigen Jahren so.«

»Ist bei uns in der Oberpfalz immer noch so.«

Leitner sog pfeifend Luft durch seine Lippen. »So teuer?«

»Der Preis ist verhältnismäßig gering, wenn man bedenkt, womit die Abhängigen noch bezahlen.«

»Womit denn?«

»Mit ihrem Körper«, sagte Hauptkommissar Kalterer und drehte den Bildschirm seines Rechners zu den beiden Besuchern.

Leitner betrachtete die Bilder, die der Beamte in der polizeiinternen Datenbank aufgerufen hatte. Es waren Porträts von Crystalabhängigen, die so aussahen wie die lebendige Leiche, mit der er am vergangenen Abend eine unliebsame Begegnung gehabt hatte. Das erklärte auch den weißen Inhalt in der Tüte. Es waren keine Steinchen, sondern Metamphetamin-Kristalle gewesen. Leitner sah wieder vom Monitor weg.

Agathe hielt dem Anblick hingegen mannhaft stand. Die Atmosphäre auf dem Kommissariat verlieh ihr die professionelle Sicherheit aus ihren alten Polizeitagen in Hamburg.

»Das Crystal, das bei uns auf dem Markt ist, kommt fast ausschließlich aus Osteuropa«, fuhr Kalterer fort. »Im Prinzip kann man es mit geringstem Aufwand herstellen. Weil die Drogenküchen aber nicht immer sauber sind und dort vor allem kosteneffizient gearbeitet wird, sind die Kristalle meist stark verunreinigt. Also gelangt neben der eigentlichen Droge auch noch Dreck in die Blutbahn der Konsumenten. In Kombination führt das zu extrem raschem körperlichen Verfall.« Er scrollte durch die Bilder. Hinter jeder einzelnen zahnlosen, entstellten Fratze steckte die traurige Geschichte eines süchtigen Menschen.

Nach einer Weile fragte Leitner: »Diese Bande besteht also aus professionellen Drogenschmugglern?«

»Aus Schmugglern, Herstellern, Dealern. Wir wissen es noch nicht genau.«

»Was ist mit unseren beiden Verletzten? Haben die schon ausgesagt?«

Kalterer drehte den Bildschirm wieder zu sich. »Noch nicht. Die mauern, wie Sie sich vorstellen können.«

Leitner schnaubte verächtlich.

»Aber auf die Herren wird so Einiges zukommen«, fuhr Kalterer fort. »Wir wissen gar nicht, womit wir anfangen sollen: Verstöße gegen das Betäubungsmittelgesetz, Nötigung, Freiheitsberaubung, schwere Körperverletzung und nicht zuletzt versuchter Mord. In deren Haut möchte ich nicht stecken.«

»Ich muss jetzt erst mal schauen, dass ich in meine eigene wieder reinpasse«, sagte Leitner, bevor er sich mit Agathe von dem Kriminalbeamten verabschiedete.

»Langsam beginne ich, das Ganze zu kapieren«, sagte Agathe, als sie vom Kommissariat 10 in Furth im Wald zu Babette Rossners Haus fuhr. »Servatius war ein Drogenkurier der Bande.«

»Der Hirneis und Crystal.« Leitner schüttelte ungläubig den Kopf. »Der Hammer!«

»Ein Scheißzeug. Macht abhängig, so schnell kannst du gar nicht gucken, und jeder Idiot kann's in seiner Küche herstellen. Aber wieso hat er sich darauf eingelassen?«, fragte Agathe.

Leitner zuckte mit den Schultern. »Der Hirneis hat immer viel gezockt. Hat der Peng doch auch erzählt. Und so frech, wie der Hirneis gespielt hat, hat er wahrscheinlich auch einiges verloren. Erinnere dich an das, was die Rossnerin gesagt hat. Der Servatius war alle naselang in den örtlichen Casinos und Spielhöllen unterwegs. Wenn er sich bis über den Kopf verschuldet gehabt hätte, wäre er doch der ideale Kurier für diesen Tschechen gewesen.«

»Wohl wahr«, murmelte Agathe und stellte sich die Entwicklung der kriminellen Karriere von Servatius Hirneis vor.

»Wenn ich jemanden suche, der meine Drogen nach Deutschland bringt, dann ist einer wie der Hirneis doch ein Gottesgeschenk«, fuhr Leitner fort. »Wenn seine Schulden in den Himmel gestiegen sind, dann geh ich her und sag zu ihm, dass ich ihn bei der Spielbank auslöse, er mir dafür aber hin und wieder einen kleinen Gefallen tun muss.«

Wie in einem Musikstück übernahm Agathe das nächste Solo. »Dann geb ich ihm ein Päckchen Crystal und sag ihm, wo er es in Deutschland abliefern soll.«

»Genau so funktioniert das.«

Agathe setzte den Blinker und bog in die Straße ein, die zu Babette Rossners Hof führte. »Dieser ›Gestorbene‹ in der Werkstatt, von dem du erzählt hast …« Sie beendete den Satz nicht.

»Der war ganz sicher auf Crystal. Er sah aus wie die Junkies in Kalterers Datenbank.«

Nun schauderte Agathe doch ein wenig. »Heißt das, dass der Hirneis auch abhängig war?«

»Glaube ich nicht. Das hätte man in Wirkendorf doch gemerkt. Außerdem hätte er es dann keinesfalls so lange auf der Kirwa ausgehalten.«

Einige Minuten fuhren die beiden schweigend dahin.

»Wie hast du das eigentlich geschafft, dass du mich … ich meine … diese Rettungsaktion dort auf dem Hof der Schreinerei?«, stotterte Leitner.

Agathe zögerte einen Moment. »Nachdem sie mich in ihrer Gewalt hatten, haben sie mich zuerst in die Werkstatt gebracht, wo du bereits mit einem Sack über dem Kopf auf deinem Stuhl saßt.«

»Du warst dort?«

»Ich wusste nicht, wo ich war und was sie vorhatten. Meinen Mund hatten sie mit Panzertape zugeklebt, also konnte ich mich nicht bemerkbar machen, aber ich habe dich gesehen.

Als sie mich vom Hof weg in den Puff gefahren haben, habe ich mir so gut es ging die Strecke gemerkt.«

»Und nachdem du dich befreit hattest, bist du zu der Schreinerei zurückgefahren?«

»Richtig. Ich kam gerade rechtzeitig, um mitbekommen, wie sie dich auf den Hof geschoben und dir den Motorradhelm aufgesetzt haben. Ich bin sofort zur Polizei. Die haben zuerst geglaubt, ich würde sie verarschen. Aber nachdem der eine telefoniert hatte, ging alles ganz schnell, und ich bin mit ihnen im Streifenwagen wieder zu dir gedüst. In der Werkstatt war schon kein Licht mehr, und du hast immer noch allein mit deinem Helm auf dem Kopf im Hof gesessen.«

Leitner dachte an vergangene Nacht. Es war ihm wie ein Wunder vorgekommen, dass plötzlich Agathe mit zwei Polizeibeamten vor ihm gestanden hatte. Sie hatten ihn von dem Stuhl losgeschnitten, und er hatte ihnen – mehr gestammelt als gesprochen – erzählt, dass die Gangster in drei Stunden wieder zurück sein wollten, um ihren steif gefrorenen Gefangenen im Blaibacher Stausee zu versenken.

Die Beamten hatten zugehört, bevor sie ihn im Tiefflug zum Bad Kötztinger Krankenhaus gefahren hatten. Dort hatte einer der Polizisten Leitners Hose und Hemd angezogen, um für die Tschechen den Lockvogel zu spielen.

Leitner hatte Agathe sein Leben zu verdanken.

Die lenkte den Wagen auf den Hof der Rossnerin, stellte den Motor ab, löste den Anschnallgurt und wurde wieder nachdenklich. »Aber wenn das mit Hirneis alles so schön geklappt hat, warum war die Bande dann sauer auf ihn?«

Leitner zeigte auf den Schuppen. »Weil er gierig geworden ist.«

Maik Brandt ließ ein Päckchen Zucker in seinen Kaffee im Pappbecher rieseln und drückte den Plastikdeckel darauf. Dann legte er drei Euro und neunzig Cent auf den Tresen und griff sich die Tüte mit den Vollkornsemmeln. Von der Bäckerei ging er schnurstracks zur Redaktion vom »Schwandorfer Anzeiger«, um seinen Auftrag fortzusetzen. Am Abend zuvor hatte er schon einiges Material über die Wirkendorfer Brauerei zusammengetragen, aber er wollte ein guter Redakteur werden. Und dazu musste er ein fleißiger Volontär sein, auch am frühen Vormittag. Sein Chef würde ihm das bestimmt hoch anrechnen.

Im Keller vom »Schwandorfer Anzeiger« vertiefte er sich sofort wieder in die alten Zeitungen, die vor fast einem halben Jahrhundert erschienen waren.

Das waren schon Schätze!

Maik Brandt riss eine trockene Körnersemmel entzwei, biss ein großes Stück ab und nahm einen Schluck Cappuccino, um das Ganze aufzuweichen. Dann wischte er mit der Handfläche die Brösel von der aufgeschlagenen Zeitung vor sich und begann zu lesen. Weltpolitik von Willy Brandt, seinem Namensvetter, obwohl der ja eigentlich Herbert Frahm geheißen hatte … Franz Josef Strauß, der frisch gewählte Ministerpräsident … Der neue Pfarrer wird in Wirkendorf begrüßt … Fußballergebnisse des SV Wirkendorf … Waren die im Jahr davor nicht noch Tabellenerster gewesen? Maik Brandt lächelte. Wer die Geschichte verstehen wollte, musste eben viel lesen. So etwas wie hier fand man nicht im Internet!

Zu dem Zeitpunkt ahnte er freilich nicht, dass er hier in Kürze noch auf etwas ganz Besonderes stoßen würde, was die Geschichte von Wirkendorf für immer verändern sollte.

Auf dem Anwesen der Rossnerin liefen Leitner und Agathe schnurstracks in Richtung Stadel. Agathe rümpfte die Nase. Der Schlamm, den die Regenfälle der letzten Wochen über den Hof und durch den Stadel gespült hatten, hatte einen üblen Duft nach nasser Erde, Tierkot und Fäulnis hinterlassen. Sie betrachtete die Linie an den Stadelwänden, bis zu der der Matsch gestanden haben musste. Dann überprüfte sie die Handhebel des historischen Mopeds und musterte mit Kennerblick die Kupplung und die Seilzüge. »Da steckt viel Arbeit drin, mein Lieber!«

Ihr Blick fiel auf den Unterbau, an welchem sich ebenfalls eine etwa vierzig Zentimeter hohe Lehmschicht abzeichnete. »Und dann so was.« Sie wog mitleidsvoll den Kopf. »Mich wundert nicht, dass Hirneis so wütend war. Nach dem Regen war seine ganze Bastelei für die Katz.«

Sie drehte sich zu Leitner, der sich vor den alten Hasenställen in die Hocke begeben hatte und etwas zwischen seinen Fingern betrachtete. »Was hast du da?«

»Zeitungspapier«, sagte Leitner leise.

Agathe hatte keine Ahnung, weswegen er so geheimnisvoll flüsterte. Schließlich sollte es vorkommen, dass Leute Hasenställe zur besseren Reinigung mit Zeitungspapier auslegten.

»Weißt du, was hier drin war?«, fragte er bedeutungsvoll.

Agathe zuckte mit den Schultern. »Hasenkacke?«

Leitner sandte ihr einen vorwurfsvollen Blick. »Die wollten mich ganz bestimmt nicht wegen Hasenkacke mit der Kreissäge enthaupten.«

Dann dämmerte es Agathe. »Crystal?«

»Ich bin mir ziemlich sicher.«

Die beiden gingen zum Wohnhaus hinüber und fanden die Rossnerin in der Küche vor. Sie hatte sich wieder beruhigt, nachdem Agathe sie am Morgen telefonisch von den Ereignissen der Nacht in Kenntnis gesetzt hatte. Sie stellten sich vor den kleinen Tisch, und nachdem Leitner ihr seine Überlegungen unterbreitet hatte, saß die kleine Frau fassungslos und zusammengesunken auf ihrem Stuhl. Ihre Hände presste sie fest in ihrem Schoß zusammen. Minutenlang sagte niemand ein Wort. Das Bullern des gusseisernen Ofens war das einzige Geräusch.

Dann griff Babette in ihre Schürzentasche und holte ein Stofftaschentuch hervor, mit dem sie sich einige Tränen abwischte, die ihr über die Wangen rannen. »Ich hab schon gewusst, dass der Servatius einmal Schwierigkeiten kriegen würd. Das tut keinem gut, wenn man sich immer die Nächte um die Ohren schlägt. Am Tag hätte er besser arbeiten sollen, aber da hat er ja schlafen müssen.« Sie begann zu zittern. »Rauschgift … das will mir einfach nicht in den Kopf.« Sie schluchzte auf.

Leitner wartete taktvoll einen Moment, bevor er sagte: »Er

hat es ja nicht selbst genommen, sondern für diese Bande nach Deutschland transportiert.«

»Aber warum denn?«

»Wahrscheinlich, weil er Geld gebraucht hat.«

Babette schüttelte vor lauter Unverständnis den Kopf. »Der dumme Bub! Der dumme Bub, der saudumme …«

»Irgendwann wird er sich gedacht haben, wenn er sich von dem Zeug selbst ein bisschen was zur Seite legt, kann er noch mehr daran verdienen, und hat es wahrscheinlich übertrieben. Eine Viertelmillion lässt sich niemand einfach so durch die Lappen gehen.«

Agathe kalkulierte, welcher Menge die Summe entsprach. Wenn das Gramm ungefähr hundert Euro kostete, dann waren zweihundertfünfzigtausend Euro etwa zweieinhalb Kilogramm. »Nicht besonders viel«, sagte sie.

»Ach wo! In etwa drei Tüten Mehl«, meinte Leitner.

»Und das Crystal hat er in den Hasenställen versteckt?« wollte Agathe wissen.

»Ich nehme an, dass er es dort so lange lagern wollte, bis er herausgefunden hatte, an wen er den Stoff weiterverkaufen konnte«, sagte Leitner. »Und dann sind zwei Sachen zusammengekommen, mit denen er nicht gerechnet hatte.«

»Der viele Regen?«, folgerte Agathe.

»Und die Tatsache, dass die Gauner schneller als vermutet draufkamen, er würde Crystal unterschlagen. Vielleicht hat sich ein verärgerter Kunde gemeldet, der den Stoff nie erhalten hat. Daraufhin werden sie ihm die Hölle heiß gemacht haben.« Leitner dachte mit Schaudern an die letzte Nacht. Ob der Hirneis auch Bekanntschaft mit der Kreissäge gemacht hatte?

Babette stand auf, ging zum Holzofen, öffnete das Türchen und stocherte mit einem Schürhaken in der Glut herum.

Agathe überwand sich, das Unangenehme auszusprechen. »Sie haben ihn wie auch dich also bedroht?«

»Darauf kannst du wetten«, sagte Leitner. »Die Jungs sind keine Kinder von Traurigkeit. Die wollten ihr Zeug wiederhaben.«

»Und dann ist der Servatius in den Stadel, um es zu holen

und zurückzugeben, und sieht …« Agathe überließ Leitner die Pointe.

»Dass sämtliches abgezweigte Crystal mit dem Regen davongeschwommen ist. Eine Viertelmillion hat sich einfach so im Wasser aufgelöst! Kannst du dir vorstellen, was das für ein Schock für den Hirneis gewesen sein muss?«

Sowohl Agathe als auch Babette sahen Leitner fassungslos an.

»Wegen seiner Spielschulden stand ihm das Wasser eh schon bis zum Hals«, fuhr Leitner fort, »deshalb plante er den großen Wurf und beklaute auf eigene Rechnung eine international organisierte Drogenbande. Und als er merkte, dass er mit einem Bein im Grab stand, und alles wieder ins Lot bringen wollte, da machte ihm das Wetter einen Strich durch die Rechnung.«

Wütend schmiss Babette ein Scheit Holz in den Ofen und schlug die Tür zu. »Warum hat er mich nicht gefragt, wenn er Geld gebraucht hat? Der dumme Bub, der saudumme!«

Für einen Moment hing jeder seinen Gedanken nach.

Dann schnaufte Babette tief ein, und ihre Stimme klang plötzlich überraschend fest. »Also werden sie den Servazi wohl auch umgebracht haben, so wie sie es mit dir machen wollten.« Sie sah Leitner an.

Der zögerte ein wenig, bevor er antwortete. »Das ist leider gut möglich. Hauptkommissar Kalterer hat allerdings erwähnt, dass es in den letzten Wochen keine Leichenfunde gegeben hat.«

Babette griff nach einem eisernen Kübel, der neben dem Spülbecken stand, und ging zur Tür.

»Genauso gut kann sich der Servatius irgendwohin abgesetzt haben«, sagte Leitner. »Vielleicht ist er einfach durchgebrannt.«

Babette stieß verächtlich Luft zwischen ihren Lippen aus und verließ den Raum.

Agathe folgte mit Leitner. Draußen fragte sie: »Können wir irgendetwas für Sie tun, Babette?«

»Nein. Niemand kann was tun, wenn einer so blöd ist.« Sie ging zum Stadel hinüber.

Bald darauf hörten Leitner und Agathe das langsam schneller

werdende Knattern eines alten Dieselmotors, und Babette fuhr auf dem Bock ihres Traktors sitzend an ihnen vorbei.

»Was hast du denn jetzt vor, Babette?«, rief Leitner sorgenvoll.

»Das, was ich seit sechzig Jahren mache, wenn ich grantig bin! Ich fahr mit meinem Bulldog aufs Feld!«

»Wenn es doch etwas gibt, womit wir Ihnen helfen können …«, bot Agathe abermals an.

Babette ließ als Antwort die Kupplung schnalzen und fauchte: »Ich will jetzt meine Ruhe. Schleichts euch!«

Während der Fahrt zurück nach Wirkendorf wechselten Leitner und Agathe kaum ein Wort. Zu frisch und zu intensiv waren die Eindrücke der letzten Nacht, die erst einmal verarbeitet werden wollten. Vor Agathes Hotel wartete Hauptkommissar Kalterer bereits auf dem Gehsteig.

»Sieht aus, als würden die Neuigkeiten nicht abreißen«, sagte Leitner.

Die beiden nahmen den Kriminalbeamten mit auf Agathes Zimmer. In der Lobby waren einfach zu viele Ohren auf Empfang gestellt. Kalterer setzte sich auf einen schmalen Stuhl, während Leitner sich auf das Minisofa fallen ließ. Agathe hängte ihre Jacke auf einen Bügel an der Garderobe.

»Sie hatten vollkommen recht mit Ihrem ersten Verdacht, Frau Viersen. Bei der Leiche im Tank handelt es sich tatsächlich um Servatius Hirneis.«

Leitner schüttelte den Kopf. Agathe ließ sich wortlos auf dem Bett nieder.

»Wir haben gestern Nacht noch beim Bereitschaftsdienst der Erlangener Gerichtsmedizin angerufen und gebeten, den Leichnam unter dem Gesichtspunkt, ob der Tote Herr Hirneis ist, nochmals zu untersuchen. Der DNA-Vergleich hat unsere Vermutung bestätigt.«

»Woher hatten Sie die Vergleichsprobe?«, fragte Leitner.

»Von den Haaren aus seiner Bürste. Beim Kämmen bleiben

ja manchmal auch Haare mit Wurzeln hängen. Die Proben haben wir aus seiner Wohnung besorgt, als sich die Hinweise seiner Identität verdichteten.«

Leitner kniff mit Daumen und Zeigefinger seinen Nasenrücken. »Dann war das tatsächlich der Hirneis. Ich kann es nicht glauben.« Er machte eine kurze Pause. Der Blick zwischen ihm und Agathe sprach Bände. Sie hatte richtiggelegen. Und er hatte sich – trotz des ganzen Ärgers in Wirkendorf – für die richtige Sache entschieden, nämlich der Wahrheit auf den Grund zu gehen.

Agathe konnte die Entschuldigung in Leitners Augen förmlich spüren. Sie antwortete mit einem erleichterten Lächeln.

Leitner fiel ein großer Stein von seinem Herzen.

»Dann haben also die Tschechen Hirneis in dem Güllesilo versenkt«, sagte Agathe zu Kalterer.

»Das nehmen wir an.«

»Haben denn die Verhafteten von der Bande endlich den Mund aufgemacht?«

Kalterer winkte mitleidig ab. »Von denen erfahren wir nichts. Als sie uns auf Tschechisch vollgequatscht haben, haben wir unsere Dolmetscherin dazugeholt. Anschließend kam kein Ton mehr über ihre Lippen. Irgendwie auch verständlich in einem solch grausamen Fall.«

»Haben Sie eine Spur von dem Anführer und seiner Komplizin?«

»Die Kollegen sind an ihnen dran. Der Dacia war auf eine Briefkastenfirma nicht weit hinter der Grenze zugelassen. Sobald wir etwas hören, lasse ich es Sie wissen.«

»Bloß, damit ich es richtig verstanden habe«, meldete sich Leitner nochmals zu Wort, »Sie glauben also, dass die Bande den Servatius in dem Silo versenkt hat?«

»Sie haben es ja am eigenen Leib erfahren dürfen, dass die Kerle nicht zimperlich sind. Wir vermuten, dass sie ihm eine ähnliche Behandlung wie Ihnen zukommen ließen, als sie herausgefunden hatten, dass Herr Hirneis sie um eine große Menge ihres Rauschgifts betrügen wollte. Obwohl sie natürlich eigentlich nicht daran interessiert waren, ihn umzubringen.«

»Weil sie ihren Stoff dadurch auch nicht wiederbekommen hätten.«

»Richtig. Deshalb nehmen wir an, dass man Herrn Hirneis zwar vergleichbar gefoltert hat, ihm damit aber nur einen gehörigen Schrecken einjagen wollte. Dann haben sie ihn laufen lassen und ihm, wie in einem solchen Falle üblich, eine Frist gesetzt.«

»Daraufhin ist der Hirneis wie eine gesengte Sau zum Hof von der Babette gerannt, um in die alten Hasenställe zu schauen, und musste voller Schrecken entdecken, dass das Crystal Meth nicht mehr existierte!«

»Deswegen hat er auch gesagt, dass alles hin sei«, ließ sich Agathe vernehmen. »Natürlich hat er damit nicht das Kreidler-Moped gemeint, an dem er so viele Stunden gebastelt und geschraubt hat. Und anschließend ist er panisch zurück nach Wirkendorf gefahren«, vollendete Agathe den Gedanken. »Aber die Tschechen haben ihn natürlich beschattet. Sie sind ihm gefolgt und werden die Daumenschrauben fester gezogen haben.«

»Wir gehen davon aus, dass sie ihm mit einem stumpfen Gegenstand eine Verletzung beigebracht haben.«

»Das würde auch den runden Kanal in der Brust der Leiche erklären«, sagte Leitner.

»So ist es.«

»Was für ein stumpfer Gegenstand war das denn genau?«

»Das können wir nicht mit Sicherheit sagen. Bei der Nachuntersuchung in dem Gülletank haben wir eine metallene Kugel gefunden.«

»Eine Pistolenkugel?«, fragte Leitner.

»Nein. Kein Projektil, das wäre ja länglich-kegelförmig. Im Silo lag eine komplett runde Kugel. Könnte von einem großen Radlager stammen, von einem der Traktoren mit ihren Schaufeln, oder von einem selbst gebastelten Bolzenschussgerät. Sie wird noch genauer analysiert.«

»An Mordinstrumenten herrscht also kein Mangel«, murmelte Agathe und dachte an das Sammelsurium von Folterwerkzeugen, das die Verbrecher während ihrer kurzen Gefangenschaft in dem Bordellzimmer auf dem Tisch ausgebreitet hatten.

Leitner sinnierte einen Moment lang vor sich hin. »Wenn sie von dem Silo im Schloss wussten, müssen die sich aber sehr gut in Wirkendorf ausgekannt haben.«

Hauptkommissar Kalterer wippte mit dem Oberkörper zustimmend vor und zurück. »Damit haben Sie natürlich recht. Aber wir gehen davon aus, dass die Bande Herrn Hirneis schon seit Längerem beobachtet hat.«

»Möglich«, nickte Leitner. »Sie hatte ja stets damit zu rechnen, ihn spurenfrei aus dem Weg schaffen zu müssen. Das hätten die Ganoven ja wohl ohnehin gemacht, selbst wenn er ihnen das Rauschgift zurückgegeben hätte.«

»Ohne Zweifel«, stimmte Kalterer zu.

»Und so oft, wie der Hirneis wegen seiner Reparaturen im Schloss und in der Brauerei unterwegs war, hätten die Verbrecher das Silo gut als mögliche letzte Ruhe- oder besser Unruhestätte ins Auge fassen können.«

»Diese Konservenbüchsen«, sagte Agathe, »die dienten dann ja wohl wirklich zur Beschwerung der Leiche.«

»Augenscheinlich«, meinte Kalterer. »Kann sein, dass beim Mord an Herrn Hirneis ein bisschen improvisiert werden musste. Vielleicht wollten die Tschechen ihn ursprünglich woanders töten, aber dann kam etwas dazwischen, und sie hatten für den schließlich ausgeführten Plan bloß diese Dosen in ihrem Dacia. Tja, ich kann Sie beide nur beglückwünschen. Wir mögen es eigentlich überhaupt nicht, wenn sich Laien in unsere Arbeit einmischen, aber ohne Ihre Mithilfe hätten wir den Fall nicht so ohne Weiteres gelöst.«

Leitner deutete auf Agathe. »Frau Viersen ist keine Laiin.«

»Ich weiß, aber für eine sogenannte Privatschnüfflerin hat sie sich äußerst kooperativ und hochprofessionell verhalten. Diesbezüglich machen wir leider oft andere Erfahrungen.«

Leitner begleitete den Hauptkommissar zur Tür. Er verspürte ein jähes Unbehagen. »Wenn diese Frau und der Chef der Bande noch auf freiem Fuß sind …?«

»Daran habe ich auch schon gedacht, Herr Leitner. Die beiden sind noch immer eine gewisse Bedrohung.«

Leitners Nackenhaare stellten sich auf.

»Aber wir vermuten, dass sie wissen, dass das Rauschgift verschwunden ist. In diesem Fall werden sie nicht wiederkommen.«

»Wegen dem Rauschgift vielleicht nicht. Aber sie werden nicht vergessen haben, wer ihr Geschäft zerstört hat.«

Kalterer schüttelte beruhigend den Kopf. »Um Rache an Ihnen zu üben, müssten sie sich in Wirkendorf und der Umgebung herumtreiben. Und in diesem Fall würden wir sie mit Sicherheit erwischen. Dafür ist alles noch viel zu frisch. So blöd sind die nicht.«

»Wollen wir's hoffen«, meinte Leitner und schloss die Tür hinter dem Hauptkommissar. Im Zimmer sagte er: »Dann haben wir diesen Fall also gemeinsam gelöst.«

»Fast«, murmelte Agathe.

»Wieso? Deine Versicherung muss nicht bezahlen. Ist doch ein Erfolg.«

»Stimmt schon …« Agathe wirkte abwesend.

Leitner nahm seine Jacke. »Vorhin … hat mein Vater angerufen. Er hat uns beide eingeladen.«

»Dein Vater?«

»Kommt überraschend, ich weiß. Aber hast du Lust, mit uns zu Abend zu essen?«

Agathe warf ihre Haare zurück und seufzte kurz auf. »Eigentlich nicht.«

Als hätte er diese Antwort erwartet, nickte Leitner. »Ich dachte bloß, weil …«

»Gerhard, ich mag es nicht zu nah. Ein Abendessen mit deiner Familie ist jetzt überhaupt nicht das, wonach mir der Sinn steht.«

»Verstehe ich schon …«

Betreten sagte Agathe: »Du hattest recht, mein Fall ist gelöst.«

In der Essecke im Wohnzimmer der Familie Leitner ergriff Werner Leitner bedächtig sein Schoppenglas und ließ den Gerstensaft langsam seine Kehle hinunterlaufen. Als er es wieder absetzte, betrachtete er seinen Sohn, der ihm gegenübersaß.

Seine Frau Dagmar Leitner hatte sich auf der Eckbank ganz nah neben ihn gesetzt und hielt verkrampft seine Hände. Ihre Augen trennten sich keine Sekunde von ihm.

Leitner kannte in diesem Wohnzimmer jedes Detail. Die Rauputzwände, der vom Opa handgeschnitzte Herrgott, der stets tadellos gekämmte, geföhnte und frisierte Teppich. Seit Bayern 1 nur noch »dieses englische Zeug« spielte, lief jeden Abend zur Essenszeit eine CD mit Zithermusik.

»Das Geräucherte ist ganz frisch«, sagte Werner Leitner und deutete mit dem Kopf auf ein schwarzes, nach kräftigem Buchenrauch duftendes Bauchstück, das auf dem großen Brotzeitbrett lag.

»Hast du das gemacht?«, fragte Leitner.

»Freilich. Probier nur! Ganz zart.«

Er sah zu dem Brett, dann zu seiner Mutter und sagte: »Also, jetzt würd ich meine Hände kurz brauchen.«

Mit Schmerz im Blick ließ Dagmar Leitner los. Sichtlich verunsichert hockte sie auf der Bank.

»Hol noch ein Bier«, befahl ihr Mann, und sie stand auf und ging gehorsam zur Kellertreppe. »Die ist ganz durcheinander, seit sie gehört hat, was mit dir passiert ist.«

Leitner lächelte säuerlich und schnitt sich einige Streifen Geräuchertes herunter. Als er in das butterzarte rosa Fleisch biss, nahm er sofort die milde Salzwürze und die feine Wacholdernote wahr. Er kannte den Geschmack seit seiner Kindheit. Schon damals war das Räuchern eines der vielen Hobbys seines Vaters gewesen. Werner Leitner war nicht nur leidenschaftlicher Jäger, über Jahrzehnte hinweg hatte er auch das Amt des Notenwarts im Wirkendorfer Musikverein innegehabt, in dem er immer noch sehr schwungvoll die Tuba spielte. Nebenher hatte er auch noch seine Arbeit als Berufsschullehrer äußerst erfolgreich verrichtet. Leitner hatte ihn dafür zeit seines Lebens bewundert. Fraglos gehörte auch das Geräucherte heute noch zum Besten, was er jemals gegessen hatte. Umso schmerzlicher empfand er es, dass er und sein Vater sich in den letzten zehn Jahren vollends entfremdet hatten.

Für Werner Leitner war eine Welt zusammengebrochen, als

sein Sohn ihm mitteilte, nach der mittleren Reife das Gymnasium verlassen und eine Instrumentenbauerlehre bei Roland Schweller beginnen zu wollen. Diskussion war auf Diskussion gefolgt, bis daraus Auseinandersetzungen geworden waren, in deren Verlauf Vater und Sohn mit immer härteren Bandagen gekämpft hatten. Seiner Frau zuliebe hatte Werner Leitner schließlich akzeptiert, dass sein Sohn das Abitur nicht machen wollte, allerdings nur unter der Bedingung, dass er statt Instrumentenbauer einen »gescheiten« Beruf erlernen sollte, am besten Industrietechniker. Diesem Plan hatte Gerhard wiederum nur zögerlich zugestimmt, und hätte sich sein Vater nicht gerade von einem leichten Herzinfarkt erholen müssen, hätte er sich nie bei Siemens beworben.

Das Arrangement war freilich von Anfang an zum Scheitern verurteilt gewesen. Wenige Wochen nach dem Beginn seiner Lehre wurde für ihn immer klarer, dass die Arbeit mit Schweißrobotern und Drehmaschinen nicht sein Metier war. In der Folge brach Leitner die Ausbildung ab, um sich fortan bei Roland Schweller ausbilden zu lassen.

Als er dies seiner Familie offenbarte, brachen sämtliche Emotionen, die sich in den Jahren zuvor angestaut hatten, hervor. Werner Leitner hielt seinem Sohn dessen Freundschaft mit Roland Schweller vor und bezeichnete diesen als abgehalfterten Wandermusikanten, der Leitner die ganzen Flausen überhaupt erst in den Kopf gesetzt hatte. Leitner legte die Ich-bin-alt-genug-Platte auf, ein schmutziges Wortgefecht riss große Wunden, und Vater und Sohn sprachen daraufhin zwei Jahre lang kein Wort miteinander.

Dagmar Leitner weinte seit dieser Zeit täglich; ihr Mann erlitt einen zweiten Herzanfall.

Gerhard Leitner hatte ebenfalls an den Unstimmigkeiten in seiner Familie zu kauen, als er die nächste Hiobsbotschaft erhielt. Roland Schweller eröffnete ihm, ihn nicht ausbilden zu können. Seine Werkstatt sei einfach zu klein, als dass sie diese Art von Geld abwerfen könne, hatte er gesagt. Enttäuscht und entwurzelt schlief Leitner daraufhin ein Jahr lang bei seinem Freund Fritz Detter in Regensburg. Der war zu jener Zeit als

Student der Rechtswissenschaften an der Universität einge-
schrieben und wohnte unweit des Campus in einem Apart-
ment. Im Nachtleben, welches Leitner gründlicher studierte
als Detter die Rechtswissenschaften, und auf den zahlreichen
Musikfestivals knüpfte er Kontakte zu einigen Licht- und
Tontechnikfirmen. Um Geld zu verdienen, verdingte er sich
bei den Veranstaltungstechnikern als Helfer, und bald fiel den
Inhabern auf, dass er mehr draufhatte, als nur Lautsprecher zu
schleppen. Auf Empfehlung der Firmenleitung schrieb er sich
bei der Regensburger Tontechnikerschule ein und schloss diese
mit Diplom ab, was es ihm schließlich ermöglicht hatte, sein
eigenes kleines Geschäft aufzubauen.

Nun war Leitner selbstständiger Geschäftsmann und hätte
eigentlich glücklich sein können. Doch sobald er an sein Zu-
hause und seinen Vater dachte, verflog jede Zufriedenheit. Mit
welchen Größen im Musikbusiness er auch schon zusammen-
gearbeitet hatte – ob mit Toto, Udo Jürgens, Chris de Burgh,
Tina Turner, André Rieu oder den Toten Hosen, egal, wie
groß die Aufträge waren, die er als Selbstständiger an Land
zog –, er hatte immer das Gefühl, die hohen Ansprüche seines
Vaters nie erfüllen zu können.

Leitner schluckte das Fleisch hinunter und ließ den markan-
ten Geschmack nachwirken. Respektvoll meinte er: »Wie du
das nur immer so hinbringst.«

»Ich räucher ja schon lang genug.«

Dagmar Leitner war zurückgekommen und stellte einen
kleinen Metallkorb mit vier Bier- und zwei Mineralwasserfla-
schen unter den Tisch. Sie öffnete eines der Biere, teilte es auf
Leitners Glas und das ihres Mannes auf und setzte sich wieder
neben ihren Sohn. Unvermittelt schlang sie ihre Arme um ihn
und brach in einen Weinkrampf aus.

Leitner legte seine Stirn an die ihre und tröstete sie. »Passt
schon, Mutter.«

»Der Kopf ist ja noch dran«, meinte Werner Leitner. »Dann
haben die Tschechen jetzt wirklich den Hirneis auf dem Gewissen?«, fragte er, da er anscheinend bemerkt hatte, dass sich
die Floskel wie Spott anhören musste.

Leitner löste sich sanft aus der Umarmung seiner Mutter. »Genau wissen sie es nicht. Aber Hauptkommissar Kalterer hat mir erzählt, dass im Wald entlang der Grenze einige Leichen verscharrt sein müssen, die bis jetzt nie entdeckt wurden. Leute, die halt plötzlich verschwunden sind.«

»Kann man sich gar nicht vorstellen. Dass man die nicht findet ... na ja, wahrscheinlich die Wildschweine«, brummte Werner Leitner und trank einen Schluck. »Den Boss und seine Blondine haben sie noch nicht gefasst?«

Leitner schüttelte den Kopf. »Aber die kriegen sie schon noch. So einfach ist Davonlaufen heute nicht mehr, hat der Hauptkommissar gesagt.«

Werner Leitner stand auf und fragte: »Magst auch eine?«

»Heute nicht«, antwortete Leitner, der wusste, dass sein Vater nach dem Abendessen gern eine Zigarre rauchte.

»Wann ist denn jetzt die Beerdigung vom Roland?«, fragte Dagmar Leitner leise, als ihr Mann in sein Arbeitszimmer gegangen war.

»Morgen um elf. Musste leider an einem Vormittag sein. Kommst du?«

»Ich denke schon. Aber der Papa wird wahrscheinlich nicht ...«

»Das habe ich auch nicht erwartet.«

»Der hat das nie verkraftet, dass du so gern bei dem Roland und nicht zu Hause bei uns warst.«

»Mama, lass es gut sein. Es ist, wie es ist.« Er gab ihr einen Kuss auf die Stirn, und sie erhob sich und begann, den Tisch abzuräumen.

Werner Leitner kam zurück, setzte sich und hielt seinem Sohn eine aufgeklappte Holzschachtel hin. »Wirklich nicht?«

Leitner verneinte.

Sein Vater nahm eine Virginia heraus und brannte die seltsam verdrehte Tabakstange an einem Ende an. Dann blies er bedächtig eine blaue wohlriechende Wolke an die Zimmerdecke. »Da versäumst du was. Die sind von Wolf und Ruhland.« Wieder paffte er. »Der einzigen bayerischen Zigarrenmanufaktur!« Paff. »Ein Hochgenuss!«

»Glaub ich dir schon. Aber mir reicht's erst mal mit den Genussgiften.«

»Aber das Bier schmeckt dir ja immerhin schon wieder.«

Leitner starrte auf das Flaschenetikett der Wirkendorfer Brauerei.

»Zumindest das einheimische«, fügte sein Vater hinzu. »Wie schaut's denn mit der Münchnerin aus? Wo steckt deine Kollegin?«

»Die macht sich wieder auf den Weg nach Hause.«

»Hm«, brummte Werner Leitner. »Schade. Die war recht hübsch. So wie ich dich kenne, probierst du es jetzt wieder bei der Martina, oder?«

»Werner!«, rief Dagmar Leitner aus der Küche.

Er paffte abermals an seiner Virginia. »Ich hätte gedacht, dass der Graf bei ihr seine Hand drauf hat.«

»Das denkt der auch«, meinte Leitner.

Sein Vater zog anerkennend die Augenbrauen hoch. »Da schau her! Probiert er, gegen die hohe Adeligkeit anzukommen?«

»Der soll sich um sein Bier kümmern«, brummte Leitner.

»Damit du seine Angebetete übernimmst? Na ja, warum nicht. Aber pass auf. Der Graf schießt mit einem größeren Kaliber als du.«

»Ich pfeif aufs Kaliber. Wichtig ist, dass man trifft.«

»Auch wieder wahr. Aber ich denke, der Sebastian wird sich auch nicht schwertun, anschließend wieder eine andere zu finden.«

»Die er mit seinem Geld bezirzen kann.«

»Obwohl er sich damit im Vergleich eigentlich immer ein bisschen schwergetan hat«, brummte sein Vater.

Leitner sah auf die Uhr an der Wand. Kurz vor sieben. »Im Vergleich zu wem?«

»Zum alten Grafen.«

»Ach so.«

Werner Leitner blies einen blauen Ring aus Rauch in die Luft. »Der Adalbert, der Graf senior, war noch aus einem anderen Holz geschnitzt. Der hätte sich eine Frau nicht vom Dorfpöbel wegnehmen lassen.«

»Aber er hatte doch die Gräfin.«

»Ich red ja auch von seinen Konkubinen. Von seinen Gspusis. Was glaubst denn du, was der alles nebenherlaufen hatte?«

»Ja mei«, bemühte Leitner die bayerische Allround-Floskel. »Aber in München, Hamburg oder wo er halt sonst immer bei hohen Anlässen ist, da wird Sebastian schon auch die richtigen Weiber kennenlernen.«

»Hohe Anlässe hat der Adalbert nie gebraucht. Der hat auch im Dorf gewildert, was er nur erwischt hat.«

»Werner!«, zischte Dagmar Leitner wieder aus der Küche.

»Und die Frauen haben mitgespielt?«

»Freilich. Ein Graf mit einer Brauerei, wer hätte da schon Nein gesagt?«

»Die Ehemänner zum Beispiel?«

»Die?« Werner Leitner grinste wissend. »Die haben alle schön brav den Schnabel gehalten. Für die meisten«, er rieb Daumen und Zeigefinger aneinander, »war das ja kein Nachteil.«

Seine Frau kam aus der Küche. »Also, solche Redensarten dulde ich nicht in meinem Haus«, ereiferte sie sich. »Du bist ja schlimmer als ein Klatschweib.«

Leitner sah abermals zur Wanduhr und stand auf. »Ich muss jetzt eh los.«

Sein Vater blieb sitzen, während seine Mutter ihm einen Kuss zum Abschied gab.

»Sehen wir uns an der Nachkirwa?«, fragte Leitner.

Sein Vater nickte.

Nachdem Dagmar Leitner ihren Sohn zur Tür gebracht hatte, rügte sie ihren Mann: »Immer solche dummen Redensarten! Die solltest du dir wirklich verkneifen, Werner. Immerhin bist du Gemeinderat!«

»Und nicht erst seit gestern. Ich weiß schon, was ich sagen darf und was nicht!«

In der Halle des kleinen Wirkendorfer Hotels prallte Agathe fast mit Leitner zusammen, als sie aus dem Aufzug stürmte.

»Wohin willst du denn so eilig?«

»Gerhard, ich habe eine Idee gehabt! Ich glaube, ich weiß jetzt, wo die verschwundene Maschine ist!«

»Langsam, langsam …«

»Wir dürfen keine Zeit verlieren!«

»Warum hast du mich nicht angerufen?«

»Bei deinem Handy geht nur die Mailbox dran.«

»Scheiße, stimmt ja. Der Akku ist völlig leer. Aber jetzt sag mir doch erst mal −«

»Im Auto!«

Agathe bretterte mit dem BMW um die Kurven, sodass Leitners Finger sich um die Armlehne krallten. »Jetzt erzähl endlich!«

»Es ist der Hänger!«

»Was für ein Hänger?«

»Du hast doch erzählt, dass du in der Tschechei, als du auf diesem Stuhl im Freien gesessen hast, einen von diesen Spezialhängern im Carport bemerkt hast.«

»Ja, den Hänger vom Zwicknagel. Thomas hat doch erzählt, dass er mit ihm die CNC-Fräse nach Tschechien gekarrt hat.«

»Schon. Aber ich habe diesen Hänger woanders gesehen!« Agathe nahm auch die Auffahrt zur B 85 in Richtung der Firma Zwicknagel eher sportlich.

»Jetzt sprich doch nicht ständig in Rätseln. Wo denn?«

»In der Nacht, als ich allein in Zwicknagels Halle war, bin ich drüber gestolpert. Kurz bevor mich dieser alte Sack von Zwicknagel senior begrapschen wollte.«

Leitner musste einige Sekunden nachdenken. »Du meinst, dass die Tschechen den Zwicknagels ihren Hänger wiedergebracht haben, nachdem sie die Maschine in der Tschechei verladen hatten? Aber wenn ich ihn auf dem Hof der Schreinerei gestern Abend gesehen habe, dann hätte ihn jemand von Wirkendorf aus doch erst wieder über die Grenze fahren müssen.«

»Du hast es erfasst. Für mich ergibt das alles keinen Sinn.«

»Für mich auch nicht. Zuerst fahren sie die Maschine in einer Nacht-und-Nebel-Aktion mit dem Zwicknagel-Hänger in die Tschechei, aber dann sagt der Thomas, er habe den Hänger nicht wiedergesehen. Du meinst also, dass sie die Maschine zweimal hin- und hertransportiert haben?«

»Nein. Ich glaube eher, sie haben zwei von den Hängern.«

»Und die Maschine?«

»Die hat man nicht ein einziges Mal nach Tschechien gefahren. Die steht noch genau da, wo Hirneis und die Zwicknagels sie zuerst abgeladen haben!«

Agathe blockierte die Reifen des BMW und ließ den Wagen auf dem Zwicknagel-Hof zum Stehen kommen.

Sie stiegen aus, und Leitner hob schnüffelnd seine Nase in die Luft. »Benzin.«

»Danach riecht's hier immer.«

»Aber nicht so arg.«

Agathe blickte sich um. Von den Inhabern war keine Spur. Auch der Hund lag nicht mehr an seiner Kette vor der Bürobaracke. »Keiner da. Komm jetzt, wir müssen nachsehen.«

In der Dunkelheit machten sie sich auf den Weg zur Halle.

»Im hinteren Teil stehen die Luxusautos«, informierte Agathe Leitner.

»Das hast du mir schon erzählt. Aber was haben wir davon? In den Kofferraum eines Pontiac passt keine CNC-Fräse.«

»Hinter den Amischlitten bin ich auf eine große Holzkiste aus Amerika gestoßen. Ich habe natürlich angenommen, dass das drin ist, was draufsteht, nämlich ein weiterer großer Brummer aus den USA.«

»Und das stimmt nicht?«

»Keine Ahnung. Aber ich vermute, es ist eher die CNC-Fräse.«

Agathe betrat die Halle, darauf bedacht, kein Geräusch zu verursachen. Da sie über die beiden Eingangstüren des Gebäudes Bescheid wusste, hatte sie Leitner angewiesen, die andere zu nehmen.

In der Garage mit den amerikanischen Boliden brannte müde das Deckenlicht. Agathe duckte sich hinter dem Mustang und spähte zu der Holzkiste, von der das fiepende Geräusch eines Akkuschraubers zu ihr drang.

Jemand war dabei, die große Kiste zu öffnen.

Sie zuckte zusammen, als hinter dem mannshohen Holzverschlag der Anführer der tschechischen Drogenbande hervortrat. Er legte den Schrauber beiseite, griff sich eine Brechstange und löste damit die gelockerten Bretter.

Agathe drehte sich nach Leitner um. Er war hinter dem Porsche in Deckung gegangen, sodass sich die Holzkiste und der Tscheche genau zwischen ihnen befanden. Sie sah, wie Leitner auf die losen Bretter deutete, die der Mann bereits abgeschraubt und auf den Boden gelegt hatte, und bemerkte seinen Blick. Sie wusste, was sie zu tun hatte.

Sie erhob sich aus der Hocke und ging ein paar Schritte auf den Anführer der Drogenbande zu. »Wollen wir diesmal in Wirkendorf ein Bier trinken?«, fragte sie locker.

Schnell wie eine Bürste in der Waschanlage wirbelte der Tscheche zu ihr herum.

Unbemerkt von ihm richtete sich Leitner auf und griff nach einem Brett.

»Wir werden kein Bier mehr trinken!«, schrie der Tscheche. »Wir machen Schluss mit Ihnen! Jetzt! Sie werden nicht mehr stecken Ihre Nase!« Wütend umklammerte er das Brecheisen noch fester.

»Du auch nicht«, sagte Leitner ruhig.

Der Tscheche wandte sich um.

Mit Kennermiene klopfte Leitner prüfend auf das massive Brett und grinste seinen ehemaligen Peiniger zufrieden an, bevor er es ihm mit voller Wucht ins Gesicht schlug. Ein hohler Knall erklang, als der Kopf mit der Holzkiste kollidierte. Der Mann ging zu Boden.

Leitner blickte auf den reglosen Körper. »Denn die nächsten drei Wochen wirst du deine Nase nicht mehr gebrauchen können.«

Hinter der Holzkiste waren plötzlich scharrende Geräusche zu vernehmen. Jemand lief aufgeregt in Richtung Ausgangstür.

»Seine Else!« Agathe spurtete hinterher. In der Dunkelheit

behielt sie die blonden Haare der Frau im Blick, die auf den Hof und dort zu einem Stapel alter Autos rannte. Plötzlich blieb sie stehen, und in ihrer Hand blitzte etwas hell auf. Die Tschechin hatte ein Zippo-Feuerzeug entzündet.

Agathe stoppte ebenfalls. Sie versuchte noch immer, die Situation zu analysieren, als ein beißender Geruch nach verbranntem Haar und versengtem Fleisch in ihre Nase stieg. Etwa fünf Meter neben der Halle entdeckte sie einen Haufen verkokelter Asche und spürte die Wärme, die er abstrahlte. Mit all der ihr zu Verfügung stehenden Kraft setzte sich Agathe gegen die Vorstellung zur Wehr, dass dort die verbrannten Überreste der Zwicknagels vor sich hin qualmten. Sie rief sich zur Vernunft und sah genauer hin. Nie im Leben waren das zwei ausgewachsene Männer. Zu wenig Asche! Zu klein der Haufen! Natürlich … der Hund! Darum hatte er nicht gebellt, als Leitner und Agathe auf den Hof gefahren waren! Aber wo waren dann die Zwicknagels?

Fieberhaft scannte sie die alten Autos und erblickte zu ihrem Schrecken Vater und Sohn Zwicknagel im Wrack eines Ford Fiesta. Mit an die Haltegriffe der Türen gebundenen Händen saßen sie nebeneinander. Sie waren geknebelt, ihre Augen weit vor Panik.

Der beißende Benzingeruch, der über dem Grundstück hing, wurde stärker. Agathe stand knapp zehn Meter von der Tschechin entfernt und hatte keine Chance, sich im Sprint auf sie zu werfen, ohne dass sie Gelegenheit dazu haben würde, das Feuerzeug in die benzinübergossenen Schrottwagen zu werfen. Also rührte sie sich nicht vom Fleck und hob beschwichtigend die Hände.

Im Gesicht der Frau stand blanke Wut, aber auch Unentschlossenheit. Nervös drehte die Blondine ihren Kopf abwechselnd zu den Autos und wieder zu Agathe.

Leitner trat auf den Hof, den gefesselten Tschechen im Schlepptau. Unsanft stieß er ihn zu Boden, sodass der Mann ein weinerliches Röcheln von sich gab.

Beim Anblick ihres gefallenen Partners begann die ausgestreckte Hand der Frau mit dem Zippo zu zittern.

»Lass es bleiben, Kleine!«, rief Agathe.

Die Blondine keuchte panisch, bebte am ganzen Leib.

»Mach das verdammte Ding aus!«

Die Tschechin hob das brennende Feuerzeug nach oben. »Ihr lasst uns gehen, oder ich zünde an ganze Hof!«

Agathe wich einen Meter zurück. »Okay, okay!«, stammelte sie. »Mach jetzt nur keinen Blödsinn!«

»Frau Viersen«, murmelte Leitner gerade so laut, dass nur Agathe ihn verstehen konnte. »Klipp und klar: Eier!«

Bei den Worten durchlief sie ein kurzer Schauer. Ängstlich suchte sie Leitners Blick und fand ihn. Wie durch Funk übermittelte er dessen Entschlossenheit an Agathes Herz. Sie wandte sich um und ging mit durchgedrücktem Rückgrat auf die Blondine zu. »Jetzt pass mal auf, mein Fräulein. Du machst sofort dieses verdammte Ding aus, oder ich versohle dir persönlich den Arsch!«

Die Spannung wich aus dem Körper der Tschechin. Sie stolperte einen Schritt vor, einen zurück, sah verzweifelt zu ihrem Boss.

Der wollte sich eben aufrichten, aber Leitner trat mit seinem linken Fuß dessen Schulter zu Boden und ließ sein Bein durchgestreckt. Stöhnend blieb der Tscheche liegen.

»Mach es nicht noch schlimmer«, sagte Agathe.

Die Blondine hielt das Feuerzeug ausgestreckt über ihrem Kopf. Plötzlich warf sie es, so weit sie nur konnte, von sich.

Leitner und Agathe hielten den Atem an, als das Zippo auf dem Sandboden aufschlug. Sie holten erst wieder tief Luft, als sie sahen, dass die Flamme am Docht des Feuerzeugs verloschen war.

Mittwoch

An diesem Morgen war die Polizeiinspektion Schwandorf nur spärlich besetzt, und Hauptkommissar Deckert war froh darüber. Im Zuge der Amtshilfe konnte er zwar jederzeit die Räume vor Ort nutzen, damit nicht sämtliche Zeugen und Befragten nach Amberg zur Kripo fahren mussten, aber meist hatte er dann auf kleinere Zimmer auszuweichen, die vom Alltagsgeschehen nicht betroffen waren. Es war eine Ausnahme, dass er wie heute den großen Besprechungsraum für sich allein hatte. Für sich und für Gerhard Leitner und Agathe Viersen.

»Also haben tatsächlich zwei Einzelpersonen versucht, die tschechische Bande zu betrügen.« Hauptkommissar Deckert schüttelte den Kopf.

»Servatius Hirneis und Thomas Zwicknagel«, sagte Leitner. »Der eine mit abgezweigten Drogen, der andere, indem er die CNC-Maschine selbst verticken wollte.«

»Scheint so, als hätten sie kein gutes Händchen bei der Wahl ihrer Geschäftspartner gehabt.«

»Schon bei unserem ersten Besuch auf dem Schrottplatz ist mir aufgefallen, dass Zwicknagel junior nicht mit den allerhöchsten Geistesgaben gesegnet ist«, sagte Agathe. »Das hat auch Herr Hangl gesagt. Wie nennt ihr den gleich wieder?«

»Der Peng.«

»Richtig. Also, dieser … Peng hat uns erzählt, dass der junge Zwicknagel zwar gern Geld verdient, dabei aber nicht immer schlau vorgeht. Und dass man sich im Idealfall einen schlechteren Gegner suchen muss, als man selbst einer ist, hat selbst Servatius Hirneis kapiert und sich deshalb den Zwicknagel als Laufburschen angelacht.«

»Deswegen hat der Hirneis die CNC-Maschine auch vom Zwicknagel in die Tschechei fahren lassen«, sagte Leitner. »Er konnte ja nicht wissen, dass der Zwicknagel auch versuchen würde, in die eigene Tasche zu wirtschaften.«

»Wenn es sich nicht um Absprachen unter Gaunern handeln würde, würde man so ein Verhalten Unterschlagung und Betrug nennen«, pflichtete ihnen Deckert bei. »Unterschlagung zu Lasten von Hirneis, weil Zwicknagel die Maschine selbst behalten hat, und Betrug der Tschechen, weil er denen auf seinem Hänger nur eine große Holzkiste voller Schrott statt der Fräse auf ihren Werkstatthof gefahren hat.«

»Schlau ist Herr Zwicknagel offenbar wirklich nicht«, sagte Agathe. »Wem hätte er die Maschine denn verkaufen können, ohne Fragen beantworten zu müssen? Zudem wäre der Support der Herstellerfirma ja auch nur dann gewährleistet gewesen, wenn die Maschine ordnungsgemäß registriert und online gewesen wäre.«

Nun war es Leitner, der verständnislos sein Haupt beutelte. »Das ist doch sowieso eine Schnapsidee gewesen! Hat der Zwicknagel tatsächlich geglaubt, die Tschechen würden die leere Kiste, die er ihnen über die Grenze gefahren hat, nie öffnen?«

»Na ja, die Zwicknagels haben in Wirkendorf schon immer einen zweifelhaften Ruf genossen. Und so ist es auch beim Heiner und dem Thomas. Vater und Sohn in einen Sack und für zehn Jahre ab ins Zuchthaus. Dann liegt man ungefähr richtig«, meinte Agathe.

Der Kommissar musste schmunzeln, wusste er doch, dass derlei Schnelljustiz in Deutschland nicht besonders häufig angewendet wurde. »Sie haben Ihrer Firma einen großen Dienst erwiesen, Frau Viersen. Hoffentlich wissen das die Münchener zu schätzen.«

»Dafür sorge ich schon, keine Angst.«

Leitner knetete mit zwei Fingern seine Unterlippe. »Trotzdem ganz schön dreist von denen, sich einen Tag nach diesem Stunt in der Schreinerei auf Zwicknagels Hof zu wagen.«

»Äußerst riskant, zweifellos«, sagte Deckert. »Aber ihnen blieb keine große Wahl.«

»Was meinen Sie damit?«

»Nach allem, was wir bisher wissen, handelt es sich um keine allzu große Bande. Im Wesentlichen dürften Sie alle Mitglieder kennengelernt haben, den Boss mit seiner Blondine und die beiden Helfer, die wir vor der Schreinerei geschnappt haben. Viel mehr Elemente hatte diese Zelle nicht.«

»Ich dachte immer, das wären große Gruppen mit Draht nach Russland oder sonst wohin.«

»Bestimmt waren sie Teil eines größeren Netzwerks. Aber das spielt keine Rolle, denn letztlich ist jede Zelle für sich allein verantwortlich. Nur so läuft der große Betrieb mit den Drogen weiterhin reibungslos, wenn eine Zelle mal platzt. So wie in diesem Fall.«

»Und warum hatten sie dann keine andere Wahl, als so schnell nach Wirkendorf zu kommen?«

Kommissar Deckert zählte an den Fingern ab. »Ihr Vermögen war durch die Unterschlagung der Drogen von Hirneis und durch die vorenthaltene CNC-Fräse, die sie zu Geld machen wollten, wohl ziemlich geschrumpft. Sie mussten das Überraschungsmoment nutzen. Die Maschine stellte wohl die letzte eiserne Reserve dar.«

»Sozusagen das Tafelsilber«, meinte Agathe.

Deckert nickte. »Ihre einzige Chance bestand darin, schnell zu handeln. Bestimmt haben sie nicht damit gerechnet, dass Sie so rasch die Zusammenhänge durchschauen würden.«

»Was passiert jetzt mit den Verbrechern?«, wollte Leitner nach einer Pause wissen.

»Die werden vernommen. Ihre Anwälte sind bereits eingetroffen.«

»Anwälte! Die werden wieder alles ins Gegenteil drehen. Die waren ja nicht dabei, als sie mich nachts in der Schreinerei malträtiert haben.«

»Nun, so wie die Dinge liegen, glaube ich nicht, dass die auf ein Wunder hoffen können. Die Anwälte werden in diesem Fall nicht helfen.«

»Sie meinen, die haben keine Möglichkeit, sich irgendwie freizumogeln?«

»Kaum, Herr Leitner. Die Beweislast ist erdrückend. Wenn sie schlau sind, verschaffen sie sich den einzigen noch möglichen winzigen Vorteil und singen.«

»Das wäre zur Abwechslung mal ein schöner Klang. Obwohl

ich nach der Nacht gestern die Komposition ›Holz auf Nase‹ auch sehr ansprechend finde.«

Die Messingbeschläge des Sarges brachen die Sonnenstrahlen und sandten sie bunt schimmernd unter die Trauergemeinde. Der Sarg war über dem offenen Grab aufgebockt. Davor standen der Pfarrer und die beiden Ministranten. Vier in dunkelblaue Uniformen gekleidete Mitarbeiter des Bestattungsinstitutes warteten dezent im Hintergrund darauf, dass die Zeremonie ihren Höhepunkt erreichte.

»Das Leben endet nicht mit dem Tod, der Tod ist der Beginn des neuen Lebens«, näselte der Pfarrer in das umgehängte Mikrofon.

Gerhard Leitner, der zusammen mit der Trompete und der Tuba neben dem Grab stand, hob verzweifelt die Augenbrauen. Auf keiner seiner bisher beigewohnten Beerdigungen hatte er es je erlebt, dass die verstärkte Stimme des Priesters natürlich klang. Meistens waren die Funkmikrofone nicht die besten, was zu Aussetzern bei der Übertragung führte, oder die Minilautsprecher waren so eingestellt, dass jeder Geistliche sich anhörte, als hätte er neben einer ganzen Batterie von Nasenpolypen auch noch einen ausgewachsenen Katarrh. Zu viele Mittenfrequenzen bei etwa einem Kilohertz.

Leitner umarmte sein Tenorhorn. Seine Gedanken wanderten zu dem Mann, der ihm dieses Wissen vermittelt hatte. Und der nun in der Eichenholzkiste mit dem Blumengesteck darauf vor ihm lag.

»Lasset uns beten, so wie Jesus Christus uns zu beten gelehrt hat. Vater unser im Himmel …«

Leitner setzte sein Tenorhorn ab, und dumpfes Gebrummel der Trauergäste ertönte.

»… geheiligt werde dein Name. Dein Reich komme. Dein Wille geschehe …«

Als das Gebet des Herrn verstummt war, ergriffen die drei Musiker wieder ihre Instrumente und begannen zu spielen.

»Näher, mein Gott, zu dir«. Von Lowell Mason. Bekannt als letztes Lied der Kapelle auf der Titanic.

Die Männer in Blau ergriffen die Seile, um den Sarg anzuheben. Einer bückte sich, nahm die Kanthölzer weg und gab so den letzten Weg für Roland Schweller frei. Der Sarg setzte auf dem Grubenboden auf, während das Lied mit einem reinem F-Dur-Akkord ausklang.

Die etwa fünfzig Trauernden traten einzeln an das Grab, neben dem ein Eimer mit Erde stand, aus der zwei kleine langstielige Schaufeln ragten. Als jeder der Gäste eine Portion der nassen Erde auf den Sargdeckel fallen ließ, ertönten dumpfe Schmatzgeräusche. Die meisten Anwesenden kannte Leitner. Viele von ihnen wussten von der besonderen Freundschaft zwischen ihm und dem Toten. Aber trotz allem war Leitner kein Verwandter von Roland Schweller gewesen, weshalb sich die meisten nach der Verabschiedung von ihm einfach umdrehten und den Friedhof verließen. Bis auf Dominik Kammerl und die zweite Trompete, die Leitner einen aufmunternden Blick zuwarfen. Und bis auf seine Mutter, die im Vorbeigehen kurz den Arm ihres Sohnes berührte.

Agathe hatte das Schauspiel aus einiger Entfernung an einen Baum gelehnt betrachtet. Da sie sich in Wirkendorf keinen allzu guten Ruf erworben hatte, wollte sie Leitner auf dem Friedhof nicht kompromittieren. Den Blick, den er ihr nun zuwarf, erwiderte sie jedoch aufmunternd.

Leitner seufzte, senkte nachdenklich den Kopf und sah aus dem Augenwinkel, wie sich zwei schwarze Schuhspitzen dem Rand des Grabes näherten. Wieder erklang das nasse Schmatzen, als die Erde auf dem Holz auftraf.

»So, jetzt hat er's gepackt, der Roland«, sagte eine vertraute Stimme.

Leitner hob den Kopf und erblickte seinen Vater.

»War wohl besser für ihn, oder?«

»Das wäre nichts mehr geworden mit seiner Lunge«, stammelte Leitner. Er wusste, dass er noch irgendetwas sagen sollte, wusste aber nicht, was.

Werner Leitner ging zu seinem Sohn, zog ihn ohne Vorwarnung an sich und umarmte ihn fest. Dann drehte er sich um und ging festen Schrittes, so als wäre nichts gewesen, durch das Friedhoftor hinaus.

»Hätte ich nicht gedacht, dass dein Vater kommt«, sagte die Trompete.

»Ich auch nicht«, antwortete Leitner.

Die Trompete grinste. »Vielleicht spinnt er ja jetzt nicht mehr so arg wie früher?«

»Genau. Und Angela Merkel wird ›Germany's next Topmodel‹.«

Nach der Beerdigung hatte sich die eine Hälfte der Gäste auf den Nachhauseweg gemacht, um sich für die am Abend stattfindende Vernissage im Rathaus herzurichten. Die andere Hälfte, darunter Leitner und seine an diesem Tag überraschend arbeitslos gewordenen Mitmusiker, hatten schon zuvor vereinbart, im Sinne Roland Schwellers am Abend einen Umtrunk in der Brauereiwirtschaft zu veranstalten.

»Ging ganz schön unter die Haut«, meinte Agathe, als sie mit Leitner den Friedhof verließ.

»Du kanntest ihn doch gar nicht.«

»Ich habe eigentlich eure Musik gemeint. Mit Blechblasmusik habe ich eigentlich nicht viel am Hut. Aber ihr seid echt gut.«

»Freut mich zu hören. Oh nein!«

Agathe folgte Leitners Blick und verdrehte ebenfalls die Augen, als sie einen alten Bekannten sah.

»Sie sind ja wirklich fleißig, Herr Wachtmeister«, sagte Leitner, als sie sich seinem Opel näherten. »Respekt.«

Der Beamte wollte gerade zu einer Antwort ansetzen, aber Leitner ging einfach an ihm vorbei zum Kofferraum, um sein Instrument zu verstauen.

PM Weinfurtner lief ihm hinterher. »Es geht um Ihre Reifen, Herr Leitner. Ich hatte mir Ihre Daten notiert. 195/65R15 91 S sind bei Ihrem Wagen vorgeschrieben.«

»Und?«

»Montiert wurden Reifen der Art 195/65R15 91 *T*! Das ist eine Überschreitung des Geschwindigkeitsindex.«

Agathe konnte ein Kichern nicht mehr unterdrücken. »Ich steig schon mal ein.«

Der strebsame Polizist ließ nicht locker. »Damit genießen Sie keinen Versicherungsschutz mehr! In Ihrer Zulassungsbescheinigung ist eingetragen …«

Leitner atmete tief ein, ging in einem Zentimeter Abstand an dem Beamten vorbei, öffnete die Tür und setzte sich ins Auto. Dann sagte er: »Lang vor Ihrer Zeit, Herr Wachtmeister, hat mein Opa diesen Wagen zugelassen. Damals hat Ihre Zulassungsbescheinigung noch Fahrzeugschein geheißen. Und in diesem ist zu lesen, dass bei mir beide Reifen zugelassen sind, S und T. Ganz sicher wissen Sie, dass S bis hundertachtzig und T bis hundertneunzig Kilometer pro Stunde genehmigt ist.«

Die Mundwinkel des Beamten verschoben sich immer mehr zu einem umgekehrten U.

»Aber diese Vorschrift kann mir sowieso wurscht sein, weil die Kiste nicht mehr so schnell fährt.« Damit zog Leitner die Tür zu und verfehlte dabei nur knapp die Nase des Beamten.

»Der braucht seinen nächsten Stern aber wirklich dringend«, meinte Agathe auf dem Beifahrersitz.

»Wenn ich den noch einmal sehe, passiert in Wirkendorf der nächste Mord«, murmelte Leitner.

Agathes Wagen stand auf dem Hof vor Leitners Wohnhalle. Sie begleitete ihn hinein.

Er setzte sich an den Flügel, spielte ein paar Takte »Walking in Memphis« und fuhr sich dann durch sein Haar. »Ein Wahnsinnstag. Der alte Roland musste gehen, der Vater kam wieder, und PM Weinfurtner hat mal wieder seine Aufwartung gemacht.«

Agathe lächelte und schlenderte durch seine Instrumentensammlung. »Ich muss wieder nach München zurück, Gerhard.«

»Ist mir klar. Sonst würde ja auch dein Boss schimpfen.«

»Ich meine, ich muss heute Abend noch zurück.«

Er erhob sich, ging zu ihr und schlang seine Arme um ihre Hüfte. »Pressiert's so?« Er wollte sie auf den Hals küssen, aber sie löste sich von ihm.

»Das geht nicht mehr, Gerhard.«

»Natürlich geht das. Ich muss erst in zwei Stunden beim Wirt sein.«

Sie musste wider Willen lachen.

Er zog sie wieder zu sich und sagte: »Du hast doch eh so ein schnelles Auto …«

Agathe kämpfte mit sich. Sie musste stark bleiben. Sie nahm seinen Kopf in ihre Hände und blickte ihm in die Augen. »Mir wäre es lieber, wenn wir uns jetzt verabschieden könnten.«

Leitner hatte diese Ansage befürchtet. Er spürte, dass er Agathes Meinung nicht mehr ändern würde. »Wir waren ein wirklich gutes Team, findest du nicht? Damit hat der Kommissar schon recht gehabt.«

Agathe schluckte. »Ein gutes Team, solange wir einen Auftrag hatten. Aber unser oder besser gesagt mein Auftrag ist nun vorbei.«

»Gute Saxophonspieler sind immer Mangelware. An Aufträgen tät's bestimmt nicht scheitern.«

»Ich muss in meine Welt der Versicherung zurück, Gerhard. Und du wirst deine Welt nie und nimmer verlassen, weil du sie brauchst. Den toten Roland, deinen herrischen Vater und den karrieregeilen PM Weinfurtner.«

»Schade um deine schöne Musik. Schade um unsere schöne Musik.«

»Wir wissen beide noch, wie sie geklungen hat. Und so soll es bleiben.«

Leitner sah Agathe nach, als sie langsam auf das Tor der Werkshalle zuging. »Kann ich dich in München mal –«

Sie drehte sich um und hob einen Zeigefinger an den Mund.

Leitner sah stumm mit an, wie sie ihn verließ. Nachdem das sonore Brummen des BMW sich entfernt hatte, fuhren seine Hände auf die Tastatur seines Flügels hinab. In grober Dissonanz schrillten die Saiten auf. »Dann gehe ich eben ins Wirtshaus zum Nageln«, sagte er schließlich trotzig.

Seit fast einer Stunde saß Maik Brandt an diesem Mittwochabend auf seinem knarzenden Drehstuhl in der Redaktion und schrieb per WhatsApp Mitteilungen. Nach der zeitaufwendigen Lektüre von etwa vierhundert Lokalteilen des »Schwandorfer Anzeiger« hatte ihn der Elan verlassen.

Zuerst waren seine Augen trocken geworden. Dann hatte sich sein Mund wie ausgedörrt angefühlt, und letztlich hatte sich der fehlende Zucker in seinem Blut bemerkbar gemacht. Daraufhin hatte er sich eine mitgebrachte BiFi einverleibt und begonnen, mit dem Mädchen Kontakt aufzunehmen, das er am Abend zuvor im »Rockdomizil« kennengelernt hatte. Sie hieß Veronika und schien gestern nicht abgeneigt gewesen zu sein, sich öfter mit ihm zu treffen.

Heute, per Smartphone, gestaltete sich die Sache schon etwas schwieriger. Brandt konnte als Volontär zwar logischerweise mit der deutschen Sprache gut umgehen, aber letztlich machte es seiner Meinung nach doch am meisten Sinn, wenn man sich während einer Unterhaltung gegenübersaß und anschauen konnte. Nachdem die Konversation mit Veronika Wanninger – zumindest auf digitalem Weg – einen toten Punkt erreicht hatte, vertrieb sich Brandt die Zeit zunächst mit einer Runde »Candy Crush« und anschließend mit dem Klassiker »Tetris«, bevor er sich einen Überblick über die möglichen Anwendungen seines Handys verschaffte. Er hatte sein Smartphone erst vor einer Woche gekauft, und noch immer entsprach die Konfiguration nicht ganz seinen Wünschen. Für sein Gehirn war es eine willkommene Erholung, sich quer durchs Menü zu wischen. Vorbei an den zahlreichen Fotos, die er in der kurzen Zeit schon geschossen hatte. Vorbei an den Musiktiteln, die er sich heruntergeladen hatte.

Als Maik Brandt das Handy nach einer Weile zur Seite legte und tief durchschnaufte, fiel sein Blick auf den Stapel aus Kopien, die er für seinen Chef von den Zeitungen angefertigt hatte. Er hoffte, dass etwas Brauchbares dabei wäre, nahm den Packen in die Hand und blätterte ihn mit dem Daumen durch.

Dann griff er abermals zu seinem Handy und rief eine bestimmte App auf.

Wollen doch mal sehen, wer das Spiel »Papier gegen Technik« gewinnt, dachte er.

Die Nägel steckten kreisförmig im Holz, jeder stand unterschiedlich weit heraus. Zehn Männer hatten sich um den abgesägten und hochkant aufgestellten Baumstamm versammelt. Ein voller Masskrug machte im Uhrzeigersinn die Runde, jeder nahm einen Schluck. In entgegengesetzter Richtung wanderte ein Hammer, mit dem jeder Teilnehmer versuchte, seinen Nagel im Holz zu versenken. Dabei durfte nicht mit der quadratischen, sondern nur mit der spitz zulaufenden, schmalen Seite geschlagen werden.

Als Ferdinand Ebner an der Reihe war, trafen durch Zufall Hammer und Masskrug gleichzeitig bei ihm ein. Er entschied sich, zuerst zu trinken.

»He, kannst du nicht erst zuschlagen?« – »Der macht's wie in der Arbeit auch! Erst das Bier, dann weiterschauen!«, ließen die Seitenhiebe der anderen Hämmerer nicht lange auf sich warten.

»Zuerst muss man sich stärken«, parierte Ebner. »Außerdem hau ich meinen Nagel jetzt sowieso weg!«

»Ja, freilich, und morgen ist Weihnachten!«

Ebner ging an den Nagelstock, peilte kurz mit dem Hammer den Nagel an und schlug zu. Er verfehlte ihn um gut zwei Zentimeter.

Das Gelächter war groß, und jemand sagte: »Für den Schlag hätte ein kleines gelbes Limo auch gelangt.«

»Wir brauchen noch eine frische Mass!«, rief Friedhelm Gänsbauer dem Wirt Ansgar zu.

Die Regeln besagten, dass der Letzte des Spiels die Mass bezahlen musste – bei zwei Mass waren es natürlich die beiden Letzten – und der Vorletzte den horrenden Betrag von zehn Cent pro Nagel zu begleichen hatte.

Ebner gab den Hammer an Leitner weiter, dessen Nagel nicht mehr weit aus dem Holz herausschaute. Vom Spielen komplizierter Musikstücke wusste er Folgendes: Wenn er sich zu sehr darauf konzentrierte, etwas perfekt zu machen, ging es meist daneben. Wenn er jedoch seinem Instinkt vertraute und nicht weiter darüber nachdachte, gelangen ihm wahre Wunder. Dasselbe Prinzip galt auch fürs Nageln.

»Der Musikus, der haut ihn jetzt weg. Weil der kein Bier spendieren mag!« – »Geh zu, der hat doch in seinem Leben noch keinen Hammer in der Hand gehabt!« – »Nein, bloß sein Hörnchen. Sein Tenorhörnchen!«, feixten die anderen.

Leitner ignorierte den Spott und schlug mit dem Hammer eine tiefe Kerbe in das Holz. Beim Auftreffen hatte er die schöne Frequenz von etwa viertausendfünfhundert Hertz im Ohr, die sogenannte Nagelfrequenz, die besonders beim Abmischen einer großen Basstrommel wichtig war. Er hob den Hammer hoch, und der Kopf seines Nagels steckte inmitten der frischen Kerbe. »So geht Nageln, meine Herren«, sagte er ruhig und verließ das Gastzimmer in Richtung Toiletten.

Dort traf nicht lange nach ihm Bernhard Obermeier ein. »Ihr zwei müsst euch ja als Detektivteam richtig gut gemacht haben, wenn sogar der Deckert euch lobt.«

»Ein blinder Trinker findet auch mal einen Korn, das weißt du doch.«

»Schon. Hat er dich angerufen?«

»Wer?«

»Der Deckert.«

»Nein, warum?

Obermeier stopfte seine Utensilien wieder an die richtigen Stellen zurück und zog den Reißverschluss hoch. »Das Verhör ist vorbei. Die Tschechen haben tatsächlich gestanden.«

»Haben sie also doch gesungen.«

»Aber nicht das ganze Lied. Es war eher ein Rap.«

»Wieso?«

»Sie haben zugegeben, Crystal Meth vertrieben zu haben. Aber natürlich haben sie es weder hergestellt, noch kennen sie den oder die Hersteller.«

»Natürlich nicht. Wo denken wir hin?«, gab sich Leitner übertrieben verständnisvoll.

»Auch die gefährliche Körperverletzung haben sie zugegeben, die sie dir in der Schreinerei zugefügt haben.«

»Das ist Paragraf 224 im StGB!«, ließ sich Franz Grabacek vernehmen. Er war gerade zum Rauchen aus der Gaststube getreten und hörte mal wieder mit.

Obermeier öffnete die Tür zur Toilette, nahm Leitner an der Schulter und führte ihn aus Grabaceks Vortragszone. »Die gefährliche Körperverletzung haben sie zugegeben, jede Tötungs- oder Mordabsicht aber abgestritten.«

»Freilich. Die wollten mich nur zum Spaß erfrieren lassen und dann in den Stausee werfen! Ich kann zwar nicht viel Tschechisch, aber −«

»Ich glaube es dir ja, Gerhard. Aber das haben die nun mal ausgesagt. An allem, was ihnen vorgeworfen worden ist, haben sie eigentlich eine Teilschuld eingeräumt.«

»Eigentlich?«

»Sie haben sich zu allen Fällen geäußert. Sogar zu der CNC-Fräse haben sie etwas zu Protokoll gegeben. Nur einen Sachverhalt haben sie komplett geleugnet.«

»Die Sache mit dem Hirneis?«

Obermeier deutete mit dem Zeigefinger einen Volltreffer an. »Ist mir am Anfang zwar etwas komisch vorgekommen, aber Mord ist halt doch noch ein anderes Kaliber als Drogenschmuggel, Körperverletzung und Hehlerei.«

»Glaubst du etwa, die wollten die Schrottautos, von denen sie in einem die Zwicknagels gefesselt hatten, mit den vier Kanistern Benzin bloß waschen? Die wollten sie verbrennen. Für mich ist das nichts anderes als ein weiterer Mordversuch.«

»Eben, ein Versuch. Kann vor Gericht abgemildert werden, aber das kann dir ja der Grabacek in ausführlicher Form erklären.«

»Nein danke, im Augenblick brauche ich noch meine beiden Ohren.« Nach einer Pause sagte Leitner: »Aber merkwürdig ist das schon, du hast recht.«

»Womit?«

»Die Bande hat zu allen Delikten Aussagen gemacht, die mehr oder weniger der Wahrheit entsprechen.«

»Stimmt.«

»Sogar zu den Zwicknagels.«

»Blieb ihnen auch nicht viel anderes übrig, mit den Zwicknagels, dir und der Frau Viersen als Zeugen. Außerdem waren wir nur wenige Minuten, nachdem ihr uns gerufen hattet, beim Schrottplatz.«

»Bloß zum Hirneis haben sie nichts verlauten lassen?«

»Würde ich an ihrer Stelle auch nicht. Wie gesagt, ein versuchter Mord ist etwas anderes als ein begangener. Aber auch das, was wir ihnen beweisen können, reicht schon für ein paar wunderbare Jahre in einer engen Zelle.«

Damit ging Bernhard Obermeier wieder ins Gastzimmer und ließ Leitner und Franz Grabacek im Korridor zurück.

»Versuch kann nach Paragraf 49 StGB abgemildert beurteilt werden. In so einem Fall wie dem deinen sollte das der Richter aber gut abwägen.«

Leitner hatte Grabacek nur halb zugehört. Seine Gedanken kreisten immer noch um Servatius Hirneis. Ohne die Artikel zu lesen, betrachtete er die alten eingerahmten Zeitungen an der Wand. »Aber besser ist es doch allemal, wenn man etwas zugibt, oder?«, brummte er kaum hörbar.

Grabacek zuckte weltmännisch mit den Schultern. »Ein Geständnis sehen die Richter immer lieber, als wenn jemand Auster spielt.«

»Dann kapier ich nicht, warum die Tschechen wegen dem Hirneis schweigen und die Mordversuche leugnen.«

»Das weiß ich natürlich auch nicht. Aber klar ist auch: Wenn sie nur die Hälfte zugeben und man ihnen hinterher draufkommt, dass doch mehr war, haben sie ganz schlechte Karten. Dann lieber gleich mit der Wahrheit rausrücken.«

»Dann lieber gleich mit der Wahrheit rausrücken«, wiederholte Leitner abwesend und verließ die Toilette.

Grabacek steckte sich eine zweite Zigarette an, damit sich das Aufstehen und Auf-den-Flur-Gehen auch gelohnt hatte. »Hast die alten archimedischen Hebelgesetze doch kapiert«, sagte er.

»Hä?«

»Die archimedischen Hebelgesetze«, sagte Grabacek fröhlich und machte mit der Hand hämmernde Bewegungen.

Leitner drehte die Augen gen Himmel. »Lass halt den Archimedes in Ruhe. Wir haben doch bloß eine Runde genagelt.«

»Schon«, protestierte Grabacek, »aber sonst hast du mit voller Kraft draufgehauen. Das ist nicht immer sinnvoll. Finde den richtigen Winkel, und du kannst dir sechzig Prozent der Kraft sparen. Ist alles nachzulesen«, sagte er in seiner herausfordernden Art. »Dann erkennt man auch die Zusammenhänge!«

Leitner blickte wieder zu den gerahmten Zeitungsausschnitten und murmelte: »Ich brauch weder den Laplace beim Schafkopfen noch den Archimedes beim Nageln.«

»Es steht alles so geschrieben!«, verteidigte Franz Grabacek seinen Standpunkt und zog schmollend an seinem Glimmstängel.

Als Leitner den dritten Artikel im Bilderrahmen betrachtete, passierte es. Es war einfach plötzlich da!

Er riss die Augen weit auf, versuchte, den Gedanken, der ihm gekommen war, hin und her zu drehen. Das konnte doch nicht sein!

Aber der Gedanke ließ sich nicht bewegen! Er ergab so Sinn, wie er war. Er glich einem Puzzle mit tausend Teilen, die aus ihrer Schachtel zu Boden fallen und sich dabei wie durch Zufall zu einem großen, perfekten Bild zusammenfügen. Die Zeitungen an der Wand – die Worte der tschechischen Bande – die runde Kugel – schales Bier – der Abend der Vorkirwa!

»Das gibt's doch nicht«, flüsterte Leitner.

»Was gibt's nicht? Das sind ganz normale Berechnungen«, sagte Franz Grabacek und suchte das nächste Wortgefecht.

Doch Leitner interessierten keine Berechnungen. »Herr Graf, jetzt gehörst du der Katz«, wisperte er, nahm seine Jacke von der Garderobe und rannte aus dem Wirtshaus.

»Was hat denn der Graf mit dem Archimedes zu tun?«, rief Grabacek ihm nach, sah dann auf den Artikel, den Leitner eben noch betrachtet hatte, und von dem Bild zur Tür, durch die er wie ein Wirbelwind hinausgerauscht war. Grabacek stieß einen leisen Pfiff aus, ging wieder in die Gaststube und flüsterte vor sich hin: »Jaja, es steht alles so geschrieben.«

Maik Brandt sperrte seinen Fiat Uno zu und lief über den Parkplatz des Rathauses in Richtung der letzten brennenden Lichter. Er betrat das verwinkelte Gebäude durch die große Doppelflügeltür. Zwei Mitarbeiterinnen des Catering-Services räumten gerade weiße Tischdecken weg. Drei andere trugen rote Plastikboxen mit schmutzigem Geschirr vom Büfett zum Lieferwagen, der am Rathausausgang parkte. Von den offiziellen Gästen war niemand mehr da.

Brandt ging zu Jack Binder, dem Caterer, der in stoischer Ruhe mit einer kleinen Pilsflasche in der Hand seinen Feierabend einläutete.

Auf seine Frage antwortete Binder: »Die sind alle schon daheim, auch dein Chef. Vor einer halben Stunde sind sie weg.«

»Mist«, entfuhr es Brandt. »Wie soll ich ihm denn jetzt —«

»Bleib mal ruhig, Bursche.« Binder griff in eine Plastikbox am Boden, entnahm ihr einen Teller mit italienischen Antipasti und entfernte die Frischhaltefolie. »Du hast heut bestimmt noch nix Gescheites gegessen.«

»Nicht wirklich«, sagte Brandt, dem das Wasser bei dem Anblick im Munde zusammenlief.

»Dann lass es dir gut schmecken«, sagte Binder und drückte Brandt auch noch eine Flasche Pils in die Hand.

»Meinen Sie wirklich, ich darf …?«

»Unbedingt. Warst fleißig heute?«

»Kann man wohl sagen.«

»Dann darfst.«

Brandt biss in eine Lachscremeschnitte und schmatzte. »Eigentlich wollte ich Herrn Detter noch etwas Wichtiges sagen.«

»Das wird doch bis morgen früh noch Zeit haben. Der arbeitet heute Nacht auch nicht mehr. Magst noch was Süßes?«

Verlegen nickte Brandt.

»In der Kiste da stehen noch so schöne kleine Gläschen mit Mousse au Chocolat und Erdbeer-Tiramisu. Kannst alles aufessen.«

Brandt bedankte sich, aß, nachdem sein Teller leer war, noch drei Mousses au Chocolat und ging wieder zu seinem Fiat.

Er sah auf die Uhr. Zweiundzwanzig Uhr dreiundvierzig. Bestimmt hatte Binder recht, und Detter würde heute Abend nichts mehr mit seinen skurrilen Information anfangen können. Aber vielleicht morgen. Morgen würden alle frisch, ausgeschlafen und hungrig auf Neuigkeiten sein.

Doch weil er ein verdammt guter Redakteur werden wollte, entschloss sich Maik Brandt trotz allem, die Privatnummer seines Chefs zu wählen.

Als ihm sein Volontär mitteilte, was er Merkwürdiges herausgefunden hatte, geriet Detter in helle Aufregung.

Sebastian Graf zu Söllwitz begab sich nach seiner Rückkehr von der Vernissage im Rathaus in die große Küche. Aus dem mannshohen hölzernen Vorratsschrank entnahm er einer Packung einen Teelöffel Natron für seine Verdauung. Sein Blick fiel auf ein fast leeres, kniehohes Regal, in welchem sonst immer ein knappes Dutzend Konservenbüchsen stand. Er lächelte sanft.

Während der Graf durch die langen eiskalten Korridore schlenderte, spürte er, wie das Natron langsam seine wohltuende Wirkung entfaltete. In der Schlossbibliothek ließ er sich an seinem eichenen Arbeitstisch nieder. Im Kamin hatte Friedel aus getrocknetem Holz ein wärmendes Feuer entfacht, an den über vier Meter hohen Wänden reihte sich ein Regal an das andere, und das Papier Tausender Bücher diente als zusätzliche Dämmung. Der Graf ließ den Abend gedanklich Revue passieren und blätterte dabei lustlos durch einige Rechnungen der Brauerei und Angebote von Zulieferern. Als sich die Tür in seinem Rücken mit einem schweren Ächzen öffnete, fragte er, ohne aufzusehen: »Was gibt's, Friedel?«

Doch statt dem erwarteten leisen Singsang der Bediensteten erklang eine donnernde Männerstimme. »Was hast du mit dem Hirneis gemacht?«

Graf Söllwitz fuhr erschrocken herum.

Gerhard Leitner stand im Türrahmen. »Wo ist er?« Mit langsamen Schritten ging er in die Mitte der Bibliothek und ließ den Grafen nicht aus den Augen.

Der schien seinen ersten Schreck überwunden zu haben. »Wie kommst du hier rein?«

»Durch den alten Stall.« Leitner stand nun wenige Meter vom Grafen entfernt. »Ich frage dich noch einmal: Was hast du mit Servatius Hirneis gemacht?«

Graf Söllwitz blickte ihn lange an und sagte schließlich: »Du hättest auch einfach klingeln können, statt in mein Haus einzusteigen. Ich weiß zwar, dass du sauer auf mich bist, weil du die Martina verloren hast, aber deswegen gleich Hausfriedensbruch zu begehen …«

»Hör mit dieser Scheiße auf!«, rief Leitner.

»Was ist denn hier los?«, war eine leise Frauenstimme von der Tür her zu vernehmen. »Was veranstalten die Herren für ein Geschrei?« Elisabeth Gräfin zu Söllwitz fuhr mit ihrem Rollstuhl zu den beiden Männern.

Ihr Sohn sah Leitner mit fesselndem Blick an. »Herr Leitner wollte gerade gehen.«

»Wollte er nicht. Er will endlich die Wahrheit wissen!«

»Worüber?«, fragte die alte Dame.

Leitner zögerte, fasste sich dann aber ein Herz. »Seit der Vorkirwa ist der Servatius Hirneis spurlos verschwunden. Haben Sie ihn gekannt?«

»Flüchtig«, erwiderte die Gräfin.

»Es tut mir leid, aber ich glaube, dass Ihr Sohn etwas mit seinem Verschwinden zu tun hat.«

»Halt dein blödes Maul, du Trottel!«, schrie Graf Söllwitz und wollte auf Leitner losstürmen.

»Sebastian!«

Der Graf hielt inne.

»Ich billige deine Ausdrucksweise nicht.« Die Gräfin fuhr ans

Fenster und legte ihre Hände auf eine alte Kommode. »Erzählen Sie mir Ihre Geschichte, Herr Leitner.«

Agathe Viersen klappte den Tankdeckel ihres BMW zu und ging zur Kasse der Tankstelle an der Ausfahrt Schwandorf-Mitte. Sie beglich die Benzinrechnung und steckte den Beleg sorgfältig in das hintere Fach ihres Geldbeutels. Den Erdnuss-Riegel zahlte sie privat. Üblicherweise verzichtete Agathe auf derlei Kaloriensünden, aber heute stand ihr der Sinn nach Leibestrost von Mr. Tom.

Als sie wieder im Wagen saß, zeigte das Display ihres Handys einen Anruf in Abwesenheit an. Die Nummer gehörte Fritz Detter. Agathe war bereits vom Beschleunigungsstreifen der A 93 auf die rechte Fahrbahnseite gewechselt, als beim dritten Versuch des Rückrufs die hohe Stimme des Journalisten am anderen Ende erklang.

»Endlich geht einer von euch ran!«

»Wieso?«

»Gerhards Handy ist mausetot, und dich habe ich auch nicht gleich erwischt.«

»Ich glaube, Gerhards Akku ist leer.«

»Na, wunderbar. Der wäre ein schöner Reporter geworden. Gerade dann, wenn's Neuigkeiten gibt.«

»Neuigkeiten haben wir auch ein paar. Aber ich will Gerhard nicht vorweggreifen. Der wird dich morgen bestimmt anrufen.«

»Jetzt hast du mich neugierig gemacht.«

Agathe setzte den Blinker links und überholte einen Lastwagen mit beidseitiger Essiggurkenwerbung, während sie Detter die Informationen mitteilte, die sie am Vormittag von Hauptkommissar Deckert erhalten hatten.

»Mein lieber Scholli. Das haut mich wirklich um. Aber daran sieht man wieder, wie gut es ist, dass ich Journalist bin und kein Detektiv. Ich hätte bestimmt die falschen Schlüsse gezogen.«

»Wieso?«, fragte Agathe und setzte erneut den linken Blinker. Diesmal schneckte ein gemieteter Kleinlaster rechts von ihr vor sich hin.

»Ich habe doch unseren Volontär gebeten, sich das Zeitungsarchiv vorzunehmen. Hatte mir der Gerhard doch aufgetragen.«

»Und?«

»Stell dir vor, der war wirklich so fleißig und hat sich die ganzen letzten Tage damit rumgeschlagen. Hat um die hundert Seiten kopiert und ist gerade erst fertig geworden.«

»Was hat er gefunden?«

»Er selbst gar nichts, aber da er scheinbar den besten Eindruck bei mir hinterlassen wollte, hat er sich mit seinem Handy sozusagen noch mal digital über die Fotos in den alten Zeitungsausgaben hergemacht. Auf dem Telefon hat er so eine Gesichtserkennungs-App. Frag mich bloß nicht, was genau dahintersteckt.«

»Was kam dabei heraus?«

»Nun, er hat den Suchbegriff ›Servatius Hirneis‹ eingegeben und sein Konterfei eingescannt, und die App hat den Namen lustigerweise statt mit dem wirklichen Hirneis mit einem alten Foto unserer Brauerei in der Zeitung gematcht. Markiert darauf war nicht der Hirneis …«

»Sondern?«

»Graf Söllwitz. Also, nicht der Sebastian, sondern dessen Vater, der Adalbert Graf zu Söllwitz.«

Hinter ihr wurde ein Hupen immer lauter, Agathe sah in den Rückspiegel und wurde von den Scheinwerfern eines Audi TT geblendet, dessen Fahrer am Mittwochabend anscheinend noch mit seinem Schlitten in Regensburg angeben wollte. Agathe hatte gedankenverloren vergessen, wieder einzuscheren, sodass ihr Wagen ziemlich bockte, als sie unwirsch das Lenkrad nach rechts riss. »Das würde ja bedeuten …«

»Lustig, nicht?«, meinte Detter.

Das fand Agathe allerdings nicht. Mit zugekniffenen Augen wartete sie auf die nächste Ausfahrt. Bei Schwandorf-Klardorf fuhr sie schließlich von der Autobahn hinunter, bog mit quietschenden Reifen links ab und fuhr einhundert Meter weiter wieder auf die Gegenfahrbahn zurück nach Norden, Richtung Wirkendorf.

Die Männer am Stammtisch der Brauereiwirtschaft waren es gewohnt, dass ab und an die Wirtshaustür aufgerissen wurde. So manche Ehefrau hatte bereits ihren angetrunkenen Gatten abführen müssen. Deshalb erschrak auch niemand, als plötzlich Agathe Viersen außer Atem die Gaststube betrat, um sich umzusehen. Allerdings streckten einige Stammtischbrüder ihren Rumpf, als die Preißin hereingerauscht kam.

Wirt Ansgar musterte sie theatralisch von oben bis unten. »Servus! Wenn man so in Eile ist, kann nichts Gescheites dabei herauskommen. Jetzt hock dich erst mal her auf ein Seidel.«

»Ich habe keine Zeit. Wo ist Gerhard?«

Friedhelm Gänsbauer klopfte seine Brust- und Gesäßtaschen ab und scherzte dann: »Also, ich hab ihn nicht eingesteckt.«

Die Stammtischler grinsten.

»Der ist vor ein paar Minuten rausgesaust wie der Vettel«, sagte Grabacek schließlich.

»Wissen Sie, wohin?«

»Keine Ahnung. Er hat im Gang die Bilder angeschaut und plötzlich gemurmelt: ›Jetzt gehörst der Katz‹, oder so ähnlich.«

»Welches Bild genau war das?«

»Das dritte, wenn du vom Scheißhaus wieder reinkommst.«

Agathe ging in den Flur und sah es sich an. Das musste der Artikel mit dem Foto sein, von welchem Fritz Detter eben noch am Handy gesprochen hatte.

Der Zeitungsausschnitt stammte von 1983. Auf dem Wirkendorfer Volksfest stand die gräfliche Familie vor einer Bierkutsche. Sebastian als Kind ganz vorn. Dahinter die Mutter Elisabeth. Und daneben – Servatius Hirneis. Aber eben doch nicht Hirneis, sondern Adalbert Graf zu Söllwitz.

»Ihr wart Halbbrüder«, sagte Leitner leise, »der Servatius und du.«

Graf zu Söllwitz stand mit ausdruckloser Miene und offenem Mund da. Unwillkürlich ging er rückwärts, als sich Leitner langsam auf ihn zubewegte. Hätte sie jemand von oben betrachtet, so hätte es ausgesehen, als würden die beiden Männer miteinander ein barockes Menuett tanzen.

»Mir ist das alte Foto unten in der Brauereiwirtschaft aufgefallen«, fuhr Leitner fort. »Dein Vater war auch der Vater vom Servatius.« Er sah zu Elisabeth Gräfin zu Söllwitz, die immer noch unbeweglich in ihrem Rollstuhl saß und zuhörte. »Seien Sie mir nicht böse, Frau Gräfin, aber das ganze Dorf hat darüber gesprochen, dass Ihr Mann hinter den Rockzipfeln her war.«

In dem Gesicht der Gräfin regte sich kein Muskel.

»Und wahrscheinlich war auch die Hirneis Kreszentia mal dran. Ich kann mir gut vorstellen, was beim Servatius los war, als er das herausgefunden hat. Er, der Einsiedler. Der Eigenbrötler. Der sich sowieso nie wirklich im Dorf wohlgefühlt hat. Er hat ja auch immer ein bisschen hervorgestochen, ob durch seine Frisur oder seine unpassenden Ausdrücke. Trotzdem war er ein eher stiller Zeitgenosse, der sich mehr schlecht als recht mit seiner Werkstatt über Wasser halten konnte. Und dann erfuhr er plötzlich, dass er nicht nur der Sohn einer Dorfhelferin, sondern auch von einem Grafen ist.«

Graf Söllwitz schwieg immer noch.

»Die ganze Zeit hat er neben dir her gelebt, er ganz unten und du ganz oben mit deiner Brauerei, deinem Schloss und deinen Bekanntschaften. Das hätte mir auf Dauer auch nicht gefallen. Wahrscheinlich war der Hirneis sauer auf dich, seit er davon wusste. Aber das war gar nicht der Punkt, nicht wahr?«

»Sag du es mir!«

»Anfangs habe ich noch geglaubt, dass dich der Hirneis erpresst hat, weil er gewusst hat, was damals im Waldhäusl passiert ist. Aber der Gautinger hat mir erzählt, dass du mit der Vergewaltigung von der Klingenberger Susanne nichts zu tun hattest. Dieser Direktorendrecksack wäre ja auch schön blöd gewesen, hätte er dich erst als Zeugen dafür benützt, wie er scheinbar im

Suff ausgerutscht ist und so zufällig die Motorhaube von dem Jaguar eingedellt hat, und dir dann erzählt, dass der Schaden in Wirklichkeit davon stammt, dass er ein junges Mädchen darauf missbraucht hat.«

»Er hat was?«, hauchte Graf Söllwitz.

»Du weißt also, von welcher Nacht ich spreche?«

Der Graf verharrte. Seine Finger nestelten nervös am Knopf seines Jacketts herum.

»Dein Spezl, dieser Branich, ist in dieser Nacht nicht vor Trunkenheit auf die Motorhaube gefallen.«

»Aber ich habe es doch gesehen.«

»Er hat dich sehen lassen, was du sehen *solltest*! Davor hatte er sich das Nannerl vorgenommen, indem er sie auf die Motorhaube geworfen hat.«

Graf Söllwitz wurde blass im Gesicht.

»Dieser Mistkerl hat sie eiskalt vergewaltigt und dir hinterher die Lügengeschichte aufgetischt, er hätte aus Versehen das Auto beschädigt.«

Der Graf zitterte. »Das habe ich nicht gewusst«, sagte er leise.

Seine Mutter atmete schwer. »Ich habe dir vom Besuch derlei Veranstaltungen immer abgeraten, Sebastian. Ich werde für Susanne Klingenberger und ihren Vater beten.«

Leitner setzte das Menuett mit dem Grafen fort.

»Lassen Sie uns weiter an Ihren Gedanken teilhaben«, forderte ihn die alte Gräfin auf.

»Also hatte dich Servatius nicht wegen dem Waldhäusl in der Hand. Später habe ich geglaubt, dass er bei seinen zahlreichen Arbeitsaufträgen bei euch in der Brauerei etwas gesehen hatte, womit er dich unter Druck setzen konnte.«

»An unserem Vorgehen gibt es nichts zu beanstanden!«, stieß Graf Söllwitz hervor.

»Möglich. Aber wenn man von jemandem erpresst wird, wird das Leben zur Hölle. Auch wenn der Erpressungsgrund vielleicht für sich genommen gar nicht so schlimm ist.«

»Du willst einfach, dass mich der Hirneis erpresst hat, oder?«

»Nein! Aber das ist die einzige Antwort auf alle Fragen. Warum sagen denn die Tschechen bei der Polizei zu jedem einzelnen Fall aus, der ihnen zur Last gelegt wird, und leugnen bloß den Fall Hirneis?«

»Na, warum?«

»Weil das das einzige Verbrechen ist, mit dem sie wirklich nichts zu tun haben! Und wenn das so ist, dann müssen sich die Gründe für den Mord am Hirneis hier im Schloss finden.«

»Und was für Gründe sollen das sein?«

»Vielleicht ist ihm eingefallen, dass er juristische Ansprüche auf euer Vermögen hat. Auf euer Geld, auf eure Ländereien, auf euer Schloss und auf eure Brauerei. Vielleicht musste er deshalb sterben.«

Graf Söllwitz hörte auf zu tanzen und musterte Leitner abschätzig.

»Diese Ansprüche müssen nach vierzig Jahren, in denen er nicht am Vermögen beteiligt wurde, ganz schön beträchtlich gewesen sein«, fuhr dieser fort. »Und deshalb hast du ihn an der Vorkirwa ermordet.«

»Du hast doch einen Vogel!«, schrie Graf Söllwitz. Hilflos sah er zu seiner Mutter, die die Szene immer noch ohne erkennbare Emotion verfolgte.

»Ich könnte mir denken, dass er eine Summe gefordert hat, die deiner Meinung nach zu hoch war«, sagte Leitner. »Und als du ihm gesagt hast, dass du nicht bezahlen willst, hat er seine letzte Trumpfkarte ausgespielt und gedroht, dich mit seinem Wissen zu erpressen.«

Graf Söllwitz schnaubte verächtlich: »Wie denn?«

»Im Nachhinein hast du einen Fehler begangen, indem du ihn so oft mit Aufträgen in der Brauerei versorgt hast. Damit hast du zwar dein schlechtes Gewissen beruhigt, aber deshalb hat der Servatius auch mitbekommen, was in dem Unternehmen schiefläuft. Und wenn sich schon das Gesundheits- und das Ordnungsamt einmischen, dann kann das leicht das Aus für einen Lebensmittelbetrieb bedeuten. Hat man ja vor Jahren bei der MÜLLER-Bäckerei gesehen.«

Graf Söllwitz verschränkte selbstsicher die Arme und lächelte Leitner kalt an. »In unserer Brauerei gibt es keinen Skandal.«

»Was hat der Servatius an der Vorkirwa noch mal geschrien,

nachdem er aus Versehen dein Bier umgeworfen hat? Maisbier? Reisbier? Scheißbier? Ich vermute, er wird mitbekommen haben, was du zum Strecken benutzt, damit die Produktion billiger für dich wird. Und als du ihm gesagt hast, dass er kein Geld kriegt, hat er gedroht, alles zu erzählen, was er über deine Vorgehensweise weiß. Und da war für dich klar, dass er wegmusste.«

»Glaubst du, wenn der Hirneis wirklich mit uns verwandt gewesen wäre, hätte er noch einen anderen Grund gebraucht, um uns zu erpressen? Halbseidene, unausgegorene Hinweise, die mit nichts zu belegen sind, die wären doch eine ziemlich schlechte Trumpfkarte gewesen, meinst du nicht?«

»Aber der Hirneis war ein ziemlich schlechter Kartenspieler.«

Für einige Sekunden sagte niemand ein Wort. Die Männer ließen einander nicht aus den Augen.

Schließlich durchbrach die Stimme der alten Gräfin die Stille. »Ihre Geschichte ist hochinteressant, Herr Leitner, aber sie muss in drei Punkten korrigiert werden.«

Beide Männer wandten sich überrascht zu der alten Frau um.

»Erstens wusste Servatius Hirneis seit Lebzeiten, dass er der uneheliche Sohn meines Mannes war. Mein eigener Sohn war derjenige, dem diese Tatsache unbekannt war. Bis jetzt.«

Der Kopf des Grafen wirbelte herum zu seiner Mutter. Aus den Augenwinkeln sah Leitner die Fassungslosigkeit in dessen Gesicht.

»Zweitens verwenden wir in der Brauerei tatsächlich nur die im Bayerischen Reinheitsgebot vorgeschriebenen Zutaten.«

Leitner glaubte zu träumen, als die alte Dame scheinbar mühelos aus ihrem Rollstuhl aufstand. Sie erhob ihren rechten Arm, und Leitner brach der Schweiß aus, als er eine alte Duellpistole in ihrer Hand erkannte. Sie richtete die Waffe geradewegs auf seine Brust.

»Und drittens«, sagte Elisabeth Gräfin zu Söllwitz, »hat nicht mein Sohn Servatius Hirneis getötet, sondern ich.«

Graf Söllwitz schnappte nach Luft. Seine Arme hingen kraftlos an seinem Körper herab. Mit aufgerissenen Augen sah er seine Mutter an und rang nach Worten. Nach einigen Sekunden stammelte er: »Du ... du bist doch verrückt!«

»Im Gegenteil«, flüsterte Leitner. »Jetzt ergibt alles einen Sinn.«

Hatten vorher die zwei Männer einander wie im Tanz umkreist, so forderte nun die Gräfin Leitner auf, indem sie sich ihm näherte, um ihn von seiner einzigen Fluchtmöglichkeit, der Tür, fernzuhalten. »Es ergibt für Sie einen Sinn?«, fragte sie. »Nun, Sie können sich vielleicht in eine Person wie Servatius Hirneis hineinversetzen, aber ich glaube nicht, dass Sie fähig sind, sich vorzustellen, was in mir vorgeht.«

Leitner entfernte sich immer weiter von der Tür und versuchte, auf Zeit zu spielen. »Warum erzählen Sie mir dann nicht, was wirklich passiert ist?«

»Weil es Verschwendung wäre, denn um zu verstehen, müssten Sie die Hintergründe kennen. Und Fremden gegenüber pflege ich nicht, aus meinem Privatleben zu plaudern.«

Schöne Scheiße!, dachte Leitner, blieb aber stumm. Selbst in dieser Situation war er nicht in der Lage, im Beisein der alten Gräfin zu fluchen.

»Sie scheinen ein wohlerzogener Mann zu sein, Herr Leitner. Und im Grunde genommen können Sie ja nichts dafür. Also werde ich Ihnen wider meine Gewohnheit erzählen, was sich zugetragen hat. Sie werden dieses Wissen ohnehin mit niemandem mehr teilen können.«

Leitner schluckte.

»In welchem Jahr«, begann Elisabeth Gräfin zu Söllwitz, »sind Sie geboren?«

»Achtzig.«

»Zu dieser Zeit hatte ich bereits über fünf Jahrzehnte Lebenserfahrung gesammelt. Als Kind musste ich meine Heimat Polen verlassen, war kurz in Wirkendorf zu Hause und wurde anschließend in die Schweiz gebracht. Als Krankenschwester habe ich verwundete Soldaten gepflegt. Die Bilder aus dem Lazarett haben sich mir eingeprägt.«

Leitner wusste zwar nicht, worauf die Gräfin mit dieser Geschichtsstunde hinauswollte, aber es war ihm recht, wenn sie erzählte. So gewann er wenigstens etwas Zeit.

Die Gräfin fuhr fort: »Dann kam ich nach Wirkendorf zurück. Der Krieg war zu Ende, es fielen keine Bomben mehr, und Schießereien fanden auch keine mehr statt. Auch wenn vieles noch in Trümmern lag, konnte man sich doch zum ersten Mal seit langer Zeit wieder auf die Zukunft freuen. Ich lernte meinen Mann kennen, und der Gewinn aus unserer Brauerei ermöglichte uns das Leben hier im Schloss. Es schien, als würde unserem Glück in den nächsten Jahren nichts im Wege stehen.«

»Aber dem war nicht so?«

»Nein, Herr Leitner. Zu meinem großen Bedauern musste ich feststellen, dass das Leben seinen eigenen Willen hat. Meist verläuft es völlig anders, als man es geplant hat.«

»Ihr Mann hat Sie betrogen?«

»Meine Selbstachtung war mir bereits mehrmals geraubt worden, als ich mir nach dem Lyceum in Lausanne schwor, dass ich dies niemandem mehr erlauben würde. In Ihren jungen Ohren mag das vielleicht lächerlich altmodisch klingen, aber Ehebruch ist für eine Dame meiner Generation eine sehr schlimme Sache.«

»Sie wussten, dass er Ihnen untreu war?«

Gräfin Söllwitz atmete tief durch, bevor sie antwortete. »Wie Sie vorhin schon richtig anmerkten, Herr Leitner: Die ganze Stadt hat es gewusst. Vielleicht hat die Indiskretion, die Adalbert mit seinen Affären an den Tag legte, am meisten geschmerzt. Jeder Gang zur Bäckerei wurde zur Qual für mich, weil ich wusste, was die Damen auf der Straße hinter ihren vorgehaltenen Händen wisperten.«

Leitner überlegte fieberhaft. Er durfte nicht zulassen, dass die alte Gräfin aufhörte zu reden! »Haben Sie mit Ihrem Mann darüber gesprochen?«

»Das versteht sich von selbst, Herr Leitner. Über ein Jahr lang hatte es sogar den Anschein, dass mein Gatte sich wieder an unser Eheversprechen halten würde, dann war wieder alles beim Alten. Als ich schon gar nicht mehr zu hoffen gewagt hatte, war ich dann mit knapp vierzig plötzlich in freudiger Erwartung meines Sohnes. Dass er gesund zur Welt kam, war mein allergrößtes Glück auf Erden.«

Der junge Graf hörte regungslos den Worten seiner Mutter zu.

»Und wie lange hielt das Glück an, Frau Gräfin?«, wollte Leitner wissen

Die Gräfin nickte respektvoll, da er schnell die Zusammenhänge erkannte. »Leider nicht mal zwei volle Monate.«

»Weil dann die Kreszentia ihren Servatius bekommen hat.«

»So ist es.«

»Sie haben sofort gewusst, dass Ihr Mann der Vater war?«

»Geahnt. Gewusst habe ich es, als ich bemerkte, dass mein Mann Frau Hirneis jeden Monat Schweigegeld zahlte. Es war kein kleiner Betrag, aber immer noch günstiger als ein möglicher Erbschaftsanspruch auf das Schloss und die Brauerei. Auch in dieser Hinsicht konnte ich mich mit meinem Mann einigen. Als er bei dem Autounfall starb – Sie dürften damals ungefähr sechs Jahre alt gewesen sein, Herr Leitner –, habe ich mich zum ersten und einzigen Mal mit Frau Hirneis getroffen. Ich ging zu ihr und teilte ihr mit, dass ich das Arrangement meines Gatten bis zum fünfunddreißigsten Geburtstag ihres Sohnes Servatius aufrechterhalten würde. Ihr Stillschweigen natürlich vorausgesetzt. Und ich habe mich an mein Wort gehalten.«

»Was passierte nach seinem fünfunddreißigsten Geburtstag?«

»Seine Mutter verstarb bald darauf, und Herr Hirneis hatte sich bereits seine kleine Werkstatt aufgebaut. Offensichtlich war er mir gegenüber ein engagierterer Geschäftsmann als in seinem Beruf, denn er suchte mich mehrmals auf und wollte unsere Vereinbarung wieder einführen.«

»Das ist doch alles nicht wahr!«, schrie Graf Söllwitz.

»Und weil er hier in Wirkendorf die Zelte abbrechen wollte, hat er in letzter Zeit den Bogen überspannt«, schlussfolgerte Leitner.

»Eine Viertelmillion war zu viel, Herr Leitner. Zu viel, nachdem wir bereits fünfunddreißig Jahre für ihn bezahlt hatten.«

»Also hat er Sie erpresst?«

Gräfin Elisabeth zu Söllwitz nickte. »Nach all den Enttäuschungen, nach all dem Schmerz und, ja, auch der Wut wollte er mich mit angeblichen Hygienemängeln bei der Herstellung unseres Bieres unter Druck setzen.« Sie wandte sich zu ihrem Sohn, der geistesabwesend die wenigen verbliebenen Blätter der Bäume im nächtlichen Schlosspark vor dem Fenster betrachtete. »Du hattest recht, Sebastian. Es war in der Tat eine äußerst schlechte Trumpfkarte, die er ausgespielt hat. Geradezu lächerlich und beleidigend.«

Leitner lenkte die Aufmerksamkeit der Gräfin wieder auf sich. »Der Erpressungsversuch war sozusagen das Tüpfelchen auf dem i?«

»So könnte man es nennen, Herr Leitner.«

»Also haben Sie beschlossen, ihn umzubringen?«

Die Gräfin hob erstaunt die Augenbrauen. »Oh nein! Nein, Herr Leitner! Ich habe entschieden, eine Ungerechtigkeit, die ich bereits vier Jahrzehnte ertragen hatte, zu korrigieren!«

»Mutter … wie …?«

»Es ist jetzt nicht an dir zu reden, Sebastian.«

Ihr Sohn verstummte, und die Gräfin fuhr fort: »Ich habe Herrn Hirneis in der Nacht der Vorkirwa von Samstag auf Sonntag zu mir ins Schloss bestellt. Ich gab vor, ihn ausbezahlen zu wollen. Der Zeitpunkt war zwar ungewöhnlich gewählt, aber so konnte ich sicher sein, dass ich allein mit ihm sein würde.«

»Weil alle anderen auf der Vorkirwa tanzten«, ergänzte Leitner.

»Sehr richtig. Friedel ist mir eine treue Hausdame, aber auch sie vergnügt sich gern beim Kirwatanz. Sie hat die Feierlichkeiten noch nie versäumt.«

»Sie waren also vollkommen allein im Schloss.«

»Bis ein Uhr fünfzehn. Dann klopfte Herr Hirneis.«

»Aber … der war doch stockbesoffen!«, ließ sich der Graf vernehmen. »Als er mich in der Wirtschaft angepöbelt hat, konnte er fast nicht mehr geradeaus gehen. Der Flori musste ihm sogar die Treppe runterhelfen!«

»Er hatte wohl etwas Alkohol getrunken, das war ihm anzumerken«, stimmte die Gräfin zu. »Jedenfalls wollte er sich mein Geld holen und dann auf Nimmerwiedersehen verschwinden. Vielleicht hat ihm die Möglichkeit, dir davor noch ein letztes Mal vor allen Leuten die Meinung zu geigen, gefallen. Dann hätte er gar nicht so betrunken sein müssen, um dich anzuschreien. Als er vor mir stand, konnte ich mich jedenfalls durchaus mit ihm verständigen, obwohl die Kommunikation mit ihm wegen seines Dialekts ohnehin schon immer schwierig genug war.«

»Was ist dann passiert?«, fragte Leitner.

»Er bat fast um Verzeihung wegen seiner Forderung von einer Viertelmillion Euro, bestand nichtsdestotrotz aber immer noch fest darauf. Würde ich bezahlen, würde er mich danach für immer in Ruhe lassen, meinte er. Ich teilte ihm daraufhin mit, dass ich ebenfalls an einer endgültigen Lösung des Problems interessiert sei, und holte eine Holzkassette aus der Kommode im Flur, in der wir unsere Duellpistolen verwahren. Herr Hirneis wirkte überaus erschrocken, als ich ihm eine der Waffen in die Hand drückte. Es ging mir wohlgemerkt um Gerechtigkeit, Herr Leitner! Nicht um Mord!«

Leitner nahm seinen Blick nicht von der Gräfin, als er fragte: »Was hat Servatius gesagt?«

Die Gräfin zuckte mit den Schultern. »Er hat mich gefragt, was das solle. Ja, das waren seine Worte. Ich erwiderte, wenn er schon darauf poche, adeliger Abstammung zu sein, dann habe er auch mit unseren Mitteln zu kämpfen. Ich entfernte mich einige Schritte von ihm und spannte den Hahn meiner Waffe. Er war nachvollziehbarerweise verwirrt und stammelte, er könne doch nicht auf ein altes Weib schießen.«

Leitner und Graf Söllwitz schwiegen gebannt

»Ich musste fast lächeln«, sagte die Gräfin. »Aber schließlich hatte er sich entschieden. Und ich desgleichen.«

»Dann haben Sie ihn erschossen?«

Die Gräfin nickte kurz.

Nach einigen Sekunden fragte Leitner schließlich mit heiserer Stimme: »Und wie haben Sie die Leiche verschwinden lassen?«

»Das war zugegebenermaßen der schwierigste Teil des Unterfangens. Ich bin wahrlich keine junge Frau mehr. Aber Sie werden sicher bemerkt haben, was neben Ihnen steht.«

Leitner sah nach rechts. Einen halben Meter neben ihm befand sich der Rollstuhl der alten Gräfin.

»Den musste ich zu Hilfe nehmen. Ich hatte mich langsam so um Herrn Hirneis herummanövriert, dass ich ihn in Richtung meines Rollstuhls bugsieren konnte. Als er nah genug vor ihm stand, habe ich abgedrückt, sodass er direkt in meinen Stuhl hineinsank. Er wäre fast zu Boden gerutscht, aber glücklicherweise sind diese alten Waffen nicht sehr präzise, und es dauerte mehrere Minuten, bis Herr Hirneis verstarb. Sein Strampeln half mir dabei, ihn wieder ganz auf die Sitzfläche zu ziehen.«

Leitners Kehle war wie zugeschnürt. »Die runde Kugel im Silo …«

»Davon befinden sich glücklicherweise noch einige Exemplare in unserem Besitz, genauso wie das stets trocken verwahrte Schwarzpulver.«

»Dann ist Servatius Hirneis in Ihrem Rollstuhl verstorben?«

»Als ich ihn in die Küche fuhr, war er noch am Leben. Aber es war unübersehbar, dass er es nicht mehr lange machen würde.«

»Was wollten Sie denn in der Küche mit ihm?«

»Von dort aus führt ein alter Schacht ins Silo der Landwirtschaft unterhalb des Schlosses.«

Leitner erschauderte. Elisabeth Gräfin zu Söllwitz hatte den Mord eiskalt geplant.

»Ich wartete also, bis sein Röcheln aufgehört hatte und er endgültig verstummt war. Dann beschwerte ich Herrn Hirneis' Leiche mit einigen Konservendosen aus unserem Vorratsschrank und kippte sie, unter Aufbietung all meiner Kräfte, in den Schacht. Da Herr Hirneis des Häufigeren verschwunden war, stand nicht zu fürchten, dass jemand ihn vermissen würde.«

»Er blieb also in der Gülle versunken, bis Frau Viersen und ich die Leiche durch Zufall entdeckten.« Leitner fühlte Übelkeit in sich aufsteigen. Ein unangenehmes metallisches Klicken riss ihn aus seinen dunklen Gedanken.

Gräfin Söllwitz hatte den Hahn der Pistole gespannt und machte einen Schritt auf ihn zu. »Nun wissen Sie alles, Herr Leitner. Es tut mir aufrichtig leid, weil Sie ein aufgeschlossener, sympathischer junger Mann sind. Aber leider auch ein sehr neugieriger.«

Leitner hörte an ihrer Stimme, dass das Gespräch für sie zu Ende war. Er blickte zu Sebastian Graf zu Söllwitz, dann zu dem Rollstuhl, der auf ihn wartete, und schließlich zur Tür in gut zehn Meter Entfernung. Als er sich wieder zur Gräfin umdrehte, suchte er verzweifelt nach einer Frage, mit der er sie wieder zum Reden bringen konnte.

Doch es war zu spät.

Er hörte den ohrenbetäubenden Knall der Explosion und sah das weiße Blitzen an der Mündung der alten Pistole.

Agathe rannte den steilen Berg hinauf zum Schloss. Schon von Weitem sah sie die beleuchtete Freitreppe, die links und rechts herum zur Eingangstür hinaufführte. Sie entschied sich für die linke Seite. In den letzten Jahrhunderten schien diese seltener benutzt worden zu sein, weshalb jene Stufen nicht so schief und ausgetreten waren wie die der rechten Seite.

Agathe rüttelte an der Tür und zog an dem alten Glockenseil daneben. Außer einem Bimmeln war von innen nichts zu hören.

Sie blickte an den dunklen Schlossmauern empor. Nieselregen hatte eingesetzt und benetzte ihr Gesicht. Unschlüssig ging sie die Treppe wieder hinab.

Dann fiel ihr der Stall ein.

Nachdem sie mit Leitner am Silo die Leiche gefunden hatte, hatte man sie über den Stall ins Schloss geführt, um die Freitreppe von den Jauchespuren zu verschonen, die Leitner hinter sich hergezogen hatte. Sie überlegte, ob sie sich unbemerkt Zutritt verschaffen sollte, und erinnerte sich, dass die Stalltür mit einem Vorhängeschloss gesichert gewesen war.

Der immense Knall, der plötzlich die Stille der Nacht zerriss, kam nicht von außerhalb des Schlosses. Er kam aus dessen Inneren.

Fast wäre Agathe auf dem Kies im Schlosshof ausgerutscht, so schnell spurtete sie zur Stalltür. Wenn sie verschlossen wäre, würde sie die alte Holztür einfach mit einem wuchtigen Tritt aufstoßen.

Als sie vor ihr stand, blieb ihr keine Zeit, sich zu wundern, dass die Tür bereits aus ihren Angeln gerissen war.

Leitner sah überrascht an sich hinab. Er hatte das erste Mal in seinem Leben vor einer geladenen Waffe gestanden, die abgefeuert worden war. Er spürte keine Angst, eher ein merkwürdig beruhigendes Gefühl der Endgültigkeit. Sein Blick blieb an der Blutlache am Boden hängen.

In ihr lag Sebastian Graf zu Söllwitz und wimmerte. Bis vor wenigen Minuten hatte Leitner ihn noch für einen kaltblütigen Mörder gehalten, aber jetzt war er es gewesen, der sich vor ihn geworfen hatte, als seine Mutter abdrückte.

Vom mutmaßlichen Mörder zum Lebensretter.

In den Sekundenbruchteilen, in denen Leitner diesem Gedanken nachhing, hatte die Gräfin sich von ihrem misslungenen Mordversuch erholt und schnappte sich rasch die zweite Pistole aus der Kassette.

Als Leitner ein weiteres Mal in die Mündung einer Pistole schaute, flog die Tür zur Bibliothek auf. Alle wandten sich zu Agathe um.

Es war ein groteskes Bild, das sich ihr bot. Leitner und die alte Gräfin Söllwitz standen sich gegenüber wie bei einem Duell, während auf dem Boden der an der rechten Schulter verletzte Graf vor Schmerz stöhnte.

Leitner war derjenige, der am schnellsten schaltete. Er ging auf die Gräfin zu.

»Bleiben Sie stehen, Herr Leitner!«, warnte sie ihn. »Es ist mir ernst!«

»Frau Gräfin, Sie sind weit gegangen, um sich und Ihre

Familie zu schützen. Aber Sie sind doch nicht dumm. Sie haben nur noch eine Kugel.«

Er sah zu Agathe. Sie verstand ohne Worte, dass er sie neben sich haben wollte.

Als sie an seiner Seite stand, versuchte Sebastian Graf zu Söllwitz, sich mit seiner linken Hand am Fenstersims hochzuziehen, und schrie vor Schmerz auf.

»Eine einzige Kugel«, sagte Leitner wieder, »aber drei Mitwisser.«

»Sie irren sich.«

Er horchte auf. Ihre Stimmfarbe hatte von E-Dur zu Fis-Moll gewechselt.

»Ich habe, wie Sie völlig zu Recht bemerkten, bereits sehr viel für meine Familie auf mich genommen«, fuhr die Gräfin fort. »Und ich gedenke nicht, jetzt damit aufzuhören. Ich habe vielleicht nur noch eine Kugel, aber mein Sohn wird mir helfen!«

Sebastian Graf zu Söllwitz blickte von seiner Mutter zu Leitner und Agathe und griff dann in seine Jacketttasche, um umständlich sein Mobiltelefon hervorzuziehen. Er tippte eine Nummer ein. Leitner verfolgte dies konzentriert und wunderte sich, dass die gewählte Nummer nur aus drei Ziffern bestand.

»Hier spricht Graf Söllwitz«, sagte er nach endlos scheinenden Sekunden. »In unserem Schloss hat es einen Zwischenfall mit einer Schusswaffe gegeben. Bitte schicken Sie sofort einen Streifenwagen und einen Notarzt.«

Elisabeth Gräfin zu Söllwitz ließ ihre Pistole sinken. Agathe atmete erleichtert auf.

Leitner ging zu dem Grafen, legte ihm eine Hand auf seine unverletzte Schulter und sagte dann zu dessen Mutter: »Es ist vorbei. Geben Sie mir die Pistole.«

Die Gräfin indes hob die Waffe ruckartig und erwiderte: »Sie haben recht, es ist vorbei! So etwas hätte es zu meiner Zeit nicht gegeben. Du warst noch nie ein richtiger Mann, Sebastian«, stieß sie verächtlich in Richtung ihres Sohnes aus und setzte sich die Pistole an ihre Schläfe. »Ich wünsche Ihnen aufrichtig alles Gute, Herr Leitner!«

Dann drückte Elisabeth Gräfin zu Söllwitz zum zweiten Mal an diesem Tag den Abzug.

Die Signallichter der zwei Streifenwagen, des Notarztes und des Krankenwagens warfen wild tanzende blaue Schatten an die Schlossmauern. Ein unwirkliches Farbenspiel, das einige Neugierige angelockt hatte. Auch im Wirtshaus war man nach Leitners und Agathes übereilten Abgängen neugierig geworden und zum Schloss hinaufgepilgert, sodass sich nun etwa drei Dutzend Schaulustige um den besten Platz stritten. In einer kleinen Traube standen sie an dem mit rot-weißem Plastikband abgesperrten Schlosshof und reckten ihre Hälse, um besser sehen zu können, was nahe dem Schloss zwischen all den Fahrzeugen vor sich ging. Aufgeregt murmelten sie einander ihre Vermutungen zu.

»Da schauts«, sagte ein älterer Mann plötzlich. »Das ist der Graf!«

»Was hat der denn da am Arm?«

In der Tat wurde Graf Sebastian zu Söllwitz von zwei Rettungsassistenten gestützt zum Krankenwagen geführt. Sein rechter Arm steckte in einer weißen Schlaufe, das Vlies an seiner Schulter leuchtete sogar noch im Dunkeln rot durchtränkt zu den Beobachtern herüber.

»Den hat's erwischt«, flüsterte ein Mann aus der Menge.

»Schießen die im Schloss jetzt schon aufeinander, oder was?«, wunderte sich eine junge Frau daneben.

»Da geht's ja zu«, ließ sich ein Dritter vernehmen.

Aller Augen starrten gebannt auf das Schloss, als Gerhard Leitner und Agathe Viersen auf die Freitreppe hinaustraten, die Stufen nach unten gingen und etwas seitlich vom Geschehen stehen blieben.

Die Schaulustigen waren gut zwanzig Meter entfernt, und doch sahen sie deutlich, dass kurz darauf Friedel Tennert mit ihrem weißen Schurz rückwärts aus der Schlosstür trat und sich umsah, ganz so, als wollte sie jemandem den Weg freihalten.

Kurz darauf erschienen zwei Rettungsassistenten mit einer Person auf einer Trage.

»Wer ist das?«, kam es aus der Menge. »Ist das ein Toter?«

Die Bedienstete Friedel holte ein Taschentuch unter ihrer Schürze hervor und tupfte sich damit die Augen.

»Die haben die alte Gräfin erschossen«, flüsterte eine Frau fassungslos.

»Oh weh!«

Im Schlosshof schoben die Rettungsassistenten die Trage nicht in den Krankenwagen, sondern stellten sie im Hof ab.

Vor Neugier sagte niemand der Zuschauer ein Wort. Erst als Elisabeth Gräfin zu Söllwitz sich von der Trage erhob, ging ein Raunen durch die Menge. Jemand legte eine Stoffdecke um ihre Schultern, und als sich ihr zwei Polizeibeamte näherten, stellte sich Elisabeth Gräfin zu Söllwitz vor sie, hielt ihre Hände eng zusammen und streckte sie ihnen entgegen.

Doch einer der beiden Beamten schüttelte nur den Kopf und geleitete zusammen mit seinem Kollegen die alte Dame zu einem Streifenwagen. Der andere Polizist öffnete die Tür zum Fond und half der Gräfin beim Einsteigen. Dann ließen beide sich auf die Vordersitze fallen, und der Streifenwagen machte im Schlosshof eine Kehrtwende und glitt an den staunenden Wirkendorfern vorbei über die Schlossallee in Richtung Hauptstraße.

Donnerstag

»Dann kommen wir jetzt zur Abstimmung.« Herbert Krettner, der Vorsitzende des Wirkendorfer Kirwavereins, legte seinen Kugelschreiber beiseite und sah in die Runde. Zwei außerordentliche Sitzungen in einer Woche hatte es in der Geschichte des Vereins noch nie gegeben. »Ich bitte alle, die dafür sind, um ein Zeichen!«

Jeder der acht Teilnehmer der außerordentlichen Vorstandssitzung hob die Hand und erlebte ein Déjà-vu der zweiten Art. In diesem Dorf schien sich fast täglich die Sachlage zu ändern.

»Dann ist das einstimmig beschlossen. Wir halten unsere Nachkirwa wie in jedem Jahr ganz normal und ohne Änderung ab.«

»Aber das Bier«, hob die Vorstandsbeisitzerin Margit Birkner ihren Finger. »Nach allem, was passiert ist, sollten wir uns nach einer neuen Brauerei umsehen.«

Niemand wusste etwas zu erwidern. Freilich stand es im Raum, dass das Bier der Söllwitz überprüft werden sollte, und freilich hatte man von den Schüssen im Schloss gehört, und trotzdem wollte sich niemand zu einer eindeutigen Aussage verleiten lassen.

Im allgemeinen ratlosen Schweigen ergriff der Ehrenvorsitzende Hans Viehhauser das Wort. »Meiner Meinung nach sollten wir beim Bier vom Sebastian bleiben.«

Alle Köpfe im Raum hatten sich ihm zugewandt.

»Das ist Tradition, das Bier gehört seit Jahren zur Kirwa und der Nachkirwa dazu. Die Brauerei, also, der Sebastian und auch die alte Gräfin, die haben uns immer geholfen, wenn wir etwas gebraucht haben, egal, ob Bierzeltgarnituren, Durchlaufkühler oder einen Zuschuss zu den Druckkosten für unsere Kirwazeitung.«

Schweigen.

»Und darum bin ich der Ansicht, dass wir gerade jetzt kein anderes Bier ausschenken dürfen. Die Familie hat genug um die Ohren, und außerdem kann der Sohn nix dafür, wenn seine Mutter spinnt. Ist wie gesagt meine Meinung.«

Herbert Krettner nutzte die Stille, die sich Viehhausers Worten anschloss, und räusperte sich kurz, bevor er in die Runde fragte: »Irgendjemand dagegen?«

Das war nicht der Fall. Krettner schloss die Sitzung, und die acht Anwesenden zogen an den Stammtisch um, wo bereits die üblichen Verdächtigen saßen.

Vor Leitner stand sein drittes Bier, Fritz Detter tippte unter dem Tisch irgendetwas in sein Smartphone, und Friedhelm Gänsbauer klopfte seine Schnupftabakdose auf die Hand, um sich eine gescheite Prise zu verabreichen. Nachdem er geniest und sich geschnäuzt hatte, fragte er: »Dann hat die alte Gräfin also auf ihren Sohn geschossen?«

Leitner setzte sein Glas ab. »Ein Schmarrn! Auf mich hat sie geschossen! Aber der Sebastian hat das gesehen und sich vor mich hingeworfen, und dann hat natürlich er ein Loch im Pelz gehabt.«

»Wie geht's ihm?«

»Seine Schulter wird schon wieder, war ja bloß ein Streifschuss. Aber er muss jetzt natürlich über einiges nachdenken. Passiert ja auch nicht jeden Tag, dass man herausfindet, dass die eigene Mutter eine Mörderin ist.«

»Ich schau morgen mal zu ihm ins Krankenhaus«, sagte Viehhauser.

Wirt Ansgar hatte sich ein leichtes Weizen eingeschenkt und gesellte sich zu den Stammtischlern. »Jetzt muss ich aber schon mal blöd fragen: Du hast doch erzählt, dass sich die alte Gräfin anschließend selbst erschießen wollte.«

»Das stimmt, aber nach dem Mord am Hirneis hatte sie wohl vergessen, die Pistole nachzuladen. Also war bloß eine Kugel in der zweiten Pistole, und die hat Sebastian abgekriegt.«

Alle schüttelten ungläubig den Kopf.

»Und warum hast du gewusst, dass der Hirneis und der Sebastian Halbbrüder waren?«, wollte der Wirt wissen.

»Das erste Mal ist mir der Gedanke gekommen, wie mich die

Großtante vom Servatius Hirneis verarztet hat, nachdem sie mir mit der Schneeschaufel ein Loch in den Kopf gehauen hatte. Als die Babette mit mir geredet hat, da hab ich so ein Gefühl bekommen, als wären wir wieder in den Fünfzigern. Sie hat auch über die Familienverhältnisse vom Servatius gesprochen, und da wurde mir klar, dass irgendetwas seltsam daran war. Ich habe bloß nicht gewusst, was.«

»Darum hast du mich gebeten, in den alten Zeitungen zu recherchieren«, schlussfolgerte Detter.

Leitner nickte.

»Dafür sein Smartphone zu benutzen war eine schlaue Idee vom Herrn Brandt«, sagte der Journalist.

»Und so seid ihr auf den Artikel vom Brauereifest gestoßen?«, fragte Ansgar.

Detter bejahte.

»Das war einer von denen, die du im Gang hängen hast«, ergänzte Leitner. »Wie ich das Foto länger betrachtet habe, hab ich gemerkt, wie ähnlich sich der alte Graf Adalbert und der Servatius Hirneis gesehen haben, als sie im gleichen Alter waren. Es hat *Klick!* gemacht, und auf einmal hat alles einen Sinn ergeben: der Streit an der Vorkirwa, die Kugel –«

»Die im Silo gefunden wurde!«, warf der Wirt ein.

»Vollkommen richtig. Das erklärt auch den merkwürdigen Kanal in der Leiche. Die Ladung der alten Kracher ist nicht gerade hoch, weshalb die Kugel auch nicht besonders tief ins Fleisch eingedrungen ist. Aber weil unser guter Hirneis leider nicht nur zwei Tage in der Gülle gelegen hat, ist die Kugel wieder herausgesickert, während die Leiche zersetzt wurde.«

Einige Stammtischler griffen sich an den Bauch, andere fingen an, hektisch zu schlucken.

»Ich hol uns einen Bärwurz«, sagte Wirt Ansgar, »den können wir jetzt alle brauchen.« Er stand auf und kredenzte eine Runde. »Und was ist dir noch aufgefallen, Gerhard?«

»Nun ja, zum Beispiel, dass die Leiche mit Konservenbüchsen beschwert wurde. Jeder normale Mörder hätte halt ein paar Steine genommen, die im Schlosshof zu Tausenden herumliegen. Oder irgendwelches Werkzeug aus der Werkstatt vom Hirneis. Man soll zwar über die Toten nichts Schlechtes sagen —«

»*De mortuis nil nisi bene*«, warf Franz Grabacek ein.

»Jetzt fängt der schon auf Ausländisch mit uns an«, seufzte Gänsbauer.

»Jedenfalls habe ich mich trotzdem gleich zu Beginn der Geschichte gefragt, wieso ein kleiner Installateur eine CNC-Maschine braucht«, nahm Leitner wieder das Heft in die Hand. »Außerdem war mir immer schon ein Rätsel, wie sich die Werkstatt vom Servatius rechnen konnte. Der Fleißigste war er ja nie. Wenn er bis zu seinem fünfunddreißigsten Geburtstag monatlich ein Schweigegeld bekommen hat, war das natürlich kein Wunder.«

»Aber eigentlich wollte der Hirneis gar nicht eine Viertelmillion von der gräflichen Familie erpressen?«, fragte Wirt Ansgar.

»Na ja, der Hirneis war ein Spieler, ein Säufer und wohl auch für das eine oder andere zwielichtige Geschäft zu haben. Aber ein Erpresser war er im Grunde seines Wesens nie. Dazu ist er erst geworden, als er Zeuge der Vergewaltigung von Susanne Klingenberger wurde.«

»Aber er hat die gräfliche Familie doch erpresst, oder?«

Leitner hob die Hand. »Das Tragische an der Sache ist, dass der Hirneis dadurch, dass er Drogen geschmuggelt hat, zum ersten Mal in seinem Leben gesehen hat, wie zu viel Geld kommen könnte.«

»Weshalb er es selbst mit dem Dealen probiert hat.«

»Aber der viele Regen hat ihm einen Strich durch die Rechnung gemacht. Als das unterschlagene Crystal davongeschwommen ist, hat er möglichst schnell eine Viertelmillion Euro gebraucht, weil ihm die Tschechen auf die Füße gestiegen sind. Er wusste wohl keinen anderen Weg mehr, als die Frau sehr vehement darum zu bitten, die ihm bereits fünfunddreißig Jahre lang finanziell unter die Arme gegriffen hatte. Er ging zur alten Gräfin.«

»Die aber von den Drogen natürlich nichts gewusst hat.«

»Nicht das Geringste!«

»Sie musste also denken, dass der Hirneis sie aus Geldgier erpresste.«

»Drum hat sie gesagt, dass das Maß voll sei, und hat den Hirneis beseitigt«, ergänzte Leitner.

»Mein lieber Freund«, murmelte Wirt Ansgar bestürzt. Er stand auf und brachte erneut ein Tablett voller Bärwurz-Stamperl an den Tisch. »Ich bin dafür, dass wir jetzt alle auf eine friedliche Nachkirwa trinken.«

Die gesamte Runde erhob sich, stieß ihre Gläser zusammen und leerte sie in einem Zug.

Als drei Stammtischler auf den Gang zum Rauchen gegangen waren, sagte Friedhelm Gänsbauer: »Du, Gerhard, mal was ganz anderes: Wenn man dich, also dein Lautsprecherzeug, für eine Veranstaltung buchen will, wie lang vorher muss man dir das dann sagen?«

»Mir musst du das gar nicht mehr sagen.«

»Wieso?«

»Weil du einfach beim Kammerl Dominik anrufen musst. Der macht in Zukunft meinen PA-Verleih.«

»Du gibst ihn auf?«

»Ja. Habe ich jetzt lange genug gemacht.«

»Und was treibst du dann in Zukunft?«

»Das werden wir sehen.«

Friedhelm Gänsbauer winkte ab. »Nirgends geht es so zu wie auf der Welt. Ich tät sagen, da hilft bloß ein schöner Schafkopf. Bist dabei, Hans?«

Viehhauser nickte.

»Das wäre jetzt eine echte Maßnahme«, sagte auch Detter.

»Was ist mit dir, Gerhard?«

Leitner trank sein Bier in einem Zug aus. »Heute nicht. Ich muss morgen früh raus.« Er bezahlte und verabschiedete sich.

»Früh raus. Dass ich nicht lache!« Gänsbauer schlug mit der flachen Hand in seine leicht geöffnete Faust. »Ich glaub eher, der muss heute Nacht irgendwo früh rein.«

»Ich schätze, seine Kompassnadel zeigt im Augenblick nach Süden. So Richtung München«, feixte Hans Viehhauser unter allgemeinem schmutzigem Grinsen.

Während sich die Stammtischbrüder in Gedanken weiter schlüpfrige Gründe ausmalten, warum sich Leitner einen Schafkopf entgehen ließ, öffnete Wirt Ansgar die Schublade mit den Spielkarten und nahm ein frisches Päckchen und vier Plastikschüsselchen für die Münzen heraus. »Dann spiel halt heute ich mal mit, wenn ihr keinen Vierten habt«, sagte er, als er sich wieder an den Stammtisch setzte.

Freitag

Der Sessel gab ein gemütlich ledernes Quietschen von sich, als sich Agathes Chef aus ihm erhob und ans Fenster ging. Ritualgemäß kippte er es um kurz nach neun Uhr morgens, diesmal, um die kühle Novemberluft sowie den Münchener Stadtlärm in sein Büro zu lassen. Es roch bereits ein wenig nach Schnee. Agathes Chef kannte die feinen Duftnuancen der Großstadt und freute sich über die Veränderung in der Großwetterlage. Über den Bericht, den er soeben gehört hatte, hatte er sich bereits gefreut. Er wandte sich wieder seinem Gast zu.

»Das war ja ein ziemliches Abenteuer. Sie haben einen Mord aufgeklärt, obwohl das überhaupt nicht Ihre Aufgabe war. Das hätte ich nun wirklich nicht erwartet.«

Gerhard Leitner, der dem Chef gegenübersaß, blickte gedankenverloren auf das alt bekannte Managerspiel auf dessen Tisch: Fünf Kugeln hingen nebeneinander, von denen die beiden äußeren klickend hin und her schwangen, wenn man eine von ihnen auf den Rest prallen ließ.

»Ich auch nicht, das können Sie mir glauben.«

»Tue ich, tue ich, Herr Leitner. Aber Frau Viersen hat mir ebenfalls bereits Bericht erstattet. Die Art, mit der Sie bei den Befragungen vorgegangen sind, war sehr effizient. Außerdem haben Sie die Ächtung durch Ihr Heimatdorf riskiert. Dazu gehört eine gehörige Portion Mut.«

Leitner zuckte mit den Schultern. Er war sich keines besonderen Mutes bewusst. »Ja mei«, bemühte er die bayerische Nationalfloskel, die auch dann Verwendung fand, wenn ein Bayer gelobt wurde und das als unangenehm empfand.

»Wie muss ich mir Ihre Motivation eigentlich genau vorstellen? Warum haben Sie Frau Viersen geholfen?«

»Mei«, sagte Leitner abermals, »anfangs hatte ich ihr ja eigentlich gesagt, dass ich ihr nicht helfen kann. Aber dann haben wir zusammen die Leiche gefunden, so etwas vergisst man nicht so leicht.«

»Ja, scheußlich. Ich habe davon gelesen«, sagte der Chef und schüttelte seinen Oberkörper wie ein Hund, der nach einem Bad im See ans Ufer kommt.

»Und als dann Aga… Frau Viersen mir erklärt hat, was sie vermutet und warum sie in die Oberpfalz geschickt worden ist, bin ich schon ein bisschen neugierig geworden.«

Der Chef klatschte in die Hände. »Mut und Neugier! Eine perfekte Mischung, nach der wir suchen. Frau Viersen hat wieder einmal den richtigen Riecher gehabt.«

Leitner rutschte auf dem Hosenboden an die Stuhlkante. »Ich weiß ehrlich gesagt immer noch nicht, was ich eigentlich genau für Sie tun soll. Ich bin gelernter Tontechniker und Musiker.«

Der Chef verzog seinen Mund zu einem gewinnenden Lächeln. »Weshalb Sie ein Gespür für die feinen Zwischentöne haben. Für kaum merkliche Schwingungen. Und genau das brauchen Sie in diesem Beruf.«

Leitner blies die Backen auf, ließ die Luft entweichen und hätte gern geglaubt, was der Chef da verlauten ließ.

Der verschränkte die Arme und legte sie auf dem Schreibtisch ab. »Können Sie sich vorstellen, für unsere Gesellschaft als Ermittler zu arbeiten?«

Leitner spürte ein aufgeregtes Grummeln im Magen. Er war sich immer noch nicht sicher, ob er hier nicht vollkommen fehl am Platz war. Aber Agathes Argumente waren sehr überzeugend gewesen, als sie ihm angeboten hatte, den Kontakt zu ihrem Vorgesetzten herzustellen.

Er dachte an Wirkendorf. Ein Geschäft wie seines gab man nicht so leicht auf, zu viele Erinnerungen hingen daran. Aber, und das war nun mal bereits Fakt, für Musik in Wirkendorf war jetzt Dominik Kammerl zuständig.

Konnte er sich also vorstellen, für diese Versicherungsfritzen zu arbeiten? Er hob entschuldigend die Hände. »Bis jetzt habe ich mit Versicherungen eigentlich nicht viel anfangen können.«

»Sie sollen ja auch keine verkaufen, sondern für uns in den kniffeligen Fällen ermitteln.«

»Detektiv spielen?«

»Detektiv, ja. Spielen, nein.«

Leitner wand sich auf seinem Stuhl.

Der Chef, der selbst jahrelange Erfahrung im Verkauf von Policen gesammelt hatte, drückte auf eine Taste seiner Sprechanlage und spielte seine höchste Trumpfkarte aus. »Schicken Sie Frau Viersen bitte herein.«

Agathe kam durch die Tür und blickte ihren Vorgesetzten erwartungsvoll an, der mehrmals auffordernd die Augenbrauen hob, bevor sie neben Leitner Platz nahm. »Sind wir nun offiziell Kollegen?«, fragte sie neugierig.

Er sah ihr tief in ihre frechen Augen. Neugier und Mut … Na ja! Schließlich gab er seinen inneren Widerstand auf und nickte. »Sieht so aus.«

Agathe lächelte, und der Chef klatschte erneut laut in die Hände. »Wunderbar! Ich freue mich auf unsere Zusammenarbeit. Unser Sekretariat wird die entsprechenden Papiere vorbereiten, die Sie sich dann in Ruhe daheim durchlesen.«

»Das mache ich auf jeden Fall.«

»Solltest du auch. Bei einer Versicherung musst du immer auf das Kleingedruckte achten«, scherzte Agathe.

»Verraten Sie nicht jetzt schon unsere Firmengeheimnisse, Frau Viersen!«

Nachdem das allgemeine Gelächter verstummt war, runzelte Leitner skeptisch die Stirn. »Dann hoffe ich, dass ich Ihnen gut zu Diensten sein kann.«

»Davon sind wir überzeugt.«

»Ich meine ja bloß.« Er deutete zum Fenster. »Die Landeshauptstadt ist schon ein anderes Pflaster als die Oberpfalz.«

Der Chef kicherte vergnügt. »So häufig werden Sie nicht nach München kommen müssen.«

Agathe sah ruckartig auf.

»Die Oberpfalz ist eine weitgehend unterschätzte Region in Bayern«, setzte der Chef zu einer Erklärung an. »Sie wirkt verschlafen, aber glauben Sie mir: Hinter der harmlosen Fassade geht es dort ziemlich zu. Die Gegend verdient durchaus Ihre ungeteilte Aufmerksamkeit.«

»Haben wir denn einen weiteren Fall in der Oberpfalz?«, fragte Agathe erstaunt.

»Nicht nur einen«, erwiderte der Chef süffisant. »Wir betreuen in dem Bezirk Hunderte von Kontrakten, weshalb wir im Januar eine Dependance dort eröffnen werden.«

Agathe ließ sich baff in den Stuhl zurückfallen. Davon hatte sie nichts gewusst. Nicht mal im Flurfunk war etwas davon durchgesickert.

»Und wo genau?«, fragte Leitner.

»In Regensburg. Frau Viersen und Sie werden für den Bezirk Oberpfalz dann die Verantwortung übernehmen. Ihre guten Ortskenntnisse werden sich auszahlen, und Sie beide werden ein wundervolles Team abgeben!«

Ein blauer Stadtbus fuhr hupend an Agathe und Leitner vorbei, als sie auf die Straße traten. Leitner blickte an dem Hochhaus seines neuen Arbeitgebers empor.

Agathe tat es ihm gleich, und eine Spur von Wehmut lag in ihrer Stimme. »Schade«, sagte sie. »Ich hatte mich in München eigentlich eingelebt.«

»Das packst du schon.« Leitner sah sie an. »Du wirst mir zu Beginn viel helfen müssen. Ich habe in dem Beruf doch noch keine Erfahrung.«

»Das Wichtigste ist, dass du deinen Spürsinn nicht verlierst und ihm vertraust. Und deinem Bauchgefühl. Und dass du dabei noch in der Lage bist, logisch zu denken.«

»Guter Tipp, aber das kriege ich hin. Ich kann es dir sogar beweisen: Mein Spürsinn sagt mir, dass wir heute keine Termine mehr haben. Richtig?«

»Richtig.«

»Und mein Bauchgefühl, dass wir noch nicht viel gegessen haben. Richtig?«

»Richtig.«

»Und zu guter Letzt sagt mir meine Logik, dass wir jetzt, wo wir schon mal gemeinsam in München sind, die Zeit für einen Frühschoppen nutzen sollten.«

Agathe lachte auf. »Kombinationsgabe: Eins plus!«

»Magst du Weißwürscht?«, fragte Leitner.

»Ich liebe sie, aber ich esse sie leider viel zu selten.«

»Kann ich mir gar nicht erklären, wenn da vorn doch gleich die Arnulfstraße ist.«

»Wieso?«

»Neben dem Funkhaus ist der Augustinerkeller.«

»Tatsächlich?«

Leitner blickte sie mit gespieltem Mitleid an. »Du willst mir jetzt aber nicht sagen, dass die Meisterdetektivin fast vier Jahre in München gearbeitet hat, aber nicht weiß, dass hundert Meter vor ihrem Arbeitsplatz einer der schönsten Biergärten und -keller der Stadt liegt?«

»Die Meisterdetektivin hat ja auch in München gearbeitet und nicht nur gesoffen und gefressen wie ihr Büffel da oben«, sagte sie etwas wütend.

»Nun ja«, meinte Leitner gönnerhaft, »wenigstens wissen wir Büffel aus der Oberpfalz eins ganz genau: Auf eine Kuh mehr oder weniger im Dorf kommt's auch nicht mehr an.«

Leitner nahm die Beine in die Hand, und Agathe spurtete ihrem fliehenden zukünftigen Kollegen hinterher in der festen Absicht, ihm vor dem Frühschoppen noch einen herzhaften Fußtritt in den Hintern zu verpassen.

Danksagung

Herzlichen Dank an alle, die die Entstehung dieses Buches ermöglicht haben. Neben meiner Familie ergeht besonderer Dank an Christian Rathey, Stefan Feicht, alle KorrekturleserInnen sowie meine »Geh-(noch nicht)-heim-Agentinnen«.